Zum Buch:

Livia ist eine erfolgreiche Anwältin und lebt für ihren Job. Nach einem weiteren Sieg vor Gericht verdonnert ihre Chefin sie zu einem Zwangsurlaub über die Weihnachtszeit. Ihrer besten Freundin zuliebe fährt sie in die Schweiz, um deren Bruder Marco zu helfen, obwohl sie ihn nicht ausstehen kann.
Marco, CEO des Unternehmens *Visions and Dreams*, ist wenig begeistert, als er erfährt, wen ihm seine Schwester zur Unterstützung schickt. Ausgerechnet Livia, die unromantischste Person auf dem Planeten, soll sein neues Konzept mit ihm testen. Als sie im Château ankommt, scheint der Streit vorprogrammiert, aber es herrscht auch eine unausweichliche Anziehungskraft zwischen ihnen …

Zur Autorin:

Vivien Gilland schreibt am liebsten Geschichten über lebensnahe Figuren, die ihre Träume verwirklichen wollen. Im Mittelpunkt stehen dabei tiefe, romantische Gefühle, mit denen sie ihre Charaktere für den Mut belohnt, sich den eigenen Ängsten zu stellen. Wenn sie nicht gerade am Schreibtisch sitzt, streift sie mit ihrer Hündin Malia durch die Wälder oder quält ihre Schüler*innen mit Tonleitern und italienischen Verben.

Vivien Gilland

Winterzauber im Château

Roman

HarperCollins

Zitat Seite 169: Emily Dickinson, Hope, 1891,
Roberts Brothers, Boston
Zitat Seite 170: William Shakespeare, Sonett 18, 1609,
Thomas Thorpe, London

2. Auflage 2024
Originalausgabe

Umschlaggestaltung von bürosüd, München
Umschlagabbildung von Shutterstock
Gesetzt aus der Stempel Garamond
von GGP Media GmbH, Pößneck
Druck und Bindung von GGP Media GmbH, Pößneck
Printed in Germany
ISBN 978-3-365-00784-6
www.harpercollins.de

Druckprodukt mit finanziellem
Klimabeitrag
ClimatePartner.com/15109-2009-1001

MIX
Papier
FSC FSC® C014496

Für alle, die den Zauber von
Weihnachten wiederfinden wollen.

Christmas isn't a season. It's a feeling.
(EDNA FERBER)

Playlist

Wham! – **Last Christmas**
Celtic Woman – **O Holy Night**
Righteous Brothers – **Unchained Melody**
Celine Dion – **My Heart Will Go On**
Lady Gaga & Bradley Cooper – **Shallow**
Bill Medley & Jennifer Warnes – **(I've Had) The Time Of My Life**
Bryan Adams – **(Everything I Do) I Do It For You**
Richard Beymer & Natalie Wood – **Somewhere** (aus *West Side Story*)
Meredith Brooks – **Bitch**
Gloria Gaynor – **I Will Survive**
Taylor Swift – **Blank Space**
Bon Jovi – **Always**
Bon Jovi – **I'll Be There For You**
John Legend – **All Of Me**
Whitney Houston – **I Will Always Love You**
Queen – **Crazy Little Thing Called Love**
Mariah Carey – **All I Want For Christmas Is You**
Frank Sinatra – **Jingle Bells**
Bon Jovi – **Please Come Home For Christmas**
Chris de Burgh – **The Lady In Red**
Carrie Underwood – **Before He Cheats**
Leona Lewis – **I See You** (aus *Avatar*)

1

LIVIA

»Herzlichen Glückwunsch, Livia! Wie ich höre, hast du heute in der Verhandlung alle Register gezogen und die Gegenseite erfolgreich in die Schranken gewiesen.«

Die anerkennenden Worte meiner Chefin lösten die Anspannung ein wenig, die mich in den letzten Monaten fest im Griff gehabt hatte. Ich war inzwischen so daran gewöhnt, ständig unter Strom zu stehen, dass sich das Gefühl der Erleichterung und Freude im ersten Moment fremd anfühlte.

»Du weißt, wie wichtig dieser Sieg für die Kanzlei ist, und wir sind uns alle bewusst, wie hart du dafür gearbeitet hast.«

Ich beschränkte mich auf ein Nicken, da es mir trotz meiner beruflichen Erfolge immer noch schwerfiel, souverän mit Lob umzugehen. Während Monika Siebert vor ihrem Schreibtisch auf und ab ging und dabei meine Vorgehensweise analysierte, versuchte ich, mich zu entspannen, indem ich bewusst in den Bauch atmete und die Atmosphäre des Raums auf mich wirken ließ. Ich liebte die schlichte Eleganz der dunklen Büromöbel ebenso wie den dezenten Geruch nach Papier, der von den Gesetzestexten und juristischen Kommentaren ausging, die sich in den deckenhohen Bücherregalen aneinanderreihten. Sobald ich Juniorpartnerin wäre, würde ich ein größeres Büro zugeteilt bekommen, das ich nach meinem Geschmack einrichten konnte. Eine deutliche Verbesserung im Vergleich zu der tristen Besenkammer, in der ich nun seit mittlerweile drei Jahren den Großteil meiner Zeit verbrachte.

»Wie wäre es, wenn du dir bis Ende Dezember freinimmst?«, brachte mich die Stimme meiner Chefin zurück ins Hier und Jetzt. Ich spürte, wie sich mein Puls bei der Vorstellung, vier Wochen nicht arbeiten zu dürfen, beschleunigte, während ich mich bemühte, möglichst gelassen zu wirken.

»Ich habe mich bereits in den Hendersen-Fall eingearbeitet und möchte mich baldmöglichst mit dir und den anderen Partnern der Kanzlei zusammensetzen, um eine Strategie festzulegen.«

»Den Hendersen-Fall wird Pierre übernehmen. Wir wissen dein Engagement hier bei *Konrad, Falkner und Siebert* zu schätzen, Livia, aber niemand kann auf Dauer sechzehn Stunden am Tag arbeiten, ohne auszubrennen. Zumal du auch an den Wochenenden keine Pause machst.«

Ertappt senkte ich den Blick. Es stimmte, dass ich viel arbeitete. Ich war nun mal ehrgeizig und hatte eine genaue Vorstellung davon, wie mein Leben in drei, fünf und zehn Jahren aussehen sollte.

»Eine Anwaltstätigkeit im Wirtschaftsrecht einer internationalen Großkanzlei verlangt uns ein hohes Maß an Selbstaufopferung ab und bringt unzählige Überstunden mit sich. Dennoch ist meinen Partnern und mir eine gesunde Work-Life-Balance sehr wichtig. Und soweit mir bekannt ist, hast du in diesem Jahr noch kaum Urlaub genommen. Warum gönnst du dir nicht eine kleine Auszeit in einem netten Wellnesshotel oder fährst über Weihnachten zu deiner Familie?«

Obwohl mein Brustkorb sich krampfhaft zusammenzog, verkniff ich mir die Widerworte, die mir auf der Zunge lagen, und rang mir stattdessen ein Lächeln ab. Wenn sie diesen bestimmten Tonfall anschlug, wusste ich, dass Diskutieren sinnlos war.

Auf dem Weg zu meinem Büro kämpfte ich darum, meine Mundwinkel oben zu halten und die Nerven zu bewahren. Ich schnappte mir meine Handtasche und widerstand dem Impuls, meinen Laptop unter dem Mantel aus der Kanzlei zu schmuggeln. Es kostete mich meine letzte Kraft, mich von meinen Kolleginnen und Kollegen zu verabschieden, die immer noch in kleinen Gruppen zusammenstanden und den Champagner tranken, der zur Feier meines gewonnenen Falls gereicht worden war. Dabei bemühte ich mich, die neidischen Blicke nicht persönlich zu nehmen, sondern sie als zusätzliche Bestätigung für meinen beruflichen Erfolg zu betrachten. Ich liebte meinen Job, aber ich war eine Einzelkämpferin, womit ich mir nicht immer nur Freunde machte.

Draußen spannte ich meinen Schirm auf, bevor ich mit einer Mischung aus Angst und Wut, weil ich mich ungerecht behandelt fühlte, in den Regen hinaustrat. Während ich zur U-Bahn-Station am Münchner Marienplatz lief, versuchte ich, meinen Verstand einzuschalten und mich davon zu überzeugen, dass ein paar freie Tage nicht das Ende der Welt bedeuteten. Eine Frau von dreißig Jahren sollte in der Lage sein, sich eigenständig auf sinnvolle Weise zu beschäftigen.

Zu Hause angekommen, stellte ich den tropfnassen Schirm in die Badewanne, schlüpfte mit einem erleichterten Seufzen aus meinen Pumps und tauschte den taillierten Blazer, die Seidenbluse und den Bleistiftrock gegen bequeme Yoga-Pants und einen Hoodie. Auf dem Weg in die Küche löste ich meinen Dutt und fuhr mir mit den Fingern durch mein schulterlanges Haar, bevor ich den Kühlschrank öffnete und es mir mit einem Glas Weißwein im Wohnzimmer gemütlich machte. Nachdenklich blickte ich durch die regennassen Scheiben nach draußen, in denen sich die Lichter der Stadt spiegelten.

»Auf einen weiteren gewonnenen Fall!«, murmelte ich in die Stille der Wohnung und prostete meiner Yuccapalme zu, die dringend Wasser benötigte. Es erschien mir immer noch unwirklich, dass meine Argumentation die Richterin überzeugt hatte, doch am Ende hatte sich die monatelange harte Arbeit ausgezahlt. Es war das erste große Mandat gewesen, bei dem ich die alleinige Verantwortung getragen hatte. Wieso fühlte ich mich trotz des Sieges innerlich dann so leer? Sollte ich nicht froh sein, auf der Karriereleiter wieder ein Stück vorangekommen zu sein? Wenn ich mich weiterhin anstrengte, hatte ich gute Chancen, meinem Plan gemäß zeitnah zur nächsten Juniorpartnerin ernannt zu werden. Aber alles, was ich spürte, waren Müdigkeit und Erschöpfung. Vielleicht war der Urlaub doch keine so schlechte Idee – abgesehen vom Timing. Wenn es nach mir ginge, könnte man den Dezember komplett aus dem Kalender streichen. Bei der Vorstellung, in der Adventszeit untätig in meiner Wohnung herumzusitzen, während sich alle anderen auf das »Fest der Liebe« freuten, schnürte sich mein Magen zusammen. Arbeit war das beste Mittel, um sich von dem allgemeinen Wahnsinn in Form von blinkenden Lichterketten, schnulzigen Weihnachtsliedern, mit Puderzucker bestäubten Plätzchen und der Jagd nach den perfekten Geschenken abzulenken.

Das Klingeln meines Handys verhinderte, dass ich noch tiefer in finstere Weihnachtsvisionen versinken konnte. Vom Display leuchtete mir der Name meiner besten Freundin entgegen. Wir hatten uns zu Beginn der Studienzeit kennengelernt und gingen seitdem gemeinsam durch dick und dünn.

»Nane, schön, dass du dich meldest! Wie geht es Maya?«, fragte ich, nachdem ich den Anruf angenommen hatte.

»Die Kleine blüht jeden Tag mehr auf. Kannst du dir vorstellen, dass sie erst seit drei Wochen bei uns ist? Mir kommt es vor, als wäre sie schon immer ein Teil unserer Familie gewesen, und ich frage mich, wie wir es nur all die Jahre ohne sie ausgehalten haben.«

Ihr glückliches Lachen schnitt mir ins Herz. Ich wusste, wie sehr Nane und ihre Partnerin Cleo sich gewünscht hatten, ein Pflegekind aufzunehmen. Doch nun, da sich ihr Traum endlich erfüllt hatte, war ich mir in Anbetracht der Umstände nicht mehr sicher, ob es die richtige Entscheidung gewesen war.

»Was ist mit ihrer Mutter?«

»Die Kollegen vom Jugendamt in Ingolstadt haben ihr geholfen, einen Platz in einer Klinik zu beantragen. Wir können nur hoffen, dass sie stark genug ist, den Entzug durchzuziehen und danach clean zu bleiben. Im Moment kann niemand sagen, ob und wann sie wieder in der Lage sein wird, sich um ihre Tochter zu kümmern.«

Nane hatte mir erzählt, dass die vierjährige Maya knapp sechsunddreißig Stunden neben ihrer bewusstlosen Mutter auf dem Badezimmerboden ausgeharrt hatte, bevor sie von einer Nachbarin gefunden worden war. Obwohl sie als Sozialarbeiterin häufig mit schwierigen Situationen und unfassbarem familiären Leid konfrontiert war, wusste ich, dass Nane Schicksale wie das von Maya besonders nahegingen.

»Ich will nur sichergehen, dass dir bewusst ist, dass Maya vielleicht nicht langfristig bei euch leben wird.«

Sie seufzte schwer. »Als ob ich das vergessen könnte. Cleo ermahnt mich ständig, dass ich mein Herz nicht zu sehr an die Kleine hängen soll, bis geklärt ist, ob sie bei uns bleiben darf.

Aber Livi, ich kann das nicht steuern. Sie muss mich nur mit ihren großen hoffnungsvollen Augen anschauen, und ich schmelze dahin. Das Mädchen hat so viel durchgemacht, und obwohl sie immer noch kein Wort gesprochen hat, habe ich das Gefühl, dass sie weiß, dass wir uns gut um sie kümmern werden.«

»Dann fällt es Cleo leichter, emotionalen Abstand zu wahren?«

»Sie bemüht sich redlich, scheitert aber genauso kläglich wie ich. Gestern habe ich sie dabei erwischt, wie sie Maya ein Schlaflied vorgesungen hat. Und als sie heute Morgen zu uns ins Bett gekrabbelt kam, hat Cleo sie direkt in ihre Arme gezogen und glücklich geseufzt, als die Kleine sich an sie gekuschelt hat.«

»Du weißt, ich wünsche euch dreien nur das Beste!«

»Das ist lieb von dir. Aber jetzt erzähl mir, wie dein großer Fall gelaufen ist!«

»Die Firmenübernahme ist rechtskräftig geworden, wodurch die Unternehmensgruppe meines Mandanten wieder ein Stück gewachsen ist.«

»Du scheinst nicht sehr glücklich darüber zu sein. Ist es nicht das, was du erreichen wolltest?«

»Doch, natürlich. Es ist großartig!« Ich hörte selbst, wie wenig überzeugend ich klang, und war froh, dass Nane nicht weiter nachfragte.

»Wie ich dich kenne, hast du dir direkt einen neuen Fall geschnappt und wirst morgen die Erste im Büro sein, nur um nicht mitzubekommen, dass bald Weihnachten ist.«

»Frau Siebert hat darauf bestanden, dass ich mir bis Ende des Jahres freinehme. Dabei ist die Arbeit das Einzige, was mir um diese Zeit hilft, nicht in Trübsinn zu verfallen.«

»Trauerst du etwa immer noch Daniel hinterher?« Ich murmelte etwas Unverständliches und hoffte, dass sie das Thema nicht vertiefen würde. »Muss ich dich daran erinnern, dass er dich nach Strich und Faden belogen und betrogen hat?«

»Nein, das ist mir bewusst. Und du hast mir auch schon tausend Mal gesagt, dass er es nicht wert ist, ihm nachzuweinen, weil ich etwas Besseres verdient habe.«

»Genau so ist es! Du brauchst einen Mann, der dir auf Augenhöhe begegnet und dich so liebt, wie du bist, der nicht erwartet, dass du dich verbiegst, damit du all seinen Erwartungen entsprichst und er ein möglichst bequemes Leben hat.«

Ich seufzte, da wir diese Unterhaltung nicht zum ersten Mal führten. Obwohl ich wusste, dass Nane recht hatte, fiel es mir schwer, die Vorstellung einer harmonischen Beziehung ohne den Druck, sich ständig beweisen zu müssen, mit der Realität zu vereinbaren.

»Wirst du über die Feiertage nach Berlin zu deinen Eltern fahren?«, sprach sie ein weiteres Thema an, das ich möglichst vermied.

»Um mir zum tausendsten Mal anzuhören, wie schade es ist, dass Daniel und ich uns getrennt haben? Dass ich mich mehr hätte anstrengen müssen, damit er bei mir bleibt? Dass ich außerdem den falschen Beruf gewählt habe? Ganz im Gegensatz zu meiner ach so perfekten großen Schwester, die in die Fußstapfen meines Vaters getreten ist und kurz davorsteht, die beste Neurochirurgin an der Charité zu werden? Und die noch dazu mit einem Anästhesisten verlobt ist, den meine Eltern über alles schätzen? Nein, danke.«

»Dann haben sie sich immer noch nicht damit abgefunden, dass du dich für Jura und nicht für Medizin entschieden hast?« Ich hörte die Ungläubigkeit in ihrer Stimme und liebte sie umso mehr dafür, dass sie stets zu einhundert Prozent hinter mir stand, was nicht bedeutete, dass sie mir nicht auch schonungslos ihre Meinung sagte, wenn sie es für nötig hielt. Ohne sie hätte mich die Trennung von Daniel vermutlich komplett aus der Bahn geworfen. Und ich bezweifelte stark, dass ich das anspruchsvolle Studium, mit den zahlreichen Nebenjobs als zusätzliche Belastung, ohne sie geschafft hätte. Meine Eltern hatten mir aufgrund der Wahl meines Studienfachs jegliche finanzielle Unterstützung verwehrt.

»Du weißt doch, wie sie sind. Ich habe die Hoffnung, es ihnen irgendwann recht machen zu können, vor langer Zeit begraben.«

»Arbeitest du deshalb über achtzig Stunden in der Woche? Weil du es aufgegeben hast, ihnen beweisen zu wollen, was für eine gute Anwältin du bist?«

Ich biss mir auf die Lippe, denn wie so oft hatte Nane zielsicher ihren Finger in die Wunde gelegt. »Mein Ziel ist es, Juniorpartnerin zu werden, und dafür muss ich gewisse Opfer bringen.«

»Das sollte aber nicht bedeuten, dass du auf jegliches Privatleben verzichtest. Du brauchst einen Ausgleich, wenn du kein Burn-out erleiden willst.«

Genervt verdrehte ich die Augen, obwohl es mir zu denken gab, dass Nane nach meiner Chefin schon die Zweite war, die das heute sagte. »Was glaubst du, warum ich jeden Morgen vor der Arbeit ins Yogastudio gehe?«

»Das allein reicht nicht.« Sie hielt inne, vermutlich um den Eindruck zu erwecken, als würde sie überlegen. Dabei war ich mir sicher, dass sie längst eine Reihe von passenden Vorschlägen parat hatte, wie ich Weihnachten am besten verbringen könnte. »Erinnerst du dich an meinen Lieblingsort, an dem Cleo und ich so gerne Urlaub machen?«

»Meinst du das Hotel in den Schweizer Alpen, dessen Umbau dein Bruder betreut?«

»Genau das. Ursprünglich wollte ich zwei Wochen vor Weihnachten zu ihm ins Wallis fahren, um bei den Vorbereitungen für die Wiedereröffnung an Heiligabend zu helfen. Aber jetzt, wo Maya da ist, möchte ich nicht weg, zumal Cleo tagsüber unterrichtet und sich nicht so einfach freinehmen kann.«

»Ich ahne, worauf du hinauswillst, und die Antwort ist Nein.«

»Aber es wäre absolut perfekt – für euch beide!«, widersprach Nane mit spürbarer Begeisterung und bestätigte damit meine schlimmsten Befürchtungen.

»Du kannst unmöglich wollen, dass ich an deiner Stelle in die Schweiz fahre.« Ich zwang mich, ruhig zu bleiben und das Ziehen in meinem Magen zu ignorieren, das mich immer dann überfiel, wenn es um Nanes zwei Jahre älteren Bruder ging. »In Anbetracht der Tatsache, dass wir uns nicht so gut verstehen, halte ich das für keine gute Idee.«

Und das war maßlos untertrieben. Marco, der CEO der Business Consulting Firma *Visions and Dreams*, war nicht nur extrem erfolgreich, sondern auch unerträglich selbstbewusst. Sein Unternehmen zählte zu den Top-Ten-Beratungsfirmen in Deutschland und genoss einen hervorragenden Ruf. *You dream big? We dream bigger!* war der Slogan, mit dem Marco und sein Team potenzielle Klientinnen und Klienten anwarben, die davon träumten, ihre beruflichen Visionen zu verwirklichen. Dazu kam, dass Marco ziemlich gut aussah und diese außergewöhnlich starke und faszinierende Ausstrahlung hatte, die einen von der ersten Sekunde an in seinen

Bann zog. Auch ich hatte mich zu Beginn von seiner aufmerksamen und charismatischen Art angezogen gefühlt, doch dann hatte ich am eigenen Leib erfahren müssen, dass er die unschöne Angewohnheit hatte, sich vorschnell über andere ein Urteil zu bilden. Seitdem ging ich ihm nach Möglichkeit aus dem Weg. Bei den Begegnungen, die ich nicht vermeiden konnte, dauerte es meist nicht lang, bis wir uns in einem hitzigen Wortgefecht wiederfanden.

»Es ist der perfekte Ort, um zu entspannen«, riss Nane mich aus meinen Überlegungen, »und nebenbei könntest du Marco ein wenig unter die Arme greifen. Bei unserem letzten Telefonat klang er ziemlich überfordert.«

Ich brach in lautes Gelächter aus. »Als ob Marco und ich uns länger im selben Raum aufhalten könnten, ohne dass nach kurzer Zeit die Fetzen fliegen.«

Nanes Stimme hatte mit einem Mal etwas Flehentliches. »Meinst du nicht, du könntest mir zuliebe über deinen Schatten springen? Wenn ich Marco richtig verstanden habe, braucht er jede Hilfe, die er kriegen kann, um das Hotel vor dem finanziellen Ruin zu retten. Du weißt, wie wichtig uns dieser Ort ist.«

Das wusste ich in der Tat nur zu gut. Nane hatte mir oft genug vorgeschwärmt, wie sehr sie die gemeinsamen Urlaube mit Cleo genoss. Auch Rosie und Hannes, das sympathische Ehepaar, das das Hotel betrieb, hatten dazu beigetragen, dass die Gegend um Zermatt zu einer zweiten Heimat für sie geworden war.

»Hast du vergessen, dass Marco mich genauso wenig ausstehen kann wie ich ihn?«

»Herrje, Livi, ihr seid beide erwachsen. Ihr werdet es doch wohl schaffen, euch ein paar Tage zusammenzureißen.«

»Warum fragt er nicht einfach eine seiner Angestellten oder seine Assistentin?« Es gelang mir nicht, den bockigen Unterton aus meiner Stimme zu verbannen.

»Jeanette hält in der Zentrale die Stellung und koordiniert die anderen Projekte, die Marcos Team betreut.«

»Hat er keine Freunde?«

»So kurz vor Weihnachten ist es schwierig, jemanden zu finden, der alles stehen und liegen lässt, um in die Schweizer Alpen zu reisen. Das tun nur wahre Freundinnen, die sich bewusst sind, dass sie mit ihrem selbstlosen Verhalten viele Menschen glücklich machen. Denn nicht nur wir wären am Boden zerstört, wenn das Hotel schließen müsste, sondern auch all die anderen Stammgäste, die seit Jahren ihren Urlaub bei Rosie und Hannes in den Bergen verbringen.« Nane wusste genau, welche Knöpfe sie bei mir drücken musste, damit ich nachgab. »Ich würde dich nicht fragen, wenn es mir nicht wirklich, wirklich wichtig wäre. Außerdem beschwerst du dich doch immer, dass du dir eine Aufgabe wünschst, die dich mehr erfüllt, als reichen Säcken zu helfen, ihre Macht und ihren Besitz zu vergrößern.«

»So habe ich das nie gesagt!«, empörte ich mich, auch wenn Nane mit ihrer Aussage meine Gedanken ziemlich gut zusammengefasst hatte.

»Sieh es doch mal so: Du bekommst einen kostenlosen Urlaub in einer wunderschönen Berglandschaft mit jeder Menge Schnee, einem gemütlichen Zimmer, leckerem Essen, netten Menschen, und damit meine ich auch meinen Bruder, denn er kann durchaus nett sein, wenn er will. Und du lernst endlich Rosie und Hannes kennen, zwei meiner absoluten Lieblingsmenschen. Ich mag mir gar nicht vorstellen, was aus ihnen werden würde, sollten sie das Hotel verlieren.«

Mir entwich ein lautes Seufzen. »Also schön, du hast mich überredet. Aber wenn du mich oder deinen nervigen Bruder aus einer Gletscherspalte bergen musst, weil wir uns eben doch nicht wie erwachsene Menschen benehmen konnten, gib hinterher nicht mir die Schuld.«

»Du bist die Allerbeste!«, flötete sie. »Ich kümmere mich um das Zugticket und bitte Hannes, dich in Visp abzuholen. Von da ist es eine gute halbe Stunde bis zum Hotel. Am besten fängst du gleich an, zu packen.«

Als wir das Gespräch kurz darauf beendeten, blieb ich noch einen Moment sitzen und dachte mit gemischten Gefühlen an die bevorstehende Begegnung mit Marco. An das nervöse Kribbeln, das ich in seiner Nähe empfand, während ich mich gleichzeitig von seiner selbstsicheren und unerschütterlich optimistischen Art provoziert fühlte. Ich sah nur zwei Möglichkeiten: Entweder wir schafften es irgendwie, uns nicht an die Gurgel zu gehen, oder wir setzten die Sache so richtig in den Sand, wobei Letzteres keine Option war. Marco und ich mochten wenig gemeinsam haben, aber wir waren beide ehrgeizig und würden alles tun, um Nane glücklich zu machen. Ihr zuliebe würden wir einen Weg finden müssen, einigermaßen höflich miteinander umzugehen, egal wie schwer es uns fiel.

2
Marco

»Das ist ein Scherz, oder? Bitte sag mir, dass du mich gerade auf den Arm nimmst!« Ich musste mich zwingen, nicht ins Telefon zu brüllen, so sehr wühlte mich die angeblich gute Nachricht meiner kleinen Schwester auf.

»Es ist mein voller Ernst.« Ihre Stimme triefte geradezu vor Selbstzufriedenheit. Offenbar war sie auch noch stolz auf sich.

»Du willst mir also sagen, dass du Livia, die unromantischste Person auf der Welt und außerdem eine bekennende Weihnachtshasserin, überredet hast, für dich einzuspringen? Ist dir klar, was das bedeutet?«

»Dass ihr eure jahrelang liebevoll gepflegte Abneigung überwindet und endlich Freunde werdet?« Ich konnte Nanes breites Grinsen vor mir sehen.

»Wie soll ich mich mit jemandem anfreunden, der sich benimmt wie die Eisprinzessin höchstpersönlich?«

»Meinst du Elsa? Da fällt mir gerade eine fantastische Idee ein. Sobald du wieder da bist, sollten wir einen Filmabend veranstalten und zusammen mit Maya *Frozen* schauen. Ich bin überzeugt, sie wird es lieben – genauso wie ihren Onkel Marco.« Wenn meine Schwester derart begeistert war, fiel es mir schwer, ihr einen Wunsch abzuschlagen. »Und was Livia angeht, wirst du sehen, dass sie sehr sympathisch ist, vielleicht ein wenig angespannt, weil sie permanent arbeitet, aber das solltest du doch am besten von uns allen nachvollziehen können.«

Da hatte sie nicht unrecht. Seit ich *Visions and Dreams* vor vier Jahren gegründet hatte, gönnte ich mir abgesehen von meinen Abenteuerurlauben nur wenig Freizeit. Aber das war es absolut wert gewesen, denn es gab für mich nichts Erfüllenderes, als anderen dabei zu helfen, ihre Visionen umzusetzen. Neben meinem beruflichen Wissen, wie man ein Business am effektivsten und nachhaltigsten aufzog, war ich auch mit einer unerschöpflichen Portion Optimismus ausgestattet, obwohl mein Start ins Leben nicht gerade leicht gewesen war. Das war einer der Gründe, warum Nane und ich uns so nahestanden. Ich würde ihr den Mond vom Himmel holen, wenn es sie glücklich machen würde.

»Ich weiß, dass sie prinzipiell kein schlechter Mensch sein kann, sonst wäre sie wohl kaum deine beste Freundin. Aber mir gegenüber verhält sie sich irrational unfreundlich, dabei habe ich ihr nie etwas getan.«

»Sei einfach nett und höflich zu ihr. Mehr verlange ich gar nicht. Immerhin nimmt sie sich extra frei und fährt …«

»In eine der beliebtesten Urlaubsregionen in der Schweiz. Wirklich ein großes Opfer!«

»Für sie ist es das! Und vergiss nicht, dass der Ort für mich magisch ist. Wenn irgendwo Wunder geschehen, dann dort! Vielleicht versteht ihr euch am Ende sogar richtig gut.«

»Ich kann mir nicht vorstellen, dass sie eine große Hilfe sein wird.«

»Du liebst doch Herausforderungen. Wieso solltest du dich sonst ständig aus Flugzeugen stürzen, mörderische Klippen emporklettern, rauschende Wildwasserflüsse befahren und mit nichts mehr als Rucksack und Zelt Länder wie Afrika oder Patagonien bereisen?« Ich sparte mir die Erklärung und wartete, dass Nane zum Punkt kam. »Sieh es mal so, wenn es dir gelingt, Livia zu überzeugen, kannst du sicher sein, dass deine Strategie, die du dir für das Château ausgedacht hast, auch wirklich funktioniert.«

Nachdem sie mir noch einmal eingeschärft hatte, meine Vorbehalte zu überwinden und die Sache entspannt und optimistisch anzugehen, beendeten wir das Gespräch.

Seufzend legte ich das Handy auf den Schreibtisch. Nane hatte einen wunden Punkt getroffen. Es war und blieb ein Risiko, ein gemütliches Familienhotel, in dem sich seit Jahrzehnten nichts geändert hatte, komplett zu sanieren und in ein exklusives Romantikhotel zu verwandeln. Aber es konnte klappen. Die Lage war perfekt, und auch die Größe des Hauses war ideal, um genug Komfort zu bieten und zugleich eine intime Atmosphäre zu schaffen. Andererseits war die Konkurrenz stark. Es gab allein vier Fünfsternehotels in der näheren Umgebung, deren Küche hochgelobt war und die eine bessere Anbindung an die Skilifte hatten. Außerdem würden Rosie und Hannes einiges dazulernen müssen, wenn sie Gäste mit hohen Ansprüchen zufriedenstellen wollten. Doch das war eine Aufgabe, die bewältigt werden konnte. Mein Konzept musste letztendlich nur so überzeugend und einzigartig sein, dass es die anderen Hotels in den Schatten stellte.

Es klopfte, und Rosie, eine rundliche Frau Anfang fünfzig mit kinnlangem dichtem grauem Haar und vor Energie sprühenden braunen Augen, betrat den Raum, der mir seit einigen Wochen als Büro diente.

»Die Maler machen für heute Feierabend und haben darum gebeten, dass du dir die Suiten im ersten Stock anschaust.

Falls du noch etwas zu beanstanden hast, könnten sie Ende der Woche letzte Korrekturen vornehmen.«

»Danke, Rosie. Morgen Nachmittag kommt übrigens eine Freundin meiner Schwester, um uns zu helfen. Ich hoffe, das ist in Ordnung.«

»Oh, ich weiß schon Bescheid. Nane hat mich angerufen. Ich habe das Eckzimmer im zweiten Stock für Livia fertig gemacht, und Hannes wird sie vom Bahnhof abholen.«

Ich musste mich bemühen, mir ein anerkennendes Grinsen zu verkneifen. Meine Schwester war wirklich durchtrieben. Indem sie Rosie von Livias Besuch erzählte, hatte sie für die perfekte Absicherung gesorgt. Falls ich mit ihrer Anwesenheit nicht einverstanden gewesen wäre, hätte ich mich Rosie und Hannes gegenüber rechtfertigen müssen. Und wie hätte ich erklären sollen, dass ich Livias Hilfe ablehnte, obwohl wir so dringend Unterstützung brauchten?

Während wir durch den Korridor zum Foyer liefen, konnte ich nur immer wieder staunen, wie sehr sich das Hotel in den vergangenen sechs Monaten verändert hatte. Dunkle Holzdielen, cremefarbene Seidentapeten, funkelnde Kristalllüster und antikes Mobiliar, das Hannes günstig gekauft und aufgearbeitet hatte, gaben dem Interieur den letzten Schliff. Außen hatten wir Türme und Gauben angebaut und einige Erker, Balustraden und steinerne Simse hinzugefügt, die rund um das fünfstöckige Gebäude verliefen. Dazu ein exklusiver Wellnessbereich im Untergeschoss mit Panoramaterrasse, ein Nobelrestaurant mit einer stilvollen Bar und nicht zu vergessen das Schmuckstück des Hauses: der Ballsaal im Erdgeschoss, in dem an Heiligabend die große Gala zur Wiedereröffnung des *Château Romantique* stattfinden würde. Ein stimmiges Konzept, wie ich fand. Und damit alles glatt lief, war ich, ob es mir passte oder nicht, auf externe Hilfe angewiesen – auch wenn ich nach wie vor stark bezweifelte, dass Livia die Richtige dafür war.

Als wir uns das erste Mal begegnet waren, hatten mich ihre selbstbewusste Ausstrahlung, die aufrechte Haltung und der sanfte Schwung ihrer Hüften, der sich unter dem eng anliegenden Kleid auf verführerische Weise abgezeichnet hatte, in ihren Bann gezogen. Ihr ansteckendes Lachen hatte in mir den Wunsch geweckt, derjenige zu sein, der es auslöste. Wir hatten uns an dem Abend stundenlang unterhalten, und ich hätte schwören können, dass die Sympathie auf Gegenseitigkeit beruhte. Daher war es mir völlig unverständlich, wie der Glanz in ihren wunderschönen braunen Augen bei unserer zweiten Begegnung ein Jahr später einfach erloschen war. Sie hatte mich eiskalt abblitzen lassen, als hätte ich ihr anstelle eines Kompliments zu ihrem Aussehen ein unmoralisches Angebot unterbreitet. Ich konnte mir bis heute nicht erklären, warum sie sich mir gegenüber seitdem derart kühl und abweisend verhielt.

Vielleicht hatte Nane recht, und dieser Ort verfügte wirklich über magische Kräfte. Denn genau diese wären nötig, um dafür zu sorgen, dass Livia und ich uns ohne nervenaufreibende Auseinandersetzungen in einem Raum aufhielten.

3

Livia

Obwohl ich kein großer Fan von Winterurlaub war – man konnte schließlich genauso gut in den Süden fliegen und seine kostbare Freizeit am Strand verbringen –, musste ich zugeben, dass die majestätische Berglandschaft und die idyllischen Ortschaften inmitten verschneiter Wälder einen ganz besonderen Zauber ausstrahlten. Hannes, ein kräftiger Mann Mitte fünfzig mit feinen Fältchen um die Augen, kurzem silberfarbenem Haar und einer markanten Nase, hatte mich wie versprochen am Bahnhof abgeholt. Er hatte meine zahlreichen Gepäckstücke kommentarlos im Kofferraum verstaut, was ich ihm hoch anrechnete, und war, ohne viele Worte zu verlieren, losgefahren.

Unterwegs lief das Radio, und obwohl es gerade mal Ende November war, wurde beinahe ununterbrochen Weihnachtsmusik gespielt. Als das Intro zu *Last Christmas* erklang, fragte ich Hannes, ob er so nett sein könnte, den Sender zu wechseln. Doch auch in den anderen Radioshows ging es entweder um das leckerste Plätzchenrezept, die originellsten Geschenkideen oder die besten Tipps, wie man Familie und Entspannung an den Feiertagen unter einen Hut brachte.

Ich hätte mehr davon gehabt, wenn mir jemand erklärte, wie man in einem abgelegenen Hotel am Ende der Welt mit einem Mann überlebte, der sich für den Mittelpunkt des Universums hielt. Erst neulich war er als einer der erfolgreichsten Jungunternehmer auf dem Cover eines renommierten Businessmagazins gewesen. Als ob sein Ego noch mehr Bestätigung brauchte. Falls er davon ausging, dass ich es ihm leicht machen würde, musste er sich auf eine Enttäuschung einstellen. Ich war nicht bereit, mich von ihm und seinem, zugegeben, schwer zu widerstehendem Charme einwickeln zu lassen. Ich würde mir sein Konzept anhören, seinen Businessplan überprüfen und einen Blick auf die Zahlen werfen. Solange wir uns dabei nicht permanent im selben Zimmer aufhalten mussten, würden wir das schon irgendwie hinkriegen. Immerhin hatte ich Nane meine Hilfe zugesagt, und es brauchte eindeutig mehr als einen selbstverliebten Geschäftsführer, um mich mein Versprechen brechen zu lassen.

Als Hannes auf der steil ansteigenden Straße um eine Kurve bog, riss ich erstaunt die Augen auf. Vor uns erhob sich ein weitläufiges Anwesen, das mit seinen Türmchen, Erkern und Giebeln einem kleinen Schloss glich und von hochgewachsenen Tannen an beiden Seiten beschützend umrahmt wurde. Das untere Drittel der weißen Fassade war mit beigen Natursteinen verkleidet, deren warmer Farbton sich vom in der Sonne funkelnden Schnee abhob. Aus den hohen Bogenfenstern hatte man vermutlich einen fantastischen Blick auf die umliegenden Berge.

Hannes fuhr an einem lang gestreckten Nebengebäude vorbei und hielt direkt vor der doppelflügeligen Eingangstür. Ich stieg aus und stapfte durch den knöchelhohen Schnee zum Kofferraum, um Hannes mit dem Gepäck zu helfen, doch er winkte ab und bedeutete mir mit einer Geste, vorauszugehen. Gerade als ich die Tür öffnen wollte, wurde sie von innen schon aufgezogen. Eine Frau mit einem offenen Lächeln und leicht geröteten Wangen, auf denen ich Spuren von Mehl entdeckte, trat mir zur Begrüßung entgegen.

»Herzlich willkommen im *Hotel Stadler*! Ich meine«, sie räusperte sich, »im *Château Romantique*. Ich bin Rosie, Hannes' Frau. Hattest du eine angenehme Fahrt?«

Ich nickte und reichte der freundlichen Hotelbesitzerin die Hand, doch anstatt sie zu ergreifen, umarmte sie mich. Als sie bemerkte, dass ich mich aufgrund der abrupten Nähe versteifte, ließ sie mich sofort wieder los.

»Entschuldige, ich hätte dich nicht so überfallen dürfen, aber Nane hat uns so viel über dich erzählt, dass du quasi schon zur Familie gehörst.«

Ich war froh, dass in diesem Moment Hannes, mit meinem Gepäck beladen, das Foyer betrat und einige Worte mit seiner Frau wechselte, sodass mir eine Antwort erspart blieb. Neugierig blickte ich mich um. Gegenüber der Eingangstür befand sich ein Tresen aus wunderschön gemasertem Holz, der weihnachtlich geschmückt war. An der rechten Seite standen dunkle Ledersessel in kleinen Gruppen zusammen und luden zum Verweilen ein. Die rustikalen Beistelltische waren mit Windlichtern und schlichten Engelsfiguren dekoriert. Das Herzstück des Raums bestand aus einem steinernen Kamin, auf dessen breitem Sims frische Tannenzweige lagen, die einen intensiven Geruch nach Wald verbreiteten. Im Hintergrund sang ein Ensemble ätherischer Frauenstimmen *O Holy Night*, was meine schlimmste Befürchtung bestätigte, nicht nur im Winterwunderland, sondern auch noch im Weihnachtsparadies gelandet zu sein. Vor dem Kamin lag ein handgeknüpfter Teppich in dunklen Erdtönen und darauf ein riesiger Hund, der nun den Kopf hob, bevor er sich aufrappelte und schwanzwedelnd auf mich zutrabte. Ich schaute zu dem

Ehepaar, das sich immer noch angeregt unterhielt. Ehe ich meine Bedenken angesichts des vierbeinigen Monsters äußern konnte, drückte das Tier bereits seinen gigantischen Kopf gegen meine Hüfte und blickte mich aus seinen schokoladenbraunen Augen an.

Ich ging Hunden nach Möglichkeit aus dem Weg. Vor allem beim Joggen versetzte es mich in Panik, wenn ein oder gar mehrere Exemplare dieser unberechenbaren Spezies die Verfolgung aufnahmen und es darauf anlegten, mir in die Wade zu beißen.

»Entschuldigung …«, flüsterte ich, da ich nicht einschätzen konnte, wie das Tier reagierte, wenn ich meine Stimme erhob. Rosie wandte sich zu mir um und erkannte zum Glück gleich, wie unwohl ich mich fühlte, was vermutlich nicht schwerfiel, da ich vor Angst wie erstarrt war.

»Minnie, sei nicht so aufdringlich! Geh wieder auf deinen Platz.«

Minnie? Sollte das ein Witz sein? Jumbo oder Moby Dick wäre passender gewesen, wenn man davon absah, dass dieses Kalb offenbar ein Mädchen war. Erleichtert atmete ich auf, als die Hündin kehrtmachte und sich wieder vor dem Kamin niederlegte.

»Du brauchst keine Angst vor ihr zu haben. Sie ist zwar ziemlich groß, aber vollkommen friedlich. Berner Sennenhunde haben von Natur aus ein ruhiges Gemüt. Sie lieben Menschen, vor allem Kinder, sind gerne mitten im Geschehen und sehr treu.«

»Das ist beruhigend, zu wissen«, brachte ich hervor und fragte mich, wie ich den Aufenthalt überstehen sollte, wenn ich nicht nur mit Nanes anstrengendem Bruder zurechtkommen, sondern obendrein auch noch vor einem anhänglichen

Vierbeiner fliehen musste. Doch bevor ich mir weiter Gedanken machen konnte, verschwand Hannes mit meinen Koffern Richtung Aufzug, während Rosie mich nach links durch eine Tür dirigierte, auf der »Nur für Personal« stand. Wir kamen an der Küche vorbei, in der ich zahlreiche Bleche mit frisch gebackenen Plätzchen sah, bei deren Anblick sich mir der Magen zuschnürte. Noch schlimmer als die kitschige Dekoration und die gefühlsduselige Musik war das pappsüße Gebäck, das einen bereits mit dem ersten Bissen einen Zuckerschock erleiden ließ. Wahrscheinlich gehörte das zur Taktik, um den Menschen vorzugaukeln, dass Weihnachten etwas ganz Großartiges war und nicht etwa ein jährlich wiederkehrendes Ärgernis, an dem Verwandte allen Grades in ein Wohnzimmer gepfercht wurden und eine harmonische Zeit miteinander verbringen sollten. Und das, obwohl sie sich ansonsten so gut wie nie sahen und sich, wenn sie ehrlich waren, auch nicht ausstehen konnten.

Vor einer schlichten Holztür blieb Rosie stehen, klopfte und betrat kurz darauf den Raum. Hinter einem Schreibtisch, auf dem ein rot leuchtender Weihnachtsstern einem Laptop, diversen Ordnern und Notizen den Platz streitig machte, lief Marco auf und ab. Er hatte sein Handy am Ohr, die andere Hand steckte in der Tasche seiner ausgeblichenen Jeans. Bei unserem Anblick blieb er abrupt stehen, und als sich unsere Blicke begegneten, kam mein Herz für eine Millisekunde aus dem Takt. Ich hatte vergessen, oder wohl eher verdrängt, *wie* gut er aussah. Es war nicht nur der muskulöse Oberkörper oder die breiten Schultern, die sich deutlich unter dem maßgeschneiderten Hemd abzeichneten. Auch sein dichtes dunkles Haar und die meerblauen Augen, aber vor allem sein aufrichtiges und bedauerlicherweise auch ziemlich atemberaubendes

Lächeln, mit dem er nun Rosie bedachte und von dem ich mir insgeheim wünschte, es würde mir gelten, ließen ihn so anziehend wirken.

Stopp! Wieso sollte ich wollen, dass Marco mich anlächelte? Schließlich war ich diejenige, die ihn bei jeder Begegnung möglichst auf Abstand hielt, nur das absolut Nötigste mit ihm sprach und ihm ansonsten deutlich klarmachte, dass ich weder an ihm noch an seinem Erfolg oder seinem Vermögen interessiert war. Andere mochten seinem Charme erliegen, aber ich würde mich davon nicht blenden lassen!

Er deutete auf sein Handy, zuckte entschuldigend mit den Schultern und intensivierte sein Lächeln, wobei er mich dieses Mal ansah, woraufhin sich mein Puls merklich beschleunigte. Ich würde heute Abend eine extralange Meditation an meine Yogapraxis anschließen müssen, um sicherzugehen, dass ich diese unberechenbaren Hormonschwankungen, die er auslöste, im Keim erstickte. Marco mochte attraktiv sein und gut in seinem Job, aber ich hatte selbst erfahren, wie vernichtend sein Urteil über andere sein konnte.

Den Gesprächsfetzen entnahm ich, dass es um eine Lieferung ging, die sich offenbar verspätete, und Marco schien mit der Entwicklung nicht zufrieden zu sein. Trotzdem blieb er gelassen und höflich, was ich ihm positiv anrechnen musste. Wie viele Menschen verloren die Fassung, wenn etwas nicht nach Plan lief? Das erlebte ich in meinem Job ständig. Schließlich waren Anwälte dazu da, für das Recht ihrer Mandanten zu kämpfen.

Falls er als Business Consultant doch eines Tages scheitern sollte, könnte er Karriere als Hörbuchsprecher machen, so weich und samtig klang seine Stimme. Oder als Schauspieler. Oder auch als Model.

O weh! Ich musste mich dringend am Riemen reißen. Vermutlich war es einfach zu lange her, dass ich mit einem Mann aus war. Wenn man die letzten vier verunglückten Blind Dates nicht mitzählte, zu denen Nane mich überredet hatte. Die Trennung von Daniel war ziemlich genau drei Jahre her, und seitdem hatte ich nicht nur das Vertrauen in die Liebe, sondern vor allem in die Männer verloren.

Kein Wunder, wenn man an Weihnachten nach London flog, um seinen Freund zu überraschen, und ihn dort in flagranti mit einer anderen im Hotel erwischte, in dem er sich angeblich mit einem Kunden treffen wollte. Geschmackloser ging es wohl kaum.

»Entschuldigt, das war das Möbelhaus. Die Tische und Stühle für den Ballsaal werden verspätet geliefert. Am Ende müssen wir das Menü an Heiligabend auf dem Boden essen.«

»Ach, das ist kein Problem«, wehrte Rosie ab, »dann ändern wir einfach das Thema von *Eine magische* in *Eine orientalische Ballnacht*.«

Offenbar ließ sie sich nicht so schnell aus der Ruhe bringen. Ob das an ihrer jahrelangen Erfahrung als Hotelière lag? Bestimmt brauchte man in dem Job ein dickes Fell, wenn man nicht ständig befürchten wollte, bei den kleineren und größeren Pannen, die im Umgang mit Gästen und Personal sicherlich entstanden, einen Nervenzusammenbruch zu erleiden.

»Schau, wen ich dir mitgebracht habe!«

»Livia. Wie schön, dass du es einrichten konntest.«

Wow! Seine eben noch warme und sexy Stimme war jetzt deutlich kühler. Überhaupt schien die Temperatur im Raum um einige Grad gesunken zu sein.

»Die Freude ist ganz meinerseits.« Ich konnte mir den sarkastischen Unterton nicht verkneifen. Rosie blickte uns irritiert an, ehe sie mir eine Hand auf die Schulter legte.

»Wie wäre es, wenn ich dir zuerst dein Zimmer zeige? Dann kannst du dich ein bisschen ausruhen, bevor Marco mit dir die Einzelheiten des Romantikangebots bespricht. Wegen des Namens haben wir uns noch nicht entschieden. Gefällt dir *Winterdreams for Two*, *Liebesglück im Schnee* oder *Winterzauber im Château* besser?« Ich musste ziemlich verwirrt dreingeschaut haben, denn sie wandte sich mit gerunzelter Stirn an Marco. »Hast du Livia gar nicht erzählt, was du vorhast?«

Sein Seufzen und die fahrige Geste, mit der er sich durchs Haar fuhr, versetzten mich in Unruhe. Was zur Hölle war hier los?

»Um die Gewinnspanne des Unternehmens zu erhöhen, richten wir unser neues Konzept an Menschen, die einen ganz besonderen Urlaub verbringen möchten. Unvergessliche Erlebnisse in Kombination mit exklusiver Quality-Time.«

»Und wie soll das konkret aussehen?«, hakte ich nach, obwohl ich mir nicht sicher war, ob ich die Antwort wirklich wissen wollte.

»In den letzten Monaten habe ich einige Umbauarbeiten veranlasst, um das *Hotel Stadler* in ein Romantikhotel zu verwandeln.«

»Deswegen haben wir auch einen neuen Namen«, unterbrach ihn Rosie. »*Château Romantique*, damit alle gleich wissen, was sie bei uns erwartet.«

»Ein Romantikhotel?«, wiederholte ich, weil ich immer noch nicht verstand, was das Ganze mit mir zu tun haben sollte.

»Marco hat sich eine Reihe von Aktivitäten ausgedacht, die unsere Gäste dazubuchen können. Ein erstklassiges Special für Frischverliebte sowie Paare, die sich voneinander entfernt haben und wieder neu finden wollen.«

Romantische Ferien im Schnee für die oberen Zehntausend? So etwas konnte auch nur Marco einfallen. »Mir ist nicht ganz klar, wie ich dabei behilflich sein kann.«

Das Schrillen eines Weckers drang an mein Ohr.

»Oh, das sind die Plätzchen! Ich lasse euch zwei Hübschen kurz allein.«

Nachdem Rosie gegangen war, atmete Marco einmal tief durch, bevor er sich mir zuwandte, was es mir schwer machte, mich auf seine nächsten Worte zu konzentrieren.

»Ich brauche jemanden, der das Programm mit mir testet. Eine Frau, die nicht versucht, sich bei mir einzuschmeicheln, weil sie entweder auf mich, mein Geld oder einen Job in meinem Unternehmen scharf ist.«

Für einige Sekunden machte mich seine Arroganz sprachlos. Wie konnte er davon ausgehen, dass die ganze Welt sich nur um ihn drehte? Er war schließlich nicht der einzige gut aussehende und erfolgreiche Jungunternehmer auf diesem Planeten! Ich öffnete meinen Mund, um ihm eine gepfefferte Antwort entgegenzuschleudern, als mir die Bedeutung seiner Worte erst richtig bewusst wurde.

»Du hast ein Romantikkonzept erstellt und willst, dass ich es ausprobiere? Mit dir?« Die Vorstellung war so absurd, dass ich beinahe laut aufgelacht hätte. In meinem Leben gab es in etwa so viel Romantik wie Wasser in der Wüste. »Tut mir leid, dass ich dich enttäuschen muss, aber ich bin denkbar ungeeignet für diese Aufgabe.«

»Das sehe ich anders. Nur weil du nicht der romantische Typ bist, heißt das nicht, dass du nicht qualifiziert bist.«

»Du hältst mich für unromantisch?«

Er betrachtete mich mit einem provokanten Grinsen, in dem eine unausgesprochene Überlegenheit mitschwang. Ich brauchte all meine Willensstärke, um meinen Blick von seinen vollen geschwungenen Lippen zu seinen Augen zu heben, was meinen aufgeregten Puls leider kein bisschen beruhigte. Mein rasendes Herz fühlte sich durch seine bloße Gegenwart zu Höchstleistungen angespornt.

»Korrigiere mich, wenn ich mich irre, aber hast du dich letztes Jahr nicht gegen die *kitschigen* goldenen Kugeln an Nanes und Cleos Weihnachtsbaum ausgesprochen? Und haben wir wegen dir nicht am vierten Advent eine Dokumentation über die Auswirkungen des Klimawandels angeschaut, weil du *Tatsächlich Liebe* nicht magst? Nicht zu vergessen den Stoffhasen, den Cleo Nane geschenkt hat und den du als unpraktischen Staubfänger bezeichnet hast, weil du als Einzige nicht verstanden hast, dass es ein Symbol für ihre gemeinsame Zukunft zu dritt sein sollte.«

Ich spürte, wie die Wut in mir hochkochte und sich in meinem Magen zu einem heißen Feuerball formte. Da war er wieder, der Mann, der sich ein Urteil erlaubte, ohne die Fakten beziehungsweise die Hintergründe zu kennen. »Nur weil ich nicht an die große Liebe glaube, bedeutet das noch lange nicht, dass ich unromantisch bin. Ich habe lediglich andere Prioritäten, einen sehr anspruchsvollen Beruf, zum Beispiel.«

Er zog eine Braue hoch, was meine Aufmerksamkeit zu der dünnen Narbe auf seiner Stirn lenkte, die von einem Kletterunfall stammte, wie ich von Nane wusste. Angeblich war Marco schon immer furchtlos gewesen und hatte stets nach Höherem gestrebt. »Arbeit ist nicht alles im Leben.«

»Das sagst ausgerechnet du? Hast du nicht die letzten drei

Jahre nonstop gearbeitet, um dein Unternehmen aufzubauen?«

»Es gibt Zeiten, in denen man Opfer bringen muss. Ich habe *Visions and Dreams* aus dem Nichts erschaffen, und schau, wie weit wir gekommen sind! Hätte ich nicht …«

»Genau davon rede ich«, fiel ich ihm ins Wort. »Wenn du in einer Beziehung bist, kannst du nicht jeden Tag bis spät in die Nacht im Büro bleiben. Man muss ständig Kompromisse eingehen und sich seine Zeit sinnvoll einteilen, wenn man in seinem Job vorankommen will. Aus diesem Grund bin ich der Überzeugung, dass man in Bezug auf seine Karriere alleine besser dran und vor allem wesentlich freier in seinen Entscheidungen ist. Wer weiß, wo dein Unternehmen jetzt stünde, wenn du eine Freundin hättest, die am Samstag erst mit dir brunchen, danach ausgiebig shoppen und am Sonntag ihre Eltern besuchen will.«

Für einen Moment schienen Marco die Worte zu fehlen. Ärgerte es ihn, dass ich ausgesprochen hatte, wovon er selbst überzeugt war?

»Manchmal ist der Preis, den wir zahlen, höher, als wir glauben«, entgegnete er beinahe tonlos.

»Redest du von Helen? Hat sie dich nicht verlassen, weil du nie Zeit für sie hattest?« Noch bevor ich den Satz zu Ende gesprochen hatte, hätte ich mir am liebsten auf die Zunge gebissen. Ich musste dringend lernen, erst nachzudenken, ehe ich den Mund aufmachte. Für eine Millisekunde sah ich den Schmerz in seinen Augen aufflackern. Dann verfinsterte sich seine Miene. »Wie auch immer«, versuchte ich, mich aus meiner prekären Lage zu befreien, »heutzutage gibt es sowieso höchstens Lebensabschnittspartner. Wir entwickeln uns schließlich ständig weiter, da ist es doch nachvollziehbar, dass

Beziehungen auseinanderdriften. Selbst wenn du weniger gearbeitet hättest, hättet ihr euch vermutlich dennoch früher oder später getrennt.«

»Ich finde, du bist ziemlich zynisch für dein Alter.«

»Nur weil ich zwei Jahre jünger bin als du, heißt das nicht, dass ich weniger Lebenserfahrung habe.« Dieser Mann konnte einen wirklich zur Weißglut bringen mit seiner Rechthaberei.

»Hältst du es nicht für möglich, dass man sich zusammen weiterentwickelt, sich bei seinen Träumen gegenseitig unterstützt und gemeinsam wächst?«

»Ist das der Werbeslogan deines Unternehmens? Falls ja, solltest du ihn dringend überdenken. Mich überzeugt er jedenfalls nicht.«

»Was ist mit Nane und Cleo? Ist das auch nur ein vorübergehender Flirt für dich?«

»Die beiden sind eine Ausnahme«, gab ich widerstrebend zu.

»Und Rosie und Hannes? Sie sind seit über zwanzig Jahren verheiratet.«

»Das muss nicht bedeuten, dass sie auch glücklich sind.«

»Du wirst deine Meinung ändern, sobald du sie besser kennst.« Der liebevolle Ton in seiner Stimme ließ meinen Ärger verpuffen, weshalb ich mich schnell von ihm abwandte, denn meine Wut war gerade alles, woran ich mich festhalten konnte.

»Hör zu«, sagte ich in versöhnlicherem Tonfall, »wenn du Hilfe mit der Organisation, der Umsetzung deines Businessplans oder sonstigen betriebswirtschaftlichen Aufgaben brauchst, unterstütze ich dich gern. Was das romantische Add-on betrifft, bin ich einfach nicht die Richtige, auch wenn ich rein theoretisch durchaus romantisch sein könnte, wenn ich es wollte.« Ich merkte selbst, wie wenig überzeugend ich klang, und konnte es Marco nicht verübeln, dass er seinen Kopf leicht schräg legte und mich mit sichtlicher Belustigung betrachtete.

»Soll ich dir sagen, was ich denke?«

»Nein,« erwiderte ich und hoffte, ihn damit zum Schweigen zu bringen.

»Meiner Meinung nach bist du genau die Richtige dafür.«

Ich schloss kurz die Augen und atmete tief durch, um sicherzugehen, dass ich nicht die Beherrschung verlor. Wir drehten uns im Kreis, und offenbar war Marco nicht bereit, einzusehen, dass er einen Fehler gemacht hatte und ich ihm nicht helfen konnte.

»Willst du wissen, warum?«

»Habe ich eine Wahl?«

»Nicht wirklich.« Seine Mundwinkel zuckten leicht. »Wenn ich es schaffe, dich zu überzeugen, wird mein Konzept auf jeden Fall ein Erfolg werden.«

»Du meinst, weil ich die unromantischste Person der Welt bin?« Typisch, dass er so dachte. Ich konnte unmöglich hierbleiben und mich auf irgendwelche emotionalen Abenteuer mit dem Bruder meiner besten Freundin einlassen, ganz abgesehen davon, dass ich ihn nicht leiden konnte. »Es ist mein voller Ernst! Du wirst dir eine andere suchen müssen. Frag doch eine deiner zahlreichen Begleitungen. Wenn man der Klatschpresse glauben darf, wechseln sie täglich.«

Er grinste breit. »Eifersüchtig?«

»Das hättest du wohl gern.«

»Du solltest wissen, dass nicht alles wahr ist, was du in den Zeitschriften und im Internet liest.« Wieder fuhr er sich mit der Hand durchs Haar, und ich konnte nicht anders, als der Bewegung mit den Augen zu folgen. »Was hältst du davon, wenn du eine Nacht darüber schläfst und wir uns morgen in Ruhe zusammensetzen? Heute Abend kommst du sowieso nicht mehr von hier weg.«

Ich wollte protestieren, musste aber einsehen, dass er recht hatte. Mit viel Glück würde ich es vielleicht noch bis Bern oder Zürich schaffen und wäre dann gezwungen, mir dort ein Hotel zu suchen. Da konnte ich genauso gut hier übernachten.

Bevor ich etwas erwidern konnte, kam Rosie zurück und strahlte uns an. »Wenn du Livia alles Nötige erklärt hast, zeige ich ihr jetzt ihr Zimmer.«

Während ich Rosie zurück in die Eingangshalle folgte, erläuterte sie mir die einzelnen Baumaßnahmen, die auf Marcos Initiative hin durchgeführt worden waren.

»Ich hätte nie gedacht, dass man mit relativ kleinen Veränderungen eine solch große Wirkung erzielen kann. Wir haben den abgenutzten Teppichboden durch Holzdielen und die schlichten Papier- durch edle Stofftapeten ersetzt. In manchen Räumen, zum Beispiel der Bar und der Bibliothek, haben wir uns für holzgetäfelte Wände entschieden, um eine besonders gemütliche Atmosphäre zu schaffen.«

Im Foyer angekommen, nahm sie mich sanft am Arm und führte mich auf eine hohe Doppeltür zu, die in einem satten Goldton gestrichen war.

»Bevor wir nach oben gehen, musst du dir unbedingt den Ballsaal ansehen.« Sie strahlte mich erwartungsvoll an.

Ich konnte nicht anders, als lächelnd zu nicken, obwohl es in mir noch brodelte, wenn ich daran dachte, dass Marco mich mithilfe seiner Schwester in den hinterletzten Winkel der Schweiz gelockt hatte, um seinen romantischen Pärchenalbtraum mit mir zu testen. Wenn es wenigstens St. Moritz oder Davos gewesen wäre, hätte ich mich noch damit anfreunden können, aber hier gab es nur Wald, Berge und schneebedeckte Wiesen. Und dass Nane mich nicht gewarnt hatte, nahm ich ihr ebenfalls übel.

Als Rosie die Tür öffnete und den Lichtschalter betätigte, weiteten sich meine Augen, und ich spürte, wie sich eine wohlige Gänsehaut auf meinen Armen ausbreitete. Ich hatte das Gefühl, in einem Jane-Austen-Filmsetting gelandet zu sein. Es würde mich kein bisschen wundern, wenn plötzlich Mr. Darcy oder Mr. Knightley auf mich zukämen. Ich setzte einen vorsichtigen Schritt auf die marmornen Fliesen und nahm die Magie des Raums in mich auf. Ich sah alles genau vor mir: das Orchester am Ende des weitläufigen Saals, eine lange Tafel mit weißen Leinentischdecken vor der verspiegelten Wand für das üppige Büfett und in der Mitte elegant gekleidete Paare, die sich im Licht der funkelnden Kronleuchter im Walzertakt drehten.

»Gefällt es dir?« Ich bemerkte den Hauch von Nervosität in Rosies Stimme, als suchte sie nach Bestätigung für Marcos ambitionierten Plan.

»Es ist ein herrlicher Raum, in dem ihr bestimmt viele wundervolle Feste feiern werdet«, erwiderte ich, während ich versuchte, das emotionale Chaos, das in mir herrschte, rational zu analysieren. Auf der einen Seite war so ein Ballsaal der Traum eines jeden Mädchens, das wie ich mit großer Leidenschaft historische Liebesromane verschlang. Auch wenn ich überzeugt war, dass es diese Art von bedingungsloser Liebe in der echten Welt nicht gab, rief der Anblick dieser Pracht ungeahnte Sehnsüchte in mir wach. War es tatsächlich so unrealistisch, dass Menschen in inniger Umarmung die Nacht durchtanzten und sich dabei verliebt in die Augen sahen? Würden sie sich in diesem Saal das Jawort geben und danach ihr Leben lang glücklich sein?

Ich schüttelte leicht den Kopf, um die abwegigen Gedanken zu vertreiben. Nichts war so, wie es von außen schien. Meine Familie war das beste Beispiel: Meine Mutter forschte im Bereich Virale Epidemiologie an der Humboldt-Universität in Berlin und hatte dort eine hochdotierte Professur inne, wohingegen mein Vater einer der gefragtesten Kardiologen weltweit war und meine Schwester sich in der Neurochirurgie einen Namen machte. Jeder, der uns kannte, hielt uns für die perfekte Vorzeigefamilie, aber welche Dramen sich hinter verschlossenen Türen abspielten, konnte niemand erahnen.

Vielleicht würden in diesem Saal Ehen geschlossen, im Champagnerrausch Weihnachten gefeiert oder das neue Jahr eingeläutet werden, aber das bedeutete noch lange nicht, dass die Menschen auch glücklich waren. Das wusste ich aus meiner eigenen bitteren Erfahrung am besten.

»Den Rest des Hotels zeige ich dir morgen.«

Wir verließen den Raum und gingen zu den Fahrstühlen.

»Der Wellnessbereich ist wunderschön geworden mit einem beheizten Infinitypool im Freien, einem Innenbecken mit Massagedüsen und einem tropischen Wasserfall. Natürlich haben wir auch mehrere Saunas, ein Dampfbad und einen Fitnessraum, aber das Beste ist der Whirlpool auf der Panoramaterrasse. Man kann sich trotz Minusgraden nach einem anstrengenden Tag hineinlegen und zu den Sternen schauen.« Sie stieß ein schwärmerisches Seufzen aus. »Im Erdgeschoss befinden sich außer dem Ballsaal und dem Foyer noch der Frühstücksraum, das Restaurant, die Bar und ein Aufenthaltsbereich für unser Team. Im ersten, zweiten und dritten Stock sind die Räumlichkeiten der Gäste in unterschiedlichen Preiskategorien, wobei wir auf die Flitterwochensuite besonders stolz sind. Alle Zimmer verfügen über einen Balkon, der einen wunderschönen Blick auf die umliegende Berglandschaft bietet. Die Bäder haben wir komplett erneuern lassen. Sie sind nun mit herzförmigen, runden oder quadratischen Badewannen für zwei Personen und Regenwaldduschen mit mehrfarbigen LEDs ausgestattet. Ich war zuerst skeptisch, aber die bunten Lichter haben in der Tat einen beruhigenden Effekt.«

Ich nickte, obwohl ich mir nicht so richtig vorstellen konnte, inwiefern eine Lightshow den Aufenthalt in einem Badezimmer bereichern sollte.

Die Fahrstuhltüren glitten auf, und wir fuhren in den zweiten Stock, wo wir einen weiten Korridor betraten, dessen dunkler Holzfußboden einen schönen Kontrast zu den beigen Tapeten abgab, an denen stimmungsvolle Landschaftsaquarelle hingen. Am Ende des Gangs öffnete Rosie die Tür zu einem der Zimmer und ließ mir den Vortritt.

»Wie findest du es?«, fragte sie. Ich hörte den Stolz, der in ihrer Stimme mitschwang. »In diesem Stil wollen wir alle Zimmer herrichten, und ich dachte, es könnte nicht schaden, wenn wir deine Meinung bezüglich der Dekoration miteinbeziehen. Falls du Vorschläge oder Änderungswünsche hast, wende dich gern jederzeit an mich.«

Ich musste mich regelrecht zwingen, vor Schreck nicht zu erstarren und etwas Falsches zu sagen, als ich das breite Kingsize-Bett mit kirschrotem Baldachin und die zahlreichen Kissen sah. Die gesteppte Tagesdecke zierte ein Herz aus Rosenblättern. Auf dem Couchtisch standen ein üppiges

Blumenbouquet, eine eisgekühlte Flasche Champagner und ein Silberteller mit einer Auswahl feiner Pralinés. Das Sofa sah so bequem aus, als würde man nie wieder aufstehen, wenn man sich erst einmal hingesetzt hatte. Auf dem Schreibtisch aus Walnussholz, den zierlichen Nachttischen und der breiten Fensterbank standen brennende Kerzen in bauchigen Gläsern, die zusammen mit den antiken Wandleuchten und diskreten Deckenspots den Raum in warmes Licht tauchten. Fehlten nur noch zu Schwänen geformte Handtücher, die vermutlich dafür gesorgt hätten, dass ich schreiend weggelaufen wäre.

»Es ist ...«, ich zögerte, da ich nicht wusste, was ich zu dieser überbordenden Ansammlung an romantischen Accessoires sagen sollte, »unbeschreiblich.«

»Ich freue mich, dass es dir gefällt. In einer halben Stunde gibt es Abendessen. Du hast doch bestimmt Hunger nach der langen Anreise?«

Beim Anblick der vielen Blumen und Kerzen und beim Gedanken daran, den Abend mit Marco zu verbringen, war mir der Appetit vergangen. Daher lehnte ich dankend ab, was Rosie ehrlich zu enttäuschen schien.

»Falls du es dir anders überlegst, findest du uns in der Küche. Ich kann dir auch eine Kleinigkeit aufs Zimmer bringen, wenn dir nicht nach Gesellschaft ist.«

»Das ist nett, aber alles, was ich brauche, ist ein Bett.«

»Dann wünsche ich dir eine erholsame Nacht.«

Ich schenkte Rosie mein aufrichtigstes Lächeln, zu dem ich in dieser skurrilen Umgebung fähig war. Nachdem sie die Tür hinter sich geschlossen hatte, griff ich nach meinem Handy und wählte Nanes Nummer.

4

Livia

»Wie konntest du mir das antun? Ich dachte, du bist meine Freundin, und stattdessen schickst du mich ins Exil, um ein Romantikangebot für Verliebte zu testen? Hast du denn gar kein Herz?«

»Wärst du gefahren, wenn ich dir gesagt hätte, worum es geht?«, fragte sie und klang dabei nicht annähernd so zerknirscht und reumütig, wie ich es mir erhofft hätte.

»Natürlich nicht, und das weißt du ganz genau!« Ich war immer noch aufgebracht und kurz davor, sämtliche Kerzen auszublasen und die Rosenblätter vom Bett zu fegen, um diesem Albtraum zu entkommen.

»Eben.«

»Ist das alles, was du zu sagen hast? Denn dann schwöre ich dir, dass …« Bevor ich meine Drohung, die ich vermutlich im selben Moment bereut hätte, zu Ende formulieren konnte, fiel Nane mir ins Wort.

»Livi, es hat sich nichts geändert. Die Zukunft des Hotels steht nach wie vor auf der Kippe. Du weißt, dass ich meinem Bruder und seiner Arbeit vertraue, aber das Konzept muss aufgehen. Um das zu gewährleisten, brauchen wir jemanden, der das Angebot unvoreingenommen beurteilt. Und da Cleo und ich ausfallen …«

»… muss ich herhalten, schon klar.«

»Du bist nun mal die einzige Frau, die ich kenne, die absolut immun gegen den Charme meines Bruders ist. Jede andere würde vermutlich alles großartig finden und sich schlimmstenfalls falschen Hoffnungen hingeben, wenn sie mit ihm an einem der romantischsten Orte, den ich kenne, Zeit verbringt.«

Ich schwieg und ließ mir Nanes Worte durch den Kopf gehen. Auf eine verquere Weise ergab ihre Argumentation leider Sinn. Dennoch wäre es mir lieber gewesen, sie hätte mich eingeweiht. Andererseits musste ich zugeben, dass ich mich niemals auf einen romantischen Weihnachtsurlaub in der Schweiz mit Marco eingelassen hätte. Denn darauf lief es am Ende hinaus, egal wie man es formulierte. Vermutlich konnte ich froh sein, wenigstens ein eigenes Zimmer zu haben.

»Nane, ich würde euch wirklich gern helfen, aber ich habe absolut keine Ahnung von Romantik. Und dann der ganze Weihnachtstrubel!« Ich ließ meinen Blick umherschweifen und entdeckte zwischen den Kerzen handgeschnitzte Figuren, bunte Kugeln, kleine Wichtel und sternförmige Anhänger, die an die besinnliche Zeit erinnerten.

»Ich kann mir vorstellen, dass es dir schwerfällt, dich in so einer Umgebung wohlzufühlen. Aber ich weiß auch, wie sehr du Weihnachten früher geliebt hast. Kannst du der Sache nicht wenigstens eine Chance geben?«

Seufzend setzte ich mich aufs Bett und geriet leicht aus dem Gleichgewicht, als die weiche Matratze unter mir nachgab. »Mir bleibt wohl kaum etwas anderes übrig.«

»Lass dir ein heißes Bad ein, und entspann dich ein bisschen. Du hast so viel gearbeitet in den letzten Jahren, dass du dir eine Auszeit mehr als verdient hast.«

Ich wünschte nur, ich wäre nicht in der Nähe des Menschen, der mich bei jeder Begegnung in den Wahnsinn trieb. Nachdem Nane mir noch von den neusten Erlebnissen mit Maya erzählt hatte, verabschiedeten wir uns.

Seufzend stand ich auf, schnappte mir ein paar Kissen, schob die Kerzen zur Seite und machte es mir auf der Fensterbank gemütlich. Draußen fiel der Schnee in dicken Flocken und legte sich auf die ausladenden Äste der meterhohen Tannen. Obwohl ich der kalten Jahreszeit wenig abgewinnen konnte und es mich eher in wärmere Gefilde zog, musste ich zugeben, dass der Anblick etwas Zauberhaftes hatte. Dazu diese Ruhe und die leuchtenden Sterne, die fernab der Großstadt viel heller erstrahlten. Vielleicht hatte Nane recht, und ich sollte das Beste aus meiner Zeit hier machen. Es gab schließlich Schlimmeres, als in einem Luxushotel festzusitzen. Wäre da nur nicht dieses verflixte Romantikangebot!

Nach dem Desaster mit Daniel hatte ich der Liebe abgeschworen und war bisher sehr gut damit gefahren. Meine Arbeit hielt mich beschäftigt, und die Situationen, in denen ich mir einen Partner an meiner Seite wünschte, konnte ich an einer Hand abzählen. Allein durchs Leben zu gehen, mochte vielleicht manchmal einsam sein, aber das Gute daran war, dass man tun und lassen konnte, was man wollte, ohne sich mit jemandem einigen zu müssen.

Nachdenklich streckte ich meine Hand nach einer Praline aus und biss beherzt darauf, nur um sie direkt wieder auszuspucken. Eierlikör! Diesen Geschmack mochte ich gar nicht. Leise vor mich hin grummelnd, stand ich auf und beförderte die Überreste in den Abfalleimer.

Ich war einfach nicht der romantische Typ, und das würden auch ein Teller Pralinen und ein paar Kerzen nicht ändern! Morgen würde ich nach München zurückkehren und mir eine sinnvolle Beschäftigung suchen. Ich könnte eine neue Fremdsprache lernen oder endlich mal meinen Keller ausmisten. Nane würde sicher problemlos einen Ersatz für mich finden. Es musste doch noch andere Frauen geben, die Marco mit Freuden unterstützen könnten und sich dabei nicht gleich Hals über Kopf in ihn verliebten. So unwiderstehlich, wie er glaubte, war er schließlich auch wieder nicht. Und nur weil ich mich der Aufgabe, sein Romantikprogramm zu testen, nicht gewachsen fühlte, oder besser gesagt keine Lust darauf hatte, hieß das noch lange nicht, dass ich es nicht könnte, wenn ich es wollte.

Zufrieden mit dem Ergebnis meiner Überlegungen ging ich ins Bad und blieb vor der kreisrunden Wanne stehen, die groß genug war, um darin eine Party zu feiern. Ich beschloss, nur kurz zu duschen. Da ich versehentlich eines der Programme aktivierte, das meine verspannten Schultern zuerst mit sanften Tropfen lockerte, die allmählich zu einem Prasseln wurden, dauerte es doch länger. Dazu ertönte leise Entspannungsmusik, die mich für eine Weile vergessen ließ, in welch unmöglicher Lage ich mich befand. Als ich aus der Dusche heraustreten wollte, ging ein Gebläse an, das meine Haut in Sekunden trocknete und sich anfühlte wie ein warmer Sommerwind auf einer exotischen Insel. Ich wickelte mir ein Handtuch um den Kopf, schlüpfte in meinen Pyjama und krabbelte unter die Bettdecke, die sich herrlich weich um mich schmiegte und dezent nach Orange und Honig duftete. Dieses Verwöhnprogramm war wirklich nicht schlecht, das musste ich zugeben. Dennoch würde ich morgen abreisen. Es war klüger, in Bezug auf Marco auf Nummer sicher zu gehen.

5

Livia

Am nächsten Morgen lief ich auf direktem Weg zur Rezeption, um Rosie zu bitten, mir ein Taxi zu rufen, das mich zum Bahnhof bringen würde. Da das Foyer verwaist war, folgte ich dem unwiderstehlichen Geruch nach frisch gemahlenem Kaffee und fand sie in der Küche.

»Einen wunderschönen guten Morgen, meine Liebe! Hattest du eine erholsame Nacht?«

»Ja, das Bett ist ein Traum!«

»Das freut mich«, erwiderte sie und strahlte übers ganze Gesicht. »Ich bin gestern gar nicht dazu gekommen, dir zu sagen, wie dankbar Hannes und ich dir sind, dass du uns so kurzfristig zu Hilfe geeilt bist. Weißt du, das Hotel ist unser Lebenstraum. Wir haben so viel dafür aufgegeben. Es wäre ein schwerer Schlag für uns, wenn wir schließen müssten.«

Ich öffnete den Mund, um ihr zu sagen, dass ich es mir anders überlegt hatte und schnellstmöglich abreisen würde, aber sie kam mir zuvor.

»Wir waren vollkommen überwältigt, als die Bank Marcos Businessplan zugestimmt und uns einen weiteren Kredit gewährt hat. All diese Baumaßnahmen haben uns zu Beginn sehr eingeschüchtert, aber allmählich sehen wir, was er mit unserem Haus vorhat. Ich muss zugeben, dass wir beide eine

Umstrukturierung in diesen Dimensionen niemals gewagt hätten. Ein exklusives Romantikhotel, kann sich das einer vorstellen? Nane meinte, du wärst genau die Richtige, um die verschiedenen Angebote, die Marco für unsere Gäste zusammengestellt hat, auszuprobieren.« Sie kicherte, was sie wie ein junges Mädchen wirken ließ. »Hannes und ich hätten es ja selbst getestet, aber wir haben noch so viel zu tun, bevor wir an Weihnachten wiedereröffnen. Ich werde schon nervös, wenn ich nur daran denke. Zum Glück hat Marco uns eine To-do-Liste erstellt, sodass wir nur einen Punkt nach dem anderen erledigen müssen und dabei sicher sein können, dass am Ende alles reibungslos klappt. Er ist ein riesiger Schatz. Aber wem sage ich das? Schließlich seid ihr schon jahrelang befreundet, nicht wahr?«

Ich nickte und startete einen erneuten Versuch, ihr mitzuteilen, dass ich ihr leider nicht würde helfen können, als Marco die Küche betrat.

»Rosie, ich brauche unbedingt noch einen Becher von deinem köstlichen Kaffee.« Er hielt inne, als er mich sah, und verzog seine Lippen zu etwas, das mit viel Fantasie als ein höfliches Lächeln durchgehen konnte. »Guten Morgen, Livia. Ich hoffe, du hast gut geschlafen.«

Von wegen. Ich war mitten in der Nacht aus einem Traum aufgeschreckt, in dem Nane mich zusammen mit Marco in der Flitterwochensuite eingeschlossen hatte, was sich am Ende als weniger unangenehm herausgestellt hatte als erwartet. Ich wurde immer noch rot, wenn ich daran dachte, welch abwegige Bilder meine Fantasie mir vorgespielt hatte: Marco und ich eng umschlungen im Bett, seine schlanken Finger, die quälend langsam über meine Haut streiften, seine Lippen, die mit meinen verschmolzen, und seine Zunge, die …

»Livia?«, brachte seine Stimme mich zurück in die Gegenwart.

»Was?«, entfuhr es mir wenig eloquent.

»Ich habe dich gefragt, ob du dich entschieden hast. Wirst du abreisen, oder willst du mir beweisen, dass du doch nicht so unromantisch bist, wie ich glaube?«

»Ja, ähm, also ich …«, stammelte ich und versuchte, mich zusammenzureißen. Ich war Anwältin, Herrgott noch mal, ich würde ja wohl in der Lage sein, einen vollständigen Satz zu formulieren, auch wenn mein Unterbewusstsein mir einen nicht jugendfreien Traum mit meinem Gegenüber beschert hatte.

»Ich könnte es ehrlich gesagt verstehen, wenn du wieder nach München fahren willst«, sagte Marco und nahm einen Becher Kaffee von Rosie entgegen.

»Ach ja?« Sein plötzliches Einsehen überraschte mich.

»Wahrscheinlich würde es dich komplett überfordern, ein derart intensives Pärchenprogramm zu testen.«

Ich konnte mich gerade noch davon abhalten, empört nach Luft zu schnappen. War das sein Ernst?

»Ich möchte dich auf keinen Fall in eine unangenehme Lage bringen. Schließlich wissen wir beide, dass Emotionen zuzulassen nicht so dein Ding ist und du generell eher zurückhaltend bist, was zwischenmenschliche Beziehungen angeht.«

Mit anderen Worten, er hielt mich für prüde und verklemmt. Es ärgerte mich maßlos, dass er sich wieder einmal ein Urteil über mich erlaubte, auch wenn ich insgeheim zugeben musste, dass er nicht ganz falschlag. Daniels Betrug hatte mein sowieso schon wenig ausgeprägtes Selbstbewusstsein in Bezug auf meine Beziehungsfähigkeit restlos zerstört. Allerdings würde ich eher ein Elfenkostüm anziehen und in aller Öffentlichkeit *Jingle Bells* singen, als das zuzugeben.

»Wenn du dir einbildest, dass du mich mit deinen Paaraktivitäten einschüchtern kannst, dann irrst du dich gewaltig! Ich mag vielleicht aktuell keine Beziehung haben, aber das heißt noch lange nicht, dass ich nicht beurteilen kann, was eine verliebte Frau glücklich macht und was nicht!«

»Ach ja?«, wiederholte er meine Frage von vorhin und hob leicht seine linke Augenbraue.

»Was redest du denn da?«, mischte Rosie sich ein. »Wieso sollte Livia abreisen wollen?« Verwundert sah sie zwischen uns beiden hin und her. »Sie hat doch nicht den ganzen Weg von München auf sich genommen, um gleich am nächsten Tag wieder zurückzufahren.«

Ich konnte förmlich spüren, wie sehr er die Situation genoss. Nachdem ich einmal tief durchgeatmet hatte, hob ich entschlossen mein Kinn. Sein Blick brannte sich in meinen. Wir fochten ein stummes Duell miteinander aus, dennoch konnte ich seine Worte deutlich hören.

Du traust dich also, dich auf mich einzulassen? Was ist, wenn du meine Gegenwart mehr genießt, als dir lieb ist?

»Rosie hat recht«, brachte ich die nervige Stimme in mir zum Schweigen und schaute Marco finster an. »Wo ich nun schon einmal da bin, kann ich mir genauso gut ansehen, was du dir ausgedacht hast. Wir wollen schließlich beide, dass das Hotel überlebt und die Paare hier eine entspannte Zeit verbringen.«

Ein feines Lächeln umspielte seine Lippen, von dem ich mich jedoch nicht beeindrucken ließ. Sollte er doch meinem Unterbewusstsein weismachen, dass ich in seinen Armen die heißeste Nacht meines Lebens verbringen könnte. Tatsache war, dass ich nicht klein beigeben würde. Es mochte Frauen geben, die alles dafür tun würden, mit *Mister Supererfolgreich* in einem abgelegenen Château in den Schweizer Bergen festzusitzen, aber ich war aus einem anderen Holz geschnitzt. Sosehr er mich auch provozieren und reizen mochte, ich würde standhaft bleiben. Und wenn es das Letzte war, was ich tat!

6
Marco

Ich bewahrte mein Pokerface, auch wenn ich innerlich triumphierte. Meine Taktik hatte funktioniert. Ich wäre jede Wette eingegangen, dass Livia mir gegenüber unter keinen Umständen zugeben würde, dass sie sich der Aufgabe nicht gewachsen fühlte. Denn egal, wie ich die Situation betrachtete, Tatsache war, dass ich sie brauchte. Obwohl ich von meinem Konzept überzeugt war, konnte ich es mir nicht leisten, auf einen Testlauf zu verzichten. Und in Livia hatte ich, da musste ich Nane recht geben, meine persönliche Endgegnerin in Sachen Romantik gefunden. Sie war uneinsichtig, stur und hatte diese mir vollkommen unverständliche Abneigung gegen Weihnachten. Ich meine, wie um alles in der Welt konnte man das schönste Fest des Jahres nicht mögen? Zugegeben, der Ansturm auf die Geschenke und die Herausforderung, sich immer wieder neue auszudenken, konnte bisweilen anstrengend sein, vor allem wenn man es auf die lange Bank schob, aber das waren nur Nebensächlichkeiten. Für mich bedeutete Weihnachten, Zeit mit meiner Familie zu verbringen, die aus unseren Adoptiveltern Philippa und Matthias, Nane, Cleo und nun auch Maya bestand. Wir besuchten jedes Jahr den Gottesdienst, kochten und aßen gemeinsam, überreichten uns unsere Geschenke, unternahmen ausgedehnte Spaziergänge, am liebsten durch verschneite Wälder, und ließen es uns ansonsten einfach nur gut gehen. Die Weihnachtsfeste, die ich getrennt von ihnen im Ausland verbracht hatte, waren einsam und eintönig gewesen, obwohl ich mich bemüht hatte, das Beste daraus zu machen.

Ich warf Livia, die sich von mir abgewandt hatte, um sich mit Rosie zu unterhalten, einen nachdenklichen Blick zu. Wenn sie nicht so krampfhaft damit beschäftigt wäre, der Welt zu beweisen, wie unabhängig sie war, könnte man annehmen, dass sie liebenswert und empfänglich für anerkennende Bemerkungen und aufmerksame Gesten wäre. Doch das täuschte. Ich hatte mehr als ein Mal versucht, ihr ein Kompliment zu machen, das sie lediglich mit eisigem Schweigen und ihrem Todesblick quittiert hatte. Livia war eine harte Nuss, so viel stand fest. Aber zufälligerweise liebte ich Herausforderungen. Ob ich es schaffen würde, sie mit Weihnachten zu versöhnen? Die Idee gefiel mir. Und die erste Aktivität, die ich für heute geplant hatte, würde mich meinem Ziel einen großen Schritt näher bringen. Am Ende des Tages würde Livia nicht nur mein Potenzial als erfolgreicher Business Consultant anerkannt haben, sondern auch zugeben müssen, dass ich durchaus ein Experte in Sachen Romantik war.

Ich trank einen Schluck von meinem Kaffee und warf einen Blick auf die Wanduhr. Livia, die Rosie gerade vergeblich davon abzuhalten versuchte, ihr ein Omelett mit Pilzen, Tomaten und frischen Kräutern zuzubereiten, zuckte schließlich resigniert mit den Schultern, was mir ein Lächeln entlockte. Schön, zu sehen, dass die taffe Anwältin der Fürsorglichkeit unserer Gastgeberin ebenfalls nichts entgegenzusetzen hatte.

»Wir sollten bald los. Unser erster Termin ist für zehn Uhr gebucht. Ich würde sagen, wir treffen uns in einer Stunde im

Foyer. Passt dir das?«, fragte ich und rechnete schon mit Widerworten, doch Livia nickte knapp.

Während sie zusammen mit Rosie frühstückte, erledigte ich einige Anrufe und lauschte dabei ihrem hellen Lachen, das alle paar Minuten von der Küche durch meine offene Bürotür herüberschallte. Was war bloß los mit dieser Frau? Warum konnte sie mit anderen locker und entspannt umgehen und verhielt sich in meiner Gegenwart geradezu feindselig? Man könnte fast den Eindruck gewinnen, ich hätte ihr etwas getan. Oder weshalb hatte sie nach unserer ersten Begegnung, bei der wir uns gut verstanden hatten, eine spontane Abneigung gegen mich entwickelt?

Seufzend versuchte ich, mich auf meine Arbeit zu konzentrieren, anstatt mir weiter über ihr seltsames Verhalten den Kopf zu zerbrechen, was mir jedoch unerwartet schwerfiel.

Zu meiner Überraschung war Livia pünktlich und stieg ohne Diskussion zu mir in den Wagen. Vielleicht lag es aber auch daran, dass Minnie ihr dicht auf den Fersen war und sie das Auto als rettende Zuflucht betrachtete. Wie am Vortag trug sie Jeans zu einem Wollpullover und anstelle ihres Mantels eine taillierte Winterjacke. Die zu einem losen Zopf geflochtenen Haare lugten unter einer hellblauen Pudelmütze hervor.

Auf den ersten Kilometern versuchte ich noch, höfliche Konversation zu betreiben, musste aber bald einsehen, dass ich ihr kaum mehr als einsilbige Antworten entlocken konnte. Sie wollte nicht reden? Wunderbar, dann würden wir eben Musik hören. Ich verband mein Handy mit dem Soundsystem des Wagens und war gerade im Begriff, eine Playlist aufzurufen, als Livia ihre Hand ausstreckte und ihren Finger über der Musik-App schweben ließ.

»Darf ich?«

Auf das Schlimmste gefasst, nickte ich. Wenige Sekunden später erfüllten harte Gitarrenklänge das Innere des Wagens. Ich warf ihr einen überraschten Blick zu, da ich nicht damit gerechnet hatte, dass sie auf Rockmusik stand, doch sie hielt die Augen auf die Straße gerichtet und wippte nur leicht mit dem Kopf im Takt der Musik.

Vierzig Minuten später erreichten wir unser Ziel, einen kleinen Flugplatz in der Nähe von Visp. Livia zog misstrauisch die Brauen zusammen, als sie die Flugzeuge und Helikopter sah.

»Was genau hast du vor?«, fragte sie, als ich Anstalten machte, auszusteigen.

»Lass dich überraschen.«

Wir verließen den Wagen und liefen auf den Hangar zu. Ein untersetzter Mann Ende dreißig kam uns entgegen. Er trug eine Baseballkappe und eine schwarze Fliegerjacke, deren Reißverschluss trotz der Kälte halb geöffnet war.

»Kann ich euch helfen?«, erkundigte er sich und lächelte uns freundlich an.

»Hallo, ich bin Marco, und das ist Livia. Wir haben einen Tandemsprung für heute gebucht.« Aus dem Augenwinkel sah ich, wie die Miene meiner Begleiterin erstarrte.

»Da seid ihr bei mir richtig. Ich bin Henning, euer Pilot.« Er wollte Livia gerade zur Begrüßung die Hand reichen, doch sie fuhr zu mir herum und funkelte mich aufgebracht an.

»Du willst, dass ich aus einem Flugzeug springe?« Ihre Stimme hatte einen hysterischen Beiklang, der mich leicht zusammenzucken ließ, während Henning stumm in sich hinein grinste, als würde er eine solche Szene nicht zum ersten Mal erleben.

»Das ist eine der Aktivitäten des Romantikangebots«, erklärte ich ihr in beruhigendem Tonfall in der Hoffnung, sie damit nicht noch mehr auf die Palme zu bringen. »Normalerweise bucht man zwei Sprünge. Aber da ich ein erfahrener Fallschirmspringer bin, eine Sprunglehrer- und zusätzlich eine Tandemmaster-Berechtigung habe, kann ich dich mitnehmen.«

Livia war bei meinen Worten blass geworden und verschränkte nun abwehrend die Arme vor der Brust. »Auf gar keinen Fall!«

»Vertraust du mir etwa nicht?«, versuchte ich, sie aus der Reserve zu locken.

»Wieso sollte ich? Und wie kommst du überhaupt auf die absurde Idee, Verliebte könnten Interesse an einer Nahtoderfahrung haben?«

War ja klar, dass ich mich zu früh gefreut hatte und mir nun doch eine nervenaufreibende Diskussion bevorstand. Ich bedachte Henning mit einem entschuldigenden Lächeln. »Eine Beziehung erfordert nicht nur Mut und Entgegenkommen. Sie verlangt vor allem Durchhaltevermögen und das Ausloten der eigenen Grenzen. Wenn du deine Angst überwindest und gemeinsam den puren Adrenalinkick durchlebst, wird es eine der Erfahrungen sein, an die du dich dein Leben lang erinnerst und Probleme wie die Frage, wer den Müll rausbringt, wie lächerliche Lappalien wirken lässt.«

Ihre Miene wurde noch ungläubiger. »Willst du damit sagen, wenn ich in mehreren Tausend Metern Höhe aus einem Flugzeug springe, trage ich für den Rest meines Lebens brav den Müll für dich raus?«

»Was? Nein! So war das nicht gemeint!«, widersprach ich und blickte Hilfe suchend zu Henning, dessen Grinsen im

Laufe unseres Wortwechsels immer breiter geworden war. »Es ist wissenschaftlich erwiesen, dass das gemeinsame Durchleben einer Extremsituation die Beziehung stärkt.«

Livia schüttelte fassungslos den Kopf. »Kein Wunder, dass du nie lange mit jemandem zusammen bist.«

Ich sparte es mir, ihr zu erklären, dass ich es gar nicht erst darauf anlegte, sondern die Vorteile von unverbindlichen One-Night-Stands zu schätzen gelernt hatte.

»Glaub mir, wenn ich dir sage, dass die wenigsten Menschen direkt nach ihrer Hochzeit den Wunsch verspüren, ihr Leben in Gefahr zu bringen, und falls doch, dann ist bei der Partnerwahl etwas gründlich schiefgegangen.«

Henning lachte aus vollem Hals und zwinkerte Livia vergnügt zu. »Wenn ich einen Vorschlag machen dürfte«, mischte er sich in unsere Unterhaltung ein. »Wir bieten nicht nur Fallschirmspringen und Rundflüge an, sondern auch Ballonfahrten. Meine Kollegin hätte Zeit, da ein Paar kurzfristig abgesagt hat. Der Ballon ist so gut wie bereit. Ihr müsst praktisch nur noch einsteigen.«

Fragend sah ich zu Livia, die unentschlossen auf ihrer Unterlippe herumkaute. Unerwünschte Bilder schossen mir in den Kopf, was ich mit diesen anmutig geschwungenen Lippen alles anstellen könnte. Denn es gab noch eine ganz andere, wesentlich angenehmere Art, sich gegenseitig um den Verstand zu bringen, als sich ständig wegen Nichtigkeiten zu streiten. Wobei die Frage, ob es sich bei einem Fallschirmsprung um eine Nichtigkeit handelte, vermutlich zu kontroversen Antworten führen würde. Sowohl Nane als auch Helen, meine Ex-Freundin, hatten mich mehr als ein Mal darauf aufmerksam gemacht, dass nicht alle Menschen die Herausforderung so sehr suchten und liebten, wie ich es tat.

»Das wäre eine akzeptable Alternative. Was meinst du?«, wandte ich mich an Livia, die immer noch nichts sagte, sondern stur die schneebedeckten Berge fixierte, die uns umgaben.

»Eine Ballonfahrt klingt zumindest besser, als aus einem Flugzeug zu springen.« Ich sah ihr an, dass sie noch nicht ganz überzeugt war.

»Wärst du bereit, es zu versuchen?« Sie drehte den Kopf, bis unsere Blicke sich kreuzten. Für einen Moment fühlte es sich an, als würde die Welt um uns herum stillstehen.

»Habe ich eine Wahl?« Die Resignation in ihrer Stimme war nicht zu überhören, und ich fragte mich, wo ihr Kampfgeist geblieben war.

»Wenn du lieber wieder zum Hotel fahren willst, genügt ein Wort von dir, und ich blase alles ab.«

Sie musterte mich einen Augenblick, als könnte sie so herausfinden, ob sie mir trauen konnte. Offenbar hatte ich die Prüfung bestanden, denn sie rang sich ein kleines Lächeln ab.

»Lass es uns ausprobieren. Schließlich möchte ich mir nicht für den Rest meines Lebens anhören müssen, dass ich direkt am ersten Tag gekniffen habe. Und versuch gar nicht erst, zu leugnen, dass du mich bis in alle Ewigkeit damit aufziehen würdest.« Sie fuchtelte drohend mit ihrem Zeigefinger vor meiner Nase herum. Ohne nachzudenken, griff ich nach ihrer Hand. Ich spürte, wie sie erstarrte, und rechnete schon damit, dass sie sich mir entziehen würde, doch dann entspannte sie sich. In einvernehmlichem Schweigen folgten wir Henning, der uns um den Hangar herumführte, wo ein zur Hälfte gefüllter Ballon auf der Seite lag. Eine zierliche Frau mit rotblondem Haar wollte gerade die Ventilleine ziehen, um die Luft aus der Hülle zu lassen.

»Anja, warte! Ich habe zwei Passagiere für dich.«

Die junge Frau drehte sich um und lächelte uns erfreut an. »Na Gott sei Dank! Ich dachte schon, ich hätte mir die ganze Arbeit umsonst gemacht. Normalerweise bereiten wir den Ballon gemeinsam vor, aber die Gäste haben darauf bestanden, dass alles fertig ist, wenn sie kommen. Und dann sagen sie zwanzig Minuten vor Abfahrt ab. Nicht gerade die feine Art.«

Sie reichte uns die Hand, wobei ich feststellte, dass sie einen überraschend festen Händedruck hatte, was sie mir direkt sympathisch machte. Offenbar war sie daran gewöhnt, ordentlich anzupacken.

»Es könnte jetzt etwas heiß werden. Am besten haltet ihr erst einmal Abstand.«

Wir traten zurück und beobachteten, wie sie die Hülle für einen letzten Check umrundete, ehe sie den Gasbrenner betätigte. Während sich der Ballon aufrichtete, kletterte sie in den Korb. Henning half ihr, die Leinen zu befestigen. Dann gab er uns mit einem Wink zu verstehen, dass wir einsteigen sollten. Fasziniert legte ich meinen Kopf in den Nacken und ließ die beeindruckende Konstruktion auf mich wirken. Livia hingegen klammerte sich an den Haltegriffen fest, als fürchtete sie einen turbulenten Start. Ich beugte mich zu ihr und brachte meine Lippen nahe an ihr Ohr, musste dann aber einsehen, dass das Fauchen des Gasbrenners zu laut war, um sich zu unterhalten. Als er kurz verstummte, nutzte ich meine Chance.

»Noch kannst du es dir überlegen.« Sie reagierte nicht, doch ich erkannte an ihrer angespannten Kiefermuskulatur, dass sie sich alles andere als wohlfühlte. »Du musst mir nichts beweisen.«

»Kann's losgehen?«, fragte Anja.

Livia nickte entschlossen, woraufhin Anja die Leine löste, mit der der Korb am Verfolgerfahrzeug befestigt war.

»Es gibt ein paar Regeln, wenn ihr sicher wieder runterkommen wollt. Setzt euch nicht auf den Korbrand, und kommt den Gasflaschen nicht zu nah. Haltet euch ausschließlich an den dafür vorgesehenen Haltegriffen fest und keinesfalls an den Leinen oder Gasschläuchen. Wenn ich euch Anweisungen gebe, befolgt ihr sie ausnahmslos und ohne zu zögern. Alles klar?«

Dieses Mal nickten wir zeitgleich.

»Die Fahrt wird zwischen sechzig und neunzig Minuten dauern. Solltet ihr vorher abbrechen wollen, gebt mir Bescheid.«

Während Livia trotz der Wärme, die vom Gasbrenner ausging, auffallend blass war, breitete sich in mir ein wohliges Kribbeln aus. Auch wenn eine Ballonfahrt nicht mit einem Sprung aus viertausend Metern Höhe zu vergleichen war, fand ich es doch spannend, etwas Neues auszuprobieren.

Livia stieß einen kleinen Schrei aus, als der Korb vom Boden abhob, und wurde leicht panisch. Instinktiv schlang ich meine Arme um sie, spürte ihren Rücken an meiner Brust. Obwohl ich bezweifelte, dass sie mich hören konnte, flüsterte ich ihr beruhigende Worte zu. Ihr Atem ging schnell und hektisch.

»Schau auf die Bergspitze dort!«, rief ich und deutete auf den höchsten Gipfel, der vor uns aufragte. Ihr Blick folgte meinem Finger. »Und nun versuch, tief ein- und langsam wieder auszuatmen.« Ich spürte, wie sie allmählich ruhiger wurde, und bemerkte, dass sich auch ihr Griff ein wenig lockerte.

Eine Weile standen wir schweigend zusammen, unsere Körper dicht aneinander, da Livia sich Halt suchend gegen mich lehnte. Anja ließ in regelmäßigen Abständen eine beeindruckende Flamme emporsteigen, sodass wir immer mehr an Höhe gewannen. Ich sah Visp unter unseren Füßen und verlor mich im umliegenden Bergpanorama. Die Gegend war ein Paradies für Kletterer. Es gab einige Viertausender, die mich reizten, sie zu bezwingen.

Normalerweise war ich kein Freund von Untätigkeit, und über eine Stunde still in einem Korb auszuharren, stellte eine echte Herausforderung für mich dar. Seltsamerweise fühlte ich mich in Livias Nähe weniger rastlos als erwartet. Auch meine Gedanken kamen nach und nach zur Ruhe. Als wollte der Himmel den zerbrechlichen Frieden festigen, der zwischen uns herrschte, breitete die Sonne ihre Strahlen über dem Tal aus und ließ den Schnee ringsum wie Millionen Diamanten glitzern.

Zufrieden schaute Anja sich um, als wäre sie stolz darauf, dass sich die Landschaft von ihrer schönsten Seite zeigte.

»Traumhaft, nicht wahr?«, wandte ich mich an unsere Ballonpilotin, die vollkommen in ihrem Element zu sein schien.

»Ich bin fast jeden Tag hier oben, und dennoch werde ich mich niemals an diesem Anblick sattsehen. Als Kind habe ich immer davon geträumt, fliegen zu können. Ich wollte wie ein Adler die Flügel ausbreiten und hoch über der Erde schweben. Das hier kommt dem ziemlich nahe.« Sie grinste mich an und blickte wieder zu den Bergen, um uns etwas Privatsphäre zu gönnen. So eng wie wir zusammenstanden, hielt sie uns sicherlich für ein Paar.

»Alles in Ordnung?«, fragte ich Livia und schaute sie von der Seite an. Sie hatte die Haltegriffe losgelassen und ihre Hände auf meine Unterarme gelegt, die ich um ihre Taille geschlungen hatte. Ihr Blick war in die Ferne gerichtet, und zum ersten Mal seit ihrer Ankunft sah sie glücklich aus. Die kleine Falte auf ihrer Stirn, die immer dann auftrat, wenn sie sich über etwas ärgerte, war verschwunden. Stattdessen lag auf ihren Zügen ein leichtes Lächeln. Sie nickte und drehte sich in meine Richtung. Ihre Augen waren von einem faszinierenden Goldbraun, das im Licht der Sonne warm glänzte. Sie war keine klassische Schönheit, aber mit ihrer leicht geschwungenen Nase, den vollen Lippen und dem süßen Leberfleck am Kinn konnte sie einen Mann durchaus in Versuchung führen.

»Ich glaube, das mit dem Fallschirmspringen wäre wirklich keine so gute Idee gewesen«, witzelte ich, um mich von diesen verrückten Gedanken abzulenken, und war froh, dass sie leise auflachte, anstatt mir erneut Vorhaltungen zu machen.

»Was daran begeistert dich so?«

»Das erste Mal kostet es ein wenig Überwindung, sich fallen zu lassen. Aber wenn du dann schwerelos durch die Luft fliegst, wirst du von einem Rausch erfasst, der dir das Gefühl gibt, unbesiegbar zu sein.«

Sie dachte einen Moment über meine Worte nach. »Alle deine Freizeitbeschäftigungen, das Fallschirmspringen, das Free Climbing, die Rafting-Touren und deine Ein-Mann-Expeditionen in Länder, wo entweder unmenschliche Wetterbedingungen herrschen oder haufenweise wilde Tiere herumlaufen, sind allesamt sehr riskant. Warum bringst du dich ständig in Gefahr?«

Ich war überrascht, wie gut sie über mein Leben Bescheid wusste. Offenbar erzählte meine kleine Schwester ihr mehr, als ich angenommen hatte.

»Du weißt, dass unsere Eltern früh gestorben sind?«, fragte ich, obwohl ich davon ausging, dass Nane ihr von unserer

Kindheit erzählt hatte. Als sie nickte, fuhr ich fort. »Sie hatten nicht die Chance, ihr Leben zu genießen. Und irgendwie habe ich das Gefühl, es an ihrer Stelle tun zu müssen. All die Länder, die ich bereise, die Abenteuer, die ich bestehe – das mache ich auch für sie. Wenn ihr Tod mich eines gelehrt hat, dann, dass das Leben von einem Moment auf den anderen vorbei sein kann. Und wenn es bei mir eines Tages so weit ist, möchte ich sagen können, dass ich es in vollen Zügen genossen habe.«

Für einen Moment fürchtete ich, zu viel offenbart zu haben, aber Livias Schweigen und der leicht verstärkte Druck ihrer Finger gaben mir die Hoffnung, dass sie mich verstanden hatte.

Anja brachte den Ballon noch weiter in die Höhe und erklärte uns dann, wie die Berge hießen, die vor uns aufragten. Sie deutete auf die Monte-Rosa- und die Weißhorngruppe und zeigte uns die einprägsame Silhouette des Matterhorns, des berühmten Toblerone-Bergs, der sich in der Ferne gegen den hellblauen Himmel abhob. Im Gegensatz zu einem nur wenige Minuten andauernden Fallschirmsprung hatten wir genug Zeit, die beeindruckende Umgebung in Ruhe zu betrachten. Vielleicht sollte ich in Erwägung ziehen, eine Ballonfahrt mit ins Programm aufzunehmen.

Livia holte ihr Handy aus der Jackentasche und schoss ein paar Fotos. Einem spontanen Impuls folgend, nahm ich ihr das Mobiltelefon aus der Hand, streckte meinen Arm aus und ging leicht in die Knie.

»Cheese!« Sie grinste, als ich auf den Auslöser drückte, und ich wünschte mir, dass ihre Unbeschwertheit anhalten würde.

Als Anja uns mit heißem Kakao versorgte, lösten wir uns wieder voneinander. Es war schön, zu beobachten, wie Livia sich immer mehr entspannte. Sie tauchte mit dem Löffel die kleinen Marshmallows unter, die Anja als Topping auf das Getränk gestreut hatte, bevor sie einen tiefen Schluck nahm, der ihr einen bezaubernden Milchbart bescherte.

»Du hast da was«, neckte ich sie und zog meinen Handschuh aus. Als ich mit dem Daumen ihre Oberlippe berührte, spürte ich, wie ein Blitz durch meinen Körper schoss. Sie hielt ganz still, als ich den Kakao wegstrich. Der Augenblick war mit einem Mal unglaublich intim. Ich sah die Hitze, die ihr trotz der winterlichen Temperaturen in die Wangen stieg, nahm das leichte Flattern ihrer Lider wahr und fragte mich, wie es sich anfühlen mochte, ihre Lippen mit meinen zu berühren, meine Hände unter ihre Kleidung zu schieben, um ihren Körper zu erkunden. Sofort unterbrach ich den Blickkontakt, um wieder zu mir zu kommen. Offenbar war mir die Höhenluft zu Kopf gestiegen. Anders konnte ich es mir nicht erklären, dass ich auf einmal derartige Gedanken in Bezug auf die nervige und extrem anstrengende beste Freundin meiner Schwester hatte. Die restliche Fahrt über vermied ich es, Livia anzusehen, und war froh, dass auch sie sich damit begnügte, die Aussicht zu genießen.

Für die Landung peilte Anja eine schneebedeckte Wiese an, wo bereits das Verfolgerfahrzeug samt Anhänger bereitstand, um uns und den Ballon in Empfang zu nehmen. Ich gab mein Bestes, um Livia mit kleinen Anekdoten meiner Reisen abzulenken, da sie sich erneut verkrampfte, als Anja die Ventilleine zog und wir zu sinken begannen. Es gelang mir, sie ein paar Mal zum Lächeln zu bringen, dennoch spürte ich ihre Erleichterung, als der Korb am Boden aufkam und sicher stand. Wir warteten, bis Anja uns erlaubte, auszusteigen. Ich reichte Livia meine Hand und bemerkte das leichte Zittern ihrer Finger. Wir machten ein paar Schritte vom Ballon weg. Henning zog an einer weiteren Leine und sorgte dafür, dass die Hülle sich langsam zur Seite neigte.

»Geht es dir gut?«, erkundigte ich mich, nachdem wir mit vereinten Kräften das Ballonequipment in den Anhänger verfrachtet hatten, und stellte erfreut fest, dass ihre Wangen rosig schimmerten.

»Das war ein einmaliges Erlebnis!«, gab sie zu und blickte mit leuchtenden Augen zu mir empor. »Danke, dass du auf mich Rücksicht genommen hast.«

»Ich bin froh, dass es dir gefallen hat!«

Sie zog sich die Mütze vom Kopf und steckte sie in die Jackentasche. Es juckte mich in den Fingern, ihr die Haarsträhne, die sich aus dem Zopf gelöst hatte, hinters Ohr zu streichen, aber ich hielt mich zurück. Nur weil wir uns eine gute Stunde lang mal nicht wie Hund und Katz gestritten hatten, bedeutete das nicht, dass wir von nun an die besten Freunde waren.

»Hat es dich viel Überwindung gekostet, in den Ballon zu steigen?«

»Sagen wir mal so, ich fühle mich mit beiden Beinen auf dem Boden wesentlich wohler und sicherer, auch wenn die Aussicht atemberaubend war.«

Fassungslos schüttelte ich den Kopf. »Und ich versuche, dich dazu zu überreden, mit mir aus einem Flugzeug zu springen! Warum hast du mir nicht gesagt, dass du Angst hast?«

»Weil ich nicht wollte, dass du mich für schwach hältst.« Sie sprach so leise, dass ich mich näher zu ihr beugen musste, um sie verstehen zu können.

»Wie kommst du denn auf diese verrückte Idee? Du magst stur und eigensinnig sein, aber auf keinen Fall schwach.« Ich sah, wie sie die Hand zur Faust ballte, und spürte den leichten Druck, als sie mir gegen den Oberarm boxte.

»Wenn hier einer stur und eigensinnig ist, dann ja wohl du!«

Lachend umschloss ich ihre Finger und wünschte mir, wir würden keine Handschuhe tragen. »Einigen wir uns darauf, dass wir in der Regel beide ziemlich genau wissen, was wir wollen und wie wir es erreichen.«

»Schlägst du etwa einen Waffenstillstand vor?«

Ich spürte, wie sich meine Lippen von allein zu einem Lächeln hoben. »Vergiss nicht, dass ich es war, der dir in luftiger Höhe den Rücken gestärkt hat. Meinst du nicht, ich verdiene einen kleinen Vertrauensbonus?«

Sie schien sich meine Worte durch den Kopf gehen zu lassen, bevor sie schließlich nickte. Einmal mehr fragte ich mich, woher ihre Vorbehalte gegen mich kamen. Hatte Nane ihr etwas erzählt, das Livia dazu gebracht hatte, ihre Meinung über mich zu ändern? Oder hatte sie in der Vergangenheit so schlechte Erfahrungen gemacht, dass sie generell skeptisch war? Was es auch sein mochte, ich war wild entschlossen, ihr zu beweisen, dass ich keine bösen Absichten hegte und es durchaus Männer gab, auf die man sich verlassen konnte.

7
Livia

»Morgen«, grüßte ich in die Runde und konnte es mir nicht verkneifen, Marco, der gegenüber von Rosie und Hannes am Esstisch saß, mit einem finsteren Blick zu bedenken. Schließlich war es seine Schuld, dass ich mich die halbe Nacht im Bett herumgewälzt und verzweifelt zu begreifen versucht hatte, was zwischen uns passiert war. Es war nett von ihm gewesen, mir in meiner Panik, die mich in der schwindelerregenden Höhe überkommen hatte, beizustehen. Aber was mich abgesehen von der überraschend tiefsinnigen Unterhaltung am meisten verwirrte, war meine Reaktion auf Marcos Berührung. Er hatte mir lediglich etwas Milch von der Oberlippe gewischt – was bei genauerer Betrachtung eher peinlich als sinnlich war –, woraufhin jede Faser meines Körpers augenblicklich in Flammen gestanden hatte. Und das hatte nichts mit der heißen Luft zu tun gehabt, die den Ballon oben hielt. Konnte es daran liegen, dass ich seit einer gefühlten Ewigkeit nicht mehr auf diese Art berührt worden war? Obwohl meine letzte Beziehung nun schon drei Jahre zurücklag, konnte ich mich nicht erinnern, jemals solch intensive Empfindungen wahrgenommen zu haben. Was würde erst passieren, wenn Marco nicht nur meine Lippe, sondern auch andere Körperteile von mir berühren würde, die noch wesentlich sensibler waren? Ich spürte, wie mir bei dem Gedanken die Hitze in die

Wangen schoss, und schaute schnell zu Boden, bevor jemand erahnen konnte, was in mir vorging. Am besten konzentrierte ich mich auf Marcos unsympathische Charaktereigenschaften, damit sich so ein unsäglicher Vorfall wie gestern nicht wiederholte. Auch wenn ich zugeben musste, dass es mir gefallen hatte, im Mittelpunkt seiner Aufmerksamkeit zu stehen. Ich hatte angenommen, dass er zumindest versuchen würde, mit der sympathischen und extrem hübschen Ballonpilotin zu flirten, die genau seinem Beuteschema entsprach: selbstbewusst, schlank und sportlich. Aber anstatt seine Chancen auszuloten, hatte er sich liebevoll um mich gekümmert, hatte mich abgelenkt und war die ganze Fahrt über höflich und rücksichtsvoll gewesen. Dieses Verhalten passte so gar nicht zu dem Bild, das ich von ihm hatte. Was war mit dem arroganten Jungunternehmer geschehen, der dazu neigte, andere vorschnell zu verurteilen, und sich stets überlegen fühlte? Die ganze Situation war mehr als verwirrend. Da Nane Marcos Schwester war, hatte ich am Vorabend darauf verzichtet, sie anzurufen, um ihr von meinem Gefühlschaos zu erzählen. Kurz war mir der Gedanke gekommen, mich stattdessen an Cleo zu wenden, aber ich wollte ihre kostbare Zeit mit Maya nicht dadurch trüben, dass ich wie ein alberner Teenager durchdrehte, weil Marco für drei Sekunden meine Lippe berührt hatte.

Seufzend ging ich zur Anrichte, griff nach einem der Becher, die an kleinen Haken unterhalb eines Regals hingen, und betrachtete überfordert den Kaffeevollautomaten, als Rosie an meine Seite eilte und mir den Becher abnahm.

»Du siehst müde aus. Hast du schlecht geschlafen?«

Offenbar hätte ich doch noch mehr Tonnen an Make-up gebraucht, um meine Augenringe zu überdecken.

»Mir geht es gut«, murmelte ich und linste zu Marco hinüber, der gerade beherzt in ein Hörnchen biss und dabei genießerisch die Lider senkte. Verdammt! Tat er das mit Absicht?

Entschlossen wandte ich mich ab und rief mir meine Mission ins Gedächtnis: Ich würde mein Bestes geben, um das Paarangebot zu optimieren. Denn nach der gestrigen Erfahrung schien Marco tatsächlich jede Unterstützung zu brauchen, die er kriegen konnte. Schließlich sollten die Gäste ihre Zeit im Château genießen und sich nicht Tag für Tag ihren Ängsten stellen müssen. Wer konnte schon sagen, was Marco, der das Abenteuer liebte und ganz offensichtlich ein Adrenalinjunkie war, sich noch ausgedacht hatte.

Ich setzte mich an die Stirnseite des Tisches und bedankte mich bei Rosie, als sie mir den Kaffeebecher reichte. Ich hatte zwei Möglichkeiten, mit meinen Achterbahn fahrenden Emotionen umzugehen: Ich konnte weiter abwarten, was Marco sich überlegt hatte, oder ich ergriff selbst die Initiative und erfüllte aktiv den mir zugedachten Part. Letzteres schien mir die sicherere Option zu sein, zumindest gab sie mir das Gefühl, wenigstens teilweise die Kontrolle zu haben.

Also hob ich den Kopf und schaute Marco direkt in die Augen, die von winzigen Lachfältchen umrahmt waren, während er mich offen anlächelte. Hatte ich mir wirklich erst vor kurzem gewünscht, sein unwiderstehliches Lächeln würde einmal mir gelten? Ich musste eindeutig vorsichtiger sein mit meinen Wünschen! Tapfer hielt ich seinem Blick stand und konzentrierte mich auf die Wärme, die von dem Becher auf meine Finger überging.

»Verrätst du mir, was wir heute unternehmen? Paragliding, Bungee-Jumping oder eine Gletscherbesteigung?«

Schmunzelnd tat er so, als würde er über meine Frage nachdenken. »Alles gute Vorschläge! Ich sollte sie unbedingt ins Programm aufnehmen.«

»Sehr witzig!«, entgegnete ich, obwohl ich ihm durchaus zutraute, dass er es ernst meinte.

»Da der gestrige Tag eher ruhig war, dachte ich, wir könnten heute Skifahren gehen.«

Skeptisch hob ich eine Augenbraue. Für mich war unser Ausflug so einiges gewesen, aber ganz bestimmt nicht *ruhig*.

»Fährst du lieber Abfahrt oder Langlauf? Oder Snowboard?«

O Mann! Er machte es mir wirklich nicht leicht. Ich trank einen Schluck Kaffee, musste dann aber einsehen, dass es keine schonende Antwort auf diese Frage gab. »Ehrlich gesagt, mag ich keine Wintersportarten.«

Das pure Entsetzen spiegelte sich in seiner Miene. »Kannst du denn Ski fahren?«

Ich zuckte gleichgültig mit den Schultern. »Wir waren früher in den Weihnachtsferien entweder zu Hause in Berlin oder in unserem Ferienhaus auf Sylt.«

»Aber du lebst schon seit über zehn Jahren in München. Bist du denn niemals in die Berge gefahren?« Seine Hand glitt in sein perfekt gestyltes Haar und brachte es im Bruchteil einer Sekunde komplett durcheinander, was ihm einen verführerischen *Out-of-Bed-Look* bescherte.

»Vielleicht gehöre ich ja zu den Menschen, die nicht nachvollziehen können, was so toll daran sein soll, sich auf zwei dünne Bretter zu stellen, um in halsbrecherischer Geschwindigkeit einen Berg hinunterzurasen.«

Er seufzte schwer, als wäre mein Standpunkt für ihn absolut unverständlich, was vermutlich auch tatsächlich so war.

»Wenn du nicht Ski fahren willst, habe ich eine andere Idee, wie wir den Tag verbringen können.«

Ich betrachtete ihn misstrauisch. Er führte etwas im Schilde, so viel stand fest. Ich konnte nur hoffen, dass es weniger herausfordernd war als der Ausflug mit dem Ballon. Ehrlicherweise hätte ich es mir nach den Strapazen am Vortag am liebsten auf einem Sofa gemütlich gemacht, ein bisschen Musik gehört und ein gutes Buch gelesen. Aber Marco sah nicht so aus, als wäre er für einen derartigen Vorschlag empfänglich. Und ich war nicht hergekommen, um untätig herumzusitzen, sondern um ihn dabei zu unterstützen, Rosies und Hannes' Lebenstraum zu retten. Denn sie konnten nun wirklich nichts dafür, dass sie sich in ihrer Not an einen grenzenlos ambitionierten Bewegungsfanatiker gewandt hatten, der zuweilen vergaß, dass normale Menschen nicht permanent ihre Grenzen austesten wollten.

»Das ist dein Plan für heute?«, fragte ich Marco, als wir zwei Stunden später auf der Galerie eines Snow-Tubing-Parks standen und auf das bunte Treiben hinabblickten. Kinder aller Altersgruppen sowie Erwachsene schienen es kaum abwarten zu können, auf überdimensional großen Sitzkissen in einer künstlich angelegten Schneerinne steile Abhänge hinunterzurutschen.

»Das ist so ähnlich wie Schlitten fahren – nur besser.« Als ich nichts erwiderte, bedachte er mich mit einem eindringlichen Blick. »Sag bloß, du bist auch noch nie Schlitten gefahren?«

Ich musste wirklich dringend an meiner Mimik arbeiten. Das ungeduldige Klopfen seiner Fingerspitzen auf dem Geländer verriet, dass er im Gegensatz zu mir darauf brannte, sich ins Getümmel zu stürzen.

»Wie wäre es, wenn ich mich da drüben ins Restaurant setze, mir einen Kaffee bestelle und du schon mal alleine losziehst?«

»O nein! Wir machen das hier zusammen.«

Ich betrachtete resigniert die unbeschwerten Menschen, deren farbenfrohe Schneeanzüge sich vom strahlenden Weiß des Vergnügungsparadieses abhoben. »Auch wenn ich absolut keinen Sinn darin erkennen kann, erkläre ich mich bereit, *eine* Abfahrt zu machen, aber nur weil du andernfalls vermutlich keine Ruhe geben wirst!«

Sein zufriedenes Grinsen ließ meinen Puls in die Höhe schnellen. Offenbar verbuchte er meine Entscheidung als Sieg für sich. Na warte, morgen würde ich mich revanchieren!

»Weißt du, Liv, nicht alles im Leben muss unbedingt Sinn ergeben. Manchmal genügt es, sich einfach nur zu amüsieren. Wann hattest du das letzte Mal so richtig Spaß?«

Die Frage ließ mir keine Zeit, darüber nachzudenken, warum es mir so gut gefiel, dass Marco mich *Liv* nannte, und wie liebevoll es sich aus seinem Mund anhörte. »Erst neulich vor Gericht. Als ich den Anwalt der Gegenseite in die Enge getrieben habe, bis ihm kein weiteres seiner fadenscheinigen Argumente mehr eingefallen ist.«

»Und außerhalb der Arbeit?«

Mein Schweigen schien Antwort genug zu sein. Ich rechnete schon mit der nächsten schlauen Bemerkung, aber Marco legte lediglich seine Hand auf meine Schulter, als wollte er mir damit zeigen, dass er mich verstand.

Wir liefen zu einer Tafel hinüber, auf der die verschiedenen Bahnen je nach Schwierigkeitsgrad in unterschiedlichen Farben verzeichnet waren. Blau schienen die einfachen, Rot die mittelschweren und Schwarz die anspruchsvolleren zu sein.

Den Fotos zufolge verfügten einige über eingebaute Schanzen, die einen meterhoch aus dem Kissen herausschleuderten und mit etwas Glück auf einer weichen Matte landen ließen. Da ich vor Marco nicht zugeben wollte, dass ich vor der ganzen Sache einen höllischen Respekt hatte, entschied ich mich für die kürzeste der roten Routen. Zu meiner Überraschung bestand er jedoch darauf, mit einer leichten Bahn anzufangen.

Mit einem flauen Gefühl im Magen folgte ich ihm an eine Theke, wo uns eine Parkmitarbeiterin zwei Helme und je ein Kissen passend zu unserer Größe aushändigte. Während Marco ein schlichtes graues bekam, war meins knallpink mit glitzernden Punkten auf der breiten Umrandung. Ich musste ihn nicht ansehen, um zu wissen, wie sehr ihn die Aktion jetzt schon amüsierte.

Die Schlange an unserer Abfahrt bestand zu neunundneunzig Prozent aus Dreijährigen und deren Eltern, aber Marco schien sich davon nicht aus der Ruhe bringen zu lassen. Ich verlagerte unruhig mein Gewicht von einem Fuß auf den anderen, wobei sich mein Magen immer mehr zuschnürte. Warum zum Teufel machte ich das? Ich könnte jetzt wunderbar zu Hause an meinem Schreibtisch sitzen und für meinen nächsten Fall recherchieren. Aber nein, ich musste ja die Heldin spielen und mich auf dieses verrückte Abenteuer hier einlassen! *Selbst schuld* würde meine Mutter sagen, und mein Vater würde vermutlich hinzufügen, dass von mir auch nichts anderes zu erwarten war. Schließlich verschwendete ich aus seiner Sicht schon seit Jahren mein Leben, und das nur, weil ich mich gegen eine medizinische Laufbahn entschieden hatte.

Ich war so in Gedanken vertieft, dass ich gar nicht mitbekommen hatte, wie wir in der Schlange vorgerückt waren. Plötzlich stand ich am Startpunkt und schaute den Hügel hinunter, den die Kinder in parallel verlaufenden Rinnen hinabsausten. Irgendwie sah das Ganze von hier oben doch steiler aus als auf dem Plan. Und das sollte eine der einfachen Abfahrten sein?

Marco nahm mir mein Kissen ab und positionierte es vor mir am Start. »Bereit?«

Ich zog mir den Helm auf und nickte, obwohl ich am liebsten gekniffen hätte. Seit wann war ich so ein Angsthase? Marco schien mich zu durchschauen, denn er trat näher an mich heran und schirmte mich von einer Gruppe Kinder ab, die drängelten und sich lautstark beschwerten, dass es nicht weiterging.

»Stell es dir wie eine lange Rutsche vor, nur dass du dabei superbequem liegst.« Mit zitternden Knien kletterte ich in das Kissen. »Lehn dich zurück, und versuch, dich zu entspannen.«

Leichter gesagt als getan. Ich schloss meine Finger um die Haltegriffe und atmete ein Mal tief durch, während Marco aus meinem Sichtfeld verschwand. Ich spürte seine Lippen dicht an meinem Ohr, woraufhin ein Schauer meinen Körper durchlief, der nichts damit zu tun hatte, dass ich kurz davor war, in einem quietschpinken Etwas einen Berg hinunterzurutschen.

»Du wirst es lieben. Vertrau mir! Kann's losgehen?«

Nachdem ich erneut genickt hatte, gab er mir einen sanften Schubs, sodass ich in gemächlichem Tempo den Hügel hinabglitt. Der Schrei, der sich in meiner Kehle gebildet hatte, erstarb. Ich schaffte es, meine Augen, die ich instinktiv fest zugekniffen hatte, zu öffnen und die Umgebung zu betrachten. Oberhalb des verschneiten Waldes, der sich an den Park anschloss, erhob sich die allgegenwärtige Bergkette am Horizont, deren Gipfel von Wolken verdeckt wurden.

Am Ziel angekommen, kletterte ich aus dem Kissen und sah Marco entgegen, der mir mit genügend Abstand in mindestens dreifachem Tempo gefolgt war.

»Ist alles okay?«, rief er, bevor er in einer einzigen geschmeidigen Bewegung aus dem Kissen sprang und zielsicher neben mir landete. Angeber!

»Lass es uns gleich noch mal versuchen«, entschied ich, »aber diesmal schubst du mich richtig an!«

Wir verbrachten den restlichen Vormittag damit, die anderen blauen Strecken zu testen. Da ich immer mehr Gefallen an der Sache fand, überredete ich Marco, auch ein paar von den roten zu probieren. Überhaupt wunderte ich mich, dass er die ganze Zeit über bei mir blieb, obwohl ich hätte schwören können, dass er ohne mich direkt die schwarzen angesteuert hätte. Einige Abfahrten begannen mit einer Art Schneerutsche, durch die man enormen Schwung bekam. Ich schrie und jubelte vor Freude und fragte mich ein ums andere Mal, ob ich jemals zuvor so viel Spaß gehabt hatte. Ich bat Marco, ein kurzes Video aufzunehmen, wie ich in meinem Barbiekissen den Hang hinabschoss und dabei fröhlich in die Kamera winkte. Das würde ich später Nane und Cleo schicken, damit sie sahen, wie ernst ich meine Aufgabe nahm, Marco bei seiner Mission zu helfen. Wobei es hierbei eindeutig mehr um Spaß als um Romantik ging. Aber auch das gehörte zur Liebe dazu.

Nachdem wir uns im Restaurant gestärkt hatten, machten wir direkt weiter. Die Sonne hatte sich hinter den Wolken hervorgekämpft und ließ den Schnee glitzern. Ich rannte mit meinem Kissen voraus und probierte eine Abfahrt nach der anderen aus, zwei davon sogar mit einer kleinen Schanze.

Marco folgte mir lächelnd, und ich versuchte, mir keine Gedanken darüber zu machen, dass ich mich wie eine Vierjährige aufführte, die man im Schneeparadies abgegeben hatte. Es wäre vermutlich souveräner gewesen, wenn ich mich mehr zurückgehalten hätte, aber dafür war das hier einfach viel zu gut. Offenbar war meine Begeisterung kaum zu übersehen, denn als wir das nächste Mal in der Schlange standen, sprach Marco mich darauf an.

»Du scheinst unseren kleinen Ausflug zu genießen.«

Obwohl es mir widerstrebte, ihn in seinem Selbstbewusstsein auch noch zu bestärken, wollte ich ehrlich sein. »Ich glaube nicht, dass ich schon einmal so viel Spaß hatte.«

»Darf ich dir eine persönliche Frage stellen?«

Ich nickte, auch wenn mir nicht ganz wohl dabei war.

»Wie kommt es, dass du in deinem Beruf so taff bist und privat eher …«

»Unsicher?«, half ich ihm aus, als er nicht weitersprach. »Ich bin sehr behütet aufgewachsen und habe wenig Erfahrungen mit derartigen Freizeitbeschäftigungen.«

»Sind deine Eltern nie mit dir in Vergnügungsparks gegangen?«

Ich überlegte kurz, wie viel ich offenbaren wollte, beschloss dann aber, nichts schönzureden. »Meine Eltern hatten schon immer eine klare Vorstellung, was meine Zukunft betraf. Ich sollte Ärztin werden wie sie. Während meine Freundinnen in Urlaub fuhren oder den Sommer in einem Ferienlager verbrachten, nahmen meine Schwester und ich an Begabtenförderungsprogrammen teil, absolvierten Praktika in Krankenhäusern und Arztpraxen und stellten uns für verschiedene ehrenamtliche Aufgaben zur Verfügung. Da blieb keine Zeit für Wintersport oder Freizeitparks.«

»Hast du ein gutes Verhältnis zu deiner Schwester?«

»Wir stehen uns nicht besonders nahe. Elena ist in den Augen meiner Eltern die perfekte Tochter. Im Gegensatz zu mir liebt sie alles, was mit Medizin zu tun hat. An ihrem fünften Geburtstag hat sie sich einen Verbandskasten gewünscht, dann eine Blutdruckmanschette und später ein Stethoskop. Meine Eltern haben keinen Hehl daraus gemacht, wer ihnen mehr bedeutet.«

»Das muss hart für dich gewesen sein.«

Ich kaute nachdenklich auf meiner Unterlippe herum. »Vermutlich habe ich deshalb einen ausgeprägten Gerechtigkeitssinn entwickelt und mich für Jura entschieden.«

Marco betrachtete mich mit einem wissenden Blick. »Du magst deinen Job.«

»O ja! Ich liebe es, die Fakten zu sammeln und im Gerichtssaal meine Argumente vorzutragen. Das ist meine Bühne. Manchmal frage ich mich allerdings, ob Mergers and Acquisitions, der Bereich des Wirtschaftsrechts, auf den ich mich spezialisiert habe, das Richtige für mich ist. Ich vertrete oft Mandanten, die große Imperien leiten und stets danach streben, weitere Firmen zu übernehmen, wodurch sie immer reicher und mächtiger werden.«

»Mit Geld kann man viel Gutes bewirken, solange man es bewusst einsetzt. Aber ich kann verstehen, was du meinst. Ich arbeite normalerweise auch für größere Kunden. Rosie und Hannes sind eine Ausnahme. Sie dabei zu unterstützen, ihren Lebenstraum zu bewahren, erfüllt mich mit einer ganz besonderen Zufriedenheit.«

Ich nickte und staunte, dass ausgerechnet Marco mich direkt verstand. Vielleicht hatten wir doch mehr gemeinsam, als man auf den ersten Blick annehmen würde.

Als die Sonne langsam unterging und sich der Park allmählich leerte, wurde es ruhiger.

»Wollen wir demnächst aufbrechen?«, fragte Marco, der im Gegensatz zu mir kein bisschen erschöpft aussah. Mir hingen einzelne Haarsträhnen, die sich unter der Mütze hervorgemogelt hatten, wirr ins Gesicht. Außerdem war ich sicher, dass meine Wangen gerötet waren und mein Make-up sich im Lauf des Tages komplett aufgelöst hatte.

»Noch ein letztes Mal!«, rief ich und lief zielstrebig los.

»Das ist die falsche Richtung. Da geht es zu den schwarzen Abfahrten.«

Ich drehte mich zu ihm um und lächelte ihn herausfordernd an. »Ich weiß.«

Ehrfürchtig stand ich kurz darauf auf einer kleinen Plattform in schwindelerregender Höhe und fragte mich, ob ich meinen Mut nicht doch überschätzt hatte. Die Rutsche ging quasi senkrecht in die Tiefe, und die sich daran anschließende Rinne verlief in so engen Kurven, dass seitlich Fangnetze gespannt worden waren, um zu verhindern, dass einen die Fliehkraft samt Kissen aus der Bahn beförderte. Mein Magen schlug einen nervösen Salto, woraufhin ich instinktiv einen Schritt zurückwich.

»Vielleicht lasse ich die Abfahrt doch lieber aus.«

»Was hältst du davon, wenn wir zusammen hinunterrutschen?«

Sein Vorschlag überraschte mich. »Ist das denn erlaubt?«

»Vermutlich nicht.« Das abenteuerlustige Funkeln in seinen Augen hätte mir Warnung genug sein sollen. Als Anwältin hatte ich eine Vorbildfunktion und sollte mich nicht einfach über geltende Regeln hinwegsetzen.

»Am Ende werfen sie uns aus dem Park.«

»Es sollte doch sowieso unsere letzte Abfahrt sein. Komm, Liv, tu ein Mal im Leben etwas Verbotenes!«

»Wieso glaubst du, dass ich mich sonst immer korrekt verhalte?« Ich hatte vorwurfsvoll klingen wollen, aber Marco war so nahe an mich herangetreten, dass mir der Atem stockte und meine Stimme kaum mehr als ein Hauchen war. Peinlich berührt, räusperte ich mich und versuchte, an etwas anderes zu denken als an die langen Wimpern, die seine strahlend blauen Augen umrahmten, oder seine verführerischen Lippen, mit denen er mich verschmitzt anlächelte. »Wie sollen wir das überhaupt anstellen? Brauchen wir nicht jemanden, der uns anschubst?« Ich zwang mich, meinen Blick von ihm zu lösen und nach einem hilfsbereit wirkenden Parkbesucher Ausschau zu halten, doch es hielt sich niemand in der Nähe auf.

»Lass das meine Sorge sein. Aber wir machen es nur, wenn du es wirklich willst. Ich möchte dich auf keinen Fall zu etwas drängen, zu dem du nicht bereit bist!«

Ich vermied es, ein weiteres Mal nach unten zu sehen, und schaute stattdessen in die Ferne, wo die Sonne zur Hälfte hinter den Bergen verschwunden war und den Himmel in ein sattes Orangerot tauchte.

»Ich bin dabei«, entgegnete ich, obwohl ich allein bei der Vorstellung tausend Tode starb. Aber das Kind in mir hatte keine Lust, vernünftig zu sein.

»Bist du dir sicher?«

Ich nickte und wandte mich ihm zu. Unsere Blicke trafen sich, was mein Herz dazu veranlasste, unerwartete Kapriolen zu schlagen. Marco musterte mich so intensiv, als wollte er herausfinden, ob ich es auch wirklich ernst meinte. Offenbar war ich überzeugend, denn er positionierte sein Kissen am

Rande der Rutsche und bat mich, hineinzuklettern. Dann ging er ein paar Schritte zurück.

»Bereit?«

Ich rutschte ein Stück nach vorne, um ihm Platz zu machen, umfasste die Griffe, so fest ich konnte, und schloss die Augen. »Kann losgehen.«

Kaum hatte ich den Satz zu Ende gesprochen, nahm er auch schon Anlauf und landete mit einem beherzten Sprung hinter mir. Das Kissen rutschte nach vorne, und wir stürzten in die Tiefe. Zeitgleich spürte ich, wie Marco seine Arme fest um mich legte und mir Halt gab. Ich schrie, wie ich noch nie in meinem Leben geschrien hatte, und nahm dabei das Adrenalin wahr, das durch meine Adern rauschte. Wir rasten den engen Schneekanal hinab, wurden von den Kurven abwechselnd nach links und nach rechts geschleudert. Der Wind pfiff uns scharf entgegen und war so laut, dass er jede Unterhaltung unmöglich machte. Aber es war auch nicht nötig, etwas zu sagen, denn mein Körper, der sich eng an Marcos presste und vor Energie geradezu zu vibrieren schien, verriet ihm alles, was er wissen musste.

Am Ende der Strecke kletterten wir lachend und außer Atem aus dem Kissen, legten unsere Helme ab und rannten, so schnell wir konnten, zum Ausgang, die aufgebrachten Rufe der Security bewusst ignorierend.

Nachdem wir den Wagen erreicht hatten, blieb ich keuchend stehen und stemmte meine Hände in die Seiten. Ich musste unbedingt wieder häufiger joggen gehen.

»Du bist absolut unglaublich! Weißt du das?«, fragte Marco und behielt dabei den Eingang zum Park im Auge, um sicherzugehen, dass uns nicht doch noch jemand wegen des Regelbruchs zur Rede stellte. »Ich würde sagen, du hast deine Abneigung gegen größere Höhen erfolgreich überwunden. Dann spricht eigentlich nichts dagegen, dass wir morgen Fallschirmspringen gehen, oder?«

Ich boxte ihn spielerisch gegen die Brust, auch wenn er durch seine gefütterte Jacke vermutlich nur wenig davon spürte. Es ging mir mehr um die Geste. »Nicht gleich übermütig werden! Außerdem entscheide morgen ich, was wir unternehmen.«

Marco zog überrascht eine Augenbraue hoch. »Einverstanden, aber du musst mir sagen, was du vorhast, damit ich überprüfen kann, ob die Aktivität zu meinem Konzept passt.«

»Netter Versuch!« Ich öffnete die Beifahrertür und drehte mich zu ihm um. »Du wirst dich überraschen lassen müssen.«

Er trat einen Schritt auf mich zu und umfing mich mit seinen Armen, indem er eine Hand auf das Autodach und die andere an die Tür legte. Für einige kostbare Sekunden erlaubte ich mir, im Meerblau seiner Augen zu versinken, bis sie weiter nach unten zu meinen Lippen wanderten und dort hängen blieben. Mein Unterleib zog sich sehnsuchtsvoll zusammen, und jede Faser meines Körpers verlangte danach, meine Hände in seinen Nacken zu legen und ihn zu küssen. Da ich längst über den Punkt hinaus war, einen klaren Gedanken fassen zu können, konzentrierte ich mich auf seinen Atem, der sanft meine Haut wärmte, als er sich zu mir hinunterbeugte, und gab mich dem prickelnden Gefühl der Vorfreude hin. Ich beobachtete, wie er seinen Handschuh auszog und mir mit den Fingerspitzen eine Haarsträhne hinters Ohr strich.

»Das ist keine gute Idee …« Seine Stimme klang rau, beinahe heiser.

Ich öffnete meinen Mund, um etwas zu sagen, bekam jedoch kein Wort heraus, da Marcos Blick sich intensivierte und meine Knie unter mir nachzugeben drohten. Nur noch Millimeter trennten unsere Lippen voneinander, als das Klingeln eines Handys den Zauber des Augenblicks durchbrach.

Marco stieß einen leisen Fluch aus, dann ließ er seine Stirn sanft gegen meine sinken. Mein Herz, das mittlerweile jeden Geschwindigkeitsrekord gebrochen hatte, schien für eine Sekunde stehen zu bleiben, als könnte es ebenso wenig wie ich glauben, dass der Moment unwiederbringlich vorbei war.

Mit einem entschuldigenden Lächeln wich Marco einen Schritt zurück und griff nach seinem Smartphone. Während er den Anruf entgegennahm, drehte ich mich von ihm weg und versuchte, mich wieder zu sammeln. Was zum Teufel war da gerade geschehen? Hatte ich wirklich mit dem Gedanken gespielt, Marco zu küssen? Den Mann, der jede Woche mit einer anderen Frau ausging und sich laut Nane nur auf unverbindliche One-Night-Stands einließ? Wollte ich etwa seine nächste Eroberung werden? Nur dass ich im Gegensatz zu den Frauen davor nicht einfach von der Bildfläche verschwinden könnte. Immerhin war Nane meine beste Freundin. Alle würden die seltsame Stimmung zwischen uns spüren. Nicht, dass es bisher anders gewesen war. Aber es war eine Sache, jemandem aus dem Weg zu gehen, weil er vorschnell über einen geurteilt hatte, und eine ganz andere, auf der Stirn geschrieben zu haben, dass man eine leidenschaftliche Nacht miteinander verbracht hatte. Und leidenschaftlich wäre es geworden, das hatte mir die Reaktion meines Körpers gerade mehr als deutlich gemacht. Offenbar war wirklich etwas dran, dass die Euphorie darüber, sich aus seiner Komfortzone gewagt und seine Ängste überwunden zu haben, die Anziehung zwischen zwei Menschen verstärkte. Anders konnte ich mir mein plötzliches Verlangen nach körperlicher Nähe nicht erklären. Zumal ich Marco noch nicht einmal besonders mochte, oder bisher zumindest nicht gemocht hatte, denn ich musste zugeben, dass er seit meiner Ankunft sehr höflich und fürsorglich mit mir umgegangen war. Wollte er mich bei Laune halten, damit ich brav seine Liste an romantischen oder vielmehr halsbrecherischen Unternehmungen mit ihm abarbeitete? Konnte man so etwas wie das Knistern zwischen uns eben faken? War das vielleicht sogar seine Masche?

Zum ersten Mal wünschte ich mir, erfahrener in Liebesdingen zu sein. Ich wusste weder, wie man einen Mann um den Finger wickelte, noch erkannte ich, wenn jemand mit mir spielte oder – was noch viel schlimmer war – mich belog. Daher hielt ich mich seit drei Jahren konsequent von Männern fern. Ich war nicht der Typ für flüchtige Affären. Wenn ich mich auf jemanden einließ, warf ich mein Herz in den Ring und musste am Ende oftmals die Splitter wieder zusammensetzen. Da war es vernünftiger, sicheren Abstand zu wahren.

»Entschuldige bitte. Das war geschäftlich.«

»Kein Problem«, entgegnete ich und war froh, dass man meiner Stimme nichts von dem emotionalen Tornado anmerkte, den ich soeben durchlebt hatte. »Wollen wir fahren?«

Ich konnte ihm ansehen, dass er mit sich rang und offensichtlich überlegte, ob er das, was zwischen uns beiden beinahe passiert wäre, kommentieren sollte. Erleichterung durchströmte mich, als er wortlos in den Wagen stieg und die Sache auf sich beruhen ließ.

Wir verbrachten die Rückfahrt vorwiegend schweigend. Marco hatte eine Playlist mit sanften Jazzstücken ausgewählt, die besser in eine New Yorker Rooftop-Bar gepasst hätten als zu einem Roadtrip durch die Schweizer Alpen. Wenigstens konnte ich so in Ruhe meinen Gedanken nachhängen, die ausschließlich um die Frage kreisten, wie ich mir klarmachen konnte, dass zwischen Marco und mir nichts war. Ich würde in Zukunft besser auf mich aufpassen müssen, wenn ich nicht riskieren wollte, erneut mit gebrochenem Herzen zu enden.

8

Marco

»Auf gar keinen Fall!«, stieß ich hervor und verschränkte abwehrend die Arme vor der Brust. Livia war vor wenigen Augenblicken in meinem Büro aufgetaucht und hatte verkündet – nicht etwa vorgeschlagen –, was sie heute unternehmen wollte. »Das ist einer der Gründe, warum ich keine Beziehungen eingehe. Denn ob du es glaubst oder nicht, es gibt spannendere Beschäftigungen für einen Mann, als stundenlang vor einer Umkleidekabine zu sitzen und danach dabei zuzusehen, wie sich die Freundin ihre Fingernägel machen lässt.«

Livia schaute auf ihre Hände hinab. »O ja, eine Maniküre ist eine gute Idee. Ich werde noch schnell einen Kaffee trinken, und dann kann's losgehen. Bis gleich!«, säuselte sie, sodass ich mich fragte, ob sie mir überhaupt zugehört hatte. Mir blieb nichts anderes übrig, als ihr in die Küche zu folgen. Dabei fiel mein Blick auf ihre kurvige Figur, die in dem schmal geschnittenen Pullover und dem schwarzen Wildlederrock, der kurz über ihren Knien endete, perfekt zur Geltung kam.

Reiß dich zusammen, Marco!, ermahnte ich mich streng. Ich hatte gestern noch lange darüber nachgedacht, wie sehr ich mich in Livia getäuscht hatte. Wenn man sie näher kennenlernte, hatte sie absolut nichts von einer unnahbaren Eiskönigin. Ich hatte mir eingestehen müssen, dass wir viel Spaß zusammen gehabt hatten – zu viel Spaß! Ich hatte mich fast dazu hinreißen lassen, sie zu küssen, was nur an meinen eingefahrenen Gewohnheiten liegen konnte. Wenn ich mich mit einer Frau amüsierte, versuchte ich, sie ins Bett zu bekommen. Das war meine Art, sie auf Abstand zu halten, so paradox das auch klingen mochte. Denn nach einer gemeinsamen Nacht würden sich unsere Wege unwiderruflich trennen. Obwohl ich prinzipiell nichts dagegen gehabt hätte, das Angenehme mit dem Nützlichen zu verbinden, war das mit Livia nicht möglich. Sie schien mir auch nicht der Typ für eine unverbindliche Nacht zu sein. Im Anschluss würde sie garantiert Erwartungen an mich stellen, die ich nicht bereit war, zu erfüllen. Außerdem würden wir uns danach zwangsläufig wiedersehen, was durchaus unangenehm werden konnte, wenn einer von uns, oder wir beide, mit der Situation nicht zurechtkam. Und was Nane mit mir anstellen würde, sollte ich ihre beste Freundin zu einem One-Night-Stand überreden und dabei womöglich ihre Gefühle verletzen, mochte ich mir gar nicht erst vorstellen. So gesehen konnte ich froh sein, dass der Anruf Schlimmeres verhindert hatte.

Schweren Herzens löste ich meinen Blick von ihren schwingenden Hüften, konnte mich aber nicht davon abhalten, ihre endlos langen Beine zu bewundern. Als meine Augen weiter nach oben zu ihrer Hochsteckfrisur wanderten, schickte mein Unterbewusstsein mir Bilder, wie ich die Haarnadeln löste, meine Finger in den rotbraun schimmernden Strähnen vergrub und sie an mich zog, um sie leidenschaftlich zu küssen.

Herrje! Es war eindeutig zu lange her, dass ich mir ein wenig Spaß gegönnt hatte. Wie hätte ich das auch anstellen sollen? Immerhin war ich seit knapp drei Monaten beinahe durchgängig im Château. Da ich an den meisten Abenden bis spät arbeitete, hatte es sich nicht ergeben, in einem der umliegenden Orte auszugehen und eine Frau kennenzulernen, die Lust auf ein paar vergnügliche Stunden hatte.

»Einen wunderschönen guten Morgen!«, rief Livia, als sie die Küche betrat, wo Rosie am Esstisch saß und in einem ihrer Rezeptbücher blätterte.

»Da scheint jemand bester Laune zu sein«, bemerkte sie. »Offenbar war euer Ausflug gestern ein voller Erfolg.«

»Es hat sich herausgestellt, dass es zumindest *eine* winterliche Aktivität gibt, die mir Spaß macht.«

»Das freut mich. Und was steht heute auf dem Programm?«

Livia bedachte sie mit einem strahlenden Lächeln, das mir wie ein Blitz in den Magen fuhr. Wusste sie eigentlich, wie unglaublich schön sie war?

»Marco und ich wollen in die nächstgrößere Stadt fahren und ein bisschen bummeln gehen.«

»Eine wundervolle Idee!«, stimmte Rosie begeistert zu. »Könntet ihr mir vielleicht ein paar Kleinigkeiten mitbringen? Es fehlen noch einige Dekoartikel für die Zimmer im dritten Stock. Da die Maler nun fertig sind, kann ich endlich mit der Einrichtung beginnen.«

»Aber natürlich! Schreib uns einfach eine Liste.«

Ich fuhr mir mit beiden Händen durch die Haare und überlegte, wie um alles in der Welt ich aus der Nummer wieder herauskam. »Eigentlich habe ich noch jede Menge im Büro zu tun. Was haltet ihr davon, wenn ihr zwei stattdessen shoppen geht? Ich wäre Livia dabei vermutlich sowieso eher im Weg.«

Sie bedachte mich mit ihrem Todesblick, der nicht ganz so hart ausfiel wie noch vor wenigen Tagen. »Willst du dich etwa drücken?«

»Nein. Ich dachte nur, dass ihr zusammen vielleicht mehr Spaß hättet.«

»So gern ich Livia begleiten würde, aber ich werde den Tag damit verbringen, verschiedene Gerichte auszuprobieren. Ich möchte, dass die Eröffnung des Restaurants für unsere Gäste ein unvergesslicher Abend wird.«

Dem konnte ich nun wirklich nichts hinzufügen, zumal Rosie, wenn sie sich etwas in den Kopf gesetzt hatte, nicht mehr davon abzubringen war. Das hatte sie mir während der Umbauarbeiten eindrücklich bewiesen.

»Also schön, du hast gewonnen. Ich erledige noch schnell zwei Anrufe, dann können wir los.«

Wenig später saßen wir im Auto und waren auf dem Weg nach Brig, einem vierzig Kilometer entfernten Städtchen. Laut Rosie hatte es eine sehenswerte historische Altstadt und viele verschiedene Geschäfte sowie kleine Boutiquen, in denen wir alles Nötige kriegen würden.

»Meinst du nicht, dass so ein Ausflug eine Bereicherung für dein Pärchenprogramm wäre? Wie klingt das? *Romantischer Bummel für zwei* oder *Winterliche Verwöhn-Zeit mit City-flair*. Das könnte doch eine nette Alternative zum Fallschirmspringen und Skifahren sein.«

Ich spannte meine Kiefermuskulatur an, um mich nicht zu einem flapsigen Kommentar hinreißen zu lassen, denn auch wenn es mir gegen den Strich ging, wusste ich, dass sie recht hatte. Immerhin gab es viele Paare, die ihre Samstage am liebsten in Shoppingcentern verbrachten. Und nur weil sich mir allein bei dem Gedanken an überfüllte Geschäfte und die nervige Warterei an der Kasse die Nackenhaare aufstellten, musste das ja nicht für alle anderen gelten.

»Wie bist du überhaupt auf die Idee mit dem Romantikhotel gekommen? Korrigier mich, wenn ich falschliege, aber ich hätte dich auf den ersten Blick nicht für den romantischen Typ gehalten.«

»Das war eine rein geschäftliche Entscheidung«, erklärte ich, bevor Livia einen falschen Eindruck von mir bekommen konnte. »Da das Haus nur über eine begrenzte Anzahl an Zimmern verfügt, musste ich einen Weg finden, um die Preise zu erhöhen. Das geht nur, indem ich etwas anbiete, das Gäste anspricht, die einen hohen Standard erwarten. Wenn meine Kalkulationen stimmen, könnte das neue Angebot eine Gewinnsteigerung von bis zu siebzig Prozent einbringen.«

»Hast du auch Aktivitäten geplant, bei denen man nicht sein Leben riskiert?«

Es hätte mich vermutlich nerven sollen, dass sie auf meiner Vorliebe für herausfordernde Sportarten herumritt, aber Tatsache war, dass mir ihr neckender Tonfall gefiel.

»Ich hatte mir überlegt, dass die Paare sich einen gemeinsamen Song aussuchen können.«

»So wie in dem Film *The Wedding Planner*?« Die Skepsis in ihrer Stimme war unüberhörbar. »Ich weiß nur noch, dass Jennifer Lopez und ihre Assistentin anhand des Liedes feststellen können, wie lange ein Paar zusammenbleibt.«

»So in etwa.«

»Und wie stellst du dir das vor?«

»Wir schreiben eine Liste mit möglichen Songs, von der die Gäste einen auswählen können.« Ich entsperrte mein Handy, öffnete Spotify und drückte es Livia in die Hand. »Schau mal, ob du was Passendes findest.«

»Du meinst das tatsächlich ernst, oder?«

Ich musste mir ein Grinsen verkneifen. Es war typisch für sie, allem, was auch nur im Ansatz romantisch sein könnte, aus dem Weg zu gehen.

»Wenn wir schon einen Tag verlieren, können wir wenigstens die Fahrt nutzen, um ein bisschen produktiv zu sein.«

»Na gut. Aber zu einem Pärchensong solltest du auch ein Candle-Light-Dinner anbieten, damit die Gäste zu ihrem Lied tanzen können. Am besten engagierst du einen Pianisten oder eine Harfenistin. Dann wird es noch romantischer.« Sie seufzte theatralisch, ehe sie durch die App scrollte, wobei hin und wieder ihr süßes Stirnrunzeln auftauchte. »Das ist alles so kitschig! Ich meine, wer möchte schon *Unchained Melody* als gemeinsames Lied? Immerhin stirbt der Typ kurz darauf. Genauso *My Heart Will Go On*. Ich sag nur *Eisberg voraus*. Oder *Shallow*! Der Song mag ja ganz nett sein, aber das Ende des Films ist so traurig, als Bradley Cooper …«

»Nichts verraten!« Ich schaute Livia vorwurfsvoll an.

»Tut mir leid! Wolltest du dir *A Star Is Born* noch ansehen?«

Ihre zerknirschte Miene entlockte mir ein Lachen. »Nein, schon gut. Ich glaube nicht, dass er meinen Geschmack trifft.«

»Lass mich raten! Du stehst auf Actionfilme.«

»Wie kommst du denn darauf?« Ich grinste sie schief an, was sie ein wenig aus der Fassung zu bringen schien, da sie den Kopf abrupt abwandte und wieder auf das Display blickte.

»Am ehesten vielleicht noch Klassiker wie *The Time Of My Life*.«

»Mein Baby gehört zu mir! Ist das klar?«

Sie warf mir einen überraschten Blick zu. »Du kennst *Dirty Dancing*?«

»Hast du vergessen, mit wem ich aufgewachsen bin? Nane hat mich früher oft gezwungen, unzählige Liebesschnulzen mit ihr anzuschauen: *Pretty Woman*, *Wie ein einziger Tag*, *Notting Hill*, um nur ein paar zu nennen.«

»Eine beeindruckende Auswahl! Dann bist du ja vielleicht doch nicht so unromantisch, wie ich dich eingeschätzt habe.«

»Man könnte sagen, dass ich über allerhand theoretisches Wissen verfüge.«

»Das beruhigt mich. Ich meine, für das Château ist es gut, wenn du dich damit auskennst.«

Während Livia mit geröteten Wangen weiter nach Songs suchte, wurde mir bewusst, wie gern ich inzwischen Zeit mit ihr verbrachte. Ich mochte das leichte, unbeschwerte Geplänkel zwischen uns und dass sie niemals ein Blatt vor den Mund nahm. Nicht wie so manch andere meiner Dates, die es darauf anlegten, dass ich sie mochte. Trotzdem fragte ich mich, wie wir es geschafft hatten, uns zumindest so weit zu entspannen, dass wir uns nicht mehr permanent stritten oder mit eisigem Schweigen begegneten.

»Puh, ich habe ehrlich gesagt keine Ahnung, welches dieser Lieder sich als Hymne für eine lebenslange Partnerschaft eignet. Was ist mit dir und Helen? Hattet ihr einen gemeinsamen Song?«

Es überraschte mich, dass sie meine Ex-Freundin ins Spiel brachte, aber wahrscheinlich war es naheliegend. »Das hat sich irgendwie nie ergeben. Außerdem haben wir einen ziemlich unterschiedlichen Musikgeschmack. Ich stehe auf Heavy Metal und Jazz, sie liebt Pop und Country. Spiel doch einfach irgendwas ab, und wir entscheiden gemeinsam, ob das Lied auf die Liste kommt«, schlug ich vor, und kurz darauf erfüllte Bryan Adams' rauchige Stimme den Wagen. Er sang davon, dass er alles für die Liebe seines Lebens tun würde.

Livia hörte eine Weile schweigend zu, bevor sie entschieden den Kopf schüttelte. »Er will für sie sterben? Das ist doch total unrealistisch! Wer macht so etwas denn heute noch?

Oder hier, das nächste Lied: *Somewhere* aus *West Side Story*. Sie lieben sich, obwohl sie nicht zusammen sein können. Wie bei Romeo und Julia. Kein Wunder, wenn die Beziehung mit so einem Song nicht hält!«

Ich lächelte amüsiert. Es hatte einen gewissen Unterhaltungswert, wie sehr sie sich über den Inhalt von Liebesliedern aufregen konnte.

»Was gefällt dir denn?«, fragte ich, da ich nicht riskieren wollte, dass die Stimmung kippte.

»Für mich muss ein guter Song eine Botschaft haben. Die Musik kann noch so schön sein, wenn mich der Text nicht überzeugt, hat das Lied keine Chance.«

»Zum Beispiel?«

Sie dachte eine Weile nach, bevor sie antwortete. »Eine Songzeile, die sehr aussagekräftig ist, bedeutet so viel wie: *Also nimm mich so, wie ich bin. Das kann bedeuten, dass du ein stärkerer Mann sein musst.*«

»Das ist auf jeden Fall ein klares Statement.«

»Oder der Klassiker von Gloria Gaynor: *Ich habe mein ganzes Leben zu leben, und ich habe all meine Liebe zu geben, und ich werde überleben, ich werde überleben.*«

»Sehr eindrucksvoll.«

»Nicht wahr? Diese Zeile von Taylor Swift wäre vielleicht was für dich: *Denn Liebling, ich bin ein Albtraum verkleidet als Tagtraum.*«

Sie kannte mich wirklich gut.

»Ich bewundere Frauen, die selbstbewusst ihren Weg gehen und in Beziehungen für sich einstehen. Solange es nicht so ausartet wie in dem Musikvideo zu *Blank Space*, in dem sie aus Eifersucht seine Sachen zerstört.«

»Temperament und Leidenschaft können eine Partnerschaft bereichern, aber gewisse Grenzen sollten dabei nicht überschritten werden.«

Livia warf mir einen neugierigen Blick zu. »Wie war es zwischen dir und Helen? Habt ihr viel gestritten?«

»Dafür haben wir uns zu selten gesehen. Außerdem mag Helen keine heftigen Auseinandersetzungen. Sie ist eher der ruhige Typ, klug, witzig, optimistisch und sehr verständnisvoll.«

»Das hört sich perfekt an.« Ihr Zögern ließ mich vermuten, welche Frage sie als Nächstes stellen würde. »Warum hat es nicht geklappt?«

»Unsere Vorstellungen von einer Beziehung gingen ziemlich weit auseinander«, speiste ich sie mit einer nichtssagenden Phrase ab, die der Wahrheit nicht einmal annähernd gerecht wurde. Denn Tatsache war, dass ich derjenige gewesen war, der die Sache so richtig vermasselt hatte.

Ich ahnte, dass Livia gern mehr erfahren hätte, und rechnete es ihr hoch an, dass sie nicht nachhakte. Stattdessen konzentrierte sie sich wieder auf die Liedtexte und stieß kurz darauf ein ungläubiges Lachen aus.

»Hast du das gehört? Ich meine *Always* von Bon Jovi. Er würde alles für sie tun, nicht nur weinen, sondern auch sterben, sollte sie ihn darum bitten. Und dann wundern wir uns, wenn die Männer im echten Leben uns nicht die Welt zu Füßen legen.« Sie wechselte zum nächsten Lied.

»Es gibt eine andere Nummer der Band, die infrage kommen könnte, *I'll Be There For You*. Da ist der Text weder kitschig noch übertrieben.«

Sie brummte etwas Unverständliches vor sich hin, während sie den Titel ins Suchfeld eingab. Als es im Refrain wieder ums Sterben ging, konnte sie es sich nicht verkneifen, mir einen triumphierenden Blick zuzuwerfen. Ich sah ein, dass wir so nicht weiterkamen.

»Was ist mit *All Of Me* von John Legend?«

Sie suchte die Lyrics raus und überflog den Text. »*Alles von mir liebt alles an dir.* Das sagt er vielleicht am Anfang, und dann regt er sich über ihre Haare im Abfluss auf, stresst rum, wenn sie zu lange braucht, um sich zu schminken, oder wenn sie abends ihre eiskalten Füße im Bett an seine kuschelt.«

Beinahe hätte ich laut aufgelacht, aber es tat mir leid, dass Livia offensichtlich bisher nicht die besten Erfahrungen gemacht hatte. »Eines kann ich dir versprechen: Wenn wir zusammen wären, dürftest du jederzeit deine Füße an meinen wärmen.« Sie betrachtete mich kritisch, als wollte sie herausfinden, ob sie mir trauen konnte. »Mir ist es eh meistens zu heiß im Bett.«

Eine sanfte Röte zierte plötzlich ihre Wangen. »Dann gehörst du bestimmt zu denen, die auch im Winter mit offenem Fenster schlafen.«

Ich nickte, woraufhin sie erschauderte. »Checkst du gerade ab, ob wir zusammenleben könnten?«, zog ich sie auf und konnte mir ein provokantes Grinsen nicht verkneifen.

»Nein, ich rege mich über die Songtexte auf, falls du es noch nicht mitbekommen hast.«

»Ist klar.« Ich musste wirklich vorsichtig sein, denn so langsam genoss ich unsere kleinen Neckereien eine Spur zu sehr.

»In den meisten Liedern und Liebesfilmen geht es darum, dass man alles für den anderen aufgeben würde. Wärst du dazu bereit? Würdest du dein Leben für deine wahre Liebe umkrempeln und auf die Dinge verzichten, die dich ausmachen, für die du brennst?« Ihre Stimme klang mit einem Mal unerwartet ernst.

Ich hielt meinen Blick stur auf die Straße vor mir gerichtet.

»Nein, dazu liebe ich mein Leben und vor allem meinen Job zu sehr. Aber glaub mir, wenn ich dir sage, dass ich mir schon manchmal gewünscht habe, ich wäre in dieser Hinsicht flexibler.«

Eine Weile lauschten wir schweigend Whitney Houston, die davon sang, dass ihre Liebe niemals enden würde, auch wenn sie nicht zusammen sein konnten, was sich ebenso wenig eignete wie die anderen Songs.

Als die unverwechselbare Stimme von Freddie Mercury erklang, fuhr Livia in ihrem Sitz auf und sang lauthals mit. Obwohl sie den Text teilweise improvisieren musste, schien sie sich bestens zu amüsieren, und auf einmal störte es sie offenbar nicht mehr, dass es dabei um Liebe ging.

»Ich steh auf Queen! Du nicht auch?« Sie sah mich herausfordernd an, aber auch ohne ihr breites Grinsen hätte ich das abgewandelte *Pretty Woman*-Zitat sofort erkannt.

»Mehr als auf alles andere«, antwortete ich in bester Richard-Gere-Manier und gab mir Mühe, das Bild von Livia singend in der Badewanne aus meinem Kopf zu verbannen.

Bei der zweiten Strophe schaute sie mich erwartungsvoll an. »Du musst mitsingen!«

»Ich denke, es reicht, wenn eine von uns Spaß hat.«

»Sagt der Mann, der mir erst gestern erklärt hat, dass Spaß zu haben etwas sehr Erstrebenswertes ist.« Da hatte sie auch wieder recht. Ich hielt noch ein wenig durch, aber ihre gute Laune war so ansteckend, dass ich schließlich mit einstimmte: *Crazy Little Thing Called Love.*

Verrückterweise sprach mir der Text aus der Seele. Denn auch ich war mir nicht sicher, was ich davon halten sollte, dass die grumpy beste Freundin meiner kleinen Schwester es schaffte, mich dazu zu überreden, nicht nur mit ihr shoppen zu gehen, sondern auch noch zusammen ein Liebeslied zu singen.

9

Marco

Der Tag verlief überraschenderweise wesentlich entspannter als erwartet. Wir stellten das Auto in einem zentral gelegenen Parkhaus ab und gingen von dort in die Altstadt. Das Stockalperschloss ragte mit seinen barocken Zwiebeltürmen beeindruckend vor uns auf. Wir flanierten durch den Schlosspark und ließen die majestätische Bergkulisse, die den Ort umgab, auf uns wirken.

Danach wollten wir Rosies Liste abarbeiten, sodass wir wenig später inmitten weihnachtlicher Dekorationsartikel standen, die mir ein verzücktes Lächeln entlockten und Livia wieder die bezaubernde Unmutsfalte auf die Stirn trieben.

»Schau dir diesen Kitsch an! Wer um alles in der Welt kauft so was?« Eine Dame, die uns gegenüber am Tisch mit den Auslagen stand, schnappte sich demonstrativ eines der schmucken kleinen Porzellanhäuser, in die man ein Teelicht stellen konnte.

»Wollen wir ein paar davon für den Kaminsims im Foyer mitnehmen? Ein bisschen Watte dazwischen, und man hat die perfekte Schneelandschaft.«

Livia verdrehte die Augen, ließ sich aber überreden, fünf der kleinen Häuser in unseren Einkaufswagen zu packen. Wir kauften Felle, bauchige Gläser mit cremeweißen Kerzen und allerlei Weihnachtsfiguren: von Elchen über Tannenbäume bis hin zu niedlichen Engeln, die in Trompeten bliesen oder ihren Mund weit aufgesperrt hatten, als würden sie singen.

»Das ist Wahnsinn!«, stöhnte Livia, als wir mit dem vollbeladenen Wagen an der Kasse warteten. »Und außerdem viel zu viel! Von den Sachen steht nicht mal die Hälfte auf Rosies Liste.«

»Aber es ist für Weihnachten«, fügte ich hinzu, als wäre das Erklärung genug.

»Was finden nur alle an diesem Fest?«

»Die ganze Familie kommt zusammen, und man hat eine gute Zeit. Nicht zu vergessen die gemütliche Atmosphäre und das leckere Essen.«

»Wofür die Frauen viele Stunden in der Küche stehen.«

Ich schüttelte angesichts dieser Vorurteile entschieden den Kopf. »Bei uns ist das anders. Wir besprechen im Vorfeld, was wir essen wollen, sodass jeder einen Teil der Zutaten mitbringen kann. Oder wir gehen am Tag vor Heiligabend zusammen einkaufen. An den Festtagen kochen wir abwechselnd, wobei wir alle froh sind, dass Cleo Nane unterstützt. Du weißt, wie es endet, wenn man meiner Schwester die Herrschaft in der Küche überlässt.« Offenbar hatte ihr meine Erklärung den Wind aus den Segeln genommen.

»Du kochst für deine Familie?«

»Meine Preiselbeersoße ist legendär!«

Sie schüttelte ungläubig den Kopf. Obwohl sie sich große Mühe gab, ihre Abneigung gegen Weihnachten aufrechtzuerhalten, konnte ich doch das Schmunzeln sehen, das ihre Mundwinkel umspielte.

Die Verkäuferin staunte nicht schlecht, als sie unsere Ausbeute sah. Während sie einen Artikel nach dem anderen einscannte, musterte sie uns neugierig.

»Es geht doch nichts über das Fest der Liebe! Ich sag immer, man kann gar nicht früh genug mit dem Dekorieren anfangen.«

Livia sah aus, als würde sie am liebsten die Augen verdrehen. »Die Sachen sind nicht für uns, sondern für ein Romantikhotel, das in Kürze eröffnet.«

»Ein Romantikhotel? Davon höre ich ja zum ersten Mal. Hier in Brig?«

»Nein, in der Nähe von Zermatt.«

»Jetzt verstehe ich, wofür Sie die ganzen Kerzen, Engel und Felle brauchen.« Sie lächelte Livia verzückt an, als sie eine herzförmige Seifenschale einscannte. »Und wie darf ich mir das vorstellen? Wird es ein Wellnesshotel – nur für Verliebte?«

»O nein! Wir planen viele verschiedene Aktivitäten für Paare aller Altersgruppen. Bei uns kann man, zum Beispiel, eine Ballonfahrt, ein Candle-Light-Dinner oder einen gemütlichen Shoppingausflug dazu buchen.«

Obwohl es mir schmeichelte, dass sie sich langsam für meine Ideen zu erwärmen schien, war ich froh, als endlich alle Artikel eingescannt waren und ich bezahlen konnte.

Draußen nahm ich Livia zur Seite. »Es wäre mir lieber, wenn du nicht gleich jedem von unserem Vorhaben erzählen würdest. Bis die Website überarbeitet ist, soll es noch ein Geheimnis bleiben, dass das ehemalige *Hotel Stadler* nicht nur einen anderen Namen, sondern auch ein komplett neues Image bekommt.«

»Meinst du, die Kassiererin hat Beziehungen zum Hotelgewerbe und verkauft ihre Informationen meistbietend an die Konkurrenz?« Aus ihrem Mund klang es wirklich albern.

»Wahrscheinlich mache ich mir unnötig Gedanken. Trotzdem sollten wir den Wettbewerb zwischen den einzelnen Hotels nicht unterschätzen.«

»Du hast recht. Ich werde mich in Zukunft zurückhalten.«

Bepackt mit diversen Tüten und Taschen, schlenderten wir weiter durch die gewundenen Gassen. Livia betrat ein, zwei Boutiquen, schaute sich jedoch lediglich um, statt mit tonnenweise Kleidung in einer Umkleidekabine zu verschwinden. Sie fand ein witziges Mottoshirt und einen Pullover für Cleo und half mir, eine Handtasche für Nane auszusuchen. Mein Highlight war der Besuch eines Spielzeuggeschäfts, in dem wir uns nach einem Geschenk für Maya umsahen. Am liebsten hätte ich den ganzen Laden leer gekauft, aber am Schluss beschränkten wir uns auf drei Bilderbücher, je ein Set Filz-, Bunt- und Wachsmalstifte, zwei Malbücher und ein gigantisch großes Einhorn-Stofftier mit silberner Mähne.

Vor dem Schaufenster eines Juweliers blieb Livia stehen und bewunderte die Auslage.

»Findest du nicht auch, dass die Ohrringe wie winzige Schneeflocken aussehen?«

»Möchtest du reingehen? Sie würden dir sicher gut stehen.« Ich konnte selbst nicht glauben, was ich da vorschlug, aber aus unerklärlichen Gründen war es mir plötzlich wichtig, dass Livia einen schönen Tag hatte. Schmuckläden waren zwar ein gefährliches Pflaster, doch meine Intuition sagte mir, dass sie mich wohl kaum in die Ecke mit den Verlobungsringen zerren würde.

Die Verkäuferin staunte nicht schlecht, als wir mitsamt dem Einhorn den Laden betraten. Livia ließ sich verschiedene Schmuckstücke zeigen, darunter auch die weißgoldenen Ohrringe. Aber obwohl sie an ihr noch viel hübscher aussahen, als ich es mir vorgestellt hatte, entschied sie sich für eine silberne Kette mit einem Phoenix-Anhänger, die sie Nane schenken wollte. Ich selbst erwarb ein schlichtes goldenes Armband für Cleo, da ich wusste, dass sie keinen auffälligen Schmuck mochte.

Nachdem wir unsere Beute zum Auto gebracht hatten, suchten wir uns ein nettes Restaurant am Rande der Altstadt. Es war gut besucht und, wie nicht anders zu erwarten, weihnachtlich geschmückt. Livia musterte die holzgeschnitzte Rentierfamilie, die zwischen einer brennenden Kerze und einem mit goldenem Glitzer angesprühten Weihnachtsstern auf dem Tisch stand, als der Kellner kam und uns die Karte reichte. Da ich vor zwei Wochen schon einmal hier gewesen war, wusste ich bereits, was ich nehmen würde.

»Du musst unbedingt den gebeizten Lachs mit hausgemachten Kartoffelrösti probieren. Absolut göttlich!«

Sie ließ die Karte sinken und funkelte mich wütend an. »Kannst du dir vorstellen, dass ich durchaus selbst entscheiden kann, was ich essen möchte? Sollte ich einen Salat nehmen, will ich nicht hören, dass ich etwas Richtiges bestellen soll. Und wenn ich Lust auf ein Dessert habe, brauche ich keine Erinnerung daran, wie viele Kalorien ein Teelöffel Mousse au Chocolat hat.«

Verdutzt sah ich sie an und versuchte, zu begreifen, was sie veranlasst hatte, mich derart anzublaffen. »Könntest du bitte so nett sein und in Erwägung ziehen, dass ich lediglich eine Empfehlung aussprechen wollte? Natürlich bist du vollkommen frei in deiner Entscheidung. Falls du meine Bemerkung als übergriffig oder anmaßend empfunden hast, tut es mir leid. Das war nicht meine Absicht.«

Sie musterte mich eindringlich, ehe sie ein Stück in sich zusammensackte. »Nein, mir tut es leid. Ich habe überreagiert.« Sie goss uns Wasser aus der bereitstehenden Karaffe ein und nahm einen großen Schluck. »Daniel, mein Ex-Freund, hatte die Angewohnheit, für mich zu bestellen. Zu Anfang fand ich das süß und fürsorglich von ihm, aber irgendwann hatte ich nicht mehr den Mut, ihm zu sagen, dass ich lieber etwas anderes essen würde.«

Der Kellner brachte einen kleinen Korb mit frisch gebackenem Weißbrot und eine Schale mit selbst gemachter Kräuterbutter an unseren Tisch. Ich nahm mir eine Scheibe und verzichtete vorsichtshalber darauf, Livia zu fragen, ob sie auch eine wollte.

»Nicht alle Männer sind so wie dein Ex.«

Sie hob den Kopf, und als unsere Blicke sich trafen, konnte ich die Verletzlichkeit in ihren wunderschönen bernsteinfarbenen Augen sehen. Mit einem Mal packte mich eine Welle der Wut auf den Typ, der es geschafft hatte, Livia derart in die Ecke zu treiben, dass sie alles Gute infrage stellte, das ihr widerfuhr.

»Kommen deine Eltern zum Ball an Heiligabend?«, erkundigte sie sich.

Ich war froh über den Themenwechsel, der mich von meinen irrationalen Gefühlen ablenkte. »Nein, sie verbringen diesen Winter in ihrer Finca auf Mallorca.«

»Und wer kümmert sich um ihr Unternehmen?«

»Das meiste lässt sich heutzutage online erledigen. Sollten sie doch einmal vor Ort gebraucht werden, nehmen sie das nächste Flugzeug und sind in zwei Stunden wieder hier.«

»Bist du traurig, dass ihr Weihnachten nicht zusammen verbringt?«

Ich biss herzhaft in das Brot, das ich dick mit Kräuterbutter bestrichen hatte, und schloss genießerisch die Augen. »Natürlich werde ich sie vermissen, aber ich bin froh, dass sie sich ihren Lebenstraum erfüllen konnten. Philippa leidet sehr unter der dunklen Jahreszeit, und seit ich ihnen die Finca gekauft habe, ist sie quasi ein anderer Mensch.«

Livia ließ das Wasserglas sinken, das sie gerade an ihre Lippen geführt hatte, und bedachte mich mit einem überraschten Blick. »Das war sehr großzügig von dir.«

Ich zuckte gleichgültig mit den Schultern. »Wofür verdient man Geld, wenn man es nicht für die Menschen ausgibt, die man liebt?«

»Andere würden zuerst an sich selbst denken.«

Wir bedankten uns bei dem Kellner, der die Vorspeise brachte, einen gemischten Salat für Livia und eine Trüffel-Cremesuppe für mich.

»Als unsere leiblichen Eltern tödlich verunglückt sind, haben Philippa und Matthias, ihre besten Freunde, sich sofort bereit erklärt, uns aufzunehmen. Sie haben nie versucht, unsere Eltern zu ersetzen, aber sie waren immer für uns da, und gemeinsam haben wir die Erinnerung an die Zeit, die wir zusammen hatten, wachgehalten. Ich werde niemals aufhören, mich dafür bei ihnen zu bedanken, und wenn es in Form einer Finca ist, in der sie sich zu Hause fühlen, macht mich das ebenfalls glücklich.«

Lächelnd schüttelte Livia den Kopf. Dann schaute sie mir direkt in die Augen. »Es fällt mir nicht leicht, es zuzugeben, aber es könnte sein, dass ich dich ein klein wenig falsch eingeschätzt habe.«

»Willst du damit sagen, dass ich gar nicht so ein kaltherziges Ungeheuer bin, wie du dachtest?«

»So etwas in der Art«, nuschelte sie sichtlich verlegen.

»Dann bin ich froh, dass wir das geklärt haben.«

»Was nicht heißt, dass du nicht manchmal ziemlich anstrengend sein kannst.«

Beinahe hätte ich mich an der himmlischen Suppe verschluckt. »Wann soll ich bitte anstrengend gewesen sein?«

»Da fallen mir einige Situationen ein: Zum Beispiel als du darauf bestanden hast, dass wir uns alle bei Nanes Geburtstag als Hasen verkleiden, nur weil sie als Kind mal gesagt hatte, dass sie das lustig finden würde.«

»Ausgerechnet daran erinnerst du dich?«

»Glaub mir, das ist nichts, was man so schnell wieder vergisst. Oder als du uns nach der Party an Silvester unbedingt überreden wolltest, in der Isar zu baden, um das neue Jahr gebührend zu feiern.«

Ich unterbrach sie lachend. »Okay, ich habe eben manchmal verrückte Ideen und bin leicht zu begeistern, aber das ist Teil meines unvergleichlichen Charmes.«

Sie öffnete den Mund, um etwas zu erwidern, doch dann schloss sie ihn wieder und schob ihren Teller zur Seite, da der Kellner den Hauptgang brachte. Der Lachs schmeckte wie erwartet vorzüglich, aber auch Livias Gericht, hausgemachte Serviettenknödel mit verschiedenen gebratenen Gemüsesorten in Pilzrahmsoße, sah sehr lecker aus. Wir aßen schweigend, wobei ihr Blick immer wieder auf meinen Teller fiel.

»Wenn du probieren möchtest, brauchst du es nur zu sagen.«

»Mich würde interessieren, ob der Lachs wirklich so gut ist, wie du behauptet hast.«

Wortlos spießte ich etwas Fisch und eine Ecke des knusprigen Röstis auf und hielt ihr die Gabel hin. Fasziniert sah ich dabei zu, wie sie langsam ihre Lippen öffnete. War Essen schon immer so sinnlich gewesen? Ich merkte, wie mir die Hitze in den Unterleib schoss, und zwang mich, an etwas anderes zu denken. Aber das war gar nicht so einfach, denn nun senkte Livia ihre Lider und stieß ein leises Stöhnen aus, das völlig unpassende Assoziationen in mir hervorrief.

»Oh. Mein. Gott. Das schmeckt absolut unglaublich!«

Sie sah mich an, als erwartete sie, dass ich sie darauf aufmerksam machen würde, dass ich ihr genau das zu sagen versucht hatte, aber den Gefallen würde ich ihr nicht tun. Stattdessen schob ich meinen Teller näher zu ihr heran, falls sie einen zweiten oder dritten Bissen probieren wollte.

Obwohl wir beide satt waren, orderten wir noch ein Dessert. Als ich Livia fragte, worauf sie Lust hatte, grinste sie mich an und sagte lapidar: »Entscheide du.«

»Soll das ein Friedensangebot sein?«

»Wer weiß.«

Ich bestellte einen Schokoladenkuchen, der warm und innen flüssig war. Auf dem Teller, den der Kellner vor uns abstellte, lagen zwei Kuchengabeln bereit. Es war schön, zu beobachten, wie Livia die süße Köstlichkeit mit allen Sinnen genoss.

»Du hast mich den Kuchen so gut wie alleine essen lassen«, warf sie mir vor, sah dabei aber mehr als zufrieden aus.

»Es schien dir zu schmecken.«

»Jeder einzelne Gang war fantastisch.« Sie nahm die Serviette vom Schoß und legte sie neben ihren Teller. »Vor allem der Lachs.«

Die anderen Gäste staunten nicht schlecht, als wir trotz der vornehmen Atmosphäre, die im Restaurant herrschte, in lautes Gelächter ausbrachen.

10

Livia

Als wir später am Abend ins Château zurückkehrten, war ich fast ein wenig traurig, dass der Tag schon vorbei sein sollte. Obwohl ich es nicht laut aussprechen würde, hatte ich die Zeit mit Marco sehr genossen. Er war nicht nur aufmerksam und rücksichtsvoll, sondern auch witzig und unterhaltsam. Ich hatte das Gefühl, dass es mit ihm nicht so schnell langweilig werden würde.

Während Rosie staunend die Weihnachtsdeko in Empfang genommen und sich eine Weile mit Marco gekabbelt hatte, weil er nicht bereit war, sie die Kosten für den Einkauf übernehmen zu lassen, hatte ich Mühe, mir Minnie vom Leib zu halten. Die Hündin war bei unserem Eintreffen zielstrebig auf mich zugetrabt, hatte ihren großen Kopf gegen meine Hüfte gedrückt und treuherzig zu mir hochgeblickt. Ich tätschelte unbeholfen ihr dickes Fell und versuchte dann, sie wieder auf ihren Platz zu schicken. Doch sie rührte sich keinen Millimeter und hing wie eine Klette an mir. Fehlte nur noch, dass sie mir auf meine heiß geliebten Wildlederstiefel sabberte.

»Was hältst du davon, wenn wir Eisbaden gehen?«, fragte Marco und lenkte mich damit von meinen Bemühungen ab, einen sechzig Kilogramm schweren Hund zu bewegen.

»Kannst du das bitte noch mal wiederholen? Ich habe gerade verstanden, dass du Eisbaden gehen willst.« Ich schaute auf und sah in sein amüsiertes Gesicht. »O nein! Nein! Nein! Der Tag war so schön! Wieso sollten wir ihn jetzt ruinieren?«

»Warst du schon mal Eisbaden?«

»Nein, aber ich bin auch noch nie über glühende Kohlen gelaufen und führe dennoch ein erfülltes Leben.«

Etwas Unheilvolles blitzte in seinen Augen auf und verriet mir, dass er nicht so schnell aufgeben würde. »Und wenn wir uns danach in den Whirlpool legen und in die Sterne schauen?«

»Dann würde ich sagen«, entgegnete ich, »dass ich schon mal vorgehe und im Whirlpool auf dich warte.«

»Das Erlebnis wird viel besser, wenn man vorher in den eiskalten See getaucht ist.«

»Nur weil du mit dem Lachs recht hattest, heißt das noch lange nicht, dass ich ab jetzt jedem verrückten Vorschlag von dir zustimme.«

»Wie willst du beurteilen, ob wir den Gästen ein kühles Bad im See mit anschließendem Aufwärmen im Whirlpool anbieten sollen, wenn du es nicht selbst ausprobiert hast?«

»Hat dir schon mal jemand gesagt, dass du eine furchtbare Nervensäge sein kannst?«

»Nane und Cleo – mehrfach.« Sein Ton wurde mit einem Mal ernst. »Es ist deine Entscheidung, aber ich schwöre dir, dass du was verpasst.«

Ich verfluchte mich für meine Nachgiebigkeit, als ich eine halbe Stunde später auf dem zugefrorenen See stand, der sich in unmittelbarer Nähe des Châteaus befand. Das dunkle quadratische Loch im Eis, an dem eine Leiter befestigt war, sodass man bequem in die arktischen Fluten hinabsteigen konnte, sah alles andere als einladend aus. Zitternd beobachtete ich, wie Marco sich seiner Kleidung entledigte und mit nichts als einer

Badehose die Sprossen hinabstieg. Dabei bewegte er sich langsam und bedächtig, sodass ich genug Zeit hatte, seine wohldefinierten Muskeln und das aufwendig gestaltete Tattoo auf seinem Rücken zu bewundern. Es zeigte eine unvollständige Weltkarte, die von verschiedenen Symbolen umrahmt war. Ob das die Länder waren, die Marco bisher bereist hatte?

Kurz darauf war er bis zum Hals untergetaucht. Mir wurde schon vom bloßen Zusehen ganz anders. Warum hatte ich mich nur dazu überreden lassen?

Weil es Zeit wurde, dass ich wenigstens ab und zu etwas Neues ausprobierte. Mein Leben war derart berechenbar geworden – von den juristischen Fällen, die mir anvertraut wurden, einmal abgesehen –, dass ich ganz vergessen hatte, wie positiv es sich auf das Selbstbewusstsein auswirkte, wenn man über seinen Schatten sprang. Wobei das hier mich unendlich viel Überwindung kostete. Da hätte ich lieber noch eine schwarze Abfahrt im Snow-Tubing-Park ausprobiert. Beinahe hätte ich darüber gelacht, wie schnell sich die Dinge ändern konnten, aber der Anblick von Marcos nacktem Oberkörper, der aus dem See auftauchte, raubte mir den Atem.

Er grinste, als er bemerkte, dass ich ihn anstarrte, weshalb ich mich beeilte, ihm ein Handtuch zu reichen.

»Jetzt du – wenn du magst«, sagte er, nachdem er sich wieder angezogen hatte.

Ich warf ihm einen vernichtenden Blick zu und schlüpfte aus meiner Jacke. Im Gegensatz zu ihm trug ich einen Neoprenanzug mit Haube und die dazugehörigen Schuhe. Entschlossen, nicht zu kneifen, näherte ich mich der Leiter und setzte vorsichtig einen Fuß auf die erste Sprosse. Die Schuhe hielten die Kälte gut ab, aber als das Wasser meine Unterschenkel erreichte, erstarrte ich.

»Lass dir Zeit, und achte auf deine Atmung.«

Ich versuchte, ruhig durch die Nase einzuatmen, aber direkt beim nächsten Schritt stieß ich ein hektisches Keuchen aus. »O mein Gott, ist das kalt!«

Das eisige Wasser prickelte wie tausend Nadeln auf meiner Haut. Schon jetzt hatte ich das Gefühl, meine Beine nicht mehr zu spüren, dabei war ich gerade erst bis zu den Knien im See. Marco stand direkt an der Treppe und ließ mich keine Sekunde aus den Augen, als befürchtete er, mich retten zu müssen.

»Komm lieber wieder raus, wenn es dir zu kalt ist.« Täuschte ich mich, oder schwang echte Sorge in seiner Stimme mit? Obwohl es sehr reizvoll war, direkt zu dem Teil mit dem Whirlpool überzugehen, erwachte in mir der Ehrgeiz. Nun war ich schon so weit gekommen, dass ich den Rest auch noch schaffen würde.

Ich kletterte Sprosse für Sprosse die Leiter hinab und zwang mich, mein rasendes Herz zu ignorieren, das genauso wenig von dieser verrückten Aktion zu halten schien wie mein Gehirn, das mir in einer Tour Alarmsignale schickte. Als ob ich nicht selbst wüsste, in welcher Gefahr ich mich befand, falls das hier schiefging.

Als mir das Wasser bis zur Brust reichte, hielt ich es keine Sekunde länger aus. Ich wollte nur noch raus aus dem See, doch mir fehlte die Kraft. Das eiskalte Wasser hatte sich wie ein Kokon um mich geschlossen und weigerte sich, meinen Körper wieder freizugeben. Hilfe suchend blickte ich zu Marco, der mir beide Hände reichte und mich mit Schwung nach oben zog. Schlotternd stand ich neben ihm auf dem Eis und ließ mir von ihm aus dem Neoprenanzug helfen. Dabei entging mir nicht, dass er sich das Lachen verkniff, als er die

Thermounterwäsche sah, die ich vorsorglich darunter angelassen hatte. Erst als ich warm eingepackt war und meine Füße in den gefütterten Stiefeln langsam wieder auftauten, wurde mir bewusst, dass ich es tatsächlich geschafft hatte.

In einträchtigem Schweigen liefen wir zurück zum Château. Statt den Vordereingang zu nehmen, gingen wir direkt zur Panoramaterrasse und blieben vor dem Whirlpool stehen.

»Wundere dich nicht, dass das Wasser kalt ist«, sagte Marco, während wir uns bis auf unsere Badesachen auszogen. »Ich habe eingestellt, dass sich die Temperatur erst nach einiger Zeit allmählich erhöht.«

Langsam stieg ich ins Wasser, das mir nach dem Eisbad herrlich warm vorkam, tauchte bis zu den Schultern unter und lehnte dann erschöpft meinen Kopf gegen den Rand.

Als ich die Augen öffnete, sah ich, dass Marco rund um den Pool Kerzen angezündet hatte. Aus einem Verstärker ertönte leise Musik.

»Wie fühlst du dich?«, fragte er, nachdem er sich neben mich gesetzt hatte.

Ich ließ ihn noch eine Weile zappeln, indem ich ein paar Mal dramatisch mit den Zähnen klapperte, bevor ich mich zu ihm umdrehte und ihn zuckersüß angrinste. »Wunderbar!«

Das Seufzen, das er daraufhin ausstieß, bestätigte meinen Verdacht, dass er sich ernsthafte Sorgen gemacht hatte.

»Meinst du, das könnte den Gästen gefallen?«

»Frag mich in einer Stunde noch mal.« Sein warmes Lachen mischte sich mit der Musik und löste ein heftiges Kribbeln in meiner Brust aus, das nichts mit der nur knapp überlebten Nahtoderfahrung zu tun hatte, der ich gerade entronnen war.

»Was bedeutet das Tattoo auf deinem Unterarm?«, wechselte Marco das Thema.

Träge hob ich besagten Körperteil aus dem Wasser und betrachtete die geschwungenen Buchstaben auf meiner Haut. Ich erinnerte mich noch genau an den Moment während meines Aufenthalts in Indien, in dem ich den Entschluss gefasst hatte, sie mir stechen zu lassen.

»*Lokah Samastah Sukhino Bhavantu*. Das ist Sanskrit und bedeutet: *Mögen alle Wesen überall glücklich und frei sein, und möge ich mit meinen Gedanken, Worten und Taten auf bestmögliche Weise dazu beitragen*. Dieser Satz soll mich daran erinnern, dass alle Lebewesen, Menschen wie Tiere, die gleichen Rechte haben sollten und ich mich für diejenigen einsetzen möchte, die nicht für sich selbst sprechen können.«

»Und gelingt es dir, dich an diesen Vorsatz zu halten?«

Ich betrachtete den friedlichen Nachthimmel und schüttelte dabei langsam den Kopf. »In der Kanzlei, in der ich angestellt bin, kann ich mir leider nicht aussuchen, wen ich vertrete.«

»Aber du kannst entscheiden, für wen du arbeitest.«

»Das stimmt. Ich habe mich damals bei *Konrad, Falkner und Siebert* beworben, weil es eine der renommiertesten Anwaltskanzleien in München ist. Zu der Zeit hatte ich noch die Hoffnung, meine Eltern würden irgendwann einsehen, dass Jura die richtige Wahl für mich war, wenn ich ihnen bewies, dass ich damit Erfolg hatte. Mittlerweile glaube ich jedoch, dass es egal ist, was ich mache oder für wen ich arbeite. Solange es nichts mit Medizin zu tun hat, habe ich in ihren Augen versagt.«

»Es ist dein Leben. Du entscheidest, was du tun möchtest, und du bist diejenige, die am besten weiß, was dich glücklich macht.«

Ich lachte leise. »Wenn es so einfach wäre.«

»Dann beantworte mir folgende Frage: Was würdest du tun, wenn Zeit und Geld keine Rolle spielten?«

Irritiert wandte ich meinen Kopf in Marcos Richtung. Sein Gesicht strahlte, und er schaute mich so erwartungsvoll an, dass mir ganz warm ums Herz wurde. »Wenn Zeit und Geld keine Rolle spielten …« Ich zögerte, beschloss dann aber, nicht darüber nachzudenken, sondern das Erstbeste zu sagen, das mir in den Sinn kam. »Ich würde mehr Pro-bono-Mandate übernehmen, den Menschen helfen, die meine juristische Unterstützung wirklich brauchen. Insgesamt würde ich weniger arbeiten, um ab und zu Zeit für mich zu haben und für die Dinge, die mir Spaß machen.«

»Wie Snow Tubing?« Ich hörte die Belustigung in seiner Stimme und verlor mich in ihrem samtig warmen Klang.

»Und ich würde gern mehr von der Welt sehen.«

Marco ließ seine Hand durchs Wasser gleiten und legte sie sanft auf meine. »Das klingt in meinen Ohren nach einem guten Plan. Jetzt musst du ihn nur noch umsetzen.«

11

Marco

Am nächsten Vormittag verschanzte ich mich in meinem Büro. Ich brauchte dringend etwas Abstand von Livia. Je mehr sie in meiner Gegenwart auftaute, desto intensiver fühlte ich mich zu ihr hingezogen. Sie war nicht nur smart und humorvoll, sondern vor allem auch unglaublich taff. Ich konnte nur ahnen, wie viel Überwindung es sie gekostet hatte, in den Heißluftballon zu steigen, die steile Abfahrt im Snow-Tubing-Park zu nehmen oder in den zugefrorenen See einzutauchen. Dabei vermittelte sie mir nicht das Gefühl, dass sie es tat, um sich anzupassen oder mithalten zu können, sondern weil sie es wirklich wollte und Spaß daran entwickelte, sich selbst zu beweisen, dass sie es schaffte. Und das war eine Eigenschaft, die ich sehr bewunderte.

Ich beantwortete eine Reihe von E-Mails, telefonierte mit Jeanette, meiner Assistentin, um bei den anderen Projekten, die wir betreuten, auf dem Laufenden zu bleiben, gab ein paar Anweisungen und machte einige Vorschläge. Dann schickte ich einer befreundeten Innenarchitektin die Fotos der fertigen Hotelzimmer, die ich heute Morgen geschossen hatte, und bat sie um ihre Meinung. Rosie hatte gestern Abend noch wahre Wunder vollbracht.

Anschließend checkte ich die Buchungen für den Weihnachtsball, schickte dem Manager der Band die Wegbeschreibung zum Château und vereinbarte einen Termin für ein Probedinner mit der Inhaberin des Catering-Services. Rosie war zwar entschlossen gewesen, selbst zu kochen, aber ich hatte sie überredet, sich eine Auszeit zu gönnen, um ganz für die Gäste da sein zu können. Zuerst hatte sie sich Sorgen wegen der Kosten gemacht, doch ich hatte etwas von Beziehungen und einem Freundschaftspreis erzählt, da es mir wichtig war, die Wiedereröffnung so stressfrei wie möglich für sie zu gestalten. Zur Not würde ich ihr im Vorfeld verraten müssen, dass das Catering mein Weihnachtsgeschenk an sie war.

Gegen Mittag holte ich mir einen Becher Kaffee aus der Küche und ging damit hinaus, als ich Livia aus dem Nebengebäude kommen sah, dicht gefolgt von Minnie. Ihre Wangen waren gerötet, und beim Anblick ihres strahlenden Lächelns blieb mir für einen Moment die Luft weg.

»Hey«, begrüßte sie mich und verschaffte mir so die nötige Zeit, um mich zu sammeln. Livia war keine Frau für eine meiner kurzweiligen Vergnügungen. Das musste ich mir immer wieder in Erinnerung rufen. Sie verdiente mehr als eine flüchtige Nacht mit einem Mann, bei dem die Arbeit stets an erster Stelle stand.

»Wie ich sehe, hast du dich mit Minnie angefreundet.«

Die Hündin rannte beim Klang ihres Namens freudig um mich herum und wedelte erwartungsvoll mit dem Schwanz.

»Mir ist kaum etwas anderes übrig geblieben, da sie mir auf Schritt und Tritt folgt.«

»Dann hast du keine Angst mehr vor ihr?«

»Sie scheint wirklich ein ruhiges Gemüt zu haben. Und für ihre Größe kann sie ja nichts.«

Ich staunte, mit welcher Leichtigkeit Livia über ihren Schatten sprang. Anscheinend hatten die letzten Tage bereits ihre Spuren hinterlassen. Sie wirkte ungewohnt entspannt, geradezu glücklich.

»Und was ist das für ein Outfit?«, fragte ich und deutete auf die abgewetzte Jacke, die ihr mindestens zwei Nummern zu groß war, und die nach Mist riechenden Gummistiefel.

»Ich habe Hannes beim Ausmisten geholfen und Don Juan gestriegelt.«

»*Don Juan*?«

»Einer der beiden Wallache. So ein hübsches Tier! Rotbraunes Fell mit weißen Fesseln und einer schmalen Blesse. Hannes sagt, er würde immer mit hochgestelltem Schweif und extrastolzem Hals an allen Stuten vorbeitänzeln. Daher der Name.«

»Ich trau mich gar nicht, zu fragen, wie der andere heißt.«

Livia kicherte. Es war ein bezauberndes Geräusch und passte so gar nicht zu der ehrgeizigen Anwältin, die sich so große Mühe gab, stets unfehlbar zu erscheinen.

»Zorro, ein Rappe. Er ist ein absolutes Energiebündel. Deswegen hat Hannes ihn auch lieber selbst geputzt. Aber an der Kutsche geht er angeblich vorbildlich.«

»Verstehst du was von Pferden?«, fragte ich, fasziniert von der Begeisterung, mit der Livia mir von den Tieren erzählte.

»Einige meiner Freundinnen sind früher geritten. Ich hätte alles gegeben, um ebenfalls Reitstunden nehmen zu dürfen, aber meine Mutter meinte, dass ich lieber Golf oder Tennis spielen sollte. Das sei gesellschaftsfähiger und zudem weniger gefährlich.«

Je mehr sie mir von ihren Eltern erzählte, desto unsympathischer wurden sie mir. »Hast du dir später einen Reitstall gesucht?«

»Während des Studiums hatte ich weder das Geld noch die Zeit dazu. Und als ich meine erste Stelle angetreten habe, hatte ich zwar genügend Geld, aber noch weniger Zeit. Irgendwann dachte ich, dass es zu spät ist, um damit anzufangen. Wer will schon eine dreißigjährige Frau unterrichten, die noch nie auf einem Pferd gesessen hat?«

»Wie heißt es so schön? Man ist immer nur so alt, wie man sich fühlt. Aber in einem hast du recht: Je älter man wird, desto eher scheut man sich, neue Dinge auszuprobieren. Eine Tendenz, der ich bewusst entgegenarbeite. Ich will auch mit sechzig, siebzig und achtzig noch Abenteuer erleben und mutig sein.«

Sie grinste und schob sich eine Haarsträhne unter die Mütze. »Wieso wundert mich das nicht?«

»Sag mal«, fing ich an und sammelte unauffällig etwas Schnee von einem der Tische, an denen die Gäste im Sommer frühstücken konnten und die um diese Jahreszeit komplett eingeschneit waren, und formte ihn zu einer festen Kugel. »Wenn du als Kind so behütet aufgewachsen bist, hast du bestimmt nie an einer Schneeballschlacht teilgenommen.«

Sie schüttelte den Kopf. »Ich war zwar auf einer Privatschule, aber das bedeutet nicht, dass wir uns nicht amüsiert haben.«

»Wenn das so ist …« Der Ball erwischte sie an der Schulter und ließ sie empört nach Luft schnappen.

»Na warte! Das wirst du mir büßen.« Sie bückte sich, formte ebenfalls einen Ball und feuerte ihn in Sekundenschnelle auf mich ab. Ehe ich michs versah, steckten wir inmitten einer wilden Schneeballschlacht, sehr zur Freude von Minnie, die aufgeregt den Wurfgeschossen hinterherjagte. Livia ging sogar so weit, mich einzuseifen. Doch als sie Anstalten machte, mir Schnee in den Kragen zu stopfen, musste ich härtere Maßnahmen ergreifen. Ich hob sie hoch und rannte mit ihr zu einem der hohen Schneehaufen, die beim Räumen der Einfahrt entstanden waren. Minnie raste laut bellend hinterher.

»Lass mich sofort runter!«, rief sie und krallte sich an meinen Schultern fest, als ich so tat, als würde ich sie in hohem Bogen in den Schneeberg befördern.

»Nur wenn du zugibst, dass ich gewonnen habe.«

»Alles, was du willst!«

Gerade als ich ihrer Bitte nachkommen wollte, streckte sie einen Arm nach einem der ausladenden Äste der Tanne aus, die neben dem Haus stand, und ließ das kühle Nass in meine Jacke rieseln. Vor Schreck setzte ich sie ab und versuchte, mir den Schnee aus dem Kragen zu fischen, aber es war zu spät.

»Ich hätte wissen müssen, dass man einer Anwältin nicht trauen darf. Sie versprechen dir das eine, um hinter deinem Rücken genau das Gegenteil zu tun.«

Ihr glückliches Lachen ließ mein Herz schneller schlagen. »Das ist eine gemeine Unterstellung, die absolut nicht zutrifft! Außerdem bin ich nebenbei bemerkt eine ganz hervorragende Anwältin mit einem tadellosen Ruf. Ich mache niemals leere Versprechungen oder treffe Entscheidungen über die Köpfe meiner Mandanten hinweg.«

Ich ging auf sie zu und nahm ihr Gesicht zwischen meine Hände. Ihre Wangen waren noch eine Spur roter geworden, und in ihren Augen funkelte es abenteuerlich, als würde sie nur darauf warten, dass ich ihr einen Grund lieferte, erneut über mich herzufallen. Ich hörte, wie ihr Atem ins Stocken geriet, und sah, dass ihr Blick sich auf meinen Mund senkte. Verdammt! Sie machte es mir wirklich schwer, mich an meine Vorsätze zu halten. Langsam beugte ich mich zu ihr herab und strich ganz sacht mit meinen Lippen über ihre. Ich spürte das Beben, das durch ihren Körper ging. Ihre Lider flatterten leicht, ehe sie die Augen schloss und sich näher zu mir lehnte.

»Das Mittagessen ist fertig, falls ihr Hunger habt«, schallte Rosies Stimme aus dem geöffneten Küchenfenster zu uns herüber, woraufhin wir beide auseinanderfuhren, als hätte sie uns bei etwas Verbotenem ertappt.

Livia senkte den Kopf und räusperte sich. »Wir sollten Rosie nicht warten lassen.«

»Ich sage noch schnell Hannes Bescheid«, antwortete ich, weil ich ganz dringend einen Moment für mich brauchte. Die flüchtige Berührung unserer Lippen hatte einen Flächenbrand in meinem Körper entfacht. Was mochte erst passieren, wenn wir uns richtig küssten?

Als ich am Nachmittag in die Küche kam, um mir einen frischen Becher Kaffee zu holen, musste ich sehr an mich halten, um bei dem Anblick, der sich mir bot, nicht laut loszulachen. Livia stand neben Rosie an einer der Arbeitsplatten und steckte bis zu den Ellbogen in einer riesigen Schüssel. Sie trug eine Schürze mit der Aufschrift »Beste Hotelière der Welt« und knetete wild entschlossen einen Teig. Ihre hochroten Wangen ließen ihre finstere Miene noch Furcht einflößender wirken. Dicht neben ihr saß Minnie und stupste sie in regelmäßigen Abständen mit der Nase an.

»Du kannst mich so oft nerven, wie du willst. Erstens hat Rosie gesagt, dass ich dir nichts geben darf, und zweitens weiß sogar ich, dass Zucker nicht gut für Hunde ist. Für Menschen übrigens auch nicht, aber das interessiert um diese Jahreszeit ja niemanden.«

Die letzte Spitze war wohl an Rosie gerichtet, die herzlich lachte, ehe sie die Schüssel aus Livias Reichweite beförderte, damit sie den Teig nicht noch mehr misshandeln konnte.

Aus dem Radio ertönte in diesem Moment das Intro zu *All I Want For Christmas*, was Livia ein erbarmungswürdiges Stöhnen entlockte.

»Können wir bitte den Sender wechseln? Das Lied ist das schlimmste von allen!« Sie presste die Hände auf ihre Ohren, wobei sie sich leicht abwandte und mich entdeckte. »Es gibt keinen Grund, so amüsiert zu grinsen! Außerdem ist es nicht nett, anderen bei der Arbeit zuzuschauen. Entweder du schnappst dir eine Schürze und hilfst, oder du gehst wieder in dein Büro!«

Das ließ ich mir nicht zweimal sagen. Ich liebte Plätzchenbacken! Das gehörte für mich ebenso zur Weihnachtszeit wie das Aussuchen und Verpacken der Geschenke. Also krempelte ich meine Ärmel nach oben, wusch mir die Hände und schaute Rosie erwartungsvoll an.

»Was darf ich tun?«

»Du kannst den Teig ausrollen und die Plätzchen ausstechen.«

Eine meiner liebsten Aufgaben. Es dauerte eine Weile, bis ich es geschafft hatte, den Teig, der nach Livias Behandlung mehr bröselig als geschmeidig war, dazu zu bringen, sich zu einer ebenen Fläche ausrollen zu lassen. Livia versuchte indessen, aus einem anderen Teig, der köstlich nach Vanille duftete, kleine Halbmonde zu formen, die eher wie Würste aussahen. Dabei beobachtete sie mit skeptischer Miene, wie ich mich sichtlich erfreut auf die Ausstecher stürzte. Rosies Sammlung war beachtlich. Es gab neben den Klassikern wie Herzen, Sternen, Tannenbäumen, Kreisen, Quadraten und

Rauten auch Pferde, Stiefel, Katzen und etwas, das aussah wie ein Kelch oder Pokal. Ein Plätzchen für den Champion. Ich wählte Letzteres, woraufhin Livia missbilligend die Stirn krauszog.

»Du weißt schon, dass du ein Romantikhotel planst und kein Fortbildungszentrum für berufliche Weiterentwicklung.« Widerstrebend legte ich den Pokalausstecher wieder zur Seite und griff stattdessen nach einem Herz.

Glückselig drückte ich die Form in den Teig und ordnete die ausgestochenen Plätzchen in einer Reihe auf dem Blech an, das Rosie mir hingestellt hatte. Livia schaute indessen mit unzufriedener Miene auf ihre Würste und begann, an deren Enden herumzudrücken, was die Sache nur noch verschlimmerte.

Ich nahm ihr eines der Kipferl ab und rollte es in beiden Händen hin und her, bis ich einen perfekten Halbmond fabriziert hatte.

»Angeber!«, knurrte sie, wobei ihre Mundwinkel leicht zuckten.

»Hast du als Kind nie Plätzchen gebacken?« Wieder stieß sie ein Stöhnen aus, das mich meine Frage beinahe bereuen ließ.

»Das war die Aufgabe unserer Köchin. Ich durfte manchmal die Schüsseln auslöffeln, aber wehe, wenn meine Mutter mich dabei erwischt hat. Als Kind war ich etwas pummelig, und da meine Eltern Ärzte sind, waren Süßigkeiten aller Art bei uns streng verboten.«

»Wie traurig!«, sagte Rosie. »Man sollte es zwar nicht übertreiben, aber ab und zu ein leckerer Nachtisch oder ein Stück Kuchen kann einem das Leben ungemein versüßen.«

»Sie sagen mir heute noch bei jeder sich bietenden Gelegenheit, dass ich besser auf mich achten soll.«

Ich ließ meinen Blick an Livias kurviger Figur hinabgleiten, woraufhin ich sofort eine Welle von Hitze verspürte, die mich durchströmte und sich in meiner Mitte sammelte. Die sinnliche Form ihres Pos, die von der eng anliegenden Hose sanft umschmeichelt wurde, rief die wildesten Fantasien in mir wach. Und erst recht ihre vollen Brüste, die mir seit ihrer Ankunft so manche schlaflose Nacht beschert hatten. In meinen Augen war sie absolut perfekt, und es tat mir weh, dass ihre Eltern ihr einen anderen Eindruck vermittelten. Livia schien meinen Blick bemerkt zu haben, denn sie drehte sich unauffällig ein wenig von mir weg. Obwohl ich nicht vorgehabt hatte, etwas zu diesem Thema zu sagen, konnte ich nicht an mich halten. Ich musste laut aussprechen, was ich tief in meinem Inneren empfand.

»Für mich bist du wunderschön!«

Das Teigstück, das sie gerade gerollt hatte, fiel ihr aus den Händen, woraufhin Minnie den Kopf senkte und es verputzte, während Livia mich mit einer Verletzlichkeit anschaute, die mir das Herz brach. Für einige kostbare Sekunden war da diese geradezu magische Anziehung zwischen uns, die mich alle Differenzen der letzten Jahre vergessen ließ. Fast hätte ich meine Hand nach ihr ausgestreckt und sie an mich gezogen, doch dann baute sich Rosie energisch vor Minnie auf und deutete mit dem Finger zur Tür.

»So, das war genug Zucker für heute! Geh auf deinen Platz am Kamin oder zu Hannes in den Stall.« Minnie warf Livia einen letzten Blick zu, bevor sie sich zum Abschied gegen sie drückte und dann mit wedelndem Schwanz aus der Küche trabte.

»Ist sie bei allen Leuten so anhänglich?«, fragte Livia, die nach Minnies Liebesbeweis erst mal das Gleichgewicht hatte wiederfinden müssen.

»O nein!«, erwiderte Rosie und bedachte sie mit einem innigen Lächeln. »Minnie ist sehr wählerisch, was menschliche Gesellschaft angeht. Sie spürt ganz genau, wer Hunde liebt und von wem sie sich besser fernhält.«

»Dann scheint ihr Radar in Bezug auf mich gestört zu sein. Ich bin nicht so der Hundefreund. Katzen finde ich noch schlimmer. In einem Moment lassen sie sich streicheln, und im nächsten hat man ihre Krallen im Gesicht. Hinterhältig! Da scheinen mir Pferde noch die angenehmsten Zeitgenossen zu sein. Zumindest Don Juan und Zorro mag ich sehr gern.«

»Die beiden sind zwar temperamentvoll, vor allem Zorro, würden aber im Austausch gegen eine Karotte oder einen Apfel so ziemlich alles für dich tun«, bestätigte Rosie. »Und was Minnie angeht, werden wir ja sehen, wer sich am Ende geirrt hat.«

Als Frank Sinatra mit seiner samtigen Stimme von klingenden Glöckchen sang, stimmte Rosie mit ein, wobei es sie nicht störte, dass sie höchstens jeden zweiten Ton traf.

»Ihr müsst mitsingen, wenn ihr wollt, dass die Plätzchen etwas werden!«

Ich schloss mich gut gelaunt an und beobachtete aus dem Augenwinkel, wie Livia mit zusammengebissenen Zähnen die Vanillekipferl unter Bergen von Puderzucker begrub. Rosie nahm ihr rasch das Sieb ab und drückte ihr stattdessen eine Tasse mit Eigelb und einen Pinsel in die Hand. Sie sah mir eine Weile zu, wie ich mit einem geriffelten Messer eine wellenförmige Ornamentik in den Teig einarbeitete, bevor sie sich daranmachte, die Herzen zu bepinseln. Dabei ging sie derart sorgfältig vor, als handelte es sich um ein wertvolles Kunstwerk.

»Dafür, dass du Weihnachten nicht magst, gibst du dir erstaunlich viel Mühe.«

Sie bedachte mich mit ihrem tödlichen Blick und straffte dabei die Schultern. »Ich bin hierhergekommen, um dieses Hotel zu retten, und wenn das bedeutet, dass ich Plätzchen backen und euren schiefen Gesang ertragen muss, werde ich mich nicht beschweren.«

Mein Herz machte bei ihren Worten einen Sprung. Wenn ich etwas bewunderte, dann war es bedingungslose Loyalität, und davon schien Livia jede Menge zu besitzen, auch wenn sie diese Charaktereigenschaft hinter ihrer gespielt knurrigen Art zu verbergen versuchte.

Das Vibrieren meines Handys riss mich aus meinen Gedanken. Ich zog es trotz meiner klebrigen Finger aus der Hosentasche und öffnete das Foto, das Nane mir geschickt hatte. Es zeigte Maya und Cleo, die neben einem gigantischen Schneemann standen. Die Kleine strahlte mit Cleo um die Wette. Offenbar lebte sie sich in ihrem neuen Zuhause gut ein. Ich konnte mir keine besseren Pflegeeltern als meine Schwester und ihre Partnerin vorstellen. Beide waren durch ihren Beruf an den Umgang mit Kindern gewöhnt und gingen voll darin auf.

Ich reichte das Handy an Livia weiter, die sich das Foto gemeinsam mit Rosie anschaute.

»Ist sie nicht herzig, die Kleine?« Rosie stieß ein verzücktes Seufzen aus. »Ich hoffe sehr, dass sie zu Weihnachten kommen, falls sich Maya bis dahin so weit eingelebt hat, dass sie sich bei Nane und Cleo sicher fühlt. Ich weiß, wie lange sich die beiden schon gewünscht haben, für ein Kind in Not da zu sein, was ich übrigens äußerst selbstlos finde. Schließlich könnten sie genauso gut selbst ein Baby bekommen.«

»Nane sagt immer, sie möchte dazu beitragen, die Welt ein kleines bisschen besser zu machen«, warf Livia ein. Auch ich hatte diesen Satz schon oft aus dem Mund meiner Schwester gehört und wusste, wie ernst es ihr damit war.

»Das scheint in der Familie zu liegen. Anderen dabei zu helfen, ihre Träume zu verwirklichen, ist ebenso wertvoll.« Ich spürte, wie mir bei ihren lobenden Worten das Blut in die Wangen stieg. »Hast du je über eigene Kinder nachgedacht?«

Ich fing ihren Blick auf und zuckte mit den Schultern. Früher hatte ich mir eine Familie gewünscht, aber dann war meine Beziehung mit Helen in die Brüche gegangen, während mein Unternehmen immer erfolgreicher geworden war. Beides unter einen Hut zu bringen, schien mir unmöglich zu sein. Wie sollte ich weiterhin Menschen bei der Umsetzung ihrer Visionen unterstützen und gleichzeitig für eine Familie da sein, wenn ich nicht mal in der Lage war, eine Frau dauerhaft glücklich zu machen?

»Wisst ihr, Hannes und ich haben uns immer Kinder gewünscht. Wir dachten, wenn wir erst das Hotel am Laufen hätten, würde uns noch genug Zeit bleiben. Am Anfang war es sehr schwierig, doch schon bald hatten wir treue Stammgäste. Eine Saison ging in die nächste über, sodass für ein Baby nie der richtige Zeitpunkt zu sein schien. Tja, und irgendwann war es zu spät.« Tränen traten ihr in die Augen und kullerten über ihre Wangen. Verstohlen wischte sie sie weg. »Was ich damit sagen will,« fuhr sie fort und schniefte verhalten, »wenn ihr eine Familie wollt, dann wartet nicht zu lange. Versteht mich nicht falsch. Ich liebe diesen Ort, den Hannes und ich mit unseren eigenen Händen erschaffen haben. Und es erfüllt mich mit großer Dankbarkeit und Freude, dass unsere Gäste bei uns eine schöne und entspannte Zeit verleben, dass sie sich hier verlieben und später mit ihren Kindern wiederkommen. Einige sind über die Jahre zu wahren Freunden geworden, aber sie werden niemals das Glück, eine eigene Familie zu haben, ersetzen können.«

Ich warf Livia einen verstohlenen Blick zu und sah, dass Rosies Worte auch sie nachdenklich gestimmt hatten.

»Wie schaffst du es, immer so optimistisch und gut gelaunt zu sein, obwohl ihr es gerade nicht leicht habt?« Ehrliche Bewunderung schwang in Livias Stimme mit.

»Es hat immer mal wieder schwere Zeiten gegeben. Das ist nichts Neues für uns und meiner Meinung nach auch völlig normal, wenn man selbstständig ist.« Sie tauchte gedankenverloren eines der fertig gebackenen Plätzchen in flüssige Schokolade. »Es ist ein bisschen wie in einer Ehe. Sobald man eine Herausforderung gemeistert hat, erwartet einen bereits die nächste. Wenn man so lange zusammen ist wie Hannes und ich, bringt einen so schnell nichts aus der Ruhe.« Sie legte das Plätzchen auf ein Gitter und schenkte uns ein warmes Lächeln. »Menschen verändern sich im Laufe ihres Lebens, und es ist keine leichte Aufgabe, immer wieder die unterschiedlichen Wünsche und Vorstellungen aufeinander abzustimmen. Aber wenn man tief im Herzen weiß, dass man zueinander gehört, dann kann einen auch der heftigste Sturm nicht in die Knie zwingen.«

Wieder wanderten meine Gedanken zu Helen. Ich erinnerte mich daran, wie sie mit gepackten Koffern in unserer gemeinsamen Wohnung gestanden und mir mitgeteilt hatte, dass sie mich verlassen würde. Als ich sie nach dem Grund gefragt hatte, hatte sie gesagt, dass sie einen Partner wollte, nicht einen sporadischen Mitbewohner, der in den seltenen Augenblicken seiner physischen Anwesenheit mit den Gedanken weit weg war. Obwohl ich damals die Welt nicht verstand und mich ungerecht behandelt fühlte, war mir recht schnell klar geworden, was ihr gefehlt hatte. Als sie kurz darauf eine neue Beziehung einging und glücklich zu sein schien, legte sich das Gefühl, elendig versagt zu haben, schwer auf meine Brust.

Eine Weile arbeiteten wir schweigend, bis das nächste Blech Plätzchen aus dem Ofen kam und der verführerische Duft mich von meinen düsteren Gedanken ablenkte. Die Vergangenheit war vorbei. Solange ich mich auf meine Arbeit konzentrierte, konnte ich sicher sein, dass ich niemals wieder einen Menschen so sehr verletzen und enttäuschen würde – mich selbst eingeschlossen.

Rosie stellte uns allerlei Zutaten zum Verzieren hin, woraufhin Livia und ich uns einen heißen Wettbewerb um das originellste Plätzchen lieferten. Ich staunte einmal mehr, wie sehr ich es genoss, Zeit mit ihr zu verbringen. Bei ihr hatte ich das Gefühl, mich nicht verstellen zu müssen. Während ich einen Rosmarinzweig in Tannenbäume drückte, Zuckerstreusel und Schokoladentropfen auf Sternen verteilte und Plätzchentürme mit Marmeladenschichten baute, schnitt Livia Backpapier zu Schablonen aus und zauberte mit Puderzucker kleine Figuren auf die runden Plätzchen. Ihre Gesichtsmuskeln entspannten sich immer mehr, bis sich tatsächlich ein zufriedenes Lächeln auf ihren Zügen abzeichnete. Als sie leise *Please Come Home For Christmas* mitsummte, hätte ich sie am liebsten in meine Arme gezogen und, entgegen meinen Überzeugungen in Bezug auf Beziehungen, für immer festgehalten.

12
Livia

Obwohl ich es niemals zugegeben hätte, war der Nachmittag gar nicht so schlimm gewesen wie erwartet. Zum Schluss hatte es mir sogar Spaß gemacht, woran Marco nicht ganz unschuldig war, denn unser spielerischer Wettstreit um das hübscheste Plätzchen hatte die Aktion zu einer spannenden Herausforderung werden lassen.

Nach dem Abendessen war ich auf mein Zimmer gegangen und hatte mich gerade mit einem Buch auf dem Bett ausgestreckt, als es an der Tür klopfte. Auf mein »Herein« betrat Marco den Raum. Sein spitzbübisches Grinsen verriet mir, dass er mal wieder etwas im Schilde führte.

»Hast du Lust auf einen Spaziergang?«

Da das leckere Essen mich dazu verleitet hatte, mir ein Mal mehr nachzunehmen, als gut für mich gewesen wäre, legte ich mein Buch zur Seite und gab einen zustimmenden Laut von mir. Dann rappelte ich mich auf, schlüpfte in Stiefel und Jacke, wickelte mir den Schal um den Hals und schnappte mir meine Mütze.

Im Korridor saß Minnie und hechelte glücklich, als sie mich sah. Dieser Hund schien einen Narren an mir gefressen zu haben, obwohl ich ihm keinerlei Grund dafür lieferte.

Der eiskalte Wind, der mich draußen begrüßte, ließ mich meinen Entschluss augenblicklich bereuen. Aber dann blickte ich zum Himmel hinauf und erlag dem Leuchten der unzähligen Sterne. Ihr Strahlen war überwältigend, ein Anblick, der sich mir in München niemals in dieser Intensität bieten würde.

Minnie rannte ausgelassen voraus, während wir am Stall vorbei zu einem Schuppen liefen, wo Marco zwei Paar Schneeschuhe aus dem Regal nahm und mir eines davon hinhielt. Ich kannte solche Schuhe nur aus Filmen und fragte mich, wie ich darin laufen sollte, ohne ständig über meine eigenen Füße zu stolpern. Marco kniete sich neben mich und zeigte mir, wie man sie befestigte. Ich ging ein paar vorsichtige Schritte und war erleichtert, dass es sich gar nicht so fremd anfühlte wie befürchtet.

Wir liefen in einem weiten Bogen um das Château herum und genossen die klare Luft und den ungehinderten Blick auf die majestätische Bergwelt, die uns umgab. Beim Anblick dieser Giganten wurde mir jedes Mal bewusst, wie klein und unbedeutend meine Existenz im Weltengefüge war. Dennoch liebte ich mein Leben und war fest entschlossen, das Beste daraus zu machen. Seit meiner Ankunft in der Schweiz war mir klar geworden, wie sehr ich in meinen Gewohnheiten festhing und wie viel ich mir dadurch entgehen ließ. Sobald ich zurück in München war, würde einiges anders werden. Ich könnte eine Liste mit Dingen schreiben, die ich schon immer mal ausprobieren wollte, und mir ein Reiseziel suchen, anstatt jedes Jahr für eine Woche im Sommer nach Berlin zu fahren und mich den Vorhaltungen meiner Eltern auszusetzen. Beschwingt durch meine Überlegungen, beschleunigte ich meinen Schritt und stieg auf eine kleine Anhöhe hinauf, wo ich den Kopf in den Nacken legte und ein Seufzen ausstieß.

Es war mein Leben! Ich allein entschied, wie und mit wem ich es verbringen wollte. Eigentlich war ich nicht der Typ für Neujahrsvorsätze, da mir meine Eltern schon als kleines Kind ständig irgendwelche Ziele vorgegeben hatten, sodass mir nichts anderes übrig geblieben war, als zu versuchen, sie zu erfüllen. Doch vielleicht sollte ich es einfach mal ausprobieren. Im neuen Jahr würde ich weniger arbeiten, mich öfter mit meinen Freunden treffen und mir Aktivitäten suchen, auf die ich Lust hatte. Eventuell könnte ich an einem Tag in der Woche früher Feierabend machen und etwas mit Maya unternehmen, damit Nane und Cleo Zeit für sich hatten.

Marco, der mir gefolgt war, musterte mich so intensiv, als er zu mir aufschloss, dass jegliches Kältegefühl aus meinem Körper wich und durch glühende Hitze ersetzt wurde.

»Ist alles in Ordnung?«, hauchte ich, was in Anbetracht der Situation vermutlich die dümmste Frage aller Zeiten war.

»Mich würde interessieren, was dir gerade durch den Kopf gegangen ist.«

»Nichts Bestimmtes«, wich ich aus. »Wieso?«

Er lachte leise. »Ein bisschen kenne ich dich inzwischen. Zuerst war da dieser Ausdruck von Befangenheit in deinem Blick, der kurz darauf wilder Entschlossenheit gewichen ist, die dir ein glückliches Lächeln entlockt hat. Alles Indizien dafür, dass du über etwas nachgedacht und offenbar eine Lösung gefunden hast, mit der du zufrieden bist.«

Seine Beobachtungsgabe beeindruckte und verunsicherte mich gleichermaßen. »Zum Glück bin ich vor Gericht nicht so leicht zu durchschauen.«

Er griff nach meiner Hand und schickte damit ein kleines Beben durch meinen Körper.

»Verrätst du mir, worüber du nachgedacht hast?«

Ich zögerte, da ich es nicht gewohnt war, mich anderen anzuvertrauen. Normalerweise war Nane die Einzige, vor der ich mein Innerstes ausbreitete. Manchmal redete ich auch mit Cleo, deren Meinung ich ebenso schätzte, wenn es galt, eine wichtige Entscheidung zu treffen.

»Ich habe einen Neujahrsvorsatz gefasst«, gestand ich leise und rechnete halb damit, dass Marco mich auslachte.

»Der da wäre?«

Wieso wunderte es mich nicht, dass er nicht lockerließ? Seine mitternachtsblauen Augen verrieten mir, dass er nicht von Neugier getrieben wurde, sondern von echtem Interesse.

»Die letzten Tage mit dir«, ich hielt inne und suchte nach einem passenden Wort, das auch nur annähernd die emotionale Achterbahnfahrt beschrieb, die ich in seiner Gegenwart durchlebt hatte, »waren außergewöhnlich.«

»Ich hoffe, das ist etwas Gutes?«

Glücklich breitete ich die Arme aus und drehte mich ein Mal um mich selbst. »Gut beschreibt es nicht mal ansatzweise. Es war aufregend, herausfordernd und motivierend zugleich. Ich habe mich das erste Mal seit Jahren, vielleicht sogar das erste Mal in meinem Leben, wirklich stark und dabei ganz wie ich selbst gefühlt. Endlich habe ich mal nicht die Erwartungen anderer erfüllt. Ich war weder die erfolgreiche Anwältin noch die brave Tochter oder liebevolle Freundin, sondern irgendeine total verrückte und unberechenbare Version von mir, die sich traut, in einen Heißluftballon zu steigen und auf einem Kissen mörderische Abfahrten hinabzurasen.«

»Mörderisch ist definitiv übertrieben, aber ich weiß genau, worauf du hinauswillst. Es gibt nichts, was das Selbstbewusstsein mehr pusht, als hin und wieder seine Grenzen zu überschreiten. Wenn man allerdings nicht aufpasst, kann es geradezu süchtig machen.«

Ich schwieg in der Hoffnung, dass er weitersprach.

»Man denkt sich immer irrwitzigere Dinge aus, um den Adrenalinkick zu spüren. Es ist wie eine Droge. Doch letztendlich erkennt man, dass es nur dazu dient, davon abzulenken, dass einem etwas anderes im Leben fehlt.«

Mir fiel ein, was Rosie uns erzählt hatte, und ich fragte mich, ob Marco ähnlich empfand.

»Es spricht dennoch nichts dagegen«, fuhr er fort, »gelegentlich seine Komfortzone zu verlassen und etwas Neues auszuprobieren.« Als er mich im Laufschritt den Hügel hinabzog, fragte ich nicht, was er vorhatte, da ich wusste, dass ich bei ihm sicher war.

Wenig später standen wir am gegenüberliegenden Ufer des Sees.

»Bitte sag mir, dass du nicht wieder Eisbaden gehen willst!«, flehte ich ihn an, denn ohne den Neoprenanzug würde ich mich niemals ins eiskalte Wasser wagen.

Marco ging zu einer Hütte hinüber, die mir am Vortag nicht aufgefallen war, und kam kurz darauf mit zwei Paar Schlittschuhen zurück.

»Was meinst du? Könnte Schlittschuhlaufen bei Mondschein ein Angebot für die Gäste sein?«

»Lass mich raten! Du bist der Ansicht, dass ich die Frage besser beantworten kann, wenn ich mir selbst ein Bild gemacht habe.«

Er grinste. »Stimmt. Außerdem habe ich mir gedacht, dass es etwas sein könnte, das du gern ausprobieren möchtest.«

»Stell dir vor, ich bin schon mal Schlittschuh gelaufen!«, gab ich souverän zurück.

»Umso besser!«

»Allerdings ist es schon ein paar Jahre her«, fügte ich etwas weniger selbstsicher hinzu.

»Das ist wie Fahrradfahren. So schnell verlernt man es nicht.«

Wir zogen die Schlittschuhe an und betraten den See. Ich beobachtete fasziniert, wie Marco mühelos über das Eis glitt, wendete und mir dann auffordernd die Hand entgegenstreckte. Vorsichtig bewegte ich mich auf ihn zu und hielt mich an ihm fest, als ich kurzzeitig das Gleichgewicht zu verlieren drohte.

»Wollen wir zusammen eine Runde drehen?«

Ich nickte, woraufhin er einen Arm um meine Mitte schlang und mir seine andere Hand zum Festhalten anbot. Es dauerte ein bisschen, bis wir einen gemeinsamen Rhythmus gefunden hatten. Doch nach einer Runde glitten wir in stiller Eintracht über das Eis. Der leichte Wind wehte feinen Schnee von den umstehenden Tannen zu uns herüber, und das Mondlicht tauchte die Szenerie in silbernes Licht. Ich kam mir vor, als wäre ich mitten in einem Wintermärchen gelandet.

Als meine Schritte raumgreifender wurden, lockerte Marco seinen Griff. Ich jubelte innerlich und verlängerte die Gleitphase. Es war wunderbar, sich derart frei und schwerelos zu bewegen, als wären jegliche Sorgen vollkommen bedeutungslos. Selten hatte ich mich so im Hier und Jetzt verankert gefühlt wie in diesem Moment.

Nach zwei weiteren Runden machte ich mich von ihm los und fuhr voraus. Ich konnte spüren, dass Marco dicht hinter mir blieb, und wusste, dass er mich im Notfall auffangen würde. Die winterliche Luft kühlte meine erhitzten Wangen, während mein Herz vor Freude zu zerspringen schien. Marco tauchte neben mir auf, griff nach meinen Händen und wirbelte mich herum. Ich legte erneut den Kopf in den Nacken, versank im Anblick der Sterne und stieß einen glücklichen Schrei aus, der weit über die Ebene drang und von den Bergen widerhallte.

Wir verringerten das Tempo und kamen dicht voreinander zum Stehen. Ich spürte seinen Atem auf meiner Haut und sah den unbeschwerten Ausdruck in seinem Gesicht, der mich vermuten ließ, dass er genauso viel Spaß hatte wie ich.

»Und? Wäre das was für Frischverliebte oder Paare, die wieder zusammenfinden wollen?«

Es fiel mir schwer, in seiner unmittelbaren Nähe einen klaren Gedanken zu fassen. Mein Blick folgte der ausdrucksstarken Linie seiner Wangenknochen, der Kontur seines Kiefers und verharrte schließlich auf seinen Lippen. Ich fragte mich, wie es wohl wäre, wenn ich meinen Empfindungen nachgeben und mich fallen lassen würde. Ich fühlte mich mit jeder Faser meines Körpers zu ihm hingezogen, wollte in seiner Umarmung versinken und nicht weiter über die Folgen meines Handelns nachdenken. Konnten wir nicht einfach ein bisschen Spaß haben? Nach dem Motto: *Was in der Schweiz passiert, bleibt in der Schweiz*. Sicher würden wir für die Zeit danach eine Lösung finden. Ich könnte Nane bitten, mir nichts mehr von Marcos flüchtigen Affären zu erzählen. Wenn ich es nicht mitbekam, würde es mir auch nicht wehtun.

Langsam verlagerte ich mein Gewicht nach vorne und ließ mich sanft gegen ihn sinken. Doch als meine Lippen seine streiften, fuhr er ruckartig zurück, sodass ich beinahe das Gleichgewicht verloren hätte. Verwirrt schaute ich zu ihm auf, und das wilde Gefühlschaos, das sich in seiner Miene abzeichnete, verriet mir, wie sehr er mit sich kämpfte. Ich sah Leidenschaft, Entschlossenheit, aber auch Unsicherheit und einen Hauch von Furcht. Bei der Erkenntnis, dass es tatsächlich etwas gab, das ihm Angst machte, hätte ich beinahe laut aufgelacht.

Es war Marco, der die peinliche Stille, die zwischen uns entstanden war, mit einem Räuspern durchbrach.

»Du bist ganz anders, als ich dachte: mutig, humorvoll, selbstbewusst und zugleich rücksichtsvoll und feinfühlig.«

»Ich hoffe, das ist etwas Gutes«, wiederholte ich seine Antwort von vorhin.

»Vielleicht sogar ein bisschen zu gut für mich.« Er senkte den Kopf, woraufhin ich den Griff um seine Hände verstärkte. »Ich will es nicht vermasseln. Das, was wir haben, ist für mich unendlich kostbar. Mit dir kann ich ganz ich selbst sein, gleichzeitig bringst du mich dazu, Dinge auszuprobieren, die ich sonst nicht freiwillig getan hätte.« Er lachte leise auf. »Ich meine, ich war mit dir shoppen! Und das Verrückteste daran ist, dass es mir Spaß gemacht hat. Verdammt viel Spaß sogar!«

»Aber?«, ergänzte ich, weil ich wusste, dass es ein *Aber* geben würde. Er schaute auf, und die Verletzlichkeit in seinen Augen traf mich tief.

»Du verdienst so viel mehr, als ich dir bieten kann. Am Ende würde ich dir wehtun, und das könnte ich mir niemals verzeihen.«

Obwohl ich wusste, dass er recht hatte, schnitten mir seine Worte ins Herz. Es wäre so viel leichter, wenn ich mich einfach amüsieren könnte, ohne dass ich gleich Gefühle entwickelte. Eine unverbindliche Nacht – das sollte nicht so schwer sein. Doch tief in meinem Inneren wusste ich, dass mich ein One-Night-Stand mit Marco nicht glücklich machen würde.

Ich würde mehr wollen und mir wünschen, dass ich ihm genauso viel bedeutete wie er mir.

»Es tut mir leid, Liv. Wir können Freunde sein, wenn du das möchtest«, schlug er vor.

Ich kämpfte gegen die Tränen an, die hinter meinen Lidern brannten, und zwang mich, zu nicken, obwohl ich mir etwas ganz anderes erhofft hatte. Doch ich biss entschlossen die Zähne zusammen. Wie sehr es auch wehtun mochte, ich würde nicht vor Marco weinen! Um nicht die Fassung zu verlieren, rief ich mir die vielen Situationen in Erinnerung, in denen er mich zur Weißglut gebracht hatte. Was würde ich darum geben, wenn ich ihn wieder für einen selbstverliebten Angeber halten könnte, der sorglos durchs Leben spazierte und dabei nur sein eigenes Glück im Sinn hatte. Dass dieses Bild nicht stimmte, hatte er mir gerade eindrucksvoll bewiesen, indem er meine Bedürfnisse über seine gestellt und sich gefragt hatte, ob ich mit der Situation würde umgehen können, sollten wir diese Grenze überschreiten. Ich nahm einen tiefen Atemzug und konzentrierte mich auf die eiskalte Luft, die in meine Lunge drang.

»Bist du okay?«, fragte er, woraufhin erneut etwas in mir zerbrach.

»Mir tut es leid, dass ich dich enttäuschen muss«, entgegnete ich und versuchte, das leichte Zittern in meiner Stimme zu ignorieren, das allzu deutlich meine wahren Gefühle verriet, »aber so unwiderstehlich, wie du glaubst, bist du nicht!«

Seine Züge erstarrten, ehe er seine Mundwinkel zu einem winzigen Lächeln hob, das mir zeigte, dass er verstand, was ich mit dieser dreisten Lüge beabsichtigte. Ich wollte weder, dass er sich schuldig fühlte, noch, dass es von nun an komisch zwischen uns werden würde.

Er beugte sich zu mir und gab mir einen federleichten Kuss auf die Stirn, der meine Knie weich werden ließ und trotz der Zurückweisung ein hoffnungsvolles Flattern in meiner Brust auslöste.

»Wer zuerst bei der Hütte ist!«, rief ich, machte mich von ihm los und schoss davon. Die Kälte half mir, wieder einen halbwegs klaren Kopf zu bekommen. Es wäre vermutlich tatsächlich das Beste, wenn wir es schaffen würden, Freunde zu bleiben. Denn ein Freund, mit dem man verrückte Dinge tun und Abenteuer erleben konnte, war tausendmal wertvoller als ein Mann, der einen nach einer einzigen Nacht mit einem berechnenden Lächeln abservierte.

Die Schwere löste sich ein wenig bei dem Gedanken, dass meine Beziehung zu Marco nicht unwiederbringlich verloren war. Vermutlich lag meine kleine Schwärmerei sowieso nur an der malerischen Umgebung und dem ungewohnten Adrenalinstoß, den ich in seiner Gegenwart allzu häufig verspürte. Vielleicht sehnte ich mich tief in meinem Inneren auch nach einer Liebe, wie Rosie und Hannes sie füreinander empfanden, und hatte das unbewusst auf Marco und mich projiziert. So oder so, als Freunde würden wir beide definitiv besser funktionieren. Blieb nur die Frage, wie ich meinem Herzen erklärte, dass es weder zu stürmischen Küssen noch zu leidenschaftlichen Nächten kommen würde.

Da der Weg zwischen dem Château und dem See, den Hannes am Vortag geräumt hatte, bereits wieder zugeschneit war, zogen wir erneut die Schneeschuhe über, bevor wir zurückgingen. Meine Beine fühlten sich an wie Pudding. Ich schob es aufs Schlittschuhlaufen und nicht auf die Tatsache, dass Marco meine Hand genommen hatte und wir in einträchtigem Schweigen nebeneinander herliefen. Wenn ich meinem frisch gefassten Plan treu bleiben und ihn von nun an als meinen neuen besten Freund ansehen wollte, hätte ich mich vermutlich von ihm losmachen müssen, aber allein der Gedanke daran schmerzte. Es gab sicherlich auch Freunde, die von Zeit zu Zeit Händchen hielten oder sich eng aneinandergekuschelt einen Film ansahen. Sofort tauchten vor meinem inneren Auge eine Reihe von Bildern auf, was wir alles tun könnten, ohne die Friend-Zone zu verlassen, aber ich ahnte, dass ich mich dabei selbst belog.

Marco brachte mich bis zu meiner Tür und führte mich dadurch erneut in Versuchung, alle Prinzipien über Bord zu werfen. Aber statt ihn in eine enge Umarmung zu ziehen, um ihn anschließend bis zur Besinnungslosigkeit zu küssen, begnügte ich mich mit einem Lächeln.

»Vielen Dank für den schönen Spaziergang.«

»Die Freude war ganz meinerseits.«

Ich sah, wie er seinen Blick senkte und an meinen Lippen hängen blieb. Warum war vernünftig sein nur so verflucht schwer?

»Sehen wir uns morgen beim Frühstück?« Seine Stimme klang mit einem Mal unerwartet rau, woraufhin sich mein Unterleib lustvoll zusammenzog. Ich schaffte es noch, zu nicken, bevor ich in mein Zimmer flüchtete. Mit rasendem Puls lehnte ich mich mit dem Rücken an die Tür und wartete auf das Geräusch seiner sich entfernenden Schritte. Doch stattdessen erbebte das Holz hinter mir, als hätte er sich mit den Händen dagegengestemmt. Ich hörte sein leises Seufzen, das mir durch und durch ging.

Jetzt nur nicht schwach werden!, ermahnte ich mich und suchte zugleich verzweifelt nach Gründen, die dafür sprachen, dass ein flüchtiges Abenteuer mit dem Bruder meiner besten Freundin doch keine schlechte Idee war. Aber bevor mir ein überzeugendes Argument einfiel, gab der Druck wieder nach. Eine Weile herrschte Stille, dann hörte ich den Nachhall seiner Schritte, der immer leiser wurde. Obwohl ich froh sein sollte, dass wir es geschafft hatten, uns wie zwei vernünftige Erwachsene zu verhalten, hätte ich am liebsten die Tür aufgerissen und wäre Marco nachgelaufen.

Seufzend ging ich ins Badezimmer. Vielleicht würden ein heißes Bad und ein spannendes Buch es schaffen, mich auf andere Gedanken zu bringen. Ich musste mir Marco aus dem Kopf schlagen, wenn ich die Fehler der Vergangenheit nicht wiederholen wollte. Denn in einem hatte er recht: Ich verdiente mehr als eine unverbindliche Nacht. Und falls ich mich je wieder nach einer Beziehung sehnen sollte, würde ich so lange suchen, bis ich jemanden fand, der bereit war, sich voll und ganz auf mich einzulassen.

13

Livia

»Ich habe eine Idee«, verkündete ich, als ich am nächsten Morgen um kurz nach sieben Marcos Büro betrat. Es hatte mich die halbe Nacht gekostet, mit dem emotionalen Chaos zurechtzukommen, das in mir tobte, und noch mal so lang, mir zu überlegen, wie ich Marco am besten helfen konnte. Das Ergebnis bestand in einer umfangreichen Recherche, da ich fest entschlossen war, von nun an einen aktiven Part bei der Transformation des *Hotel Stadler* in ein exklusives Romantikhotel zu übernehmen. Ich war Anwältin für Wirtschaftsrecht und hatte dadurch nicht nur einen Einblick in die verschiedensten Unternehmen, sondern verfügte auch über ein großes Netzwerk. Es wurde höchste Zeit, dass ich meine Fähigkeiten einbrachte.

Marco hob müde den Kopf und schaute mich unter schweren Lidern an, die darauf schließen ließen, dass er in der vergangenen Nacht genauso wenig Schlaf bekommen hatte wie ich.

»Wie wäre es, wenn ich uns zuerst einen Kaffee hole und dir dann erzähle, was ich mir überlegt habe?« Ich wartete nicht auf seine Zustimmung, sondern ging direkt zu Rosie und kam wenig später mit zwei Bechern heißem Kaffee zurück. Marco schob einen Stapel mit Ordnern und Heftern zur Seite, um Platz zu schaffen, ehe er einen Stuhl heranzog, damit ich mich neben ihn setzen konnte. Minnie, die mir aus der

Küche gefolgt war, drehte sich eine Weile im Kreis, ehe sie sich unter den Schreibtisch legte und ein tiefes Schnaufen ausstieß.

»Ich finde dein Konzept mit dem Romantikhotel grundsätzlich nicht schlecht.«

»Da bin ich aber froh«, erwiderte er trocken, woraufhin ich mir ein Grinsen verkneifen musste. Es erleichterte mich ungemein, dass der nach außen hin so perfekte und erfolgreiche Jungunternehmer auch nicht immer vor Energie und Tatendrang strotzte.

»Wenn wir mit unserem Projekt Erfolg haben wollen, müssen wir unsere Gegner kennen. Daher habe ich mir die Konkurrenz genauer angeschaut, zuerst im näheren Umkreis, dann auf die Schweiz begrenzt. Anschließend habe ich den deutschsprachigen Raum unter die Lupe genommen bis hin zum europäischen Markt. Die gute Nachricht ist, dass kein Hotel anbietet, was wir planen.«

Er speicherte das Dokument ab, an dem er gerade gearbeitet hatte, ehe er mir seine volle Aufmerksamkeit schenkte. »Seit wann ist aus meinem Projekt *unser* Projekt geworden?«

Ich unterdrückte ein genervtes Stöhnen und funkelte ihn stattdessen aus schmalen Augen an. »Willst du meine Hilfe oder nicht?«

Er murmelte etwas Unverständliches, wobei er halb beschwichtigend, halb auffordernd mit der Hand wedelte, was offenbar hieß, dass ich weiterreden sollte.

»Die meisten Romantik- oder auch Boutiquehotels setzen auf ein breit gefächertes Wellnessangebot: eine weitläufige Pool- und Saunalandschaft, diverse Massagetypen von Hot-Stone- über die klassische Thai- bis hin zur Akupunktur-Massage. Andere bieten Yoga, Qigong, Tai-Chi, Tennis oder Golf an, manche sogar Reitunterricht. Ein weiterer Punkt ist die Ernährung. Es gibt ayurvedische, vegane, Low-Carb- oder auch Sterne-Küche, schließlich will man es sich im Urlaub gut gehen lassen. Wir jedoch wollen die emotionale Bindung unserer Gäste stärken, richtig?«

Nickend schielte Marco auf den Bildschirm seines Laptops, als würde er sich danach sehnen, in Ruhe weiterarbeiten zu können.

»Mein Vorschlag wäre, dass wir verschiedene Specials passend zur Jahreszeit beziehungsweise zu den jeweiligen Feiertagen anbieten.«

»Du meinst so etwas wie *Gruselige Liebesnächte* zu Halloween oder *Prickelndes Frühlingserwachen* im März?«

»Ja, genau. Jahrestage wie die Silberne, Goldene oder Diamantene Hochzeit und natürlich ein spezielles Programm für den Valentinstag und die Flitterwochen. Je nach Anlass passen wir nicht nur die Aktivitäten, sondern auch die Dekoration in den Zimmern und das abendliche Menü an.«

»Wenn du mir noch verrätst, wie wir das in der kurzen Zeit hinkriegen …« Er rieb sich mit der Hand über die Stirn und wirkte nicht halb so begeistert, wie ich es mir erhofft hatte. »Uns bleiben gut zwei Wochen bis zur Wiedereröffnung. Bis dahin muss nicht nur die neue Website veröffentlicht, sondern auch das Konzept der Presse und den bekanntesten Reiseunternehmen vorgestellt werden.«

»Dann kümmerst du dich weiter um die Website, und ich sammle indessen Ideen für die einzelnen Themen. Wäre doch gelacht, wenn wir das nicht hinbekommen!« Offenbar war mein Optimismus ansteckend, denn er rang sich ein kleines Lächeln ab.

»Ich bin wirklich froh, dass du da bist«. Seine Stimme hatte wieder diesen rauen Beiklang, der mir einen angenehmen Schauer über den Rücken jagte.

Wir sind nur Freunde, erinnerte ich mich und gab mir Mühe, die verräterische Reaktion meines Körpers zu ignorieren.

»Ich bin auch froh, dass ich hier bin und dir helfen kann.« Die Luft um uns herum knisterte, während unsere Blicke miteinander verschmolzen. Marcos Hand bewegte sich auf meine zu, doch dann besann er sich und griff stattdessen nach einem Kugelschreiber, den er gedankenverloren zwischen seinen Fingern wirbeln ließ. Eine Welle der Enttäuschung flutete über mich hinweg, und ich wünschte mir einmal mehr, meine Gefühle besser kontrollieren zu können.

Zufrieden lehnte ich mich in meinem Stuhl zurück und betrachtete die unterschiedlichen Angebote, die ich sorgfältig in übersichtlichen Tabellen kategorisiert hatte. Den Vormittag hatten wir mit einem mehrstündigen Brainstorming verbracht, bei dem es zuweilen ziemlich hitzig zugegangen war. Es hatte mir großen Spaß gemacht, gemeinsam kreative Ideen zu entwickeln, obwohl Marco gelegentlich dazu neigte, den Bezug zur Realität zu verlieren. Es war Teil seines Unternehmenskonzepts, mit Träumen und Gedankenkonstrukten herumzuspielen, besonders wenn sie völlig unmöglich schienen. Es war der Schlüssel zu seinem beruflichen Erfolg. Wo andere aufgaben, wurde es für ihn erst interessant. Dennoch hatte ich bei seinem Vorschlag, ein romantisches Liebesnest auf dem Gipfel einer der umliegenden Viertausender einzurichten, energisch mein Veto eingelegt. Schließlich sollten unsere Gäste keine Erfrierungen erleiden, auch wenn Marco beteuerte, dass es nur eine Frage der richtigen Ausrüstung wäre und Minusgrade noch lange nicht zu abgestorbenen Gliedmaßen führen müssten.

»Wie sieht es denn mit den Aktivitäten aus, die wir direkt nach der Wiedereröffnung anbieten wollen?«, fragte ich und biss in eines der köstlichen Sandwiches, die Rosie uns zur Mittagszeit gebracht hatte und die wir bisher in unserem Eifer ignoriert hatten.

»Ich habe mit Anja telefoniert. Sie und ihr Ballon sind einsatzbereit. Auch die Fallschirmspringoption sollten wir für die Gäste beibehalten, die auf ein bisschen mehr Action stehen.«

Ich verdrehte die Augen. War ja klar, dass Marco sich nicht davon abbringen lassen würde. Auf der anderen Seite konnte es nicht schaden, wenn das Angebot möglichst vielfältig war.

»Dann haben wir den Snow-Tubing-Park sowie diverse Abfahrt- und Langlaufpisten in der unmittelbaren Umgebung. Im Sommer können wir verschiedene Bergtouren und mehrtägige Wanderungen anbieten, auf Wunsch auch geführt.«

»Damit kommen die Paare, die Lust auf Sport und Bewegung haben, auf ihre Kosten. Aber was ist mit denen, die es etwas ruhiger angehen wollen? Die sich nach einer romantischen Auszeit zu zweit sehnen?«

Allein die Vorstellung schien Marco zu widerstreben. »Die können sich an den Pool legen, in die Sauna gehen oder eine Massage buchen.«

Unzufrieden zog ich die Stirn kraus. »Dafür könnte ich auch in ein Wellnesshotel fahren.«

»Was schlägst du vor?«

»Einen romantischen Ausflug in eine der umliegenden Städte, auf Wunsch mit Stadtführung oder Schnitzeljagd und genügend Zeit, um gemütlich bummeln zu gehen, und zum Abschluss ein mehrgängiges Abendessen in einem Restaurant ihrer Wahl.« Als ich seine skeptische Miene sah, stieß ich ihm leicht mit dem Ellbogen in die Seite. »Muss ich dich daran erinnern, dass selbst du unseren Shoppingtag bei Weitem nicht so schlimm fandest wie erwartet?«

»Du hast recht. Wenn wir möglichst viele Gäste zufriedenstellen wollen, müssen wir auf individuelle Wünsche eingehen.«

»Deine Idee, dass die Paare sich einen gemeinsamen Song aussuchen, sollten wir auch mit einplanen. Wir brauchen nur noch eine Playlist und das passende Ambiente. Einen gemütlichen Raum mit Kamin, der genug Platz zum Tanzen bietet.«

»Wie wäre es mit der Bibliothek? Sie ist großzügig geschnitten und hat das nötige Flair.«

»Ich werde sie mir bei Gelegenheit anschauen und dir Bescheid sagen.«

Sein verschmitztes Lächeln brachte mich für einen Moment aus dem Konzept und ließ meine Fingerspitzen kribbeln. Wie gern wäre ich den Schwung seiner Lippen nachgefahren, aber auch das zählte vermutlich nicht zu den Dingen, die man tat, wenn man nur befreundet war.

Um mich abzulenken, hämmerte ich fester als nötig auf die Tastatur meines Laptops ein.

»Gemeinsames Plätzchenbacken, abendlicher Spaziergang im Schnee, Schlittschuhlaufen bei Mondschein?«, las Marco laut vor. »Also dafür, dass du behauptest, nicht romantisch veranlagt zu sein, ist das ein überraschendes Zugeständnis.«

»Es geht nicht darum, was mir gefällt, sondern was potenzielle Gäste dazu animieren könnte, einen Urlaub im *Château Romantique* zu buchen! Ich finde den neuen Namen übrigens sehr passend. Er ist schlicht und stilvoll, und man weiß direkt, was einen erwartet.«

»Rosie und Hannes waren auch sofort begeistert.«

»Was hast du sonst noch an Aktivitäten geplant?«, fragte ich und trank einen Schluck Wasser. Ich sollte wirklich darauf achten, mehr Flüssigkeit zu mir zu nehmen und weniger Zucker zu essen. Rosies hervorragende Küche brachte meine üblichen Ernährungsgewohnheiten, die in der Regel aus Overnight-Oats zum Frühstück, einer Bowl oder einem Salat zum Mittag und einer Suppe oder einem anderen leichten Gericht zum Abendessen bestanden, vollkommen durcheinander.

»Du glaubst doch nicht im Ernst, dass ich dir das verrate?«

Ich nahm meine Hände von den Tasten und blickte ihn nachsichtig an. »Es schmeichelt mir, dass du mich überraschen möchtest, aber wir sind im selben Team. Wenn ich mit dir zusammen ein Konzept erstellen soll, muss ich wissen, was noch zur Auswahl steht.«

Marco schüttelte amüsiert den Kopf. »Meine Lippen sind versiegelt. Und du brauchst gar nicht deinen Todesblick auf mich abzufeuern. Der wirkt bei mir nicht.«

»Meinen was bitte?«, fragte ich ungläubig.

»Du hast eine extrem einschüchternde Art, einen anzuschauen, wenn du etwas Bestimmtes erreichen willst oder dir etwas gegen den Strich geht. Vermutlich hast du diesen Blick während deines Studiums vor dem Spiegel geübt, um die gegnerische Partei dazu zu bringen, direkt alle Karten auf den Tisch zu legen.«

»Du willst mir also nicht sagen, was wir die nächsten Tage unternehmen?«

Er fuhr sich mit Daumen und Zeigefinger seine Lippen entlang, als würde er einen Reißverschluss zuziehen, und warf den imaginären Schlüssel über seine Schulter.

»Hat dir schon mal jemand gesagt, dass du unerträglich stur und uneinsichtig bist?«

»In den letzten vierundzwanzig Stunden nicht.«

Sein spitzbübisches Grinsen reizte mich, weiter nachzubohren, aber ich ahnte, dass ich keine Chance haben würde.

»Wie sollst du denn authentisch reagieren, wenn du im Voraus schon weißt, was dich erwartet?« Es wunderte mich, dass er sich zu einer Rechtfertigung herabließ. »Hätte ich dir gesagt, dass wir in einen Snow-Tubing-Park fahren, hättest du eine Million Gründe gefunden, die dagegensprechen.«

Da er nicht ganz unrecht hatte, ersparte ich mir jegliche Widerworte.

»Du weißt, dass ich deine Meinung besonders schätze, da du weder auf große romantische Gesten stehst noch Weihnachten viel abgewinnen kannst.« So wie er das sagte, klang es ziemlich traurig. »Aber was nicht ist, kann ja noch werden. Ich bin fest davon überzeugt, dass du in Wirklichkeit eine echte Romantikerin bist. Du hast es nur tief unter all den juristischen Paragrafen und nüchternen Gesetzestexten vergraben.«

14

Marco

Der Tag mit Livia war wider Erwarten extrem produktiv gewesen, auch wenn ich noch am Morgen geschworen hätte, mich in ihrer Gegenwart keine Sekunde auf die Arbeit konzentrieren zu können. Ihre zielorientierte Hartnäckigkeit hatte mich angespornt, ebenfalls mein Bestes zu geben. Dennoch war es mir schwergefallen, das Knistern, das in der Luft lag, zu ignorieren und in ihr nur eine Freundin zu sehen, die mir bei einem wichtigen Projekt mit Rat und Tat zur Seite stand.

Als Rosie und Hannes uns am Abend in die örtliche Kneipe einluden, zögerte Livia zunächst, während ich mich darauf freute, unter Menschen zu kommen und ein paar Stunden in einer anderen Umgebung zu verbringen. Rosie bot an, ihr eine Kleinigkeit zu kochen, sollte sie bleiben wollen, was sie dankend ablehnte. Ich ahnte, dass sie eher ihre eigenen Bedürfnisse zurückstellte, als Rosie zusätzliche Arbeit zu machen.

»Ich komme mit. Kann ich mich noch kurz umziehen?«

»Natürlich, Liebes. Wir warten solange auf dich«, erwiderte Rosie, die sich sichtlich freute, dass Livia sich entschlossen hatte, uns zu begleiten.

Als sie das Foyer verließ, beobachtete ich amüsiert, wie Minnie ihr schwanzwedelnd folgte. Die Hündin schien keine

Sekunde auf ihre Nähe verzichten zu wollen, und da war sie nicht die Einzige …

Die Fahrt dauerte eine knappe Viertelstunde, bevor Hannes in einem kleinen Dorf hielt, das über und über mit Lichterketten und beleuchteten Sternen aus Tannenzweigen geschmückt war. Mir ging bei dem Anblick das Herz auf, wohingegen Livia die weihnachtliche Dekoration kritisch beäugte. Auf dem kurzen Weg zur Kneipe fing es an, zu schneien. Verzückt beobachtete ich, wie sich die feinen Flocken in ihrem Haar verfingen, und wünschte mir, dass die Situation zwischen uns ebenso leicht und unbeschwert wäre. Dass sie genau wie ich nur auf der Suche nach ein bisschen Spaß wäre oder – allein der Gedanke sollte mich in Angst und Schrecken versetzen – ich das Bedürfnis nach einer festen Bindung hätte. Wobei ich noch nicht einmal mit Sicherheit sagen konnte, ob Livia von der Aussicht, sich längerfristig auf mich einzulassen, begeistert wäre.

Lautes Stimmengewirr schlug uns entgegen, als wir die Tür zur Kneipe öffneten und durch den Windfang traten. Der Wirt, der in Rosies und Hannes' Alter war, begrüßte uns mit einem Nicken und deutete auf den letzten freien Tisch links an der Wand. Erleichtert bahnten wir uns einen Weg durch das voll besetzte Lokal und ließen uns auf den rustikalen Holzstühlen nieder.

Auf dem Tisch lag ein Zettel, den Livia interessiert zur Hand nahm. Offenbar traf das Angebot nicht ihren Geschmack, denn auf ihrer Stirn erschien wieder diese niedliche Falte, die ausdrückte, dass ihr etwas missfiel. Sie sah auf und wandte sich an Rosie und Hannes.

»Heute Abend findet ein weihnachtliches Quiz statt?«

Rosie ließ sich von Livias vorwurfsvollem Ton nicht aus der Ruhe bringen. »Habe ich das nicht erwähnt? Es ist immer eine riesige Gaudi, und die Fragen sind selbst für die Einheimischen nicht leicht zu beantworten. Stellt euch darauf ein, dass wir hart um einen der vorderen Plätze kämpfen müssen.«

Damit hatte sie anscheinend genau das Richtige gesagt, denn Livia setzte sich aufrechter hin und musterte unauffällig die Konkurrenz.

»Gibt es auch etwas zu gewinnen?«, fragte ich.

»Der erste Preis ist ein Wochenende in einem der ortsansässigen Hotels, der zweite und dritte je ein Verzehrgutschein. Aber es geht mehr um das gemeinschaftliche Rätseln und weniger darum, zu gewinnen.«

Livia und ich wechselten einen Blick, der klarmachte, dass wir anderer Meinung waren. Sie liebte die Herausforderung ebenso wie ich – auch wenn sie mit Weihnachten zu tun hatte.

Hannes ging zur Theke, um unsere Bestellung aufzugeben, und kam wenig später mit den Getränken zurück. Wir stießen an, wobei Livia und ich uns eine Spur zu lang in die Augen sahen. Ihre Fingerspitzen trommelten ungeduldig auf der Tischplatte herum, sodass ich instinktiv meine Hand auf ihre legte.

Die Gespräche im Raum verstummten, als eine der Bedienungen ein Mikrofon ergriff, um die Gäste zu begrüßen.

»Herzlich willkommen zu unserem alljährlichen Weihnachtsquiz! Ich bin Marie und heute Abend eure Quizmasterin. Die Regeln sind einfach: Ich stelle eine Reihe von Fragen, und der Tisch, der als Erstes die richtige Antwort weiß, bekommt einen Punkt. Wer am Ende die meisten Punkte hat, gewinnt. Alles klar?«

Zustimmendes Gemurmel ertönte, darunter auch einige Freudenrufe und erwartungsvolles Klatschen.

»Seid ihr bereit?« Stille senkte sich über den Raum, während die Anspannung stieg. »Welches ist der älteste Weihnachtsmarkt in der Schweiz?«

Sofort steckten wir die Köpfe zusammen. Livia schaute fragend zu Rosie und Hannes, die ebenso ratlos schienen wie wir.

»Der Brauch kommt doch ursprünglich aus Deutschland«, überlegte ich.

»Also ist der älteste Weihnachtsmarkt vermutlich in einer Stadt, die nahe an der deutschen Grenze liegt.«

Noch ehe Livia den Satz ganz zu Ende gesprochen hatte, rief Rosie »Basel« in Richtung Theke.

»Basel ist richtig!«, verkündete Marie, woraufhin an unserem Tisch lauter Jubel ausbrach.

»Das war ein guter Start!«, lobte Livia.

»Nächste Frage«, lenkte Marie die Aufmerksamkeit wieder auf sich. »Was ist das beliebteste Weihnachtsessen in der Schweiz?« Während ich noch nachdachte, hatte Rosie bereits *Fondue* gerufen und lag damit richtig. Hannes bedachte sie mit einem stolzen Blick und gab ihr einen Kuss, der ihre Wangen zum Glühen und ihre Augen zum Strahlen brachte.

»Weiter geht's! Von welchem Heiligen sind Samichlaus und Schmutzli inspiriert worden?«

Das war eindeutig eine Frage für Rosie und Hannes, da ich weder religiös war noch wusste, wer Samichlaus und Schmutzli waren.

»Klingt ein bisschen wie Nikolaus«, sagte Livia und blickte dabei gespannt zu Rosie und Hannes, die sich eifrig beratschlagten. Ich sah, wie an den Nachbartischen die Handys gezückt wurden, woraufhin sofort eine der Bedienungen herbeigeeilt kam und darauf aufmerksam machte, dass das Internet kein zulässiger Spielpartner war.

»Der heilige Nikolaus«, antwortete Hannes, woraufhin Livia mir einen triumphierenden Blick zuwarf.

Marie lächelte bedauernd. »Wir suchen den vollständigen Namen.«

»Nikolaus von Myra«, verkündete eine volltönende Stimme vom anderen Ende des Raumes, woraufhin Marie zustimmend nickte.

»Ein Punkt für unseren verehrten Herrn Pfarrer.«

Bei den folgenden Fragen lagen wir falsch oder waren nicht schnell genug, was unserer guten Laune jedoch keinen Abbruch tat. Sogar Livia, unser kleiner Weihnachtsgrinch, schien ihre Skepsis gegenüber dem Spiel vollkommen vergessen zu haben. Sie stürzte sich mit all ihrer Energie auf die Fragen, und ich musste feststellen, dass wir uns in puncto Ehrgeiz sehr ähnlich waren. Das Funkeln in ihren Augen, die Anspannung, die von ihrem ganzen Körper Besitz ergriffen hatte, und ihre überschwängliche Freude, wenn wir der richtigen Antwort auf die Spur gekommen waren, war mir mehr als vertraut. Jedes Mal, wenn sie die Hand hob, damit ich einschlagen konnte, oder glücklich aufsprang, weil wir einen weiteren Punkt errungen hatten, schlug mein Herz schneller. Wie hatte ich die ganze Zeit über nicht erkennen können, was für eine unglaublich tolle Frau sie war?

Am Ende hatten wir einen Lauf und holten vier Punkte in Folge, was wir hauptsächlich Livia zu verdanken hatten, die sich überraschend gut mit den Bräuchen und der Geschichte des Weihnachtsfests auskannte. Leider reichte es dennoch nur für den zweiten Platz. Ich hatte damit gerechnet, dass Livia enttäuscht sein würde, doch sie strahlte übers ganze Gesicht, als Rosie mit einem Gutschein für zwei Personen für den sonntäglichen Brunch zurückkehrte.

»Ich hätte niemals gedacht, dass ein Ratespiel derart viel Spaß machen kann! Lasst uns auf unseren Sieg anstoßen!« Sie hob ihr Weinglas und prostete uns zu. »Auf Rosie und Hannes, ohne deren Wissen über die Schweizer Riten und Gebräuche wir sang- und klanglos untergegangen wären.«

Rosie schüttelte den Kopf. »Du darfst dein Licht nicht unter den Scheffel stellen. Ohne dich hätten wir niemals den zweiten Platz gemacht.«

»Wir sind einfach ein grandioses Team!«, warf ich ein, woraufhin Hannes mir beipflichtete und einen großzügigen Schluck von seinem Bier trank.

»Wie kommt es, dass du so viel über Weihnachten weißt, wo du die Feiertage doch am liebsten aus dem Kalender streichen würdest?«, wandte ich mich an Livia, nachdem Rosie und Hannes aufgestanden waren, um mit ihren Freunden und Bekannten zu plaudern.

Livias Freude verlor an Strahlkraft, aber ich bereute nicht, ihr die Frage gestellt zu haben. In vielerlei Hinsicht war sie immer noch ein Buch mit sieben Siegeln für mich, und ich würde jede Chance ergreifen, sie besser kennenzulernen.

»Es gab eine Zeit, zu der ich Weihnachten geliebt habe.«

Ihre Abneigung musste daran liegen, dass sie vor drei Jahren an Weihnachten herausgefunden hatte, dass ihr damaliger Freund sie betrog. Da ich das Thema als heikel einstufte, ließ ich es darauf beruhen.

»Besteht der Hauch einer Chance, dass der Zauber des Fests der Liebe dich erneut begeistern kann?«

Sie stieß ein Seufzen aus. »Meine Familie ist anders als deine. Wenn ich an Weihnachten nach Hause fahre, darf ich mir drei Tage lang anhören, dass ich nicht gut genug bin. Es macht wenig Freude, mit Menschen zusammen am Tisch zu sitzen, die sich gegenseitig dazu beglückwünschen, wie toll und erfolgreich sie sind, und nebenbei keine Gelegenheit auslassen, dir zu raten, zugunsten deiner Figur lieber auf den Nachtisch zu verzichten.«

»Verkriechst du dich deswegen jedes Jahr unter einem Stapel Arbeit und bleibst allein zu Hause?«

Die Verletzlichkeit in ihrem Blick fuhr mir direkt in die Brust und nahm mir die Luft zum Atmen.

»Für mich ist es auf jeden Fall besser, wenn ich beschäftigt bin und mir nicht so viele Gedanken über mein Leben mache.«

Bevor ich darüber nachdenken konnte, ob es klug war, hatte ich erneut ihre Hand ergriffen und unsere Finger miteinander verschränkt. »Dieses Jahr wird es anders werden, Liv. An Heiligabend werden wir auf einem großartigen Ball tanzen und ein köstliches Festmahl genießen, bei dem du essen kannst, so viel du magst. Wobei mir einfällt, dass ich dafür noch einiges organisieren muss, damit der Abend auch wirklich ein unvergessliches Erlebnis wird, aber ich werde mich bemühen.«

Das zaghafte Lächeln, das sie mir daraufhin schenkte, drohte die Mauern um mein Herz zu sprengen. Am liebsten hätte ich sie an mich gezogen und sie geküsst, bis alle schlechten Erinnerungen aus ihrem Gedächtnis gelöscht waren. Doch ich wusste, dass es so nicht funktionierte. Ich konnte mich nur bemühen, für Livia da zu sein, ihre Gefühle ernst zu nehmen und ihr nebenbei das beste Weihnachten aller Zeiten zu bescheren. Es musste so grandios werden, dass sie den Verrat ihres idiotischen Ex-Freundes ein für alle Mal vergaß.

Wenn ihre Familie es nicht schaffte, für sie da zu sein, dann würde ich ihr zeigen, dass Weihnachten auch im Kreis von Menschen, mit denen man nicht verwandt war, wunderschön sein konnte.

Während ich meinen Entschluss gefasst hatte, war Marie erneut vor den Tresen getreten, um zu verkünden, dass die Karaokebühne eröffnet wäre und jeder, der Lust hätte, etwas zu singen, nach vorne kommen könnte. Offenbar machte man in der Schweiz keine halben Sachen.

Ich linste zu Livia hinüber, die ihre Hand aus meiner befreit hatte, aber zum ersten Mal konnte ich an ihrer Miene nicht ablesen, was sie empfand.

Zu unser beider Überraschung war es der sonst eher zurückhaltende Hannes, der das kleine Podest als Erster betrat und eine gefühlvolle Version von *The Lady in Red* zum Besten gab. Rosie war an unseren Tisch zurückgekehrt und schaute mit glänzenden Augen zu ihrem Ehemann. Auch wenn der raue Klang seiner Stimme nicht an das weiche Timbre von Chris de Burgh herankam, zeugte doch jeder einzelne Ton von den tiefen Gefühlen, die er für Rosie empfand. Der Applaus war frenetisch. Es dauerte eine Weile, bis sich jemand anderes auf die Bühne traute, da die Darbietung derart ergreifend gewesen war. Rosie schniefte so laut, dass ich ihr ein Taschentuch reichte.

»Das macht er jedes Jahr. Ich versuche immer, es ihm auszureden, aber es ist seine Art, mir zu zeigen, wie sehr er mich liebt.«

»Dann solltest du ihn nicht davon abhalten.«

Hannes trat zu uns heran und zog Rosie in seine Arme, um sie innig zu küssen. Livia und ich grinsten uns an wie zwei Teenager, die ihre Eltern beim Knutschen erwischt hatten.

»Ich wusste gar nicht, dass du so gut singen kannst«, bemerkte Livia, nachdem sie sich wieder gesetzt hatten. Rosies Gesicht glühte. Ich freute mich, die beiden derart glücklich zu sehen.

Mit zunehmendem Alkoholpegel wurden die Lieder immer gewagter und die Töne schiefer, doch das schien niemanden zu stören. Die Hauptsache war, dass alle Spaß hatten. Livia beobachtete das Geschehen auf der Bühne interessiert. Ein, zwei Mal hatte ich den Eindruck, als wollte sie aufstehen, um nach vorne zu gehen, aber dann blieb sie doch sitzen und begnügte sich damit, zuzuhören.

»Möchtest du auch etwas singen?«, fragte ich, was sie vehement verneinte.

»Das öffentliche Zurschaustellen romantischer Gefühle überlasse ich lieber anderen.«

Ich sah nach vorne, wo sich gerade ein junger Mann die Seele aus dem Leib sang, um ein rothaariges Mädchen zu beeindrucken, das peinlich berührt den Kopf gesenkt hatte und sich ganz offensichtlich weit wegwünschte.

»Du müsstest ja kein Liebeslied singen.«

»Das stimmt. Trotzdem schaue ich lieber dabei zu, wie andere sich lächerlich machen, anstatt mich selbst zu blamieren.«

Ich sah sie provozierend an. »Du traust dich nicht.«

»Natürlich traue ich mich!«, schoss sie sofort zurück, und ich musste mir ein triumphierendes Schmunzeln verkneifen. Es fiel mir inzwischen beinahe zu leicht, ihre Reaktion vorauszuahnen, zumindest wenn ich sie herausforderte.

»Das glaube ich erst, wenn ich es sehe.«

Sie fixierte mich mit ihrem unnachgiebigen Blick, bevor sie nach ihrem Weinglas griff und den Rest in einem Zug hinunterkippte. »Du hast es so gewollt.«

Mit gestrafften Schultern und entschlossener Miene ging sie zum Tresen und wartete, bis der junge Mann die Bühne verlassen hatte. Sie redete kurz mit Marie, die am Laptop saß und für die Playbacks verantwortlich war. Als sie das Mikrofon in die Hand nahm, lehnte ich mich gespannt nach vorne. Auch Rosie und Hannes hatten ihr Gespräch unterbrochen und schauten zur Bühne.

Das Intro sagte mir zuerst nichts, aber als Livia mit kräftiger Stimme zu singen begann, erkannte ich *Before He Cheats* von Carrie Underwood. Der Song handelte von einer Frau, die von ihrem Freund betrogen wurde und daraufhin sein Auto zerkratzt, ihren Namen in die Ledersitze ritzt, die Scheinwerfer mit einem Baseballschläger zertrümmert und zum Schluss alle vier Reifen aufschlitzt. Livia schaute über die Menge hinweg und strahlte eine Energie aus, die die Luft um sie herum förmlich vibrieren ließ. Ich konnte spüren, dass sie jedes Wort ernst meinte, dass sie die Geschichte nicht nur sang, sondern sie durchlebte. Als der Refrain kam, legte sie all ihre Gefühle, die aufgestaute Wut und den unterdrückten Schmerz hinein, die sie vermutlich seit Jahren innerlich auffraßen. Auch wenn sie damals höchstwahrscheinlich nicht losgezogen war, um sich an dem Mistkerl zu rächen, tat es ihr offensichtlich gut, alles rauszulassen. Die Barbesucher belohnten sie mit begeistertem Applaus und lauten Jubelrufen. Jeder der Anwesenden schien mitbekommen zu haben, dass Livia sich nicht zurückgehalten, sondern ihre Verletzlichkeit offen gezeigt hatte. Und dieser Mut verdiente Anerkennung und Respekt.

Es dauerte eine Weile, bis sie mit einem neuen Glas Wein zurück an unseren Tisch kam, da viele Gäste sie ansprachen und zu ihrer Darbietung beglückwünschten.

»Bist du jetzt überzeugt?«, fragte sie und funkelte mich herausfordernd an. Das Adrenalin, das nach dem gelungenen Auftritt durch ihre Adern rauschte, schien sie zu beflügeln.

»Du warst absolut großartig!« Offenbar hatte sie mit Widerworten gerechnet, denn meine Antwort machte sie für einen Moment sprachlos.

»Ein wunderbarer Auftritt, Liebes!«, lobte Rosie, während Hannes etwas brummte, das sich wie »Gar nicht so übel« anhörte, was aus seinem Mund ein riesiges Lob war.

Wir blieben, bis die letzte Runde ausgerufen wurde. Livia erzählte kleine Anekdoten aus ihrer Studienzeit und von ihren ersten Erfahrungen vor Gericht. Ich hätte viel darum gegeben, sie als frischgebackene Anwältin zu erleben. Wenn sie nur halb so überzeugend gewesen war wie heute auf der Bühne, dann zweifelte ich keine Sekunde daran, dass sie jeden einzelnen Prozess für sich entschieden hatte.

Auf dem Weg zum Auto legte ich einen Arm um ihre Taille und sog den fruchtigen Duft ihres Parfüms ein. »Fühlst du dich jetzt besser, nachdem du dir alles von der Seele gesungen hast?«

»Es hatte durchaus etwas Befreiendes.« Sie blieb stehen und sah mich an. »Danke, dass du mich überredet hast.« Das dunkle Braun ihrer Augen schimmerte warm im Licht der Straßenlaternen.

»Jederzeit.«

Schweigend gingen wir weiter. Der Abend war einer der schönsten seit Langem gewesen. Es war zwecklos, mir weiterhin einzureden, dass Livia nur eine gute Freundin war. Ich fühlte mich zu ihr hingezogen, wollte sie besser kennenlernen und auch in schwierigen Situationen für sie da sein. Stellte sich nur die Frage, wie um alles in der Welt ich diese Erkenntnis umsetzen sollte.

15

Livia

Mein Herz drohte entzweigerissen zu werden, da ich einerseits Marcos Nähe genoss, andererseits irgendwie damit klarkommen musste, dass er nur mit mir befreundet sein wollte. Selbst als ich mit ihm den Businessplan überprüfte und die Kalkulationen für das kommende Jahr erstellte, was in der Regel eine eher trockene Angelegenheit war, lag dieses verheißungsvolle Kribbeln in der Luft. Und obwohl wir uns bemühten, unser Temperament zu zügeln, flogen die Fetzen, wenn wir unterschiedlicher Meinung waren. Marco war ebenso wortgewandt wie ich und stand mir in puncto Argumentationstaktik in nichts nach, wodurch unsere kontroversen Diskussionen erst richtig befeuert wurden.

Gegen Mittag verschwand ich im Stall, um Hannes zu helfen, der eine weitere Aktivität für das Romantikangebot vorbereitete. Nach dem Essen bat er Marco, der nichts davon wusste, unter einem Vorwand, mit ihm nach draußen zu kommen. Während Marco in sein Zimmer ging, um seine Jacke zu holen, bauten Rosie und ich uns neben der Haustür auf und kicherten wie zwei Teenager. Minnie, die unsere Aufregung spürte, sprang bellend um uns herum. Als Marco den Vorplatz betrat, blieb er erstaunt stehen.

»Das ist ein Pferdeschlitten!«

Seine scharfsinnige Bemerkung entlockte mir ein Grinsen

und brachte Rosie zum Lachen, wobei sich die feinen Fältchen um ihre Augen vertieften. »Das hast du gut erkannt.«

»Komm!«, sagte ich und griff nach seiner Hand. »Hannes nimmt uns eine Runde mit.«

»Ich würde wirklich gern, aber du weißt selbst, wie viel ich noch erledigen muss.«

»In einer halben Stunde sitzt du wieder an deinem Schreibtisch, versprochen!«

Marco schaute unschlüssig von mir zu Hannes, der entspannt auf dem Kutschbock saß und die Zügel locker in den Händen hielt. Die Pferde sahen prächtig aus. Ihr sorgfältig gestriegeltes Fell glänzte im Licht der Wintersonne. Das Geschirr war auf Hochglanz poliert und strahlte mit dem Schlitten um die Wette. Der Atem der Tiere bildete kleine Wölkchen und entlockte mir ein verzücktes Seufzen.

»Was soll's. Die Arbeit läuft mir vermutlich nicht weg.«

Wir kletterten auf die gepolsterte Bank, die Hannes mit Fellen ausgelegt hatte. Marco griff nach einer Decke und wartete, bis ich zu ihm aufgerückt war, ehe er sie über uns ausbreitete.

»Wir sind bereit!«, rief ich Hannes zu und konnte meine Vorfreude nicht verbergen. Auf sein aufforderndes Schnalzen hin setzten sich Zorro und Don Juan in Bewegung. An ihrem Schnauben meinte ich ablesen zu können, dass auch sie sich freuten, dass es endlich losging. Minnie rannte ausgelassen neben dem Schlitten her, als könnte sie es gar nicht erwarten, uns ihre vertrauten Gefilde zu zeigen. Ich seufzte zufrieden und versank vollkommen in diesem perfekten Moment. Die kühle, klare Luft blies meinen Kopf frei und ließ mich alle bevorstehenden Aufgaben und Sorgen vergessen. Marco schien es ähnlich zu gehen, denn er lächelte glücklich vor sich hin.

Nach etwa dreihundert Metern bog Hannes von der Zufahrtsstraße in einen verschneiten Waldweg ein. Die Kufen des Schlittens glitten mühelos über den Schnee. Ein erneutes Schnalzen, und die Pferde wechselten in den Trab. Mir entwich ein lautes Jubeln, woraufhin Zorro fröhlich wieherte und ungeduldig nach vorne drängte. Doch Hannes wusste ihn zu zügeln, sodass er nach wenigen Schritten wieder brav neben Don Juan herlief.

»Ich komme mir vor wie Aschenbrödel. Wir haben sogar einen Hund. Fehlt nur noch Rosalie.«

»Und die Zaubernüsse«, ergänzte Marco. Es überraschte mich nicht, dass er den Film kannte, da er ebenfalls zu Nanes Lieblingsklassikern gehörte.

»Die brauchst du nicht!«, entschied Hannes. »Den Prinzen hast du ja schon.«

Für eine Schrecksekunde breitete sich ein verlegenes Schweigen zwischen uns aus, doch dann griff Marco unter der Decke nach meiner Hand und zwinkerte mir zu.

»Ich bin zwar kein Prinz, aber ich kann Euch versichern, holde Maid, dass meine Absichten durch und durch ehrenwert sind.«

Beim Blick in seine treuherzigen Augen, mit denen er Minnie Konkurrenz machte, musste ich lachen, und mit einem Mal wünschte ich mir, er würde seinem Verlangen nachgeben, anstatt sich mir zuliebe zurückzuhalten. Doch ich hatte nicht den Mut, den Gedanken laut auszusprechen.

Feiner Schnee rieselte von den hohen Tannen auf uns herab. Die Stille des Waldes wirkte nach dem geselligen Abend in der Kneipe und unserer hitzigen Debatte am Morgen geradezu magisch auf mich. Als sich die Bäume lichteten und den Blick auf weite verschneite Wiesen und winzige Dörfer freigaben, atmete Marco tief ein und schaute zu den majestätischen Bergen, die uns umgaben. Ich freute mich, dass er die Schlittenfahrt ebenso zu genießen schien wie ich. Hannes fuhr einen weiten Bogen, der uns erlaubte, den beeindruckenden Ausblick in uns aufzunehmen. Eine Weile saßen wir schweigend nebeneinander und ließen die Schönheit des Wallis auf uns wirken.

Es fiel mir schwer, meinem Herzen zu erklären, dass dieser Ausflug nichts zu bedeuten hatte, so romantisch er auch sein mochte. Ich spürte Marcos Oberschenkel dicht an meinem, das Spiel seiner Muskeln, die Wärme seiner Finger, die meine umschlossen. Eigentlich hatte ich diese Fahrt für eine gute Idee gehalten, aber nun war ich mir nicht mehr so sicher. Wie sollten wir Freunde sein, wenn mich seine bloße Gegenwart derart durcheinanderbrachte?

Als das Château in Sicht kam, verspürte ich eine Mischung aus Enttäuschung und Erleichterung. Marco wandte sich mir zu, wobei sein Atem sanft mein Ohr streifte. Es kostete mich all meine Willensstärke, ihm nicht zu sagen, dass diese Freundschaftssache für mich auf keinen Fall funktionieren konnte.

»Danke, dass du mich vom Schreibtisch weggelockt hast.« Er verstärkte den Druck seiner Finger, und ich fragte mich, ob er etwas von dem Gefühlschaos mitbekommen hatte, das in mir tobte. Falls ja, ließ er sich jedenfalls nichts anmerken, wofür ich ihm dankbar war.

»Was meinst du, Hannes?«, fragte er und lehnte sich leicht nach vorne. »Würde es Don Juan und Zorro gefallen, ab und an den Schlitten für die Gäste zu ziehen?«

»Das ließe sich machen«, antwortete Hannes in seiner kurz angebundenen Art. Wenn ich es nicht selbst erlebt hätte, würde ich niemals vermuten, dass sich hinter seiner rauen

Schale ein wahrer Romantiker verbarg, der die Größe hatte, in aller Öffentlichkeit seine Liebe zu bekunden. Vielleicht hatte Nane doch recht, und die Menschen steckten tatsächlich voller Überraschungen.

»Dann willst du die Schlittenfahrt ins Programm aufnehmen?«, fragte ich und bemühte mich um einen möglichst beiläufigen Tonfall.

»Als wäre das nicht von Anfang an dein Plan gewesen.«

»Sagen wir, ich hatte gehofft, den sportlichen Aktivitäten noch etwas Beschauliches hinzufügen zu können. Stell dir vor, wie romantisch es erst am Abend sein muss! Wenn links und rechts an der Kutsche Fackeln brennen und du dabei zusiehst, wie die Sonne als roter Feuerball hinter den Bergen versinkt.«

Marco schüttelte belustigt den Kopf. »Wenn du weiterhin den Anschein erwecken willst, mit Romantik nichts am Hut zu haben, solltest du deine Strategie überdenken.«

Ich biss mir auf die Unterlippe, woraufhin ich seinen glühenden Blick auf meinem Mund spürte. Scheinbar war ich doch nicht die Einzige, die gegen das brennende Verlangen zwischen uns ankämpfen musste. »Ich hatte dabei nur das Wohl der Gäste im Sinn.«

»Natürlich.« Sein tiefes Lachen löste ein Kribbeln in meinem Bauch aus, das mir überdeutlich bewusst machte, wie attraktiv ich ihn fand. Trotz aller Anziehung durfte ich nicht vergessen, dass er immer noch der Mann war, der mich damals vorschnell verurteilt hatte und der laut Nane nie mehr als ein Mal mit derselben Frau ausging. Wollte ich mich da wirklich einreihen? Ganz bestimmt nicht!

Marco schien meinen Stimmungswechsel zu spüren, denn er wandte sich von mir ab und lenkte unser Gespräch wieder in sichere Bahnen. »Auch wenn ich nicht gern still sitze, muss ich zugeben, dass diese Fahrt durch die verschneite Winterlandschaft sehr entspannend war.«

»Stell dir vor, du hast eine stressige oder schwierige Zeit hinter dir und willst etwas für deine Beziehung tun, und dann landest du hier in diesem Wintermärchen!«

»Da fällt mir ein, wir brauchen unbedingt eine Alternative für die schneefreien Jahreszeiten.«

»In der Scheune steht noch eine Kutsche. Sie müsste nur überholt und sauber gemacht werden«, rief Hannes uns über seine Schulter zu.

»Ganz in der Nähe gibt es eine Sommerrodelbahn«, warf ich ein.

»Als Alternative zum Snow Tubing?«

»Oder für die Gäste, die eine Abwechslung zum Wandern suchen.«

»Das könnte funktionieren«, murmelte er und strich sich nachdenklich übers Kinn. Trotz der Minusgrade spürte ich eine plötzliche Wärme in meiner Brust. Obwohl ich am Anfang von Marcos Kamikazeprogramm nicht begeistert gewesen war, hatte ich jetzt ein richtig gutes Gefühl. Das Hotel würde ein Erfolg werden, musste es einfach! Wenn Marco und ich uns weiterhin so perfekt ergänzten, sollte seine Strategie für die Wiedereröffnung voll aufgehen. Schade, dass ich nicht mehr erleben würde, wie die Gäste Rosie und Hannes die Tür einrannten, aber zumindest den Weihnachtsball würde ich mir nicht entgehen lassen, und seltsamerweise freute ich mich inzwischen sogar darauf.

Da Marco sich am Nachmittag erneut in sein Büro zurückzog, um einige wichtige Anrufe zu erledigen, nutzte ich die Gelegenheit, den nagelneuen Pool einzuweihen. Anschließend wärmte ich mich in der Sauna auf und zog mich dann in die Bibliothek zurück, die eine breite Auswahl der unterschiedlichsten Genres bot. Ich studierte die Buchrücken, überflog einige Klappentexte und entschied mich schließlich für einen regionalen Krimi, der in Zermatt spielte, *Tod auf dem Matterhorn*. Normalerweise bevorzugte ich historische Liebesromane, worüber Nane sich gelegentlich lustig machte, da es nicht zu meinen Überzeugungen zu passen schien. Ich konnte mir selbst nicht erklären, warum ich so sehr auf diese leidenschaftlichen und oftmals hochdramatischen Herzschmerzgeschichten stand. Aber vielleicht brauchte jeder ab und zu ein Happy End, und wenn es nur in einer fiktiven Romanwelt stattfand. Außerdem konnte man sich vollkommen gefahrlos in den Helden verlieben, ohne befürchten zu müssen, dass er aus den Seiten heraussprang und einem im echten Leben das Herz brach.

Obwohl der Einstieg in die Geschichte spannend war, kehrten meine Gedanken immer wieder zu Marco zurück. Bis vor Kurzem hätte ich noch geschworen, dass wir vollkommen unterschiedlich waren, doch mittlerweile fragte ich mich, ob das überhaupt stimmte. Ich hatte die Ballonfahrt und den Tag im Snow-Tubing-Park ebenso genossen wie unseren Bummel durch Brig und den Schneespaziergang, der damit geendet hatte, dass wir auf einem mondbeschienenen See Schlittschuh gelaufen waren. Selbst das Eisbaden hatte ich überlebt. Doch viel überraschender fand ich, dass es Marco ähnlich zu gehen schien. Er hatte sich nicht nur auf die Shoppingtour, sondern auch auf die Schlittenfahrt eingelassen, was beides außerhalb seiner Komfortzone liegen dürfte. Über seine liebevolle und aufmerksame Art wollte ich lieber gar nicht erst nachdenken.

Als hätte ich ihn mit meinen Gedanken heraufbeschworen, ging die Tür auf, und Marco betrat den Raum.

»Hier bist du.«

Die Vorstellung, dass er mich gesucht hatte, löste ein warmes Glücksgefühl in meiner Magengegend aus.

Er ließ seinen Blick im Zimmer umherschweifen, ehe er ein Scheit aufs Feuer legte, das munter im Kamin prasselte.

»Der Raum ist noch schöner geworden, als ich ihn mir vorgestellt habe. Ich wusste, dass die halb getäfelten Wände und der zarte Cremeton der Tapete eine gemütliche Atmosphäre schaffen würden. Aber das dunkle Holz der Regale gibt dem Ambiente zusammen mit den Ledermöbeln erst den rechten Schliff. Man möchte am liebsten in einem bequemen Ohrensessel versinken und mit einem Glas Whiskey den Abend ausklingen lassen.«

»Du hast gute Arbeit geleistet, Marco, und ich muss dir recht geben. Die Bibliothek ist der perfekte Ort für ein intimes Candle-Light-Dinner. Auch der Wellnessbereich ist ein Traum! Der Wasserfall im Innenbecken mit all den Massagedüsen und tropischen Pflanzen.«

»Warst du auch draußen?«

Ich nickte. »Der Infinitypool ist unglaublich! Als würde man auf die Berge zuschwimmen und dabei eins mit der Natur werden.«

»Rosie meinte, du hättest auch die Sauna ausprobiert?«

»Der Kiefernaufguss war sehr intensiv. Vielleicht könnten wir noch ein paar fruchtige Duftnoten dazunehmen? Orange, Wildkirsche oder Bergamotte?«

Marco dachte kurz über meinen Vorschlag nach, bevor er sein Handy aus der Hosentasche zog und sich eine Notiz machte. »Sonst noch Ideen?«

»Wie wäre es, wenn wir in der zweiten, kleineren Sauna eine Schale mit Bergkristallen aufstellen? Ihnen wird nachgesagt, dass sie Energieblockaden lösen und Geist und Seele reinigen.«

»Sag bloß, du glaubst an so was?«

»Es kann zumindest nicht schaden. Außerdem könnte es mit der richtigen Beleuchtung eine tolle Wirkung haben.«

»Meinetwegen.« Das Zucken seiner Mundwinkel nahm seinem gespielt genervten Tonfall jegliche Glaubwürdigkeit. »Morgen findet übrigens das Fotoshooting für die Website und die Reisekataloge statt. Habe ich dir davon erzählt?« Als ich den Kopf schüttelte, zuckte er entschuldigend mit den Schultern. »Muss mir wohl in all dem Stress entfallen sein. Der Fotograf reist bereits heute Abend mit dem Zug aus Bern an, während die Models morgen früh mit dem ersten Flieger in Zürich landen. Ich habe schon häufiger mit ihnen zusammengearbeitet und immer tolle Fotos bekommen.«

»Dürfen wir zuschauen?« Die Aussicht, bei einem professionellen Fotoshooting dabei sein zu können, begeisterte mich. Seit ich als Teenager das erste Mal *Germany's Next Topmodel* angeschaut hatte, faszinierte mich diese glitzernde Welt, auch wenn ich ein derart anstrengendes Leben niemals für mich selbst wählen würde. Abgesehen davon, dass ich nicht die richtige Figur dafür besaß, obwohl sich diesbezüglich in der letzten Zeit endlich etwas tat und ab und zu auch Frauen mit Kurven für Kampagnen gebucht wurden. Es überraschte mich immer wieder, wie sehr es mich entspannte und beruhigte, wenn die Models nicht aussahen, als würden sie sich nur von Orangensaft und Salatblättern ernähren.

»Das hängt vom Fotografen ab. Manche sind ziemlich locker, andere arbeiten nur hinter verschlossenen Türen, was morgen ein bisschen schwierig werden könnte, da sich einige der Settings im Freien befinden. Hannes will sogar die Pferde anschirren. Ein Bild von Don Juan und Zorro mit dem Schlitten wird sich hervorragend auf der Website machen.«

»Das glaube ich auch. Die beiden sind bestimmt sehr fotogen.«

Marco lachte, ehe er sich dem Regal zuwandte und sich die Titel genauer ansah. »Es ist ewig her, dass ich das letzte Mal ein Buch gelesen habe, das nichts mit persönlicher Weiterentwicklung oder Businessstrategien zu tun hatte.« Sein Gesicht nahm weiche Züge an, als er das nächste Regal betrachtete. »Es gibt sogar eine Lyrikabteilung: Shakespeare, Whitman, Goethe, Schiller, von Eichendorff, Mörike und auch einige Schweizer Dichter.«

Während er sich in die Auswahl der Gedichtsammlungen vertiefte, versuchte ich, mich auf meinen Krimi zu konzentrieren, bis seine warme Stimme mich erneut ablenkte.

»Hope is the thing with feathers
That perches in the Soul …«

»And sings the tune without the words,
And never stops at all«, sprach ich den zweiten Teil der ersten Strophe laut mit.

Überrascht hielt Marco inne und schaute mich an. »Du magst Emily Dickinson?«

»Dieses Gedicht ganz besonders. Ich finde es sehr berührend, wie sie das Gefühl der Hoffnung beschreibt, das immer da ist, egal, wie schwierig die Umstände auch sein mögen, und sich dennoch völlig selbstlos darbietet, ohne etwas zu erwarten oder zurückzufordern.«

»Hast du ein Lieblingsgedicht?«

Ich konnte mein Lachen nicht unterdrücken. »Eins? Mir gefallen dramatische Balladen wie *Die Bürgschaft* oder *John Maynard*, aber auch mystische Lyrik wie *Annabel Lee* oder *The Lady of Shalott*. Doch am meisten berühren mich die Sonette von Shakespeare. Obwohl sie vor vielen Hundert Jahren geschrieben worden sind, scheinen sie zeitlos zu sein, als wäre die Liebe etwas, das nie vergehen wird, auch wenn unsere Welt immer hektischer und stark vom technischen Fortschritt beeinflusst wird.«

Marco stellte den Gedichtband zurück und griff nach einem anderen.

»Shall I compare thee to a summer's day?
Thou art more lovely and more temperate:
Rough winds do shake the darling buds of May,
And summer's lease hath all too short a date.«

Ich schloss die Augen und ließ mich von seiner markanten und zugleich gefühlvollen Stimme umfangen, die Shakespeares berühmtes Sonett zum Leben erweckte. Als er innehielt und Anstalten machte, das Buch zurück ins Regal zu stellen, schaute ich zu ihm auf. »Lies weiter!«

Er setzte sich neben mich auf das Sofa und zog wie selbstverständlich meine Füße auf seinen Schoß. Beinahe wäre mir ein wohliges Stöhnen entwichen, als er mit einer Hand begann, meine Fußsohle zu massieren, während er in der anderen das Buch hielt und weiter vorlas.

Meine Gedanken überschlugen sich und waren auf dem besten Weg, die stimmungsvolle Atmosphäre zu ruinieren. War es eine gute Idee, sich von Marco ein Liebesgedicht vorlesen zu lassen? Ich meine, wer tat so etwas? Höchstens frisch verliebte Paare, oder? Und vermutlich noch nicht mal die, weil sie Besseres zu tun hatten. Vielleicht war es eine Art Instinkt, der das Überleben der Rasse sichern sollte, ein Teil eines uralten Balzrituals, das keine emotionale Grundlage hatte? Immerhin hatten die Minnesänger früher auch ihre Lieder dargebracht, um die edlen Burgfräulein zu bezirzen. Erweckte ich falsche Hoffnungen, wenn ich mit ihm vor dem Kamin saß und mir von ihm die Füße massieren ließ? Hoffte er überhaupt auf mehr oder war es einfach eine von vielen Möglichkeiten, wie man einen Abend in einem abgelegenen Château in den Schweizer Alpen verbringen konnte?

»Hörst du mir zu?«, riss seine Frage mich aus meinen Überlegungen.

Ich spürte, wie mir das Blut in die Wangen schoss.

»Entschuldige, ich war kurz abgelenkt.«

Nachsichtig schlug er das Buch zu. »Das habe ich gemerkt. Da ist immer diese kleine Falte zwischen deinen Augenbrauen, wenn du angestrengt nachdenkst oder dich über etwas ärgerst.«

Automatisch tastete ich nach meiner Stirn und strich sie glatt. »Ich bin viel zu jung, um schon Falten zu haben«, entgegnete ich trotzig. »Und falls doch, dann solltest du wenigstens so höflich sein und mich nicht noch damit aufziehen.«

Marco lachte leise, und der dunkle Laut rief wieder dieses Kribbeln in mir hervor, das ich immer häufiger in seiner Nähe empfand und das mich eigentlich nervös machen sollte.

»Es ist aber eine ganz entzückende Falte, die Beachtung verdient. Sie verleiht dir eine besonders intellektuelle Note.«

Ich war mir nicht sicher, ob er mich auf den Arm nahm oder es wirklich ernst meinte. Seit wann waren Falten bemerkenswert? Bei Männern vielleicht, weil sie von einem harten und ausschweifenden Leben zeugten, aber bei Frauen? Sollten wir nicht mit Leichtigkeit durch den Tag schweben und dabei aussehen wie der junge Morgen, natürlich ohne dafür Extrazeit im Bad zu beanspruchen?

»Soll ich weiterlesen?«

»Wie wäre es stattdessen mit einer Partie Schach?«, schlug ich vor.

»Es ist eine Weile her, dass ich gespielt habe. Das letzte Mal war während des Studiums. Ich hatte mich mit einer Kommilitonin zum Lernen verabredet, und statt uns mit der Entwicklung der Wirtschaft in den Fünfzigerjahren zu befassen, haben wir Stripschach gespielt. Wie das ausgegangen ist, kannst du dir bestimmt vorstellen.« Die Erinnerung trieb ihm ein freches Grinsen ins Gesicht.

»Stripschach?«, wiederholte ich ungläubig.

»Jedes Mal, wenn eine deiner Figuren fällt, musst du ein Kleidungsstück ablegen.«

Automatisch sah ich an mir herab und zählte in Gedanken die Schichten, die ich am Morgen angezogen hatte, um sicherzugehen, dass ich nicht fror. Marco hingegen schien nur das Nötigste anzuhaben: Pullover, Hemd, Hose, zwei Socken. Ich war eine passable Spielerin, da ich schon zu Schulzeiten dem Schachclub beigetreten war. Die Versuchung war groß, es darauf ankommen zu lassen. Aber dann dachte ich daran, wie sich das womöglich auf meine Hormone auswirken würde, wenn ich einem halb nackten Marco gegenübersaß. Vor allem fragte ich mich, wie er mit der Situation umgehen würde. Würde er versuchen, sie auszunutzen? Oder noch schlimmer: Was wäre, wenn er es nicht versuchte?

Sein Lachen erfüllte den Raum. »Zählst du etwa gerade unsere Kleidungsstücke?«

»Natürlich nicht!«, log ich und wurde prompt erneut rot.

»Wie wäre es dann mit einem herkömmlichen Spiel – ganz ohne Ausziehen? Außer dir wird im Eifer des Gefechts warm, in dem Fall darfst du selbstverständlich alle Hüllen fallen lassen.«

O ja, er amüsierte sich königlich über mich. Dann würde ich wohl dafür sorgen müssen, dass ihm das Lachen verging. Ich überließ ihm die weißen Figuren und wartete gespannt darauf, auf welche Weise er das Spiel eröffnete.

Anderthalb Stunden später lehnte ich mich zufrieden im Sessel zurück und blickte Marco triumphierend an.

»Schachmatt!«

Ergeben hob er beide Hände, bevor er seinen König als Zeichen seiner Niederlage auf das Brett legte.

»Willst du eine Revanche?«

»Sosehr ich es auch genossen habe, mich von dir besiegen zu lassen, muss ich sagen, dass mir *eine* verlorene Partie für den Abend reicht. Aber wenn du magst, kannst du mir bei Gelegenheit zeigen, wie ich mich verbessern kann. Natürlich nur, wenn du bereit bist, deinen Vorteil mir gegenüber aufs Spiel zu setzen.«

Ich ging nicht weiter darauf ein, obwohl es mich reizte, ihm zu zeigen, dass ich durchaus in der Lage war, es mit ihm aufzunehmen. »Unser Trainer hat immer gesagt: Bei einem Schachspiel kannst du viel über dein Gegenüber lernen.«

Er lehnte sich ebenfalls zurück und verschränkte die Hände hinter seinem Kopf. »Und was hat dir meine Art, zu spielen, über mich verraten?«

»Du bist ungeduldig, impulsiv und sehr risikofreudig. Dadurch wird deine Spielweise ein Stück weit unvorhersehbar.

Andererseits macht es dich anfällig dafür, in die Falle zu tappen.«

»Du redest von meiner Dame.«

»Ich habe dir meinen Turm auf dem Silbertablett serviert und wusste, dass du deine Dame riskieren würdest, um ihn dir zu holen.«

»Mit anderen Worten: Wenn wir Stripschach gespielt hätten, hättest du mich nach allen Regeln der Kunst bis aufs letzte Hemd ausgezogen.«

Wieder war da dieser selbstgefällige Ausdruck, der mich dieses Mal jedoch zum Schmunzeln brachte.

»Was ist so lustig?«

»Mir gefällt es, dass du gute Laune hast, obwohl ich dich geschlagen habe.«

»Das gehört für mich dazu. Ich spiele nur, wenn ich auch damit umgehen kann, dass ich verliere. Und das gilt nicht allein für Brettspiele, sondern ebenso für alle anderen Lebensbereiche.«

»Lässt du dich deshalb auf keine festen Beziehungen ein? Weil das Risiko besteht, dass du verlierst, und du Angst hast, nicht damit fertigzuwerden?« Die Frage war mir entschlüpft, bevor ich darüber nachdenken konnte.

Marco richtete seinen Blick auf die schwelende Glut im Kamin und seufzte leise. Vor lauter Konzentration hatten wir vergessen, Holz nachzulegen.

»Verlieren nicht immer beide, wenn eine Liebe endet?«

Ich musste an Daniel und seine zahlreichen Freundinnen denken. Ihm schien unsere Trennung nicht halb so viel ausgemacht zu haben wie mir. Andererseits hätte er sich vermutlich auch anders verhalten, wenn ihm wirklich etwas an mir gelegen hätte.

Eine Weile hingen wir schweigend unseren Gedanken nach.

»Wie ich dich kenne, planst du bereits, einen Lyrikabend in unser Programm aufzunehmen,« brachte Marcos Stimme mich zurück in die Gegenwart. »Habe ich recht?«

Sein gespielt gequälter Gesichtsausdruck entlockte mir ein Lächeln. »Darf ich dich daran erinnern, dass du die Gedichtbände entdeckt und mir daraus vorgelesen hast?«

»Offenbar bringst du die dunkelsten Seiten in mir zum Vorschein.«

»Ein bisschen Lyrik hat noch niemandem geschadet.«

»Ebenso wenig wie eine romantische Geste.«

Für einen Augenblick verschmolzen unsere Blicke miteinander. Das Kribbeln in meinem Bauch intensivierte sich und schoss einem Flächenbrand gleich durch meinen Körper.

»Und überraschenderweise«, fuhr Marco fort, »kommt es mir mit dir ganz natürlich und kein bisschen kitschig oder peinlich vor, wie man annehmen sollte.«

Ich räusperte mich. »Vermutlich, weil ich die einzige Frau weit und breit bin, die dir nicht direkt zu Füßen liegt und dich anfleht, dein Leben oder zumindest die kommende Nacht mit ihr zu verbringen.«

Sein Lachen flutete über mich hinweg und ersetzte die aufgeheizte Stimmung durch unbeschwerte Leichtigkeit. Noch nie war ich einem Mann begegnet, der derart rasante Stimmungsumschwünge in mir auslösen konnte. Das Verrückte war, dass es mich nicht störte, obwohl ich sonst sehr darauf bedacht war, mich nur kalkulierbaren Risiken auszusetzen. Doch war das Leben so nicht viel spannender?

16

Marco

Rosies fragender Blick ruhte auf mir, als ich den Anruf beendete und das Handy auf den Küchentisch legte.

»Die Models sitzen in Berlin fest und werden es nicht rechtzeitig schaffen.«

John, der Fotograf, war am Vorabend pünktlich angekommen und befand sich nebenan im Frühstücksraum, um sich für das Shooting zu stärken. Aber nun hatten wir keine Models, weil deren Flug wegen eines Streiks gestrichen worden war. Alle Bemühungen, einen zeitnahen Ersatzflug zu buchen, waren gescheitert. Die Agentur hatte mir mehrfach versichert, dass sie untröstlich war, mir jedoch leider nicht weiterhelfen konnte. Jetzt hatten wir zwar einen Weltklassefotografen, doch niemanden, den er fotografieren konnte.

Während Rosie noch dabei war, die schlechte Nachricht zu verdauen, war mein Gehirn bereits im Lösungsmodus. Ich könnte eine Agentur in Zürich, Bern, Lausanne oder Genf beauftragen. Dann könnten wir, wenn es gut lief, in drei oder vier Stunden loslegen. Allerdings bräuchten wir auch Outfits, und die waren zusammen mit den gestrandeten Models in Berlin geblieben. Am besten bat ich John, erst einmal Aufnahmen von den Innenräumen des Hotels und der umliegenden Landschaft zu machen. Das würde mir etwas Zeit verschaffen. Ich nahm mein Handy und suchte nach namhaften Schweizer Modelagenturen.

Als die Tür aufging, schaute ich auf. Livias Anblick ließ mich für einen Moment meine Probleme vergessen. Sie trug eine weit geschnittene Cordhose, dazu einen karamellfarbenen Rollkragenpullover, der sich verführerisch an ihren Oberkörper schmiegte. Ihr Haar fiel ihr auf einer Seite in leichten Wellen auf die Schulter und war auf der anderen locker eingeflochten, was sie noch schöner aussehen ließ als sonst. Offenbar hatte sie sich für den Fotografen zurechtgemacht, was sie gar nicht nötig hatte.

»Guten Morgen«, begrüßte sie uns fröhlich, schien jedoch sofort die angespannte Stimmung zu bemerken. »Ist was passiert?«

Rosie klärte sie in wenigen Sätzen über die Situation auf, woraufhin Livia nachdenklich auf ihrer Unterlippe kaute und damit mein Denkvermögen vorübergehend lahmlegte. Diese vollen geschwungenen Lippen konnten den widerstandsfähigsten Mann an seine Grenzen bringen.

»Kannst du den Termin verschieben?«

»Abgesehen davon, dass wir zeitlich sowieso schon ziemlich knapp dran sind, ist John Jahre im Voraus ausgebucht. Er hat sich nur bereit erklärt, das Shooting zu übernehmen, weil er bereits einen Auftrag in Bern hatte.«

»Und ein anderer Fotograf?«

»Ich denke, es ist leichter, neue Models zu finden. Wir können nur hoffen, dass John damit einverstanden ist.«

Gemeinsam mit Rosie und Livia betrat ich den Frühstücksraum, in dem der Fotograf am Fenster saß und in den Anblick der verschneiten Landschaft versunken war.

»Marco, gut, dass du kommst. Wir sollten bald anfangen. Das Licht ist perfekt. Bis die Models eingetroffen sind, kann ich schon mal die Winterszenerie draußen einfangen. Hannes sagte, er hätte auch zwei Pferde?«

Ich nickte, bevor ich ihn über die veränderten Umstände informierte. John legte seine Stirn in Falten und zuckte entschuldigend mit den Schultern.

»Ohne Models können wir schlecht arbeiten.«

»Wärst du denn bereit, zusätzlich zu den Außenaufnahmen noch einige der Innenräume abzulichten?«

»Ein Ballsaal ist nur halb so faszinierend, wenn niemand darin tanzt, genauso wie ein Pool oder eine Sauna, die nicht genutzt wird. Rosie, wenn du so lieb wärst, ein Büfett zu zaubern, könnte ich zumindest ein paar Bilder vom Essen machen und eine Auswahl an Zimmern fotografieren.«

»Das würde uns auf jeden Fall weiterhelfen«, erwiderte ich erleichtert.

»Könntet ihr beide nicht einspringen?«, fragte Rosie und schaute John erwartungsvoll an. Ich brauchte einen Moment, bis ich verstand, wen sie meinte, schüttelte dann jedoch abwehrend den Kopf.

»John arbeitet nur mit Profis. Er würde vermutlich verzweifeln, wenn er Livia und mir jeden Schritt erklären müsste.«

»Aber würde es dann nicht umso natürlicher wirken?«, hakte sie nach. Offenbar war sie nicht bereit, so schnell aufzugeben.

»Modeln mag einfach aussehen, ist jedoch harte Arbeit«, schaltete sich Livia ein, die bei Rosies Vorschlag leicht blass um die Nase geworden war.

»John, was meinen Sie? Finden Sie nicht auch, dass die zwei ein attraktives Paar abgeben? Außerdem fände ich es viel netter, wenn ihr das Aushängeschild des *Château Romantique* wärt und nicht irgendwelche Fremden. Models wissen vielleicht, wie sie am vorteilhaftesten in die Kamera lächeln, aber den Geist des Hotels und die Botschaft, die wir nach außen tragen wollen, haben sie nicht so verinnerlicht wie ihr.«

John, der ihren Vorschlag zumindest nicht direkt ablehnte, musterte uns kritisch. Ich sah, wie Livia sich unter seinem prüfenden Blick wand, und hätte mich am liebsten schützend vor sie gestellt.

»Das könnte funktionieren. Ihr habt beide eine gute Ausstrahlung und ausdrucksstarke Gesichter. Am besten gehen wir direkt raus und schauen, wie ihr euch vor der Kamera macht.«

Livia wollte protestieren, doch dann sah sie Rosies hoffnungsvollen Blick. Sie wusste ebenso wie ich, wie viel auf dem Spiel stand. Wir brauchten diese Fotos, um die neue Website veröffentlichen zu können. Ohne eine aktuelle Internetpräsenz wären unsere Möglichkeiten in Bezug auf das weitere Marketing mehr als eingeschränkt.

Als wir vor das Château traten, kam Hannes gerade mit dem Pferdeschlitten um die Ecke gefahren. John zückte direkt seine Kamera und schoss eine Reihe von Bildern. Er bat Hannes, anzuhalten, damit wir uns seitlich neben dem Schlitten positionieren konnten. Erst sollten wir zu ihm schauen, danach zueinander, zu Hannes und zuletzt zu den Pferden. Mal sollten unsere Arme locker herunterhängen, dann forderte John uns auf, Händchen zu halten, bevor er mich bat, auf die Berggipfel in der Ferne zu deuten. Für mich fühlte sich das alles sehr künstlich an, und auch Livia schien sich nicht entspannen zu können. Ihr wunderschönes Lächeln war ebenso wie ihre Haltung ziemlich verkrampft. John schüttelte beim Betrachten der Bilder unzufrieden den Kopf, ehe er mehrmals mit der Zunge schnalzte, woraufhin Zorro beinahe losgestürmt wäre, wenn Hannes ihn nicht gezügelt hätte.

»Okay, Leute, das war schon ganz nett. Jetzt vergesst, dass ich da bin, und habt Spaß.«

Ich schaute unschlüssig von John zu Livia und überlegte, was wir machen könnten, als Don Juan, dem das Warten zu lange dauerte, ungeduldig wieherte. Livia ging zu ihm und strich ihm beruhigend über den Hals, woraufhin er anfing, ihre Taschen nach etwas Essbarem abzusuchen, womit er sie zum Lachen brachte. Minnie, die ebenfalls mit nach draußen gekommen war, sprang aufgeregt an mir hoch und gab sich alle Mühe, mir das Gesicht abzulecken.

»Das ist großartig! Weiter so!«, rief John und drückte mehrfach auf den Auslöser. Ich rannte mit Minnie um den Schlitten und kam dabei auf dem gefrorenen Schnee ins Schlingern, sodass Livia mich festhalten musste. Ihre Wangen waren leicht gerötet, ihr Strahlen wärmte meine Brust, und für einen Moment vergaß ich die Welt um uns herum. Sie schlang einen Arm um meinen Nacken, unsere Lippen waren nur noch Millimeter voneinander entfernt. Die Hitze, die meinen Körper erfasste, machte mir bewusst, wie sehr ich sie küssen wollte. Doch bevor ich meinem Begehren nachgeben konnte, zerschnitt Johns Stimme die Magie des Augenblicks.

»Perfekt! Jetzt setzt euch in den Schlitten. Hannes, sei so nett, und fahr direkt vor das Château. Rosie, du stellst dich mit Minnie neben die Eingangstür. Ja, genau so!«

Wir machten noch unzählige Bilder mit dem Schlitten, im Stall bei den Pferden und draußen im Schnee. Während John das Château von allen Seiten fotografierte, bauten wir einen Schneemann, der ebenfalls abgelichtet wurde. Wir bewarfen uns fröhlich mit Schneebällen, ehe John uns zum Umziehen schickte, weil er noch andere Motive mit uns im Sinn hatte.

Als wir ihm den kleinen See in der Nähe des Hotels zeigten, war er hin und weg. Schnell schlüpften wir in die Schlittschuhe und zogen ein paar Bahnen, mal allein, dann wieder zu zweit. Wir hielten Händchen, schauten zu den Bergen, genossen die klare Luft, das herrliche Winterwetter und vergaßen völlig, dass John dabei war und uns fotografierte.

Zurück im Château, zogen wir unsere Badesachen an, blickten vom Rand des Infinitypools fasziniert auf das Bergpanorama und legten uns mit einem Buch und einer dampfenden Tasse Tee auf die Liegen. Wir mussten unzählige Male in den Whirlpool hinein- und wieder hinaussteigen, bis John zufrieden war. In flauschige Handtücher gewickelt, setzten wir uns gegenüber in die Sauna und gaben uns alle Mühe, entspannt auszusehen.

Danach wollte er noch ein paar Bilder vom Innenbecken knipsen. Ich kraulte einige Bahnen und merkte währenddessen, wie hoch meine Anspannung war. Sobald wir das Shooting hinter uns hatten, würde ich zurückkommen und mich so richtig auspowern. Am besten ging ich im Anschluss noch eine Runde in den Fitnessraum, um das Workout zu vervollständigen.

»Könnt ihr euch vor die Lagune stellen?«, hallte Johns Stimme über das Plätschern des Wasserfalls durch den Raum. »Näher zusammen. Livia, leg deine Hände um Marcos Nacken. Wunderbar!«

Ich sah die feinen Wassertropfen, die an ihren Wimpern hingen, spürte ihre Fingerspitzen, die sanft über meinen Hals strichen. Als sie ihre Beine um meine Hüften schlang, legte ich instinktiv meine Arme um sie und verringerte so den Abstand zwischen uns. Mein Körper reagierte unmittelbar auf die Berührung ihrer bloßen Haut. Das Zucken ihrer Mundwinkel und ihre hochgezogene Braue verrieten mir, dass ihr nicht entgangen war, welche Wirkung sie auf mich hatte.

John ging zuerst in die Hocke, dann legte er sich sogar auf den Bauch, um den perfekten Winkel zu erwischen.

»Das genügt mir. Gute Arbeit! Wir treffen uns in einer halben Stunde im Ballsaal in Abendgarderobe.«

Nachdem der Fotograf den Wellnessbereich verlassen hatte, bedachte Livia mich mit einem neckischen Blick.

»Das war … überraschend spaßig!« Ihr flirtender Tonfall trug nicht gerade dazu bei, dass ein gewisser Körperteil sich wieder entspannte. Aber noch mehr freute es mich, dass sie keine Probleme damit hatte, mir derart nahezukommen, obwohl wir nur Freunde waren. Freunde, die zusammen vor dem Kamin saßen und sich Gedichte vorlasen. Die sich so stark zueinander hingezogen fühlten, dass jedes Mal die Funken flogen, sobald sie sich im selben Raum aufhielten. Und damit meinte ich nicht das übliche Prickeln, das sich einstellte, wenn einen die Lust übermannte. Es war weit mehr als das. Andernfalls hätte ich schon längst meinem Verlangen nachgegeben und versucht, Livia von den Vorzügen einer unverbindlichen Nacht zu überzeugen, ungeachtet der Konsequenzen. Aber ich hatte mich zurückgehalten. Livia zuliebe? Weil ich ihr nicht wehtun wollte? Oder ging es vielmehr darum, dass ich ahnte, dass ich es nicht bei einer Nacht belassen wollen würde? Dass ich mich nicht imstande fühlte, die Frage, ob ich zu mehr bereit war, zu beantworten?

Livia, die zum Glück nichts von meinen Überlegungen mitbekommen hatte, löste ihre Beine von meiner Hüfte, tauchte in einer geschmeidigen Bewegung unter und schwamm zum nächstgelegenen Beckenrand, wo sie sich anmutig aus dem Wasser zog. Ich spürte ein Zucken, als ich ihre sinnlichen Kurven in Gedanken liebkoste, und bedauerte zutiefst, dass John uns in einer halben Stunde angezogen im Ballsaal sehen wollte.

»Kommst du nicht mit?«, fragte sie und warf mir einen herausfordernden Blick über die Schulter zu. Das Shooting schien ihr Selbstbewusstsein enorm gepusht zu haben. Ich wusste nicht, ob ich mich freuen oder die Tatsache verfluchen sollte, dass sie offenbar begriffen hatte, dass ein einziger Augenaufschlag von ihr reichte, um mich um den Verstand zu bringen.

»Geh schon mal vor.«

Wissend schmunzelte sie und entschwand mit wiegenden Hüften in Richtung Treppe. Ich biss die Zähne zusammen, stieg aus dem Pool und lief zum Saunabereich hinüber. Dort ließ ich mich mit einem erleichterten Seufzen in das eiskalte Tauchbecken gleiten.

17
Livia

Ich war noch nie so froh darüber gewesen, dass ich die Angewohnheit hatte, auf Reisen immer zu viel mitzunehmen. So hatte ich für beinahe jedes Setting das perfekte Outfit und kam nicht in die Verlegenheit, zwei Mal dasselbe tragen zu müssen. Es mochte eitel sein, aber wenn ich mich schon als Model zur Verfügung stellte, dann wollte ich, dass das Ergebnis überzeugend war und nicht nur potenzielle Gäste ansprach, sondern auch Rosie und Hannes gefiel. Dass Marco ebenfalls eine nicht unerhebliche Rolle in meinen Überlegungen spielte, verdrängte ich entschlossen.

Rosies Vorschlag, dass wir für die ausgefallenen Models einspringen sollten, hatte ich zuerst ablehnen wollen. Nicht nur wegen meiner Zweifel in Bezug auf meine Figur, sondern vor allem weil ich nicht wusste, wie ich mir glaubhaft einreden sollte, dass es am besten für Marco und mich war, nur befreundet zu bleiben, wenn wir vorgaben, ein verliebtes Pärchen zu sein.

Andererseits war die Stimmung überwiegend ernst und konzentriert. John war ein Vollprofi, aber das stundenlange Posieren gestaltete sich auf jeden Fall wesentlich anstrengender, als es aussah. Meine Achtung vor den Menschen, die das beruflich machten, war in den letzten Stunden ins Unermessliche gestiegen. Doch trotz des Stresses gab es immer wieder diese kleinen Augenblicke zwischendurch, in denen wir alles um uns herum ausblendeten und in einem verlockenden »Was-wäre-wenn-Moment« versanken. Zumindest ging es mir so. Marco ließ die unmittelbare Nähe zwischen uns ebenso wenig kalt, wie die Situation im Pool überzeugend bewiesen hatte. Glücklicherweise hatte ich keine Zeit, länger darüber nachzugrübeln, was das zu bedeuten hatte, denn John wartete im Ballsaal auf uns.

Ich warf einen letzten Blick in den Spiegel und lächelte zufrieden. Das Kleid saß perfekt. Es betonte meine Kurven auf schmeichelhafte Art und setzte mein Dekolleté auf verführerische Weise in Szene. Mein Haar hatte ich locker hochgesteckt und einige Strähnen ausgespart, die in sanften Wellen mein Gesicht umspielten. Dazu ein auffallenderes Make-up, das meine Augen betonte und die Lippen noch eine Spur voller wirken ließ. Ich kam mir tatsächlich ein bisschen wie Aschenputtel vor. Es war zwar schade, dass am Tag des eigentlichen Balls jeder mein Kleid bereits kennen würde, aber das war das kleinere Übel, wenn wir dafür schöne Fotos für die Website bekamen. Marco hatte mir versichert, dass der Kartenverkauf gut anlief und auch schon die ersten Übernachtungen gebucht worden waren, dennoch wünschte ich mir für das *Château Romantique* einen fulminanten Start, damit Rosie und Hannes optimistisch in die Zukunft blicken konnten. Wenn es jemand verdient hatte, dann die beiden.

Die Türen zum Ballsaal standen weit offen. Zarte Walzerklänge erfüllten den Raum und verstärkten mein Gefühl, in einem Märchen gelandet zu sein. Aus Zeitgründen hatte Rosie nur eine Seite des Saals festlich dekoriert, aber die Wirkung war dennoch umwerfend. Das warme Licht der Kerzen spiegelte sich in den funkelnden Champagnergläsern, die von

Blumenarrangements aus roten Rosen umrahmt wurden. John war bereits da und baute sein Equipment auf.

Als Marco vom Durchgang zur Küche den Saal betrat, vollführte mein Magen einen kleinen Salto. Er sah unglaublich gut aus in dem maßgeschneiderten schwarzen Anzug und dem weißen Hemd, zu dem er eine schmal geschnittene Weste und eine anthrazitgraue Krawatte trug. Ich spürte, wie mein Puls sich beschleunigte und meine Knie weich wurden, als ich lächelnd auf ihn zuging. Im Hintergrund hörte ich das Klicken der Kamera. Marco reichte mir seine Hand und wirbelte mich einmal im Kreis herum, was mir ein überschwängliches Lachen entlockte. Jetzt fühlte ich mich wirklich wie eine Prinzessin.

»Du siehst umwerfend aus«, flüsterte er mir ins Ohr, als er mich in eine weitere Drehung führte, ehe wir im Takt der Musik durch den Saal schwebten. Sein Atem strich über meine Haut, sein Griff war fest, sodass ich die Augen schloss und ihm die Führung überließ. Fühlte es sich so an, wenn man flog? So leicht und unbeschwert?

Der Tanz war viel zu schnell vorbei, und wenn ich Marcos sehnsüchtigen Blick richtig deutete, bedauerte auch er, mich so bald wieder loslassen zu müssen. John winkte uns zu sich herüber und drückte uns je ein Glas Champagner in die Hand. Ich nahm direkt einen großen Schluck und bereute es im selben Moment, denn der Alkohol befeuerte das Kribbeln, das mich schon den ganzen Tag in einen rauschartigen Zustand versetzte, dessen Ursprung ich nicht genau festmachen konnte. Es fühlte sich wie eine Mischung aus Nervosität, Vorfreude und der unwiderstehlichen Anziehungskraft an, die Marco seit Neustem auf mich ausübte. Missbilligend schnalzte unser Fotograf mit der Zunge und ersetzte mein halb leeres Glas durch ein volles. Wir prosteten uns zu und sahen uns dabei tief in die Augen. Ich glaubte, erahnen zu können, wie Keira Knightley sich als Elizabeth Bennet gefühlt haben mochte, als die anderen Ballbesucher ausgeblendet wurden und nur sie und ihr Tanzpartner übrig geblieben waren. Aber ich war nicht Elizabeth und Marco nicht Mr. Darcy. Es war also höchste Zeit, dass ich aufhörte, mich in irgendwelchen unsinnigen Schwärmereien zu verlieren.

Wir verlegten das Shooting in die Bibliothek, wo Hannes bereits das Feuer im Kamin entfacht hatte. Während ich es mir mit einem Becher Tee auf dem Sofa gemütlich machte, griff Marco mit einem Grinsen nach dem Band mit den Shakespeare-Sonetten und postierte sich, einem gebildeten Lord gleich, neben dem Kamin. John war begeistert und scheuchte erst Marco und dann mich durch den Raum, um verschiedene Szenen einzufangen, darunter auch wie wir uns mit herausfordernden Mienen am Schachtisch gegenübersaßen.

Danach fragte John, ob ich etwas schickere Kleidung für die Nacht dabeihätte, und beorderte uns, nachdem ich mit einem unguten Gefühl bejaht hatte, in die größte Suite. Rosie bereitete indes ein fürstliches Frühstück vor. Ich schluckte nervös, als ich in meinem verführerischsten Nachthemd in das frisch bezogene Doppelbett schlüpfte, dessen himmlisch weiche Matratze unter mir nachgab. Marco, der schwarze Boxershorts und ein schlichtes dunkelgraues T-Shirt trug, das die Konturen seiner breiten Schultern und wohlgeformten Brustmuskeln betonte, setzte sich grinsend neben mich.

»Wusste ich doch, dass wir früher oder später zusammen im Bett landen.«

Obwohl mir klar war, dass er mir zuliebe die Situation auflockern wollte, funkelte ich ihn warnend an. Mein Herz war währenddessen kurz davor, komplett durchzudrehen.

Es ist nur ein Shooting und hat nichts zu bedeuten. Kein Grund, zu hyperventilieren! Ich versuchte, ruhig und gleichmäßig zu atmen, aber meine Hand zitterte, als ich das Glas Orangensaft entgegennahm, das John mir reichte. Auf seine Bitte drapierte Rosie ein Tablett für zwei Personen auf Höhe unserer Oberschenkel und rückte prüfend noch einmal die kleinen Schälchen zurecht, in denen sich verschiedene Aufstriche, Honig und Marmeladen befanden. Marco nahm einen Löffel und machte Anstalten, dem Ei zu Leibe zu rücken, während ich mich darauf konzentrierte, möglichst verliebt zu lächeln, was mir trotz meiner Aufregung erstaunlich leichtfiel.

Könnte so mein Leben aussehen, wenn ich meine Angst überwand und der Liebe eine Chance gab? Ich ließ mich von Marco mit einem Croissant füttern, schmiegte meinen Kopf an seine Schulter und seufzte leise, als er mich näher an sich zog und verführerisch langsam über meinen Arm strich.

War ihm bewusst, dass diese kleine Berührung ausreichte, um meinen gesamten Körper in Flammen aufgehen zu lassen? Ich streckte meine Hand aus, um unter der Decke Marcos Bein entlangzufahren, und registrierte zufrieden, dass er scharf die Luft einsog. Seine Lippen streiften meine Stirn. Als ich zu ihm aufsah, erkannte ich dieselbe unbändige Lust in seinen Augen, die auch in mir tobte.

Was würde wohl geschehen, wenn wir allein im Raum wären und nicht von Rosie und John beobachtet würden? Bevor ich jedoch weiter darüber nachdenken konnte, klatschte der Fotograf in die Hände.

»Wunderbar, Leute! Wir machen noch ein paar letzte Aufnahmen auf dem Balkon mit Sonnenuntergang im Hintergrund, dann seid ihr entlassen.«

Rosie verschwand mit dem Tablett, während ich in das angrenzende Bad ging, in dem ich verschiedene Outfits deponiert hatte, und froh war, ein wenig Zeit für mich zu haben. Doch sofort drängten sich diese verwirrenden Gedanken in den Vordergrund. Aufgewühlt fuhr ich mit meinen Händen über meinen Körper und spürte dem Beben nach, das Marcos Berührung in mir ausgelöst hatte. Was zum Teufel sollte das?

Entschlossen, mich nicht aus dem Konzept bringen zu lassen, schlüpfte ich in hellblaue Skinny Jeans und einen brombeerfarbenen Strickpullover mit weitem V-Ausschnitt. Dazu wählte ich ein Paar schlichte Ballerinas. Nachdem ich mein Make-up aufgefrischt hatte, trat ich auf den Balkon hinaus, wo Marco mich bereits erwartete. Als hätten wir uns abgesprochen, trug er ebenfalls Jeans, wobei seine an einigen Stellen aufgeraut waren, was ihm einen lässigen Look verlieh. Der Wind verfing sich in seinem Haar und wirbelte es spielerisch durcheinander. Zögerlich streckte ich eine Hand aus, um ihm eine Strähne aus der Stirn zu streichen. Ich hörte das Klicken der Kamera, noch bevor ich wahrgenommen hatte, dass John in der offenen Tür zum Balkon aufgetaucht war.

»Das ist es! Nehmt euch an der Hand, und schaut in den Sonnenuntergang. Perfekt! Und jetzt dreht euch zueinander, und küsst euch.« Mein Herz setzte bei seinen Worten für einen Schlag aus. Bestimmt hatte ich mich verhört. Ich schaute zu John und wollte ihn gerade bitten, den letzten Satz zu wiederholen, als Marco mein Gesicht sanft mit den Händen umfing.

»Ist das okay für dich?«, fragte er mit leiser Stimme, und mir dämmerte, dass ich mich wohl doch nicht verhört hatte. Wir sollten uns küssen? Ernsthaft? Andererseits machten wir Fotos für ein Romantikhotel. Wir waren im Pool geschwommen, hatten im Ballsaal getanzt und zusammen im Bett gefrühstückt. Ein Kuss wäre nur die logische Fortsetzung der Fotostory. Marco sah mich abwartend an, während sich in meinem Kopf die Gedanken überschlugen.

»Beeilt euch! Die Sonne ist gleich weg«, drängte John, aber Marco wartete immer noch auf meine Antwort. Ich bekam vage mit, dass ich nickte. Anscheinend hatte mein Herz gerade die Führung übernommen und meinen Verstand erfolgreich zum Schweigen gebracht. Er beugte sich zu mir und neigte leicht den Kopf. Sein warmer Atem streifte meine Wangen, woraufhin ich mit flatternden Lidern die Augen schloss. Ein Schauer jagte durch meinen Körper, als unsere Lippen sich berührten. Marco hielt kurz inne, als wollte er mir die Gelegenheit geben, ihn aufzuhalten, bevor er seinen Mund erneut auf meinen legte. Meine Hände wanderten von seiner Brust den Nacken hinauf und vergruben sich in seinem windzerzausten Haar. Ich vergaß meine Vorsätze, verdrängte, warum wir hier auf diesem Balkon standen, und gab mich ganz diesem unwiderstehlichen Gefühl hin, nach dem ich mich so lange gesehnt hatte. Der Kuss war zart, beinahe vorsichtig, dennoch spürte ich ihn in jeder Faser meines Körpers. Marco verstärkte den Druck seiner Hand, die auf meinem Rücken lag, und presste mich enger an sich. Mir entwich ein hingebungsvolles Stöhnen, was mir im nächsten Moment ein wenig peinlich war. Schließlich war der Kuss nur gespielt, auch wenn es sich absolut echt anfühlte. Doch Marco ließ nicht zu, dass ich mir darüber Gedanken machte. Seine Lippen strichen quälend langsam über meine. Ich spürte, wie mein Mund sich für ihn öffnete, und hielt erwartungsvoll den Atem an. Als unsere Zungen sich fanden, fühlte es sich an, als würde ein Feuerwerk in meinem Inneren explodieren. Eine

Welle der Sehnsucht, Leidenschaft und ungezügelter Lust brach über mich herein und ließ mich alle Zurückhaltung aufgeben. Ich vertiefte den Kuss und spürte, wie meine Beine unter mir nachzugeben drohten.

Johns amüsiertes Räuspern brachte uns wieder ins Hier und Jetzt. Atemlos schlug ich die Augen auf und blickte zu Marco, der ebenso verwirrt zu sein schien wie ich. Doch dann verzogen sich seine wundervollen Lippen, die eben noch diese unglaublichen Gefühle in mir hervorgerufen hatten, zu einem lässigen Lächeln, als wäre es nichts Besonderes für ihn, einen Kuss zu faken, der den Boden unter uns zum Beben brachte.

Ich trat einen zaghaften Schritt zurück, da ich meinen Knien nicht traute, und war dankbar, dass Marco mir Halt gab. Erst als ich sicher war, dass meine Beine mich trugen, löste ich mich aus seiner Umarmung und flüchtete unter dem Vorwand, mich kurz frisch machen zu wollen, aus der Suite.

Ich wollte allein sein, um mir in Ruhe über meine Gefühle bewusst zu werden, aber zugleich hatte ich Angst davor, zu welcher Erkenntnis ich gelangen würde. Ich gehörte nicht zu den Menschen, die andere leichtfertig küssten. Denn ein Kuss war sehr intim und verriet einem alles, was man wissen musste. Abrupt blieb ich stehen und stützte mich mit einer Hand an der samtenen Tapete des Flurs ab. Wenn ein einziger Kuss von Marco mich schon derart umhaute, wie mochte dann erst eine Nacht mit ihm sein? Ich konzentrierte mich auf das Aquarell an der Wand, als könnte es mich von den Bildern ablenken, die vor meinem inneren Auge abliefen und mich benommen machten. Ich mochte zwar meine Prinzipien haben, aber vielleicht könnte ich in diesem besonderen Fall eine Ausnahme machen? Und mit gebrochenem Herzen enden?

Nein, danke! Während in meinem Kopf eine hitzige Diskussion stattfand, legten sich starke Hände auf meine Schultern. Erschrocken zuckte ich zusammen.

»Tut mir leid!«, entschuldigte Marco sich, als ich herumfuhr. »Ich wollte nur sehen, ob bei dir alles okay ist.«

»Was? Ja. Natürlich. Ich meine, warum auch nicht?«, faselte ich und schlug mir in Gedanken mit der Hand gegen die Stirn. Es war nur ein Kuss. Zugegeben, ein ziemlich umwerfender, aber es hatte nichts zu bedeuten.

»John ist sehr zufrieden mit den Aufnahmen.«

»Das freut mich.«

Sein Blick ruhte auf mir, und ich glaubte, einen zärtlichen Ausdruck darin zu erkennen, aber das konnte nicht sein. Für Marco war ich nur die Freundin seiner kleinen Schwester, die an Weihnachten verlassen worden war, weil sie es nicht hinbekommen hatte, ihren Freund glücklich zu machen.

»Ist wirklich alles in Ordnung?« Seine Stimme hatte wieder diesen rauen Unterton, dessen Echo in meinem Körper widerhallte.

»Ja. Es ist nur ... der Kuss ... hat mich überrascht.« Ein Lächeln teilte seine sinnlichen Lippen und brachte meinen Puls erneut zum Rasen.

»Mich auch.« Seine Fingerspitzen strichen sanft über meine Wange und ließen mich erzittern. Marco musste es gespürt haben, denn er legte einen Arm um meine Taille. Ich versank in seinem Blick und brachte die nervige Stimme in mir zum Schweigen, die mir einreden wollte, dass ich gerade einen sehr dummen Fehler machte, den ich später bitter bereuen würde. Doch bevor sich unsere Lippen wie magisch voneinander angezogen erneut berühren konnten, bog Rosie um die Ecke und blieb abrupt stehen, als sie uns sah.

»Lasst euch von mir nicht stören! Ich wollte nur sagen, dass es in zehn Minuten Essen gibt. Außer ihr habt andere Pläne, dann will ich euch nicht aufhalten.«

Sie verschwand genauso schnell, wie sie gekommen war, und auf einmal brach ein lautes Lachen aus mir heraus, in dem sich die gesamte Anspannung des Tages entlud. Ich spürte, wie mir Tränen in die Augen schossen und meine Wangen hinabliefen. Auch Marco konnte sich ein Grinsen nicht verkneifen. Ich war so froh, dass sich trotz des ganzen Gefühlschaos nichts zwischen uns geändert zu haben schien, dass wir hier stehen konnten, ohne uns in der Gegenwart des anderen unwohl zu fühlen.

Auffordernd hielt er mir seine Hand hin. Ich ergriff sie und genoss den festen Druck seiner Finger.

»Was hältst du von Abendessen?«

»Ehrlich gesagt, bin ich kurz vorm Verhungern«, gestand ich.

»Geht mir genauso.« Der dunkle Klang seiner Stimme ließ keinen Zweifel daran, dass er nicht vom Essen sprach, woraufhin sich meine Mitte lustvoll zusammenzog. Während wir in einträchtigem Schweigen den Gang entlang zur Treppe gingen, versuchte ich, mich zu sammeln. Wir hatten den ganzen Tag über ein glückliches Pärchen gespielt. Kein Wunder, dass mein Unterbewusstsein die Realität und eventuelles Wunschdenken durcheinanderbrachte. Wahrscheinlich brauchte ich nur eine ordentliche Mahlzeit, um mein Gehirn und meine vollkommen aus der Bahn geworfenen Hormone wieder in ihren Normalzustand zu versetzen.

Der Kuss hat nichts zu bedeuten, stellte ich erneut für mich klar und war erleichtert, als wir die Küche betraten und der köstliche Duft des deftigen Eintopfs meine Sinne benebelte und mich auf andere Gedanken brachte.

Bevor wir uns zum Essen an den Tisch setzten, verabschiedeten wir uns noch von John, der direkt weiter zum Flughafen musste und uns alles Gute für die Wiedereröffnung des Hotels wünschte. Marco erzählte Rosie und Hannes vom Shooting, wobei er unseren Kuss unerwähnt ließ, wofür ich ihm sehr dankbar war. Rosie hingegen wurde nicht müde, zu betonen, welch große Hilfe Hannes gewesen sei, obwohl weder Kochen noch Dekorieren zu seinen Lieblingstätigkeiten gehörten. Hannes nahm ihre Hand und bedachte sie mit einem liebevollen Blick. Es beeindruckte mich jedes Mal aufs Neue, wie tief die beiden auch nach all den gemeinsamen Jahren noch füreinander empfanden.

Musste Liebe wirklich immer im Drama enden oder mit Einschränkungen verbunden sein? Wenn ich mir die zwei so ansah, schienen sie trotz der Sorgen, die sie umtrieben, sehr glücklich zu sein. Ich schaute zu Marco, der unsere Gastgeber ebenfalls nachdenklich beobachtete. Dann drehte er seinen Kopf zu mir, woraufhin sofort wieder das Kribbeln einsetzte, das mich den ganzen Tag über begleitet hatte. Ein winziges Lächeln umspielte seine Lippen, als er unter dem Tisch nach meiner Hand griff und seine Finger sanft zwischen meine schob. Anstatt diese Geste zu hinterfragen und mir erneut tausend Gedanken zu machen, genoss ich das Gefühl der Zugehörigkeit und erlaubte mir, mich noch ein kleines bisschen länger der Illusion hinzugeben, Teil eines glücklichen Paares zu sein.

18

Marco

Nach einer schlaflosen Nacht beschloss ich aus einer spontanen Laune heraus, den frühen Morgen zu nutzen, um Skifahren zu gehen. Auf dem Weg zur nächstgelegenen Piste musste ich mir eingestehen, dass mir nicht etwa der Stress oder die endlos lange Aufgabenliste den Schlaf geraubt hatten, sondern meine Reaktion auf den Kuss mit Livia. Die tief in mir erwachte Sehnsucht nach mehr hatte mich eiskalt erwischt. Dabei war es nur ein einziger, vollkommen bedeutungsloser Kuss für ein Foto gewesen. Trotzdem hatte ich die halbe Nacht wach gelegen und dem sanften Druck von Livias Lippen auf meinen nachgespürt. Über die Leidenschaft, die mich erfasst hatte, als sie sich nicht länger zurückgehalten, sondern ganz ihrer Lust hingegeben hatte, verbot ich mir, nachzudenken. Wer weiß, wie weit wir gegangen wären, wenn John uns nicht unterbrochen hätte. Auch diesbezüglich machte ich mir etwas vor, denn ich wusste genau, was geschehen wäre, wenn wir allein gewesen wären. Die Bilder von Livias nacktem Körper unter meinem waren ein weiterer Grund für meine tiefen Augenringe.

Ich musste dringend den Kopf frei kriegen, und dafür gab es für mich keine bessere Methode als exzessiver Sport, der meinen Körper derart forderte, dass keine Energie übrig blieb, um sich unrealistischen Wunschträumen hinzugeben.

Ich parkte an der Talstation der Bergbahn und schnappte mir meine Skier. Meine Haut begann, vor Vorfreude zu kribbeln, als ich die Gondel betrat. Auf halber Höhe stieg ich aus und nahm einen der Sessellifte, der mich zur anspruchsvollsten Piste bringen würde.

Als ich den Startpunkt erreicht hatte, kam die Sonne hinter einer der Bergspitzen hervor und tauchte die Szenerie vor mir in goldenes Licht. Die Schneekristalle funkelten und ließen die Welt um mich herum erstrahlen. Ich nahm einen tiefen Atemzug, dann stieß ich mich ab. Nun gab es nur noch den Berg und mich.

Wieder im Château, stellte ich mich unter die Dusche und ließ das heiße Wasser auf meine beanspruchten Muskeln prasseln. Der kurze Ausflug war genau das Richtige gewesen, ich fühlte mich zwar körperlich erschöpft, aber gleichzeitig voller Energie.

Obwohl ich wusste, dass es feige war, ließ ich das Mittagessen aus und verschanzte mich in meinem Büro. Ich redete mir ein, dass ich die verlorene Zeit aufholen wollte, aber die Wahrheit war, dass ich Livia aus dem Weg ging. Anstatt mich mit meinem kindischen Verhalten auseinanderzusetzen, checkte ich lieber meine Mails, telefonierte mit meiner Assistentin und aktualisierte meine To-do-Listen. Dabei lauschte ich permanent nach Schritten im Flur und wünschte mir insgeheim, Livia würde vorbeikommen, damit wir endlich da weitermachen konnten, wo wir gestern aufgehört hatten.

Als Hannes mich am frühen Nachmittag fragte, ob ich Lust hätte, mit ihm die Weihnachtsbäume für das Hotel zu fällen, zögerte ich keine Sekunde. Alles war besser, als mich weiter nach etwas zu sehnen, was ich doch nicht haben konnte.

Bei unserer Rückkehr rannte Minnie laut bellend auf uns zu. Ich nahm im Augenwinkel wahr, wie sich die Tür zum Stall öffnete und Livia heraustrat. Mein Herz reagierte sofort, indem es bei ihrem Anblick hart und schnell gegen meine Rippen schlug. Offenbar hatten weder das Auspowern am Morgen noch die körperliche Arbeit im Wald das starke Verlangen, sie in meine Arme reißen zu wollen, vertreiben können. Sie beobachtete mit einigem Abstand, wie wir die Bäume vom restlichen Schnee befreiten und anschließend vom Schlitten hoben, bevor wir sie ins Haus schafften. Erst als Rosie sie heranwinkte, gesellte Livia sich zu uns.

»Das sind zwei wahre Prachtexemplare!«, freute Rosie sich, nachdem wir einen Baum im Foyer und den zweiten im Ballsaal aufgestellt hatten. »Livia und Marco, wärt ihr so lieb, das Schmücken zu übernehmen? Ich habe gleich noch einige Vorstellungsgespräche. Wir brauchen zusätzliches Personal fürs Housekeeping, den Wellnessbereich, das Restaurant und die Bar sowie jemanden, der Hannes mit den Pferden hilft, auch wenn er steif und fest behauptet, allein zurechtzukommen.«

Hannes brummte etwas Unverständliches, bevor er sich abwandte und nach draußen verschwand. Ich wollte widersprechen, doch Rosie ließ mich nicht zu Wort kommen.

»Ich habe euch die Kisten mit der Weihnachtsdekoration ins Foyer gestellt.«

Livia seufzte, als Rosie im Eilschritt den Ballsaal verließ. Dann betrachtete sie den drei Meter hohen Baum, dessen ausladende Äste einen intensiven Duft nach Wald und Harz verströmten. Ich lauschte auf meinen Herzschlag, der sich zum Glück wieder beruhigt hatte, und versuchte, abzuschätzen, ob sich etwas zwischen uns geändert hatte. Aber Livia schien einfach wenig erfreut darüber zu sein, dass wir mit dieser in ihren Augen undankbaren Aufgabe beauftragt wurden.

»Wollen wir im Foyer anfangen?«, schlug ich vor, woraufhin sie gleichgültig mit den Schultern zuckte. Bildete ich es mir nur ein, oder vermied sie bewusst jeglichen Blickkontakt?

Als sie die zahlreichen Kisten sah, die sich in der Eingangshalle stapelten, blieb sie abrupt stehen.

»Das ist der Weihnachtsschmuck?«

Erwartungsvoll öffnete ich ein paar der Boxen und wühlte begeistert darin herum. Es gab nicht nur etliche Lichterketten, sondern auch Kugeln in allen erdenklichen Farben mit unterschiedlichen Mustern und Motiven. Dazu Stroh- und Holzsterne, allerlei Engelsfiguren, gläserne und goldene Tannenzapfen, Glöckchen in verschiedenen Größen, Rentiere sowie rot-weiß gestreifte Zuckerstangen und getrocknete Orangenscheiben.

»Scheint so, als hätten wir die Qual der Wahl. Wir brauchen ein Konzept, bevor wir die Christbaumspitze und die Lichterketten anbringen.«

Livia stemmte eine Hand in die Hüfte und sah mich kritisch an. Ich versuchte, der süßen Falte zwischen ihren Augenbrauen keine Beachtung zu schenken, und konzentrierte mich stattdessen auf die Suche nach einer passenden Beleuchtung.

»Seit wann braucht man für einen Weihnachtsbaum ein Konzept?«

»Ich weiß nicht, wie das in deiner Familie gehandhabt wird, aber normalerweise einigt man sich auf bestimmte Farben und ein bis zwei Materialien.«

Sie nahm mir die Lichterkette ab und steckte sie in eine der Steckdosen, um zu prüfen, ob sie funktionierte. »Bei uns hat die Haushälterin das Schmücken übernommen. Meine Eltern bevorzugen einen klassischen Baum: nur weiße Kerzen und schlichte silberne Kugeln. Ich habe einmal versucht, einen selbst gebastelten Engel aus Pappe aufzuhängen, den ich mit glitzernden Steinen, bunten Pailletten und verschiedenen Stoffresten beklebt hatte. Aber meine Mutter hat ihn augenblicklich wieder entfernt, da er ihrer Meinung nach das Gesamtbild störte. Er hing dann jedes Jahr am Fenstergriff in meinem Zimmer, doch selbst da schien er ihr ein Dorn im Auge zu sein. Nicht dass sie viel Zeit in meinem Zimmer verbracht hätte. Sie kam höchstens, um zu kontrollieren, ob ich meine Hausaufgaben gemacht hatte, oder um mich an meine Pflichten zu erinnern.« Die Gleichgültigkeit in ihrer Stimme konnte nicht darüber hinwegtäuschen, wie sehr die Ablehnung ihrer Mutter sie verletzt hatte. Ich würde nie nachvollziehen können, wie gefühlskalt sich manche Menschen ihren eigenen Kindern gegenüber verhielten.

Triumphierend zeigte ich ihr eine rote Weihnachtsbaumspitze mit goldglitzernden Verzierungen. »Was sagst du zu Rot und Gold?«

»Klingt, als könnte man damit nicht falschliegen.«

Ich drückte Livia die Spitze in die Hand und schaute sie eindringlich an. »Es geht nicht darum, alles richtig zu machen. Wir sollten den Baum so schmücken, dass er uns gefällt und wir Spaß dabei haben.«

»Aber die Gäste …«

»Vergiss die Gäste! Schau in die Schachteln, und häng die Sachen auf, die du hübsch findest.«

»Hast du nicht gesagt, wir brauchen ein Konzept?« Ihr vorsichtiges Lächeln berührte mein Herz.

»Wenn es dich glücklich macht, den Baum in allen Farben

des Regenbogens zu schmücken, werde ich dich nicht aufhalten. Und jetzt steig auf meine Schultern, damit wir endlich loslegen können.«

»Wäre es mit einer Leiter nicht einfacher?«

»Sicher, aber bis wir eine gefunden haben, könnten wir die Spitze schon dreimal aufgesteckt haben.«

Ich kniete mich auf den Boden, damit Livia auf meine Schultern klettern konnte – was sie nach kurzem Zögern auch tat –, und richtete mich dann langsam wieder auf. Meine Hände lagen auf ihren Oberschenkeln. Ich spürte den Schauer, den meine Berührung bei ihr auslöste, und versuchte, mich nicht von der Wärme ihrer Haut, die durch den dünnen Stoff der Hose drang, einnehmen zu lassen. Das Spiel ihrer Beinmuskeln machte es mir schwer, das Verlangen, das in mir aufstieg, zu unterdrücken. Vermutlich wäre die Leiteroption doch die klügere Entscheidung gewesen.

»Du musst näher rangehen, damit ich an die Baumspitze komme. Noch ein Stück.« Ich hörte das Rascheln der Nadeln, nahm wahr, wie Livia sich erst nach vorne, dann zurückbeugte. Als ich sie absetzen wollte, hielt sie mich auf. »Warte, sie muss noch mehr nach links.« Wieder raschelte es. »Okay, du kannst mich runterlassen.«

Nachdem sie sicher auf dem Boden stand, schauten wir beide zur Spitze des Baumes hinauf.

»Könnte gehen.« Obwohl sie sich gelassen gab, hörte ich das Beben in ihrer Stimme. Ich griff nach ihrer Hand und atmete auf, als sie sich sanft an mich lehnte.

»Ich würde sagen, das ist ein verdammt guter Anfang.«

Rosie konnte ihre Überraschung nur schwer verbergen, als sie das Foyer betrat und das Ergebnis unserer Bemühungen erblickte. Ich hatte es Livia überlassen, die Lichterkette anzuschalten, und die Wirkung war überwältigend.

»Das ist mit Abstand der bunteste Baum, den ich je gesehen habe.«

»Wenn es dir nicht gefällt, können wir auch …«, fing Livia an, wurde aber gleich von Rosie unterbrochen, die sie in eine feste Umarmung zog.

»Er ist wundervoll, Liebes, genau so, wie er ist.«

Ich sah Tränen in Livias Augen schimmern und konnte nachfühlen, wie besonders dieser Moment für sie war. Vermutlich hatte sie als Kind nie die Anerkennung bekommen, nach der sie sich gesehnt hatte, und jetzt von Rosie zu hören, dass ihr dieser vollkommen verrückte und knallbunte Baum gefiel, half bestimmt, ein paar der alten Wunden zu heilen.

Da Rosie noch zwei weitere Bewerbungsgespräche vor sich hatte, machten wir uns daran, den größeren Baum im Ballsaal zu schmücken. Dieses Mal entschieden wir uns für eine schlichtere Variante aus silbernen und blauen Kugeln mit gläsernen Sternen und kleinen Glöckchen. Hannes hatte uns freundlicherweise eine Leiter gebracht, auf der ich nun stand und mir größte Mühe gab, genau die Stellen zu finden, an der Livia die Kugeln platziert haben wollte. Sie hatte so viel Spaß am Schmücken, dass ich ihr liebend gern die Führung überließ. Auch die Weihnachtsmusik, die aus dem Foyer zu uns herüberschallte, schien sie nicht weiter zu stören. Minnie wich Livia nicht von der Seite und machte sich einen Spaß daraus, die Kugeln und Sterne mit der Nase anzustupsen, als wollte sie prüfen, ob sie auch fest genug hingen. Als einer der Sterne herunterfiel und auf dem dunklen Parkett zerbrach, beeilte ich mich, von der Leiter zu steigen und die Überreste aufzuheben, bevor Minnie hineintreten konnte. Dabei sah ich zu Livia, die mit kritischer Miene unser Werk betrachtete, und verletzte mich an einer der Scherben. Beim Anblick des Bluts wurde mir schlagartig übel. Ich setzte mich vorsichtshalber und nahm ein paar tiefe Atemzüge.

Es ist nur Blut. Kein Grund zur Aufregung.

Livia eilte zu mir und griff nach meiner Hand. »Lass mich mal sehen! Es ist nur ein oberflächlicher Schnitt. Trotzdem sollten wir ihn desinfizieren. Ich schau mal, wo Rosie einen Verbandskasten hat. Kommst du kurz alleine zurecht?«

Ich nickte und bemühte mich um ein Lächeln, das sich mehr wie eine Grimasse anfühlte.

»Sicher? Du bist ziemlich blass um die Nase.«

»Mir geht es gut. Ich bin einfach nur kein Fan von Blut.«

Sie sah mich erstaunt an. »Und wie machst du das auf deinen Abenteuerreisen? Da wird es doch auch gelegentlich vorkommen, dass du dich verletzt.«

»Das kann durchaus hinderlich sein.«

Kopfschüttelnd verließ sie den Saal und kam kurz darauf mit Verbandszeug wieder. Vorsichtig tupfte sie das Blut ab. Der metallische Geruch verstärkte mein Unwohlsein.

»Das könnte jetzt ein bisschen brennen.« Sie desinfizierte die Wunde und klebte anschließend ein Pflaster darauf. »In zwei bis drei Tagen dürfte es verheilt sein.«

Ich betrachtete meinen liebevoll versorgten Finger. »An dir ist eine gute Ärztin verloren gegangen.«

Sie schnaubte. »Wohl eher nicht. Als Kind bin ich beim Anblick von Blut regelmäßig in Ohnmacht gefallen. Du kannst dir vorstellen, wie meine Eltern darauf reagiert haben. Eine angehende Ärztin, die kein Blut sehen kann – absolut inakzeptabel. Also hat mein Vater mich mit in die Klinik genommen und dazu gezwungen, beim Blutspenden zu helfen, bis ich meine *Schwäche* in den Griff bekommen hatte. Manche der Schwestern hatten Mitleid mit mir, andere waren eher genervt, weil sie auch ohne mich schon genug zu tun hatten, aber mein Vater hatte nicht mit sich reden lassen.«

»Und wie hast du es geschafft, deine Abneigung zu überwinden?«

»Eine der Schwestern, sie stand kurz vor der Rente, hat sich mir angenommen. Während unserer gemeinsamen Schichten hat sie mir erzählt, welche Aufgabe das Blut erfüllt und dass all diese Menschen kommen und ihr Blut spenden, um anderen, die es dringend benötigen, zu helfen. So habe ich gelernt, dass wir gefahrlos bis zu einem halben Liter Blut abgeben können und der Körper die verlorene Menge in etwa zwei Wochen nachbildet. Dabei hat sie immer darauf geachtet, dass ich in der Nähe eines geöffneten Fensters sitze und nicht mit den Blutproben in Kontakt kam. Mit der Zeit wurde es langsam besser. Irgendwann konnte ich hinschauen, dann die Konserven in den Kühlraum bringen, ohne dass mir schwindelig oder schlecht wurde. Aber es hat ein paar Monate gedauert.«

Ich war fassungslos und hatte keine Ahnung, wie ich reagieren sollte. Am liebsten hätte ich sie fest in meine Arme gezogen, doch ich war mir nicht sicher, ob ich die Kraft haben würde, sie wieder loszulassen.

»Ironischerweise hat mein Vater mit dieser Aktion genau das Gegenteil erreicht. Denn dadurch, dass ich mir selbst bewiesen habe, dass ich stark genug bin, meine Ängste zu überwinden, hatte ich Jahre später den Mut, mich gegen die Erwartungen meiner Eltern aufzulehnen. Auch wenn das bedeutete, dass sie sich voller Enttäuschung von mir abwenden.«

Heißer Zorn ballte sich in meinem Magen zusammen. Ich konnte nur hoffen, dass ich Livias Eltern nie kennenlernen würde. Wie konnten sie ihre Tochter derart quälen, nur damit sie in die für sie vorgesehene Rolle passte? Umso mehr bewunderte ich Livia dafür, dass sie ihren eigenen Weg ging.

»Du meinst, wenn ich mich mit überlebenswichtigen Körperflüssigkeiten versöhnen will, sollte ich mich als freiwilliger Helfer im Krankenhaus zur Verfügung stellen?«, versuchte ich, die Situation aufzulockern.

»Das wäre eine Möglichkeit.« Das sanfte Lächeln, das ihre Lippen umspielte, brachte meinen Magen dazu, sich wieder zu entspannen. »Oder du akzeptierst, dass du, genau wie wir anderen, eine kleine Schwäche hast. Das macht dich übrigens sehr sympathisch und weniger Furcht einflößend.«

»Du findest mich Furcht einflößend?«

»Bis vor fünf Minuten hätte ich geschworen, dass es nichts gibt, das dir Angst macht, und ich finde es sehr beruhigend, zu wissen, dass auch du nicht perfekt bist.«

»Niemand ist perfekt. Auch nicht deine Eltern.«

Sie schien noch etwas hinzufügen zu wollen, begnügte sich dann jedoch mit einem Nicken.

Das restliche Schmücken verlief ohne weitere Zwischenfälle. Livia wollte Rosie holen, damit wir die Beleuchtung gemeinsam anschalten konnten, doch ich hielt sie zurück, denn ich fand, dass dieser Moment nur uns gehören sollte.

Voller Aufregung stand Livia mit geröteten Wangen in der Mitte des Ballsaals, als ich den Schalter umlegte und der Baum in all seiner Pracht erstrahlte. Das Licht wurde von den verspiegelten Wänden zurückgeworfen und verlieh dem Raum einen festlichen Glanz.

»Er ist traumhaft!«, hauchte sie, als ich auf sie zuging und mich neben sie stellte.

»Wunderschön!«, bestätigte ich und schaute dabei zu ihr. Sie wandte sich mir zu, und als unsere Blicke miteinander verschmolzen, konnte ich mich nicht länger zurückhalten. Ich schlang meine Arme um ihre Taille und neigte leicht meinen Kopf, wartete, ob sie mir entgegenkam. Ein leises Stöhnen entwich mir, als unsere Lippen aufeinandertrafen und ich nicht länger gegen die Versuchung ankämpfen musste. Sie legte ihre Hände um meinen Nacken, während sie sich an mich schmiegte. Ich umfasste ihren Hinterkopf, vergrub meine Finger in ihrem Haar und knabberte dabei zärtlich an ihrer Unterlippe. Als sie ihren Mund öffnete, wagte ich mich weiter vor und umspielte ihre Zunge mit meiner. Eine Welle der Leidenschaft überrollte mich und machte es mir schwer, mein Verlangen zu zügeln.

Ich hätte beinahe das Gleichgewicht verloren, als Minnie sich gegen mich drückte und ihren Kopf zwischen uns drängte. Offenbar wollte sie ebenfalls ein wenig Aufmerksamkeit für sich beanspruchen. Livia löste sich von mir und trat mit einem wehmütigen Lächeln einen Schritt zurück. Alles in mir schrie danach, sie erneut an mich zu ziehen, doch ihre Miene verriet mir, dass der Augenblick vorbei war.

»Ich sag Rosie Bescheid, dass wir fertig sind.«

Nachdem sie gegangen war, beugte ich mich seufzend zu Minnie herab und kraulte sie hinter den Ohren, wo sie es am liebsten hatte.

»Eigentlich sollte ich dich für dein aufdringliches Verhalten nicht auch noch belohnen, zumal dein Timing echt mies war. Andererseits hast du uns vermutlich gerade vor Schlimmerem bewahrt. Livia hat etwas an sich, das es mir unmöglich macht, mich zurückzuhalten.«

Minnie stieß ein tiefes Bellen aus, das mich zum Lachen brachte.

»Du meinst, Zurückhaltung wird überbewertet? Das mag sein, aber wichtiger ist, dass wir alle heil aus dieser Sache rauskommen. Livia hat schon genug durchgemacht, auch ohne einen Mann, der nicht bereit ist, eine ernsthafte Beziehung zu führen.«

Der Hund kuschelte sich enger an mich und brummte zufrieden.

»Damit könntest du recht haben. Vielleicht wird es Zeit, meine Einstellung noch mal zu überdenken.«

19

Marco

Rosie hatte beschlossen, dass wir im Ballsaal zu Abend aßen, um den Anblick des geschmückten Weihnachtsbaums genießen zu können. Die einzelnen Gänge bestanden aus den verschiedenen Kostproben, die die Bewerberinnen für den Posten der Souschefin im Laufe des Tages kreiert hatten. Die brennenden Kerzen sorgten zusammen mit den Lichterketten und dem Duft des köstlichen Essens für weihnachtliche Stimmung, während im Hintergrund die passende Musik lief.

Ich beobachtete, wie Livia sich angeregt mit Rosie und Hannes unterhielt. Ihr fröhliches Lachen vibrierte in jeder Faser meines Körpers nach. Die Tage im *Château Romantique* schienen sie verändert zu haben. Sie wirkte nicht nur entspannter, sondern hatte ebenso wie ich wieder einen Zugang zu ihren Emotionen gefunden. Am Ende stimmte Nanes Vermutung, und der Ort hatte wirklich etwas Magisches. Oder lag es an Rosie und Hannes? War es ihr offensichtliches Glück, das auf uns abstrahlte?

Der Signalton einer Benachrichtigung unterbrach meine Überlegungen. Livia griff entschuldigend nach ihrem Handy und warf einen kurzen Blick auf das Display, bevor sie es entsperrte und ungläubig darauf starrte. Ich konnte sehen, wie ihr die Farbe aus dem Gesicht wich und ihre Miene gefror. Abrupt stand sie auf.

»Ich bin ziemlich müde.« Sie zwang sich zu einem Lächeln. »Das Essen war köstlich.«

»Du verpasst das Dessert!«, rief ich ihr nach, aber sie hatte den Saal schon zur Hälfte durchquert und drehte sich nicht mehr um. »Meint ihr, ich sollte ihr nachgehen?«

»Offenbar hat sie eine schlechte Nachricht bekommen«, mutmaßte Rosie. »Gib ihr ein wenig Zeit, sich zu sammeln. Wenn sie darüber reden will, wird sie zu uns kommen.«

Obwohl ich bezweifelte, dass Livia sich in der Not eine tröstende Schulter suchte, nickte ich. Rosie kannte sich eindeutig besser in zwischenmenschlichen Dingen aus als ich. Wenn sie der Meinung war, dass Livia allein sein wollte, würde ich ihrer Einschätzung vertrauen.

Nach dem Essen ging ich noch einmal ins Büro und schaltete meinen Laptop ein, um ein wenig zu arbeiten. Ich versuchte, mich auf die Zahlen zu konzentrieren, doch meine Gedanken schweiften immer wieder zu Livia ab. Was, wenn jemand, den sie kannte, ernsthaft krank war? Oder machten ihre Eltern ihr Druck, weil sie Weihnachten nicht nach Hause kam? Hatte sie Probleme bei der Arbeit? Waren ihre Vorgesetzten nicht damit einverstanden, dass sie sich so lange freinahm?

Unruhig stand ich auf. Falls Rosie recht hatte und Livia keine Gesellschaft wollte, konnte sie mich immer noch wegschicken, aber ich musste zumindest versuchen, herauszufinden, was los war, und fragen, ob ich etwas für sie tun konnte. Entschlossenen Schrittes lief ich zu ihrem Zimmer und klopfte. Doch es kam keine Reaktion. Vielleicht schlief sie schon. Probehalber drückte ich die Klinke herunter. Da die Tür nicht verschlossen war, riskierte ich einen Blick. Das Bett war unberührt, das Bad lag im Dunkeln, und die Stille im Raum verriet mir, dass Livia nicht da war.

Auch in der Bibliothek und im Wellnessbereich fand ich sie nicht. Einer Eingebung folgend, betrat ich die Panoramaterrasse. Mir fiel auf, dass einige der Kerzen brannten und die Szenerie in flackerndes Licht tauchten. Aus dem blubbernden Wasser des Whirlpools ragte ein dunkler Haarschopf heraus. Erleichtert atmete ich auf und näherte mich von der Seite, damit Livia mich rechtzeitig sehen und gegebenenfalls wegschicken konnte. Neben ihr entdeckte ich Minnie. Sie hatte ihren Kopf auf der Umrandung abgelegt und ließ sich von Livia streicheln.

»Hey«, sagte ich leise und blieb vor dem Whirlpool stehen.

»Hi.« Ihre Stimme klang belegt. Als ich mich auf einen der Liegestühle setzte, erkannte ich an ihren geröteten Augen, dass sie geweint hatte.

»Willst du darüber reden?«

»Mir geht es gut.« Sie schniefte, griff nach einer Flasche Whiskey und nahm einen großzügigen Schluck. Was auch immer sie beschäftigte, musste ihr ganz schön nahegehen, wenn sie deswegen das Bedürfnis verspürte, ihren Schmerz in Alkohol zu ertränken. Wortlos streckte ich die Hand aus, woraufhin sie mir die Flasche reichte. Der Whiskey rann samtig weich meine Kehle hinab und hinterließ ein angenehm leichtes Gefühl in meinem Magen. Ich rutschte ein Stück näher zu Minnie und lehnte meine Beine an ihren Rücken, um mich zu wärmen. Ohne Jacke war es auf der Terrasse ziemlich kühl.

»Ich kann's einfach nicht glauben,« murmelte Livia und schaute geistesabwesend in die Ferne. Dann streckte sie die Hand aus, woraufhin ich ihr die Flasche zurückgab und dabei zusah, wie stumme Tränen ihre Wangen hinabströmten, während sie einen weiteren Schluck nahm und prompt husten musste. »Und das Schlimmste daran ist«, sagte sie, nachdem sie sich wieder eingekriegt hatte, »dass es mir nichts ausmachen dürfte. Ich sollte längst darüber hinweg sein.«

Als sie meinen verständnislosen Blick auffing, drückte sie mir kommentarlos ihr Handy in die Hand. Es zeigte ein Foto von einem jungen Paar, das glücklich in die Kamera lachte. Im ersten Moment fragte ich mich, warum die Aufnahme Livia derart zu schaffen machte, doch dann fiel mir der funkelnde Diamantring am Finger der Frau auf.

»Dein Ex hat sich verlobt?«

Sie nickte, woraufhin weitere Tränen ihr Gesicht fluteten. »Mir hat er immer gesagt, wie wichtig ihm seine Freiheit ist. Dass er sich nicht binden will. Und jetzt heiratet er die Erstbeste, die ihm über den Weg läuft.«

»Vielleicht glaubt er, dass sie die Richtige für ihn ist?«

Ein trockenes Lachen entfuhr ihr. »Dann ist wohl eher ihr Vater der Richtige. Er ist der CEO des Unternehmens, das die Firma, für die Daniel arbeitet, geschluckt hat.«

»Du meinst, es ist eine Zweckheirat?«

»Keine Ahnung.« Sie seufzte resigniert. »Mich verletzt mehr, dass er nie auch nur einen Gedanken daran verschwendet hat, mich zu heiraten, und es nun in alle Welt hinausposaunen muss. Würdest du deiner Ex-Freundin, die du noch dazu betrogen hast, ein Foto schicken, wenn du dich verlobst? Wer tut so etwas?«

Da mich Daniels Verhalten ebenso befremdete wie Livia, zuckte ich mit den Schultern, bevor ich mir die Flasche zurückgeben ließ und sie neben mich auf den Boden stellte. Livias vernuschelter Aussprache und dem reduzierten Inhalt der Flüssigkeit nach zu urteilen, hatte sie für einen Abend genug getrunken. Es tat mir weh, sie derart verzweifelt zu sehen.

»Willst du wissen, was ich denke?« Sie sah mit tränenverhangenen Wimpern zu mir auf. »Dass jemand wie er dich gar nicht verdient hat.«

»Das sagst du nur, weil ich heule und du nett sein willst.«

Ich zog eine Augenbraue nach oben. »Behauptest du nicht immer, ich wäre vieles, aber nicht nett?«

»Auch wieder wahr.« Täuschte ich mich, oder war da ein winziges Zucken um ihre Mundwinkel?

»Du bist eine unglaublich starke, mutige und intelligente Frau. Der Mann, der sein Leben mit dir verbringen darf, kann sich verdammt glücklich schätzen.«

Livia öffnete den Mund, doch statt einer Antwort entwich ihr ein Hicksen. Grinsend stand ich auf und griff nach dem Bademantel, den sie neben dem Whirlpool fallen gelassen hatte.

»Was hältst du davon, wenn ich dich zurück in dein Zimmer bringe und du dich erst mal ausruhst? Morgen siehst du die Sache bestimmt schon ganz anders.« Zumal sie vermutlich einen ausgeprägten Kater haben würde. »Und falls du jemanden brauchst, der mit dir nach München fährt und dem Typen die Meinung sagt, kannst du auf mich zählen.«

Sie dachte eine Weile über meine Worte nach. Dann nickte sie und machte Anstalten, aufzustehen, wobei sie gehörig ins Schwanken geriet.

»Okay, ganz langsam!« Ich griff nach ihrem Arm, um sie zu stützen, und gab mein Bestes, mich nicht von dem knapp geschnittenen Bikini ablenken zu lassen, der meine Fantasie beflügelte. Vorsichtig kletterte sie aus dem Pool, abwechselnd kichernd und hicksend. Ihre Hand hatte sie fest um meinen Nacken gelegt und spielte mit meinen Haaren.

»Hat dir schon mal jemand gesagt, dass du verboten heiß aussiehst? Ich meine, du bist wahnsinnig erfolgreich und gar nicht so unsympathisch, wenn du dir ein bisschen Mühe gibst. Außerdem machst du all diese gefährlichen Sachen, die sich sonst kaum einer traut. Das ist ziemlich sexy. Und du bist reich. Kein Wunder, dass die Frauen sich dir zu Füßen werfen.«

»Du übertreibst«, sagte ich und konnte gerade noch verhindern, dass sie auf der letzten Stufe ausrutschte. Sie brauchte eine kleine Ewigkeit, bis sie in ihre Badeschuhe hineingeschlüpft war. Als ich versuchte, ihr in den Bademantel zu helfen, lehnte sie sich an mich, und auf einmal war ihr Gesicht direkt vor meinem.

»Eigentlich bist du echt okay.« Unsere Blicke fanden sich, und ich musste all meine Willenskraft zusammennehmen, um sie nicht zu küssen. Sie war betrunken und noch dazu unglücklich, und ich kein Mann, der eine derartige Situation ausnutzte. Stattdessen schlang ich einen Arm um ihre Taille und führte sie zur Tür. Minnie wich ihr nicht von der Seite und beobachtete genau, was mit Livia geschah. Ich bugsierte sie in den Aufzug und war froh, als wir ihr Zimmer erreicht und ich sie sicher auf ihrem Bett abgesetzt hatte.

»Schaffst du es, dich alleine auszuziehen?«

Sie gab einen zustimmenden Laut von sich und ließ sich rücklings auf die Matratze fallen. Seufzend zog ich sie wieder hoch.

»Ist es okay für dich, wenn ich dir beim Umziehen helfe, oder möchtest du, dass ich Rosie hole?«

»Sie schläft bestimmt schon«, murmelte Livia und machte Anstalten, sich erneut hinzulegen.

»Du kannst gleich schlafen, aber zuerst musst du aus den nassen Sachen raus.«

Sie griff nach den Bändern ihres Bikinis, die im Nacken zusammengebunden waren, und fummelte eine Weile daran herum. »Ich krieg den Knoten nicht auf. Hilfst du mir?«

Schicksalsergeben trat ich hinter sie und legte meine Hände auf ihre Schultern. Mein Herzschlag beschleunigte sich, was mich erstaunte. Immerhin war Livia nicht die erste Frau, die ich auszog, auch wenn meine Absichten normalerweise von weniger fürsorglicher Natur waren.

»Aber nicht gucken!«, ermahnte sie mich und entlockte mir ein Grinsen.

»Versprochen.«

Nachdem ich ihr das Bikinioberteil aus- und das Nachthemd angezogen hatte, schaffte sie es nach einigen Anläufen, aus ihrem Höschen zu schlüpfen und ein trockenes anzuziehen. Minnie, die die ganze Prozedur interessiert beobachtet hatte, stupste mich an, als wollte sie mir sagen, dass ich gute Arbeit geleistet hatte. Livia lag auf dem Rücken und starrte mit leerem Blick an den Baldachin ihres Bettes. Ich griff nach der Decke und zog sie ihr bis zum Kinn hoch, bevor ich ihr sanft übers Haar strich.

»Brauchst du sonst noch was? Ein Glas Wasser vielleicht?« Sie schüttelte müde den Kopf. »Ich lass mein Handy an. Wenn was ist, genügt ein Anruf, und ich bin in zwei Minuten da.« Ich wandte mich zur Tür und rief nach Minnie, doch sie hatte sich neben das Bett gelegt und schien nicht die Absicht zu hegen, Livia allein zu lassen.

»Marco?«, hörte ich ihre Stimme, als meine Hand bereits auf der Türklinke lag. Fragend drehte ich mich zu ihr um. »Würdest du heute Nacht bei mir bleiben?«

Ohne zu zögern, machte ich kehrt und ließ mich auf der Couch nieder. Obwohl das Bett breit genug gewesen wäre, wollte ich nicht, dass Livia sich bedrängt fühlte. Nachdem sie sich davon überzeugt hatte, dass ich nicht wegging, legte sie sich mit einem zufriedenen Seufzer auf die Seite und war kurz darauf eingeschlafen. Die beruhigenden Schnarchgeräusche von Minnie sorgten dafür, dass auch mir wenig später die Augen zufielen.

20

Marco

Als ich am nächsten Morgen aufwachte, schlief Livia noch tief und fest. Ich sprang kurz unter die Dusche und ging anschließend in die Küche, um Rosie um zwei Becher starken Kaffee zu bitten.

»Geht es ihr gut?«, fragte sie über die Geräusche der Kaffeemaschine hinweg. Es würde mich nicht wundern, wenn sie gewusst oder zumindest geahnt hätte, dass ich die Nacht bei Livia verbracht hatte. Rosie schien in dieser Beziehung einen sechsten Sinn zu haben. Umso dankbarer war ich, dass sie mich nicht darauf ansprach. Denn es stand mir nicht zu, mit anderen über Livias Privatangelegenheiten zu reden.

»Sie hat gestern Abend ein bisschen zu viel getrunken und wird vermutlich ziemliche Kopfschmerzen haben.«

»Du bist ein wahrer Freund.« Sie blickte mich wohlwollend an. »Was du für Hannes und mich tust, werden wir dir niemals ausreichend danken können. Und es ist sehr nett von dir, wie liebevoll du dich um Livia kümmerst.«

»Sie ist es, die mich unterstützt.«

»Ich würde sagen, ihr helft euch gegenseitig.« Ich wollte nachhaken, aber sie lächelte nur und wechselte dann das Thema. »Was habt ihr heute Schönes vor?«

»Ich dachte, ich versuche, Livia zu überreden, mit mir

wandern zu gehen. Mir hilft Bewegung an der frischen Luft immer am besten, den Kopf frei zu bekommen.«

»Das ist eine gute Idee. Aber bleibt nicht zu lange weg. Für heute Nachmittag ist weiterer Schnee angekündigt, und entgegen den Voraussagen meint Hannes, es würde ein Sturm aufziehen.«

Ich nickte und ging mit dem Kaffee wieder nach oben.

Livia war nicht begeistert, als ich sie vorsichtig weckte. Stöhnend griff sie sich an die Stirn, nachdem sie zaghaft ein Auge geöffnet hatte, nur um es sofort wieder zu schließen.

»Sag dem Presslufthammer, er soll aufhören, meine Schädeldecke durchbohren zu wollen.«

»Trink erst mal ein Glas Wasser und dann einen Schluck Kaffee. Der hilft, deinen Kreislauf in Schwung zu bekommen.«

»Wer sagt, dass ich das will?« Sie griff nach einem Kissen und drückte es sich aufs Gesicht. »Ich werde nie wieder Alkohol trinken.«

Ich lachte. »Den Schwur kenne ich.«

Seufzend kam sie unter dem Kissen hervor und griff nach dem Wasserglas. Anschließend reichte ich ihr den Kaffee.

»Fühlst du dich ein bisschen besser?«

Sie nickte, hielt aber sofort wieder in der Bewegung inne und verzog schmerzhaft das Gesicht.

»Wollen wir ein wenig nach draußen gehen?« Ihre Miene sagte deutlich, was sie von meinem Vorschlag hielt. »Du kannst natürlich auch im Bett liegen bleiben und dir weiter Gedanken um Daniel und seine Verlobte machen.« Schneller, als ich es ihr zugetraut hätte, setzte sie sich auf und warf mit dem Kissen nach mir, das ich lässig mit dem Ellbogen abwehrte.

»Hat dir schon mal jemand gesagt, dass du eine schreckliche Nervensäge bist?«

»Gestern meintest du noch, dass ich verboten heiß aussehe und eigentlich ganz sympathisch bin.«

»Das muss am Alkohol gelegen haben.« Beim Anblick ihrer Wangen, die sich bei meinen Worten gerötet hatten, musste ich mir ein Lachen verkneifen.

»Zieh dir was Warmes an. Ich warte im Foyer auf dich.«

Eine knappe halbe Stunde später folgten wir in gemächlichem Tempo dem schmalen Pfad, der direkt hinter dem Château steil bergauf führte. Minnie, die sich sichtlich über den Ausflug freute, trabte glücklich neben uns her. Es hatte einen gewissen Unterhaltungswert, Livias wilden Beschimpfungen zu lauschen, mit denen sie mich bedachte. Ich ließ sie toben, denn ich wusste, dass sie ihren Atem früher oder später für den Anstieg brauchen würde. Und wenn es ihr half, ihrem Ärger Luft zu machen, durfte sie mich gern als *herrischen Bewegungsjunkie* bezeichnen.

Wie erwartet verstummte sie bald, sodass nur noch ihr keuchender Atem die friedliche Stille durchbrach, die uns umgab. Gelegentlich hielt ich an, um auf sie zu warten oder um die beeindruckende Landschaft zu bewundern. In der Ferne erhoben sich die Gipfel der Weißhorngruppe, wobei mich besonders der scharfkantige Umriss des Zinalrothorns faszinierte. Im Sommer würde ich wiederkommen, um den Berg über den Nordgrat zu besteigen. Ein weiterer Viertausender auf meiner Liste.

Gegen Mittag kam die Sonne heraus, sodass wir uns eine ebene Stelle suchten, um eine Pause einzulegen. Nachdem wir die Schneeschuhe ausgezogen hatten, breitete ich eine Decke aus, die extra für die kalte Jahreszeit isoliert war, und holte den Proviant aus meinem Rucksack. Rosie hatte mir Sandwiches, geschnittenes Obst und zwei herzförmige Minikuchen mitgegeben. Livia ließ sich mit einem Stöhnen nieder, nahm sich eines der belegten Brote und biss zaghaft hinein. Ich setzte mich ebenfalls und beobachtete mit einem Grinsen, wie sie zufrieden kaute und zumindest für den Moment zu vergessen schien, dass sie eigentlich wütend auf mich war. Immerhin hatte ich sie viel zu früh aus dem Bett geholt, nur um sie »diesen verdammten Berg hinaufzuscheuchen«. Ich gab Minnie eine Kaustange, woraufhin sich die Vierbeinerdame gemütlich am Rande der Decke ausstreckte und sich daranmachte, sie genüsslich zu verspeisen.

Als sich eine Wolkenwand vor die Sonne schob, wurde es merklich kühler. Ich schaute zu Livia, die seit einer Weile stumm auf die gegenüberliegende Bergkette starrte.

»Ich glaube, es ist besser, wenn wir wieder zurückgehen. Es soll später noch schneien, und Hannes meinte, es könnte ein Sturm aufziehen.«

Als hätte mein Vorschlag ihre Lebensgeister befeuert, fuhr sie zu mir herum und funkelte mich an. »Du glaubst doch nicht, dass ich mich von dir hier hochschleppen lasse, um dann auf halber Strecke umzudrehen.« Sie richtete ihren Blick prüfend zum Himmel, schien jedoch nicht besonders beunruhigt zu sein. »Außerdem werden uns ein paar Schneeflocken schon nicht umbringen.«

»Ich halte das für keine gute Idee«, warf ich ein, da ich wusste, wie schnell das Wetter in den Bergen umschlagen konnte. Livia war indessen aufgestanden, hatte sich die Schneeschuhe angezogen und schaute mit herausforderndem Gesichtsausdruck auf mich herab.

»Du musst ja nicht mitkommen, wenn du nicht willst. Ich finde den Weg auch allein.« Ohne sich noch einmal umzudrehen, stapfte sie los, sodass mir nichts anderes übrig blieb, als das restliche Essen zusammenzupacken und ihr zu folgen.

Eine Zeit lang liefen wir in stoischem Schweigen hintereinander her. Auch als es anfing, zu schneien, und der Wind immer stärker wurde, verlangsamte Livia ihr Tempo nicht. Es sah ihr nicht ähnlich, derart unvernünftig und stur zu sein, aber vielleicht focht sie gerade einen inneren Kampf mit sich aus. Jeder, der Extremsportarten betrieb, kannte das Gefühl, eine Sache zu Ende bringen zu müssen und auf keinen Fall aufgeben zu können. Ich schloss zu ihr auf, um ihr zu zeigen, dass ich an ihrer Seite war.

Die Schneeflocken wirbelten immer dichter um uns herum. Ich bezweifelte, dass wir weiter dem Pfad folgten, da er nicht mehr zu erkennen war. Minnie hatte ich sicherheitshalber an die Leine genommen, aber sie blieb häufig stehen, schaute bergab und bellte, als wollte sie uns sagen, dass wir dringend umkehren sollten. Ich war ganz ihrer Meinung und griff nach Livias Arm.

»Wir müssen zurück! Es ist zu gefährlich, weiterzulaufen.« Ich musste schreien, um das Geheul des Windes zu übertönen.

»Sagt der Mann, der aus Flugzeugen springt und allein die Wildnis durchquert.«

»Es gibt Momente im Leben, in denen man vernünftig sein muss, ob es einem nun passt oder nicht.«

Sie schaute in die Richtung, in der sie den Gipfel vermutete. Minnie, die aufgehört hatte, zu bellen, zog mit aller Kraft an der Leine, sodass ich Mühe hatte, das Gleichgewicht zu halten. Ich konnte sehen, wie die Entschlossenheit aus Livias

Zügen wich und ihre Schultern herabsackten, bevor sie schließlich nickte. Sie machte einen Schritt auf mich zu und wäre beinahe hingefallen, wenn ich sie nicht gehalten hätte. Es war eine Sache, einen verschneiten Berg hinaufzulaufen, aber eine ganz andere, sicher wieder hinunterzukommen. Langsam und vorsichtig machten wir uns an den Abstieg. Ich blieb an ihrer Seite, um sie im Notfall stützen zu können, und versuchte zugleich, Minnie davon abzuhalten, sich loszureißen. Jetzt, da wir den Weg nach Hause eingeschlagen hatten, war sie kaum noch zu halten.

Es kam mir vor, als würden wir schon seit Stunden durch den immer heftiger tobenden Schneesturm laufen. Zu meiner großen Beunruhigung hatte ich zudem mittlerweile vollkommen die Orientierung verloren. Livia, die unter den Nachwirkungen der letzten Nacht litt, zitterte am ganzen Körper und sah nicht aus, als würde sie es noch allzu weit schaffen.

»Weißt du, wo wir sind?«, fragte sie und lehnte sich erschöpft gegen einen Baum. Ich starrte auf die Schneeflocken, die uns wie ein weißer Kokon umhüllten. Obwohl ich zu gern Optimismus verbreitet hätte, schüttelte ich den Kopf.

Wir beide hatten uns in diese verzwickte Lage gebracht, und wir würden zusammen wieder rauskommen. Aber dazu brauchte es Vertrauen, und das gewann ich nicht, indem ich Livia belog. Sie ließ sich in Zeitlupe am Baumstamm hinuntergleiten und setzte sich in den Schnee.

»Geh allein weiter. Ich warte hier, bis der Sturm aufgehört hat.«

Entschlossen griff ich nach ihren Händen und zog sie auf die Füße. »Wenn du hierbleibst, erfrierst du. Wir müssen uns einen Unterschlupf suchen.«

Auf einmal fing Minnie wieder an, zu bellen. Obwohl ich wusste, dass es ziemlich verrückt war, wandte ich mich an die Hündin. »Kennst du ein gutes Versteck?« Sie stieß ein erneutes Bellen aus und schaute in eine bestimmte Richtung. Ich drehte mich zu Livia um. »Was meinst du? Wollen wir es versuchen?«

»Haben wir eine Wahl?«

Ich nahm ihre Hand fest in meine und folgte unserer vierbeinigen Freundin, die zielstrebig loslief und sich tapfer durch das Schneetreiben kämpfte. Livia hatte die Zähne zusammengebissen und gab ihr Bestes, aber sie rutschte immer häufiger aus, woran ich merkte, dass sie am Rand ihrer Kräfte war.

»Wir haben es bestimmt gleich geschafft«, sagte ich, um uns beide zu ermutigen, obwohl ich keine Ahnung hatte, wo Minnie hinwollte und ob sie überhaupt ein Ziel hatte oder wir am Ende im Kreis liefen.

Der Schnee wurde immer höher. Ich spürte meine Zehen kaum noch, und die tief hängenden Äste, die uns den Weg versperrten, erschwerten unser Vorwärtskommen zusätzlich. Ich ahnte, dass Livia kurz davor war, aufzugeben. Als sie erneut hinfiel, gelang es mir nicht, sie wieder hochzuziehen. Minnie nutzte die Gelegenheit, mir die Leine aus der Hand zu reißen, und schoss davon. Hilflos rief ich ihr hinterher, doch sie war bereits im undurchdringlichen Weiß verschwunden.

Jetzt galt es, die Nerven zu behalten. Ich war schon in deutlich gefährlicheren Situationen gewesen und hatte immer einen Ausweg gefunden. Außerdem war ich nicht in die Schweiz gekommen, um in einem Schneesturm zu sterben. Ich ging neben Livia in die Hocke und schaute ihr fest in die Augen.

»Ich werde uns hier rausbringen. Und wenn es das Letzte ist, was ich tue. Wir gehen einen Schritt nach dem anderen.

Du musst mir nur vertrauen.« In ihrem Blick spiegelten sich die Müdigkeit und die schwindende Hoffnung, dass es uns gelang, den Rückweg zu finden. »Wir dürfen nicht aufgeben! Denk an Nane und Cleo. Und an Maya! Wenn wir nicht weiterlaufen, werden wir sie nie kennenlernen.«

Meine Worte schienen Livia erreicht zu haben, denn sie griff nach meinem Arm und stemmte sich hoch. Wie ich es ihr versprochen hatte, machten wir einen Schritt nach dem anderen. Aber selbst ich merkte die Anstrengung in meinen Beinmuskeln und hatte nur eine vage Vorstellung, wie es Livia gehen musste, die einen Kopf kleiner und weniger trainiert war als ich. Instinktiv lief ich in die Richtung, in die Minnie verschwunden war, und lauschte angestrengt, ob ich ihr Bellen vernahm. Aber das Einzige, was ich hörte, war das Tosen des Windes. Wir kämpften uns weiter voran, bis ich beinahe gegen einen Baum geprallt wäre, den ich zu spät gesehen hatte. Doch ich ließ mich davon nicht beirren und konzentrierte mich auf meine Mission: Ich würde uns sicher nach Hause bringen.

»Wir schaffen das! Wir schaffen das! Wir schaffen das!«, murmelte ich unablässig vor mich hin und hoffte, dass Livia mich hören konnte. Sie schien immer langsamer zu werden, bis sie erneut stehen blieb. Als ich mich zu ihr umwandte, rannen Tränen über ihre Wangen.

»Ich kann nicht weiter.« Ihre Stimme war kaum mehr als ein Flüstern. Ihre Beine drohten unter ihr nachzugeben, sodass ich sie kurzerhand hochhob. »Du kannst mich unmöglich den Berg hinuntertragen«, protestierte sie, wenn auch nur schwach, bevor ihr Kopf gegen meine Schulter sank. Ich tat einen vorsichtigen Schritt, doch so war es viel schwerer, die Balance zu halten. Trotzdem war ich nicht bereit, aufzugeben.

Eine Weile kam ich halbwegs gut voran, bis ich ins Rutschen geriet und wir beide im Schnee landeten.

»Es hat keinen Sinn, Marco.«

Wütend starrte ich ins wilde Schneetreiben, das einfach nicht weniger werden wollte. »Okay. Wir ruhen uns kurz aus, aber dann gehen wir weiter.«

Livia nickte und schenkte mir ein dankbares Lächeln, das mein Herz, das vor Anstrengung raste, ins Stolpern brachte. Ich wusste, wie ein Mensch aussah, der am Ende seiner Kräfte war, der dachte, dass es für ihn nicht weiterging, denn ich hatte es bei mehr als einer Tour erlebt. Doch wir hatten es immer geschafft, alle sicher zurückzubringen. Und das würde mir auch dieses Mal gelingen, obwohl ich gerade keine Ahnung hatte, wie. Ich schloss für einen kurzen Moment die Augen und spürte, wie die Müdigkeit mich übermannte. Die Versuchung war groß, ihr nachzugeben. Nur für zwei Minuten. Aber ich wusste, wenn ich einschlief, würde ich nicht mehr aufwachen.

Ein schwaches Bellen in der Ferne ließ mich aufhorchen.

»Das ist Minnie! Miiinnniie!«, schrie ich, woraufhin das Bellen lauter wurde, und nur wenige Augenblicke später sprang die Hündin aufgeregt um uns herum. Ich griff nach der Leine und dankte allen Mächten im Universum, dass sie uns wiedergefunden hatte. Vielleicht wusste sie, wo es nach Hause ging. Ihr Auftauchen hatte offenbar auch Livia neue Kraft gegeben. Gemeinsam kämpften wir uns auf die Beine und folgten der Hündin, die zielstrebig vor uns herlief. Zumindest einer von uns schien zu wissen, wo es langging. Meine Glieder waren vollkommen taub, dennoch zwang ich mich, einen Schritt nach dem anderen zu bewältigen. Livia blieb an meiner Seite. Sie ging leicht nach vorne gebeugt und trotzte tapfer dem Schnee, der uns in seine eiskalte Umarmung hüllte.

Mit einem Mal tauchte ein dunkler Umriss vor uns auf. Minnie riss sich erneut los und stürmte bellend darauf zu. Wir folgten ihr, und ich spürte einen Funken Hoffnung, dass wir es doch noch schaffen konnten.

21

Marco

Als wir näher kamen, erkannte ich, dass es eine Hütte war. Am liebsten wäre ich vor Dankbarkeit auf die Knie gesunken, wenn ich nicht hätte befürchten müssen, nicht mehr hochzukommen, denn inzwischen zitterten meine Beine bei jedem Schritt. Livia entwickelte ungeahnte Kräfte und beschleunigte ihr Tempo. Ich griff nach der Klinke und betete, dass die Hütte unverschlossen war. Das Glück schien auf unserer Seite zu sein. Minnie rannte als Erste hinein, dicht gefolgt von Livia und mir. Mit einem erleichterten Seufzen schloss ich die Tür hinter mir und lehnte mich mit zitternden Knien dagegen.

Das war verdammt knapp gewesen!

Livia ging zielstrebig auf das Bett zu, zog die Schneeschuhe und ihre Stiefel aus und kroch unter die Decken. Obwohl ich mich am liebsten dazugelegt hätte, riss ich mich zusammen und verschaffte mir zuerst einen Überblick. Das Wichtigste waren Wärme und Wasser. Zu meiner großen Erleichterung gab es einen steinernen Kamin, der vor Kurzem erst benutzt worden war, wie die verkohlten Holzreste darin verrieten. Daneben stand ein Korb mit vorbereiteten Scheiten. Auf dem Sims lagen Streichhölzer, und wenig später hatte ich ein Feuer in Gang gebracht. Gegenüber befand sich eine kleine Küchenzeile, in deren Schränken sich allerlei Konserven, Töpfe in unterschiedlichen Größen sowie diverse Teeschachteln stapelten. Auf der Anrichte standen ein Bunsenbrenner, bunt zusammengewürfelte Becher und einige Dosen mit Hundefutter von der gleichen Marke, die auch Rosie kaufte. Daher kannte Minnie die Hütte! Sie musste Hannes gehören. Er hatte mir einmal von seinem Zufluchtsort auf dem Berg erzählt, an den er sich zurückzog, wenn ihm der Trubel im Hotel zu viel wurde, und den er nie abschloss, falls ein Wanderer einen Platz zum Rasten brauchte.

Ich entzündete den Brenner, füllte den größten Topf mit Schnee und kochte uns erst einmal Wasser. Ein belebender Kräutertee und eine herzhafte Mahlzeit würden uns guttun. Während ich das Essen erwärmte, checkte ich mein Handy, aber wie erwartet hatten wir hier oben keinen Empfang. Rosie und Hannes würden sich vermutlich schreckliche Sorgen machen. Ich konnte nur hoffen, dass sie davon ausgingen, dass wir einen Unterschlupf gefunden hatten, und keine Suchmannschaft losschicken würden.

Als ich alles auf dem kleinen Tisch neben dem Kamin angerichtet und Minnie einen Napf mit Hundefutter und eine Schüssel Wasser hingestellt hatte, ging ich zu Livia, die vor Erschöpfung eingeschlafen war. Es dauerte eine Weile, bis ich es geschafft hatte, sie zu wecken, und noch ein wenig länger, sie zu überzeugen, dass es wichtig war, etwas zu trinken und zumindest eine Kleinigkeit zu essen, bevor sie weiterschlief.

Vor sich hin grummelnd schälte sie sich aus den Decken und richtete sich vorsichtig auf, ehe sie mit wackligen Schritten zu einem der beiden Stühle ging und sich mit einem lauten Seufzen darauf fallen ließ. Dann zog sie die Handschuhe aus, legte ihre zitternden Finger um den Becher und nahm einen kleinen Schluck.

Schweigend aßen wir den deftigen Eintopf, der in diesem Moment besser schmeckte als jedes Drei-Sterne-Menü. Ich beobachtete zufrieden, wie Livias Wangen wieder eine gesunde Farbe annahmen und ihre Lebensgeister allmählich zurückkehrten.

Zum Abschluss holte ich die beiden herzförmigen Kuchen aus meinem Rucksack und legte sie auf einen Teller, den ich zusammen mit einer Kerze auf den Tisch stellte. Ich ließ mir die Nachspeise schmecken und sah, wie Livia das Küchlein nachdenklich in ihrer Hand drehte, bevor sie es mir hinhielt.

»Das Dessert gebührt dir. Du hast uns vor dem Sturm gerettet, das Feuer angezündet und Essen gemacht, während ich«, sie stockte, »nicht auf dich gehört und uns dadurch in große Gefahr gebracht habe.«

Ich legte den Kuchen zurück auf den Teller und ergriff ihre Hände. »Das stimmt so nicht ganz. Es war Minnie, die uns gerettet hat. Ohne sie würden wir vermutlich immer noch da draußen herumirren. Außerdem darfst du nicht vergessen, dass es meine Idee war, wandern zu gehen. Wenn du also unbedingt jemandem die Schuld geben willst, dann mir.«

Tränen stiegen in ihren Augen auf, die sie hastig wegblinzelte. »Wieso bist du so nett?«

»Warum sollte ich nicht nett zu dir sein?«

»Weil ich es nicht verdient habe«, antwortete sie mit bebender Stimme. »Schließlich war ich in den vergangenen Jahren auch nicht gerade freundlich zu dir.«

»Du wirst deine Gründe gehabt haben, auch wenn ich sie nicht nachvollziehen kann. Ich habe mich oft gefragt, ob ich dich unbewusst verletzt oder gekränkt habe.«

Für einen Moment sah sie unentschlossen aus, doch dann

schien sie sich ein Herz zu fassen. »Kannst du dich an Heiligabend vor drei Jahren erinnern?«

»War das nicht das Weihnachten, an dem du herausgefunden hast, dass dein Freund dich betrogen hat?«

»Ja. Nane und Cleo haben mich bei sich aufgenommen, obwohl ich ihnen mit meiner Heulerei bestimmt das Fest verdorben habe.«

»Dafür sind Freunde doch da.«

»Ich habe mich recht früh ins Gästezimmer zurückgezogen, da ich körperlich erschöpft und emotional total fertig war.« Obwohl mir tausend Fragen auf der Zunge brannten, wartete ich geduldig und hoffte, dass sie mir bald verraten würde, was das alles mit mir zu tun haben sollte. »Später am Abend wollte ich in die Küche gehen, um mir ein Glas Wasser zu holen. Als ich an der offenen Wohnzimmertür vorbeikam, habe ich mitbekommen, dass Nane und du per Video telefoniert habt. Du warst zu der Zeit gerade in New York.«

Es erstaunte mich, dass sie sich gemerkt hatte, wo ich gewesen war, zumal wir uns zu diesem Zeitpunkt erst ein Mal kurz gesehen hatten.

»Nane hat dir in groben Zügen berichtet, was mir passiert ist, dass Cleo und sie sich um mich kümmern und hoffen, dass es mir bald wieder besser geht.« Je mehr sie erzählte, desto weniger verstand ich, worauf sie hinauswollte.

»Und das hat dich verärgert?«

»Nein, es war deine Reaktion, die mir den Rest gegeben hat. Ich meine, ich lag schon am Boden, und du hast es für nötig gehalten, noch nachzutreten.«

Ihr offensichtlicher Schmerz ließ mich zusammenzucken. Fieberhaft versuchte ich, mich zu erinnern, was ich gesagt haben könnte, das Livia derart getroffen hatte. Ich wusste noch, dass ich mich darüber aufgeregt hatte, dass Daniel, Livias damaliger Freund, sie so mies behandelt hatte. Es war durchaus möglich, dass ich mich abwertend über ihn geäußert hatte. Gehörte sie etwa zu den Frauen, die ihre Partner auch dann noch verteidigten, wenn sie dreist belogen und hintergangen worden waren? Das konnte ich mir eigentlich nicht vorstellen.

»Es tut mir leid, aber ich fürchte, du musst mir auf die Sprünge helfen.«

»Du hast gesagt«, sie hielt inne, da ihre Stimme zitterte, »dass nicht immer derjenige die Verantwortung für das Scheitern einer Beziehung trägt, der auf den ersten Blick schuldig zu sein scheint.«

Fassungslos starrte ich sie an und versuchte, ihre Worte mit meiner Erinnerung in Einklang zu bringen. Und plötzlich fügten sich die einzelnen Puzzleteile zu einem Bild zusammen. Kein Wunder, dass Livia sich mir gegenüber so abweisend verhalten hatte. Ich wollte etwas erwidern, die Sache richtigstellen, doch sie ließ mich nicht zu Wort kommen.

»Du hast nicht einmal versucht, dich in meine Lage hineinzuversetzen. Noch dazu kanntest du mich nur flüchtig und bist einfach davon ausgegangen, dass ich schuld daran war, dass Daniel mich betrogen hat. Und dabei habe ich alles, wirklich alles getan, um ihm die perfekte Partnerin zu sein. Ich bin ihm sogar nach London nachgeflogen, damit er Weihnachten nicht allein in einem anonymen Hotelzimmer verbringen muss. Nur dass sich dann herausgestellt hat, dass er gar nicht allein war.« Sie machte eine Pause, um wieder zu Atem zu kommen, und wischte sich unwirsch die Tränen von den Wangen.

Aufgewühlt vergrub ich meine Finger in den Haaren. »Ich kann nachvollziehen, dass du wütend auf mich bist. Aber darf ich dir erklären, wie ich es gemeint habe?«

Trotzig blickte sie mich an. Ich konnte sehen, wie sie sich innerlich gegen eine erneute Verletzung wappnete.

»Ich war in New York, weil ich die Möglichkeit hatte, drei Monate für das *Global Green Growth Institute* zu arbeiten, deren Projekte und Philosophie mich sehr interessieren.«

Sie nickte. Offenbar hatte Nane sie schon damals über mein Leben auf dem Laufenden gehalten, genauso wie sie mir gelegentlich von ihrer besten Freundin erzählt hatte.

»Kurz zuvor hatte Helen mich verlassen. Nach außen hin mochte es so ausgesehen haben, als wäre sie *die Böse*«, ich malte mit den Fingern Anführungszeichen in die Luft, »weil sie sich in ihren Kollegen verliebt hatte, obwohl sie mit mir in einer Beziehung war. Aber Tatsache ist, dass sie über Monate versucht hatte, mit mir zu reden, Zeit mit mir zu verbringen, und ich ihr erst zugehört habe, als sie mit gepackten Koffern vor mir stand. Sie hat sich einsam gefühlt, weil ich kaum zu Hause war und sie deshalb das Gefühl hatte, mein Unternehmen wäre mir wichtiger als sie.«

An Livias mitfühlendem Blick konnte ich ablesen, dass dieser Teil meiner Geschichte neu für sie war.

»Die Bemerkung, die du gehört hast, dass nicht immer der offensichtlich Schuldige auch tatsächlich die Verantwortung für das Scheitern einer Beziehung trägt, war auf Helen und mich bezogen. Bedauerlicherweise habe ich das nur gedacht und nicht explizit erwähnt, weil ich wusste, dass Nane den Zusammenhang begreift, da wir schon häufiger darüber gesprochen haben. Helen mochte sich einen neuen Partner gesucht haben, aber ich war es, der sie dazu getrieben hat.«

Livia schien es die Sprache verschlagen zu haben. Wahrscheinlich musste sie die Information erst einmal verdauen und mit dem Bild abgleichen, das sie sich fälschlicherweise von mir gemacht hatte.

»Es tut mir leid, dass ich dich unbewusst verletzt habe. Zu meiner Verteidigung möchte ich hinzufügen, dass mir nicht bewusst war, dass du uns zugehört hast. Ich kann mir vorstellen, dass es auf dich gewirkt haben muss, als würde ein flüchtiger Bekannter sich erlauben, sich über dich und dein Leben ein Urteil zu bilden.«

Sie nahm einen Schluck von dem inzwischen kalt gewordenen Tee und verzog das Gesicht.

»Warum hast du nie mit mir darüber geredet?«, wollte ich wissen.

Ungläubig riss sie die Augen auf. »Wann hätte ich das denn tun sollen? Bei einem von Nanes oder Cleos Geburtstagen? *Hi, vielleicht erinnerst du dich an mich. Ich bin die Frau, die es geschafft hat, dass ihr armer Freund sie an Weihnachten mit einer anderen betrügen musste.*«

Ich konnte mir ein Schmunzeln nicht verkneifen. »Das hätte auf jeden Fall für Zündstoff gesorgt.«

»Oder die Party ruiniert.«

Sie stützte ihren Ellbogen auf, umfasste ihr Kinn mit der Hand und schaute nachdenklich in die Flammen, die allmählich niedriger wurden. Ich sollte Holz nachlegen, wenn ich nicht riskieren wollte, dass das Feuer ausging, aber noch wichtiger war mir, Livia zu zeigen, dass ich nicht der gemeine und selbstgerechte Kerl war, für den sie mich all die Jahre gehalten haben musste.

»Ich glaube, deine Bemerkung konnte mich nur deswegen so verletzen, weil mir selbst schon der Gedanke gekommen war, dass ich mich wahrscheinlich nicht genug angestrengt hatte. Das erzählen mir zumindest meine Eltern bis heute, dass es meine Schuld ist, dass sich dieser *nette und sympathische Mann* einer anderen zugewandt hat. Ich habe Jahre gebraucht, um zu verstehen, dass ich mich noch so sehr hätte verbiegen können und es mir dennoch nicht gelungen wäre, ihn zu halten.«

»Hättest du das denn gewollt?«

»Damals schien er der Richtige für mich zu sein, aber je länger ich darüber nachgedacht habe, desto mehr habe ich begriffen, dass ich vor allem in die Vorstellung einer glücklichen Beziehung verliebt gewesen bin und weniger in ihn. Er war der Partner, von dem ich wusste, dass meine Eltern ihn akzeptieren würden. Zu der Zeit war mir das sehr wichtig.«

Ich streckte die Hand aus und legte sie sanft auf ihre. Wärme durchflutete meine Brust, als sie sie nicht wegzog.

»Interessiert es dich, was ich denke?«

Als sie zögerlich nickte, verstärkte ich meinen Griff um ihre Finger.

»Ich muss ein bisschen ausholen, wenn das okay ist.«

Wieder nickte sie, dieses Mal ein wenig entschlossener.

»Als Nane mir erzählt hat, dass du für sie einspringen würdest, war ich nicht begeistert. Du hast dich mir gegenüber immer kühl und abweisend verhalten, auch wenn ich jetzt verstehe, warum. Außerdem bist du die unromantischste Person, die ich kenne, und noch dazu eine ziemlich Furcht einflößende Inkarnation des Grinchs.« Das leichte Lächeln, das ihre Mundwinkel umspielte, ermutigte mich, weiterzureden. »Nane hat mich überzeugt, dass ich mich irre und du genau die Richtige bist, um mir bei der Auswahl und Zusammenstellung der Aktivitäten für die Gäste zu helfen. Immerhin kennt sie mich schon ihr ganzes Leben und hat vermutlich zu Recht befürchtet, dass der Anteil an sportlichen Events überwiegen könnte. Und sie scheint geahnt zu haben, dass deine Abneigung gegen liebevolle Gesten nur eine Schutzmauer war.« Da sie nicht widersprach, fuhr ich fort: »Jedenfalls kamst du hier an und warst genauso grummelig wie erwartet.«

Livia richtete sich auf und funkelte mich angriffslustig an. »Ich war überhaupt nicht grummelig.«

»Nenn es, wie du willst. Auf jeden Fall hattest du weder Lust auf romantische Ausflüge, noch hat dir Rosies liebevoll gestaltete Weihnachtsdekoration gefallen. Sogar die Musik hat dich genervt.«

Ertappt kaute sie auf ihrer Unterlippe herum. »War das so offensichtlich?«

»Dir stehen deine Gefühle meist sehr deutlich ins Gesicht geschrieben.« Sie senkte den Kopf, was mich erneut zum Schmunzeln brachte. »Hey, das ist doch was Gutes. Zumindest weiß man immer genau, woran man bei dir ist.« Sie bedachte mich mit einem schiefen Grinsen, das mich hoffen ließ, dass sie mir meine Unbedachtheit von damals früher oder später verzeihen könnte. »Im ersten Moment war ich enttäuscht, dass du nicht Fallschirmspringen wolltest, aber dann haben wir diese Ballonfahrt zusammen unternommen, und ich habe es wider Erwarten sehr genossen, Zeit mit dir zu verbringen. Als du mir erzählt hast, dass du dich in luftiger Höhe nicht wohlfühlst, habe ich dich für deinen Mut bewundert. Und auch der Tag im Snow-Tubing-Park hat mich überrascht. Es war eine Freude, mitzuerleben, wie viel Spaß du hattest und wie du mit jeder Abfahrt mehr zu dir selbst gefunden hast. Was ich damit sagen will, ist, dass du in meinen Augen nicht nur sehr attraktiv und erfolgreich bist, sondern vor allem eine Kämpferin, die stark und zugleich wahnsinnig einfühlsam ist.« Sanft strich ich mit meinem Daumen über ihren

Handrücken. »Du hättest nicht in die Schweiz fahren und mir helfen müssen, zumal du mich zu dem Zeitpunkt noch für ein herzloses Monster gehalten hast. Und dennoch bist du hier. Du bist an meiner Seite geblieben und hast selbstbewusst deine Meinung vertreten. Obwohl ich weiß, dass es dir hauptsächlich darum ging, Rosie und Hannes zu unterstützen, werde ich dir nie vergessen, dass du mich nicht im Stich gelassen hast. Ohne dich hätte ich keine so breite Auswahl an unterschiedlichen Paaraktivitäten zustande gebracht.«

Sie schüttelte bescheiden den Kopf, doch ich konnte sehen, dass ihr meine Worte guttaten. »Ich kann nicht glauben, dass ich dich all die Jahre so falsch eingeschätzt habe.«

»Damit bist du nicht allein. Ich werde oft für rücksichtslos und arrogant gehalten, nur weil ich beruflich erfolgreich bin. Dazu kommt, dass viele neidisch auf mich sind, weil ich mir nehme, was ich möchte. Ich erlaube mir, jede Menge Abenteuer zu erleben, und vermeide Beziehungen, in denen ich Verantwortung übernehmen muss. Das kann auf den ersten Blick ziemlich oberflächlich wirken.«

»Und dabei bist du einfach nur zielstrebig und weißt zudem sehr genau, was du willst.«

»Manche Menschen schreckt das ab.«

»Mich nicht.« Ihr offener und verletzlicher Blick hätte meine Alarmglocken schrillen lassen sollen. Aber ich ignorierte die Stimme in mir, die mir zuflüsterte, dass die Sache zwischen uns kompliziert zu werden versprach. Dass Livia keine Frau war, die ich nach einer Nacht aus meinem Leben verbannen konnte. Und obwohl mir dieser Gedanke eine höllische Angst einjagte, wollte ich ihr nahe sein und ihr beweisen, dass nicht alle Männer so egoistisch und unsensibel waren wie ihr Ex-Freund.

22

Livia

Ich beugte mich nach vorne und sah Marco in die Augen. Es hatte etwas zutiefst Intimes, wie wir uns gegenübersaßen und uns an den Händen hielten, als wollten wir einen Schwur ablegen. Ich konnte immer noch nicht fassen, wie sehr ich mich die ganze Zeit in ihm getäuscht hatte. Aber offenbar war meinem Unterbewusstsein schon länger klar gewesen, dass ich Marco vertrauen und mich auf ihn verlassen konnte. Wie hätte ich mich sonst so stark zu ihm hingezogen fühlen können?

»Ich muss mich kurz ums Feuer kümmern.« Während er Holz nachlegte, schaute ich mich nach Minnie um, die sich neben dem Bett zusammengerollt hatte und leise vor sich hin schnarchte. Als er zurück an den Tisch kam, deutete ich auf das übrig gebliebene Küchlein.

»Was wollen wir damit machen?«

»Wir könnten es teilen.«

»Eine gute Idee.« Ich stand auf, um ein Messer zu holen, doch Marco griff nach meinem Handgelenk und zog mich sachte auf seinen Schoß. Dann nahm er den Kuchen in die Hand und hielt ihn mir hin. Ich biss hinein und schloss genießerisch die Augen. »Das ist ziemlich lecker. Bist du dir sicher, dass du teilen willst?« Statt mir zu antworten, ließ er mich erneut abbeißen und sah mir dabei zu, wie ich selig kaute.

»Du hast da was.« Er berührte meinen Mundwinkel und fing einen Krümel auf, den er mit einem provokanten Lächeln von seiner Fingerspitze leckte, womit er ein sehnsuchtsvolles Ziehen in meiner Mitte auslöste. Ich hob meine Hand und legte sie an seine Wange, spürte den leichten Bartschatten, ertastete die markante Linie seines Kinns, wobei mein Blick die ganze Zeit auf seinem Mund ruhte. Obwohl ich befürchtete, dass es keine gute Idee war, lehnte ich mich zu ihm und küsste ihn. Seine Lippen waren warm und fest. Er schmeckte nach dem kräftigen Aroma des Kräutertees, der süßen Vanillecreme, mit der der Kuchen gefüllt war, und nach Marco, einer einzigartigen Mischung aus Freiheit, Glückseligkeit und Abenteuer. Bevor ich mir weiter Gedanken darüber machen konnte, ob es schlau war, was ich hier tat, schlang ich meine Arme um seinen Nacken und vertiefte den Kuss. Er fuhr mit den Händen unter meinen Pullover und kämpfte sich durch diverse Kleidungsschichten, bis er auf meine Haut traf und mich geradezu quälend langsam zu streicheln begann. Atemlos hielten wir inne und schauten uns an. Ich sah dieselbe Mischung aus Lust und Verlangen in seinen Augen, die auch durch meinen Körper pulsierte. Meine Finger vergruben sich in seinem Haar, während meine Lippen wieder seine suchten. Ein Stöhnen entwich ihm, als unsere Zungen sich fanden und in einen ungestümen Tanz verfielen. Er schob einen Arm unter meine Knie und hob mich hoch, um mich zum Bett hinüberzutragen. Doch anstatt uns endlich von der überflüssigen Kleidung zu befreien, zog er lediglich seine Schuhe aus. Dann legte er sich zu mir und stützte den Kopf in die Hand.

»Du bist so wunderschön!« Seine Stimme klang tiefer und rauer als sonst und verursachte ein unwiderstehliches Prickeln in meinem Bauch. Mir war plötzlich unerträglich heiß. Ich setzte mich auf und zog meinen Pullover und die Schneehose aus, bevor ich mich an ihn schmiegte und sein Shirt anhob. Er seufzte leise, als ich meine Hand unter seine Thermounterwäsche gleiten ließ und über seine klar definierten Bauchmuskeln strich. Ein Zittern durchlief seinen Körper und verriet mir, dass er sich nur mir zuliebe zurückhielt. Ich rutschte noch näher zu ihm, woraufhin er sich über mich beugte und mich mit einer Leidenschaft küsste, als hinge sein Leben davon ab, mir zu zeigen, wie sehr er mich begehrte. Ich schlang ein Bein um seine Hüfte und spürte seine Härte, die sich verlangend gegen meine Mitte presste. Ungeduldig schob ich sein Shirt nach oben, woraufhin er sich aufsetzte und mir zu Hilfe kam. Mein Puls beschleunigte sich, während ich ihm dabei zusah, wie er sich weiter auszog, ehe er sich mir zuwandte und fragend nach dem Saum meines Funktionsshirts griff. Er zögerte, als ich nur noch meinen BH trug, doch ich wollte endlich seine Haut auf meiner spüren und löste selbst den Verschluss. Sein Blick wanderte bewundernd über meine Brüste und liebkoste sie mit einer Sehnsucht, die mir den Atem raubte und mich alle Unsicherheit vergessen ließ. Ich kletterte auf seinen Schoß und schlang meine Beine um seine Hüfte. Meine Hände erkundeten seine breiten Schultern, fuhren seinen Rücken entlang und strichen über den Ansatz seines Pos, was Marco ein heiseres Stöhnen entlockte. Eine Welle der Lust überkam mich. Ich presste mein Becken an seins und kämpfte gegen die Versuchung an, mich zu bewegen. Es war so lange her, dass ich mit einem Mann zusammen gewesen war. Mit Daniel hatte ich nie dieses lodernde Verlangen empfunden.

Als hätte Marco gespürt, dass meine Gedanken abzuschweifen drohten, drehte er mich auf den Rücken und holte mich mit einem seiner atemberaubenden Küsse zurück. Seine Lippen glitten meinen Hals hinab und hinterließen eine brennende Spur. Ich spürte seine Fingerspitzen, die über die empfindsame Haut meines Bauchs tanzten und dafür sorgten, dass das Ziehen in meiner Mitte immer stärker wurde. Die alles verzehrende Sehnsucht nach seiner Nähe brannte wie eine heiße Flamme in mir. Ich wollte ihn mit jeder Faser meines Körpers. Entschlossen legte ich eine Hand auf seine Brust und übte leichten Druck aus, da ich mich von der restlichen Kleidung befreien wollte, doch Marco hielt mich auf. In seinen wunderschönen meerblauen Augen lag ein besorgter Ausdruck.

»Bist du dir sicher? Du weißt, dass in meinem Leben kein Platz für eine feste Beziehung ist.«

Ich schluckte hart, dann fasste ich einen Entschluss. »Mir ist bewusst, dass es nur diese eine Nacht geben wird.«

»Und das ist okay für dich?«

»Ja. Es wird Zeit, dass ich meinen Bedürfnissen nachgebe. Außerdem bin ich es leid, ständig nur vernünftig zu sein.«

Um meine Aussage zu bekräftigen, schlüpfte ich aus der Thermohose, während Marco sich bis auf seine Boxer Briefs auszog. Bei den Socken zögerte ich, da meine Füße immer noch kalt waren. Bevor ich eine Entscheidung treffen konnte, hatte er mich wieder auf den Rücken gerollt und meinen Mund erobert. Die leidenschaftliche Hingabe, mit der er sich meinem Körper widmete, versetzte mich in einen Rausch. Ich spürte seine Lippen, die meine Brüste liebkosten, und genoss die hauchzarte Berührung seiner Finger, die über meine Seite weiter nach unten wanderten und am Saum meines Slips innehielten.

»Wir können jederzeit aufhören.« Sein Atem, der bei jedem seiner Worte sanft über mein Ohr strich, trieb mich an den Rand des Wahnsinns.

»Wag es ja nicht!«, stieß ich hervor, was Marco ein heiseres Lachen entlockte. Er fuhr mit der Hand zwischen meine Beine und schob den Slip zur Seite, woraufhin ich vor Erregung erzitterte. Hitze sammelte sich in meinem Unterleib, als er den empfindlichen Punkt fand, der sehnsüchtig pochte. Ich krallte meine Fingernägel in seinen Rücken und wollte meinen Kopf an seinem Hals vergraben, doch er umfasste liebevoll mein Kinn.

»Ich will dir dabei in die Augen sehen.«

Sein Wunsch entfachte Zweifel in mir. Bei Daniel hatte ich es nie geschafft, mich fallen zu lassen, was er zum Anlass genommen hatte, mir vorzuwerfen, dass ich mich mehr entspannen müsste. Als ob das so einfach wäre! Was, wenn es mir bei Marco auch nicht gelingen würde? Was, wenn er enttäuscht von mir wäre? Was, wenn …

Ich rang nach Luft, als er mit einem Finger in mich eindrang, und vergaß, worüber ich mir Sorgen gemacht hatte, als er anfing, ihn langsam in mir zu bewegen. Ich spürte seine Härte an meinem Oberschenkel und sehnte mich nach mehr. Meine Hand tastete nach ihm, doch er rückte ein wenig von mir ab und schüttelte leicht den Kopf.

»Zuerst bist du dran.«

Ich wollte widersprechen, brachte jedoch kein Wort heraus, da er sich erneut meiner sensibelsten Stelle widmete, die verzweifelt nach Erlösung schrie. Mein Körper wand sich unter ihm, als eine Welle der Lust sich in mir aufbaute. Ich ertrank in seinem Blick und krallte meine Finger in seinen Nacken. Ein Anflug von Panik überkam mich, denn die Gefühle waren so stark, dass ich Angst hatte, mich selbst zu verlieren. Marco legte seine Lippen sanft auf meine und gab mir mit seinem zärtlichen Kuss, der in krassem Gegensatz zu der Leidenschaft stand, die in uns brannte, die nötige Sicherheit.

»Lass los.« Der warme und weiche Klang seiner Stimme gab mir den Rest. Als er das nächste Mal mit dem Finger in mich stieß, kämpfte ich nicht länger darum, die Kontrolle zu behalten, sondern gab mich ihm hin und ließ zu, dass die Lust mich mit fortriss. Marco hielt mich fest, bis der Orgasmus verklungen war und ich zitternd in seinen Armen zur Ruhe kam.

Schwer atmend versuchte ich, zu begreifen, was gerade mit mir geschehen war. Einen derartigen Tsunami an Emotionen hatte ich noch nie erlebt. Ich spürte, wie ein Lachen in mir aufstieg und mir zugleich Tränen in die Augen schossen. Für eine Sekunde befürchtete ich, dass Marco nicht mit meiner Reaktion würde umgehen können, doch er rollte sich auf den Rücken, zog mich an seine Brust und wartete, bis ich mich wieder gefangen hatte.

Nachdem das Zittern langsam abgeebbt war und ich sicher sein konnte, dass ich nicht erneut anfangen würde, vor Überwältigung zu weinen, sah ich zu ihm auf. In seinem Blick erkannte ich weder Unbehagen noch Ungeduld, sondern nur grenzenloses Vertrauen und liebevolles Verständnis. Ich reckte mich zu ihm nach oben, legte meine Lippen zärtlich auf seine und versuchte, all meine Empfindungen in diesen Kuss einfließen zu lassen.

»Das war gar nicht so übel«, neckte ich ihn, als wir es eine kleine Ewigkeit später geschafft hatten, uns voneinander zu lösen. Bestimmt konnte er sich vorstellen, dass es sich um die Untertreibung des Jahrhunderts handelte. Als ich mein Becken erneut verführerisch gegen seins drückte, konnte ich das Verlangen spüren, das ihn immer noch beherrschte. Mit einem provozierenden Blick legte ich meine Hand auf seinen Schritt und fuhr über seine Länge, wobei ihm ein lustvolles Seufzen entwich und sein Atem sich prompt beschleunigte.

»Ich will dich in mir spüren«, hauchte ich und wunderte mich im selben Moment, woher ich den Mut nahm, so deutlich zu sagen, was ich wollte.

Marco befreite mich von meinem Slip, wobei er die empfindsame Innenseite meiner Oberschenkel mit zärtlichen Küssen bedeckte, was mich beinahe um den Verstand brachte. Dann entledigte er sich seiner Boxer Briefs und griff nach seiner Jacke, in deren Tasche sein Geldbeutel steckte. Zum Glück war wenigstens einer von uns vorbereitet. Ich lauschte meinem rasenden Herzschlag, während er das Kondom aus der Verpackung nahm und es sich überstreifte.

Mein Körper erzitterte, als er seine Arme neben meinem Kopf abstützte und sein Becken gegen meines presste. Sehnsüchtig drängte ich mich ihm entgegen. Sein Blick verdunkelte sich, als er vorsichtig in mich glitt.

Ich war vollkommen erfüllt von dem Gefühl, ihm so nahe zu sein. Marco beobachtete mich genau, als er sich langsam in mir zu bewegen begann. Er trieb mich immer weiter auf die Welle zu, die uns beide über die Klippe befördern würde. Ich spürte seinen heißen Atem auf meiner Haut und klammerte mich an seine Arme, die mir Halt gaben. Er beschleunigte das Tempo, vertiefte seine Stöße. Als er seine Hand zwischen uns führte und erneut den vor Lust pulsierenden Punkt massierte, konnte ich mich nicht länger zurückhalten. Mein Körper bäumte sich unter seinem auf. Dieses Mal fiel es mir viel leichter, die Kontrolle aufzugeben und mich von der Ekstase mitreißen zu lassen. Kurz darauf spürte ich, wie er innehielt und mit einem tiefen Stöhnen ebenfalls den Höhepunkt erreichte.

Atemlos verharrten wir und kosteten das süße Nachbeben aus. Marco wollte sich aus mir zurückziehen, doch ich hielt ihn fest, da ich noch nicht bereit war, unsere Verbindung zu lösen. Ich fuhr mit meinen Fingern durch sein Haar, schmiegte meine Nase an seinen Hals und lauschte seinen Atemzügen, die sich allmählich beruhigten.

Nach einer Weile, die mir viel zu kurz vorkam, drückte er mir einen zärtlichen Kuss auf die Schläfe, bevor er aufstand, um das Kondom zu entsorgen. Das umwerfende Lächeln, das er mir schenkte, als er sich wieder zum Bett drehte, erweckte erneut ein sehnsuchtsvolles Kribbeln in mir. Es erstarb jedoch, als er anfing, unsere Thermowäsche vom Boden aufzusammeln.

»Es ist besser, wenn wir uns wieder anziehen.«

Obwohl ich wusste, dass er recht hatte, wollte ich nicht auf das elektrisierende Gefühl seiner nackten Haut an meiner verzichten. »Oder du kommst wieder zu mir unter die Decke, und wir lassen uns etwas einfallen, damit uns nicht kalt wird.« Ich staunte, wie selbstbewusst und verführerisch meine Stimme klang. Marco hatte etwas in mir entfesselt, das lange Zeit tief in mir geschlummert hatte. Unfassbar, was mir entgangen war, nur weil ich mir hatte einreden lassen, nicht liebenswert genug zu sein.

»Wie könnte ich einem solch verlockenden Angebot widerstehen.«

Gebannt vom Spiel seiner Muskeln im flackernden Lichtschein, sah ich dabei zu, wie er unsere Kleidung über die Stuhlkante hängte, ehe er kurz nach dem Feuer sah. Ich seufzte zufrieden, als er sich zu mir legte und mich an sich zog. Das behagliche Schweigen, das uns umhüllte, war wie ein schützender Kokon, der uns von der Außenwelt abschirmte. Wenn es nach mir ginge, könnten wir ruhig noch eine Weile hierbleiben. Obwohl die Hütte nur mit dem Nötigsten eingerichtet war, verfügte sie unbestreitbar über einen gewissen

Charme. Während ich die rustikalen Holzwände und handgefertigten Möbel betrachtete, kam mir eine Idee.

»Hast du eine Ahnung, wem die Hütte gehört?«, fragte ich und fuhr spielerisch über seine ausgeprägten Brustmuskeln.

»Den Hundefutterdosen nach zu urteilen, würde ich sagen, dass wir uns in Hannes' Jagdhütte befinden. Er hat mir erzählt, dass er sich hierher zurückzieht, wenn er Zeit für sich braucht.«

»Dann nutzt er sie nur gelegentlich?«

»Worauf willst du hinaus?«

»Findest du nicht, dass dieser Ort das perfekte Liebesnest für Frischverliebte wäre?«, wollte ich wissen und sah zu ihm auf. »Man müsste den Raum nur ein wenig herrichten.«

Skeptisch runzelte er die Stirn. »Es gibt nicht mal ein Bad.«

»Dafür aber jede Menge Schnee.«

»Du willst die Gäste für dringende Bedürfnisse raus in die Kälte schicken?«

»Es wäre ein Erlebnis der besonderen Art.«

Seiner Miene konnte ich entnehmen, dass meine Idee ihn nicht überzeugte. »Selbst wenn wir davon ausgehen, dass wir Hannes überreden können, seine Hütte den Gästen zur Verfügung zu stellen, fehlt uns dennoch die Zeit für ein Projekt dieser Größenordnung. Du darfst nicht vergessen, dass die Wiedereröffnung in weniger als zwei Wochen stattfindet.«

»Bist du einverstanden, dass ich es zumindest versuche? Wenn es nicht klappt, haben wir nichts verloren.«

Er zog die Augenbrauen zusammen und musterte mich nachdenklich. »Es scheint dir wichtig zu sein.«

»Warum überrascht dich das?«

»Warst du nicht diejenige, die Romantik für kitschig und überflüssig gehalten hat?«

Ich holte Luft, um zu widersprechen, erkannte dann jedoch, dass er recht hatte. Seit ich wieder Single war, hatte ich jedem erzählt, dass ich nicht mehr an die Liebe glaubte. »Könnte sein, dass ich meine Meinung geändert habe.«

Ein amüsiertes Grinsen breitete sich bei meinem Zugeständnis auf seinem Gesicht aus und sorgte dafür, dass sich meine Mitte vor Verlangen zusammenzog. Dieser Mann war nicht nur verboten gut aussehend, sondern mit dem lebhaften Funkeln in seinen Augen und dem zerzausten Haar, für das eindeutig ich verantwortlich war, auch absolut unwiderstehlich.

»Wie ist das denn passiert?«, fragte er und rollte uns herum, sodass ich unter ihm lag.

»Ich muss zugeben, dass es durchaus seine Vorteile haben kann, sich während eines Schneesturms zu zweit in eine einsame Hütte zu flüchten.«

»Da wir hier bis auf Weiteres festsitzen, solltest du mir vielleicht genauer erklären, wie du dir das mit dem Liebesnest vorstellst.«

Genüsslich strich er über meine Rippenbögen, ehe er seine Finger tiefer wandern ließ. Ich wölbte mich ihm sehnsüchtig entgegen, zog ihn dabei näher zu mir und presste meine Lippen auf seine. Mein Körper stand augenblicklich wieder in Flammen. Erst als uns die Luft ausging, hielten wir kurz inne. Atemlos schmolz ich unter seinem glühenden Blick dahin und verschränkte meine Hände in seinem Nacken.

»Was hältst du davon, wenn wir anstatt eines Brainstormings direkt ausprobieren, ob sich die Hütte für eine romantische Auszeit eignet?«

»Das ist eine hervorragende Idee«, murmelte er, bevor wir erneut für ein paar köstliche Stunden die Welt um uns herum vergaßen.

23

Livia

Zarte Sonnenstrahlen drangen durch die feinen Ritzen der Fensterläden in die Hütte und ließen die Staubkörner tanzen. Ich spürte, wie mich die Wärme von Marcos Körper einhüllte, und nahm seinen Herzschlag dicht an meinem Ohr wahr. Das Feuer war über Nacht ausgegangen, sodass mein Atem kleine Wölkchen bildete. Obwohl ich nicht viel geschlafen hatte, fühlte ich mich so lebendig wie noch nie zuvor in meinem Leben. Ich legte meinen Kopf in den Nacken, um sein Gesicht sehen zu können, und strich ihm sanft eine Strähne aus der Stirn. Diese Nacht würde für mich immer unvergesslich bleiben, und ich konnte nur hoffen, dass es Marco ähnlich ging.

Da ich mir keine Gedanken darüber machen wollte, was ich ihm bedeutete, löste ich mich vorsichtig von ihm und schlüpfte in meine Kleidung. Die Tür ließ sich nur schwer öffnen. Offenbar war über Nacht jede Menge Neuschnee gefallen. Langsam stapfte ich durch den kniehohen Schnee und suchte mir ein abgelegenes Plätzchen hinter einer hohen Tanne. Ich musste Marco recht geben, es war wirklich ein Erlebnis der besonderen Art, sich bei Minusgraden zu entblößen, aber ich war optimistisch, dass frischverliebte Paare sich davon nicht abschrecken lassen würden. Minnie, die mich begleitet hatte, folgte aufgeregt schnüffelnd den Spuren verschiedener Tiere, die sich deutlich im Schnee abzeichneten.

Als ich wieder in die Hütte kam, war Marco ebenfalls aufgestanden und packte bereits unsere wenigen Sachen zusammen.

»Morgen«, begrüßte ich ihn und spürte, wie mein Herz allein bei seinem Anblick schneller schlug.

»Guten Morgen.« Seine Stimme klang noch eine Spur tiefer und rauer als sonst. Am liebsten hätte ich mich wieder mit ihm unter die Decke verkrochen, doch er hatte einen der Fensterläden aufgeklappt und schaute prüfend zum Himmel. »Wir sollten die Schneepause nutzen, solange sie anhält, sonst sitzen wir hier am Ende tagelang fest.«

Langsam ging ich auf ihn zu und legte die Hände auf seine Brust. »Ich hätte nichts dagegen, mich mit dir einschneien zu lassen.«

Das Lächeln, das seine Mundwinkel umspielte, wirkte angespannt. Vermutlich war er wegen des Wetters beunruhigt. »Das würde mir auch gefallen. Doch ich fürchte, wir müssen zurück. Rosie und Hannes machen sich bestimmt große Sorgen. Sobald wir wieder Empfang haben, sollten wir sie anrufen.«

Eine Welle von schlechtem Gewissen überkam mich, weil ich seit gestern keinen Gedanken an die beiden verschwendet hatte.

Ich schüttelte das Kissen auf und faltete die Decke zusammen, bevor ich gemeinsam mit Marco die Hütte verließ.

Minnie lief uns voraus, worüber ich sehr froh war, denn ich hatte im Schneesturm komplett die Orientierung verloren. Wir hielten uns dicht an den Bäumen, da dort der Schnee weniger hoch war. Doch schon bald ließen wir den Wald hinter uns, sodass wir nicht nur dem scharfen Wind schutzlos ausgesetzt waren, sondern uns auch noch durch den Tiefschnee kämpfen mussten. Selbst Minnie hatte ihre Probleme. Sie war zu schwer, als dass die Schneedecke sie getragen hätte, und musste sich mit weiten Sprüngen vorwärtsbewegen, die sie schnell ermüdeten. Marco pfiff sie zurück, damit sie in unserer Spur laufen konnte, was immer noch anstrengend genug war. Nach kurzer Zeit brannten die Muskeln in meinen Oberschenkeln wie Feuer. Der Gedanke an ein heißes Bad, in das ich hoffentlich in naher Zukunft eintauchen würde, ließ mich eisern einen Fuß vor den anderen setzen. Wir waren noch nicht allzu weit gekommen, als es wieder anfing, zu schneien. Die Sicht wurde zunehmend schlechter, und die Eiskristalle schmerzten auf meinen Wangen. Auf einmal blieb Minnie stehen, und ich fürchtete schon, dass ihre Kraft sie endgültig verlassen haben könnte. Doch sie fing an, zu bellen, und stürmte uns voraus den Hang hinab. Marco und ich sahen uns fragend an. Kurz darauf hörten wir das Brummen eines Motors, das schnell näher kam und mein Herz höherschlagen ließ.

Wir beschleunigten unseren Schritt und standen wenig später einem Schneemobil gegenüber. Der Fahrer trug einen Helm, aber die stürmische Art, mit der Minnie ihn begrüßte, ließ keinen Zweifel daran, dass es Hannes war.

»Ein Glück, dass ich euch gefunden habe!«, rief er und klappte sein Visier hoch. »Geht es euch gut?«

Marco und ich nickten, woraufhin er erleichtert aufatmete.

»Rosie ist beinahe umgekommen vor Angst, aber ich wusste, dass ihr sicher seid, solange ihr Minnie bei euch habt.«

»Sie hat uns zu deiner Hütte geführt«, erklärte ich und merkte, dass meine Beine vor Erschöpfung zitterten.

»Los, steigt ein! Alles Weitere könnt ihr später erzählen.«

Wir kletterten in den Anhänger, wickelten uns in die bereitliegenden Decken und zogen unsere Beine nah an uns, damit Minnie im Fußraum Platz hatte. Hannes reichte uns eine Thermoskanne mit heißem Kakao und zwei Becher, die Marco halb voll füllte und mir einen davon in die Hand drückte. Minnie bekam einen extragroßen Hundekeks, den sie mit einem Bissen verschlang.

Die Hündin hielt ihre Ohren in den Wind und schien die Fahrt zu genießen, während ich mich an meinem Becher festhielt und Mühe hatte, die Augen offen zu halten.

Ich musste kurz eingenickt sein, denn als ich wieder wach wurde, lag mein Kopf an Marcos Schulter. Er hatte einen Arm um mich gelegt und mir den Kakao abgenommen.

Rosie stand auf dem Vorplatz des Châteaus und empfing uns mit besorgter Miene.

»Dem Himmel sei Dank, dass Hannes euch gefunden hat! Kommt schnell rein! Ihr müsst euch dringend aufwärmen.«

Es dauerte eine Weile, bis wir unsere Stiefel von den Schneeschuhen befreit hatten und Rosie ins Foyer gefolgt waren. Auf dem Weg zu unseren Zimmern redete sie pausenlos auf uns ein.

»Hannes war die halbe Nacht unterwegs, um euch zu suchen. Ich habe ihm gesagt, dass es keinen Sinn hat, solange es noch dunkel ist, aber er war nicht davon abzubringen. Zum Glück ist alles gut gegangen.«

Ich warf Marco einen schuldbewussten Blick zu. Stillschweigend kamen wir überein, dass wir für uns behalten würden, wie knapp es gewesen war.

Rosie verschwand in meinem Zimmer, um mir ein Bad einzulassen. Ich blieb unschlüssig vor der Tür stehen, da ich nicht wusste, wie ich mich von Marco verabschieden sollte. Obwohl wir uns vermutlich gleich wiedersehen würden, fühlte es sich für mich so an, als würde unsere gemeinsame Nacht hier enden und damit auch die Vertrautheit und Intimität, die wir geteilt hatten.

»Danke – für alles. Dass du bei mir geblieben bist und nicht aufgegeben hast.«

Sein Blick wurde weich. »Ich hätte dich niemals schutzlos zurückgelassen.«

»Ich weiß.« Meine Stimme war kaum mehr als ein Flüstern. Er fuhr sanft mit den Fingerspitzen über meine Wange. Allein diese kleine Berührung erweckte eine Sehnsucht in mir, die mir die Luft zum Atmen nahm. Ich rang mir ein Lächeln ab, als er seine Hand sinken ließ und einen Schritt zurücktrat. Am liebsten hätte ich ihn zu mir ins Zimmer gezogen. Aber ich wusste, dass es uns beiden guttun würde, wenn wir ein wenig Abstand bekämen, um all die verwirrenden Gefühle zu verarbeiten und uns darüber klar zu werden, wie wir weitermachen wollten.

»So, dein Bad dürfte gleich fertig sein,« verkündete Rosie, als sie wieder auf den Korridor hinaustrat. »Es ist bewusst nur lauwarm. Sobald sich dein Körper an die Temperatur gewöhnt hat, kannst du langsam warmes Wasser dazugeben. Und wenn du danach Hunger hast, wartet eine leckere Suppe auf dich. Oder möchtest du zuerst etwas essen?«

Ich schüttelte den Kopf. Die Aussicht auf ein entspannendes Bad war mehr als verlockend.

»Wenn du etwas brauchst, findest du mich in der Küche.«

Ich warf Marco einen letzten Blick zu und ignorierte das Ziehen in meiner Brust, das mir zeigte, wie ungern ich mich von ihm trennte.

Als ich mit einem wohligen Seufzen in das duftende Schaumbad eintauchte, versuchte ich, dem flauen Gefühl in meinem Bauch keine Bedeutung beizumessen. Es stellte sich immer dann ein, wenn mir bewusst wurde, dass ich einen Fehler gemacht hatte. Wir hatten uns darauf geeinigt, dass es nur diese eine Nacht geben würde, und daran änderte auch die Tatsache nichts, dass wir nur knapp einem lebensbedrohlichen Schneesturm entkommen waren. Obwohl ich gern mehr Zeit mit ihm allein verbracht hätte, um herauszufinden, was das zwischen uns war und wohin es eventuell führen könnte, hatte er sehr deutlich gemacht, dass er nicht an einer tiefergehenden Beziehung interessiert war. Ich würde sein Bedürfnis nach Freiheit und Unabhängigkeit respektieren und konnte nur hoffen, dass unser Verhältnis nicht unter unserer Impulsivität leiden würde. Wahrscheinlich war es das Beste, wenn ich mich so verhielt, als wäre nichts passiert. Ich würde ihm versichern, dass ich ihn nach wie vor mochte und keine Erwartungen an ihn stellte. Denn noch mehr, als uns in eine unangenehme Situation zu bringen, fürchtete ich, ihn als Freund zu verlieren. Wenn es nötig war, würde ich meine Bedürfnisse und Wünsche zurückstellen in der Hoffnung, dass ich auf diese Weise zumindest unsere Freundschaft retten konnte. Blieb nur die Frage, warum sich allein der Gedanke daran anfühlte, als würde mein Herz entzweigerissen.

Es wurde Nachmittag, bis ich mich in der Küche blicken ließ. Nach dem Bad hatte ich mich nur kurz hinlegen wollen, hatte dann aber wie ein Stein geschlafen und nach dem Aufwachen nicht direkt die Kraft gehabt, mich der Realität zu stellen. Die letzte Nacht hatte für mich alles verändert. Ich fühlte mich angreifbar und verletzlich, zugleich voller Hoffnung und sprudelnder Energie, was mich vollkommen durcheinanderbrachte. In den vergangenen drei Jahren hatte ich mich bewusst dafür entschieden, mich auf meine Karriere zu konzentrieren. Die Arbeit hatte mich beschäftigt und effektiv von allem abgelenkt, was mir eventuell fehlen könnte. Doch jetzt hatten wenige, aber dafür umso kostbarere Stunden in Marcos Armen ausgereicht, um all meine Überzeugungen infrage zu stellen.

Rosie servierte mir einen Teller Kartoffelsuppe mit frisch gebackenem Brot.

»Ist Marco schon wach?«, fragte ich möglichst beiläufig, nachdem ich den ersten Löffel probiert hatte und mich fühlte, als wäre ich im Feinschmeckerhimmel gelandet.

»Er hat bloß kurz geduscht und ist danach sofort im Büro verschwunden. Wenn du mich fragst, arbeitet er zu viel, aber ich bin wohl kaum in der Position, mich darüber zu beschweren. Ohne ihn hätten wir es nie geschafft, das Hotel vor dem Ruin zu bewahren.«

Während ich aß und dabei fieberhaft nach einem überzeugenden Vorwand suchte, bei Marco im Büro vorbeizuschauen, griff Rosie nach einem Tablet und setzte sich neben mich auf die Eckbank.

»Marco war vorhin hier und hat mir eine erste Auswahl von Johns Bildern gezeigt. Schau sie dir an! Sie sind fantastisch geworden!«

Ich warf einen Blick auf das Display und hätte beinahe den Löffel fallen gelassen. Die Fotogalerie zeigte die Ansicht des Châteaus, die schönsten Zimmer sowie die Bibliothek, das Restaurant, die Bar und den Frühstücksraum. Was mich überraschte, waren die zahllosen Bilder von einem jungen Paar, das aussah, als wäre es bis über beide Ohren ineinander verliebt. Ich tippte auf einige der Fotos, um die Details besser betrachten zu können. Jedes einzelne war ein Meisterwerk, eine raffinierte Gesamtkomposition aus Licht, Farben und der perfekten Perspektive. Am meisten erstaunte mich, wie glücklich ich aussah. Ich konnte mich nicht daran erinnern, jemals so einen gelösten und zugleich strahlenden Gesichtsausdruck bei mir gesehen zu haben. Das letzte Bild zeigte unseren Kuss auf dem Balkon. Im Hintergrund tauchte die Abendsonne die Berge in glühendes Rot. Allein der Anblick trieb mir das Blut in die Wangen, wobei die Erinnerung an Marcos Lippen auf meinen das vertraute Kribbeln in mir weckte.

»Findest du nicht auch, dass ihr ein tolles Paar abgebt?«, unterbrach Rosie meine Gedanken.

Ich konnte nur nicken, während ich mich fragte, was Marco beim Betrachten der Fotos empfunden haben mochte.

»Das ist mein Lieblingsbild.« Sie scrollte in der Galerie wieder nach oben und tippte auf ein Foto, auf dem Marco und ich neben der Kutsche standen. Zorro hatte seine Nase gegen meine Hand gedrückt und hielt dabei den Kopf gesenkt. Marcos Blick war auf mich gerichtet, und der weiche Ausdruck in seinen Augen hätte den Betrachter auf die Idee bringen können, dass er tatsächlich etwas für mich empfand. Doch leider sah die Realität anders aus. Ich unterdrückte ein Seufzen und gab Rosie das Tablet zurück.

Nach dem Abendessen, zu dem Marco nicht erschienen war, zog ich mich in die Bibliothek zurück. Minnie, mein treuer Schatten, machte es sich vor dem Kamin bequem. Ich versuchte, mich auf den Krimi zu konzentrieren, aber meine Gedanken schweiften immer wieder ab. Es war, als hätte die letzte Nacht eine Tür aufgestoßen und mir einen Blick auf ein anderes Leben erlaubt, in dem ich meine Zeit nicht nonstop im Büro verbrachte. Zumal ich mir eingestehen musste, dass meine Arbeit mich schon seit Längerem nicht mehr erfüllte. Ich freute mich, wenn ich einen Prozess gewann, manchmal war ich auch stolz, doch immer häufiger stellte ich den Sinn dahinter infrage. War es wirklich das, womit ich mein Leben verbringen wollte? Wie oft hatte ich ein schlechtes Gewissen, wenn ich meine Arbeit mit der von Nane oder Cleo verglich, die sich mit ganzem Herzen dafür einsetzten, Kindern zu einem glücklicheren Leben zu verhelfen. Zwar konnte nicht jeder mit seinem Job die Welt retten, aber allein was ich in den vergangenen Tagen für Rosie und Hannes getan hatte, fühlte sich besser an als die letzten zehn Fälle, die ich bearbeitet hatte.

Ich schreckte davor zurück, meine gut bezahlte Anstellung aus einer Laune heraus aufzugeben, da ich ein starkes Bedürfnis nach finanzieller Sicherheit hatte. Doch vielleicht konnte ich meine Chefin überreden, ab und an ein Pro-bono-Mandat übernehmen zu dürfen. Alternativ könnte ich meine Stunden reduzieren und nebenbei ehrenamtlich für eine gemeinnützige Organisation arbeiten. Meine verkrampften Schultern entspannten sich bei dem Gedanken daran.

Ich richtete meinen Blick wieder auf das aufgeschlagene Buch, aber anstatt der Wörter sah ich Bilder eines glücklichen Paars, das verliebt in die Kamera strahlte. Mein ganzer Körper kribbelte bei der Erinnerung an letzte Nacht. Meine sexuellen Erfahrungen beschränkten sich auf Daniel und einige kürzere Beziehungen während meines Studiums, und nichts war auch nur annähernd an das herangekommen, was ich mit Marco empfunden hatte. Er war leidenschaftlich, aufmerksam und rücksichtsvoll gewesen, hatte meine Bedürfnisse über seine gestellt und sich stets versichert, dass ich mich wohlfühlte. Von dem Wirbelsturm an Emotionen, den er in mir ausgelöst hatte, ganz zu schweigen.

Wie gern würde ich mit Nane über das emotionale Chaos reden, das in mir herrschte. Sie würde mit wenigen Fragen zum Kern des Problems vordringen und gemeinsam mit mir herausfinden, was ich tun könnte. Aber sie war Marcos Schwester. Abgesehen davon, dass ich nicht einschätzen konnte, wie Nane reagieren würde, wenn ich ihr sagte, dass ich eine heiße Nacht mit ihrem Bruder verbracht hatte, schien sie mir in diesem speziellen Fall nicht die richtige Ansprechpartnerin zu sein. Cleo wäre eine weitere Option, doch ich wollte sie nicht in die Situation bringen, Geheimnisse vor ihrer Partnerin haben zu müssen.

Nicht zum ersten Mal wünschte ich mir, ein besseres Verhältnis zu meiner Schwester zu haben. Elena würde mich spätestens im zweiten Satz unterbrechen, um mir von ihrem Erfolg in der Klinik zu berichten, wie gut es in ihrer Beziehung lief, und mir unter die Nase reiben, wie stolz unsere Eltern auf sie waren. Und obwohl ich mich für sie freute, war es das Letzte, was ich gerade brauchte.

Also blieb mir nichts anderes übrig, als mir selbst zu helfen. Um die Lage möglichst objektiv beurteilen zu können, musste ich alle relevanten Informationen zusammentragen.

Erstens: Marco und ich verstanden uns außergewöhnlich gut, was sich damit belegen ließ, dass er mir das Gefühl gab, mit ihm über alles reden zu können.

Zweitens: Wir hatten eine unglaubliche Nacht zusammen verbracht – zumindest hatte ich es so empfunden.

Drittens: Wir gaben laut Rosie ein hübsches Paar ab. Zugegeben, das war Suggestion und würde vor Gericht nicht als Beweis anerkannt werden.

Tatsache war, dass Marco sich für andere einsetzte und man sich hundertprozentig auf ihn verlassen konnte, was in unserer schnelllebigen und manchmal erschreckend oberflächlichen Welt eher selten war.

Viertens – ob es mir nun gefiel oder nicht: Ich empfand etwas für ihn, und vermutlich mehr als gut für mich war.

Ohne mit Nane gesprochen zu haben, konnte ich ihre Stimme deutlich hören: *Dann schnapp ihn dir!*

Na gut, vielleicht war das mehr Wunschdenken, da ich selbst wusste, wie selten es war, dass man einen Menschen traf, zu dem man schon nach wenigen Tagen solch eine starke Verbindung spürte. War ich es mir nicht schuldig, zumindest herauszufinden, ob wir eine Chance hatten? Das Problem war nur, dass ich dafür all meinen Mut zusammennehmen und das Risiko eingehen müsste, verletzt zu werden. Aber würde ich mich sonst nicht für den Rest meines Lebens fragen, was hätte sein können, wenn ich mich getraut hätte, meinem Herzen zu folgen?

Ich klappte das Buch zu und stellte es zurück ins Regal. Unruhig lief ich vor dem Kamin auf und ab, wobei Minnie mich aus halb geöffneten Augen beobachtete und einen tiefen Seufzer ausstieß.

»Tut mir leid, dass ich dich bei deinem Schläfchen störe, aber ich kann einfach besser denken, wenn ich mich bewege.« Jetzt redete ich schon mit einem Hund.

Der Plan war folgender: Ich würde auf Marco zugehen und ihm zeigen, was ich für ihn empfand. Allerdings musste ich dabei behutsam vorgehen, denn wir hatten eine klare Absprache, und ich wollte ihm nicht das Gefühl geben, dass ich ihn und seine Bedürfnisse nicht ernst nahm. Wir mussten uns sowieso in erster Linie darauf konzentrieren, das Hotel zu retten. Danach könnten wir schauen, ob uns genug verband, um über eine gemeinsame Zukunft nachzudenken. Es würde zwar schwierig werden, da Marco ständig unterwegs war und ich ebenfalls viel arbeitete, aber irgendwie würden wir es schaffen. Ich musste nur aufpassen, dass ich mir selbst treu blieb und mich nicht wie bei Daniel vollkommen in meinen Bemühungen um eine harmonische Beziehung verlor.

24
Marco

Obwohl mein Körper nach Schlaf schrie, verzichtete ich auf einen Powernap und ging nach einer kurzen Dusche sofort ins Büro. Dort erwartete mich eine E-Mail von John mit dem Link zur Bildergalerie des Shootings. Ich stellte mich darauf ein, dass der Anblick mein inneres Chaos noch verstärken könnte, doch ich hatte nicht mit dem emotionalen Beben gerechnet, das die Fotos in mir auslösten. John hatte nicht nur die Atmosphäre des Châteaus perfekt eingefangen, sondern es zudem geschafft, Livia und mich so abzulichten, dass wir aussahen wie ein glückliches Paar. Jeder Blick, jede Berührung, jedes Lächeln, aber vor allem der Kuss zeugte von der tiefen Liebe, die uns scheinbar verband. Ich vergrößerte ein Foto, auf dem Livia allein zu sehen war. Sie stand unter dem Wasserfall im Wellnessbereich und strich sich mit geschlossenen Augen die Haare zurück. Mein Finger fuhr wie von selbst die Konturen ihres Gesichts nach. Sofort tauchten Momentaufnahmen der letzten Nacht, wie sich ihr nackter Körper voller Verlangen unter mir aufbäumte, vor mir auf. Ihr hingebungsvolles Stöhnen, als ich sie berührte. Der vertrauensvolle Blick aus ihren bernsteinfarbenen Augen, in denen sich Verletzlichkeit und Neugier zugleich spiegelten. Nicht zu vergessen ihre Leidenschaft, die sie in jede Berührung und jeden Kuss legte und mir damit zeigte, wie sehr sie mich wollte.

Das war an sich nichts Neues für mich. Wenn ich mich auf eine Frau einließ, und sei es nur für eine Nacht, war ich immer darum bemüht, dass sie auf ihre Kosten kam, sich zudem sicher und respektiert fühlte. Was ich jedoch noch nie zuvor gespürt hatte, war die Intensität, mit der nicht nur mein Körper, sondern vor allem mein Herz auf Livia reagiert hatte. Es war mir nicht allein darum gegangen, ihre Bedürfnisse zu befriedigen. Ich wollte für sie da sein, sie halten, eins mit ihr werden und sie nie wieder loslassen. Als wir uns vorhin vor ihrem Zimmer verabschiedet hatten, war es mir vorgekommen, als würde ich entzweigerissen, weil ein Teil von mir bei ihr bleiben wollte. Das hatte mir eine solche Angst eingejagt, dass ich mich ins Büro geflüchtet und hinter meiner Arbeit verschanzt hatte, anstatt zu ihr zu gehen, sie in meine Arme zu ziehen und meine Bedenken in den Wind zu schießen.

Doch genau das durfte ich auf keinen Fall tun, denn es würde nur falsche Hoffnungen wecken. Niemals würde ich vergessen, wie Helen mit ihren Koffern vor mir gestanden und gesagt hatte, dass sie mich verlassen würde, weil es ihr zu sehr wehtat, nicht von mir gesehen zu werden. Mein Bedürfnis nach Bestätigung und beruflicher Erfüllung war mir wichtiger gewesen als ihr Wunsch nach Nähe und Geborgenheit. Ich hatte es für selbstverständlich gehalten, dass sie für mich da war, wenn ich sie brauchte. Hatte erwartet, dass sie allein zurechtkam, wenn ich unterwegs war. Und das war in den letzten zwei Jahren unserer Beziehung zum Dauerzustand geworden.

Die Vorstellung, Livia könnte mich eines Tages auf diese Weise anschauen, hielt mich auf meinem Bürostuhl fest. Auch wenn ich nicht alle Details kannte, war ich mir sicher, dass ihr Leben nicht immer leicht gewesen war. Sie sollte mit jemandem zusammen sein, der in der Lage war, sich vollkommen auf sie einzulassen. Mir hingegen blieb nichts anderes übrig, als meine Gefühle für sie zu unterdrücken und ihr als guter Freund zur Seite zu stehen. Ein Freund, der sie unterstützte und dazu ermutigte, sich als selbstbewusste, starke, feinfühlige und atemberaubend schöne Frau zu sehen, die nur das Beste im Leben verdient hatte.

Nachdem ich meine Gedanken sortiert und den Entschluss gefasst hatte, dass es für uns beide besser war, wenn wir von nun an Freunde blieben, schaffte ich es, mich für einige Stunden auf meine Arbeit zu konzentrieren.

Als ich mir einen Kaffee holte, zeigte ich Rosie die Fotos, die ihre Begeisterung wie immer offen zum Ausdruck brachte. Ich überließ ihr das Tablet und ging ins Büro zurück, um die Bilder auf der Website einzupflegen.

Das Abendessen ließ ich aus. Stattdessen arbeitete ich weiter und versuchte, mir einzureden, dass es mir nicht darum ging, eine Begegnung mit Livia zu vermeiden, sondern dass ich lediglich gerade so gut im Flow war.

Zwei Stunden später bat ich Rosie und Hannes zu mir, um ihnen den ersten Entwurf der neuen Website zu zeigen und ihre Meinung einzuholen. Es war ein gutes Gefühl, wie früher alles selbst zu machen. Normalerweise hätte ich eine professionelle Webdesignagentur engagiert, aber bei diesem Projekt ging es darum, so kostengünstig wie möglich zu arbeiten.

Auf der Startseite umrahmten verschiedene Ansichten des Châteaus Rosies und Hannes' Philosophie, dass ihre oberste Priorität darin bestand, ihren Gästen ein individuelles und zugleich unvergessliches Urlaubserlebnis zu bescheren. Die nächste Seite zeigte einige der Suiten und Zimmer und die öffentlichen Bereiche wie den Frühstücksraum, das Restaurant, die Bar und die Bibliothek. Die Wellnessoase hatte ebenso wie der Ballsaal einen extra Auftritt bekommen. Ich hatte erwähnt, dass das Prunkstück des Hauses nicht nur die Location für den alljährlich stattfindenden Weihnachtsball wäre, sondern man den Saal auch für Events aller Art buchen konnte. Zwischen den Textabschnitten hatte ich Fotos von Livia und mir in den entsprechenden Räumen sowie Landschaftsaufnahmen eingefügt, um den bestmöglichen Eindruck des Ambientes zu vermitteln.

Rosie lobte mich überschwänglich, während Hannes gelegentlich einen leisen Brummton von sich gab, den ich als wohlwollende Zustimmung wertete. Als wir zu der Seite mit den Buchungsoptionen kamen, wurde Rosie auffallend still.

»Das ist mehr als das Dreifache unserer vorherigen Preise«, bemerkte sie nach einer Weile und blickte sorgenvoll zu ihrem Mann, der mit gerunzelter Stirn die Zahlen betrachtete. »Selbst die einfacheren Zimmer im dritten Stock kosten das Doppelte. Wie sollen wir das rechtfertigen?«

»Ihr müsst bedenken, dass die Gäste nicht nur für das Zimmer bezahlen, sondern auch für die Nutzung des Wellnessbereichs, der Bibliothek und der anderen Aufenthaltsräume, die durch den Umbau aufgewertet wurden.«

Ich rechnete es Rosie hoch an, dass sie sich meine Worte erst durch den Kopf gehen ließ, bevor sie zu einer Erwiderung ansetzte. »Damit werden wir eine ganz andere Klientel ansprechen als bisher.«

»Genau das ist der Plan. Ein exklusiver Romantikurlaub für Menschen, die sich eine luxuriöse Auszeit im wundervollen Wallis gönnen wollen.« Sie schien immer noch nicht überzeugt zu sein. Gerade als ich weitere Argumente für mein Konzept liefern wollte, kam mir Hannes unerwartet zu Hilfe.

»Du darfst den Kredit nicht vergessen, den wir zurückbezahlen müssen. Wenn wir die Preise nicht erhöhen, wird uns das zu Lebzeiten eventuell nicht mehr gelingen.«

Das war zwar nicht die Antwort, die ich mir gewünscht hätte, doch zumindest schien sie Rosie fürs Erste den Wind aus den Segeln zu nehmen.

»Ich weiß immer noch nicht, wie du es geschafft hast, die Bank zu überzeugen, uns ein Darlehen in der Größenordnung zu gewähren, obwohl das Haus bis zur Kante belastet war.«

»Nicht ich habe sie überzeugt, sondern der Businessplan. Ich sage euch, dass es funktionieren wird. Ihr müsst nur ein wenig Vertrauen haben.«

Wieder warf Rosie Hannes einen fragenden Blick zu. Ich spürte einen Hauch von Neid auf ihre Art der nonverbalen Kommunikation. So etwas war nur Menschen möglich, die eine tiefgehende Verbindung zueinander hatten.

»Wir haben dich um Hilfe gebeten, weil wir glauben, dass du aufgrund deiner beruflichen Erfahrung objektiv einschätzen kannst, welche Maßnahmen nötig und umsetzbar sind«, ergriff Hannes erneut das Wort.

»Und weil du Nanes Bruder bist und damit praktisch zur Familie gehörst«, ergänzte Rosie und legte ihre Hand auf meinen Unterarm. »Bei dir können wir sicher sein, dass du uns nicht über den Tisch ziehst, sondern offen und ehrlich unsere Interessen vertrittst.«

»Wir vertrauen darauf, dass du weißt, was das Beste für uns und unser Haus ist. Uns wäre im Traum nicht eingefallen, daraus ein Romantikhotel zu machen.«

Ich nickte, da ich wusste, wie schwer es manchen Menschen fiel, eingefahrene Strukturen zu hinterfragen. »Spätestens wenn die Website online ist und sich die Buchungen überschlagen, werdet ihr sehen, dass das neue Konzept aufgeht.«

25

Livia

Obwohl ich mit dem Rücken zur Tür saß, spürte ich Marcos Anwesenheit in der Sekunde, in der er den Raum betrat. Es war, als würde sich nicht nur die Spannung in der Luft verändern, sondern auch jede Zelle meines Körpers plötzlich in einer höheren Frequenz schwingen. Es kostete mich all meine Willensstärke, nach außen hin gelassen zu wirken und weiter das Winterparadies vor mir zu betrachten, anstatt aufzuspringen und ihn zu umarmen. Der samtweiche Klang seiner Stimme und die Unbeschwertheit seines Lachens, als er mit Rosie scherzte, verstärkten meine Sehnsucht nach seiner Nähe und riefen zugleich alte Ängste in mir wach.

Ich hatte mich gefragt, ob er mir am Vortag absichtlich aus dem Weg gegangen war, er einfach viel aufzuarbeiten hatte oder bloß ein wenig Abstand brauchte. Als ich allein in meinem Bett gelegen und mich nach seiner Berührung und seinen Küssen gesehnt hatte, hatte ich es bitter bereut, nicht mutiger gewesen zu sein. Mich nicht davon überzeugt zu haben, dass es ihm gut ging und zwischen uns alles in Ordnung war. Wie konnte eine einzige Nacht mich derart aus der Bahn werfen? Ich konnte nicht schlafen, hatte keinen Appetit und schaffte es mit viel Überwindung, eine halbe Tasse Tee zu trinken.

»Guten Morgen.« Zwei kleine Worte, die mir einen wohligen Schauer über den Rücken jagten. Ich drehte mich zu ihm um und versuchte, zu ignorieren, dass mein Herz sich vor Freude und Aufregung zu überschlagen drohte. In dem Moment, in dem unsere Blicke sich trafen, ging ein Beben durch meinen Körper, das mir überdeutlich zeigte, dass mein Plan, meine Gefühle vorerst zurückzuhalten, zum Scheitern verurteilt war.

»Morgen«, krächzte ich und verfluchte das Zittern in meiner Stimme.

»Ich hoffe, du hast unser kleines Abenteuer gut überstanden.« Das Lächeln auf meinen Lippen erstarb, während sich mein Magen zuschnürte. Obwohl irgendwo in den hintersten Regionen meines Gehirns kurz der Gedanke aufpoppte, dass sich das Wort *Abenteuer* auch auf den Schneesturm beziehen konnte und keinesfalls ausschließlich auf unsere gemeinsam verbrachte Nacht, gewann meine Panik die Oberhand. Alles an Marco, die aufrechte Haltung, der distanzierte Blick, die kühle Ausstrahlung, verriet mir, dass sich etwas Grundlegendes geändert hatte. Dass wir die kostbare Nähe, die in der Abgeschiedenheit der Berge zwischen uns entstanden war, unwiederbringlich verloren hatten. Ich musste all meine Kraft aufwenden, mir nicht anmerken zu lassen, wie sehr mich seine Bemerkung traf. Sie bestätigte meine schlimmsten Befürchtungen: dass es für ihn nicht die alles verändernde magische Nacht gewesen war, sondern eben nur ein bedeutungsloses Abenteuer. Mein Herz, das sich mit dieser neuen Realität nicht abfinden wollte, pochte hoffnungsvoll weiter, und ich fragte mich, wie viele Beweise es noch dafür brauchte, dass Marco nicht dasselbe wie ich empfand. Ich konnte ihm nicht einmal einen Vorwurf machen, denn er hatte von Anfang an mit offenen Karten gespielt, und ich hatte seinen Bedingungen zugestimmt. Wenn ich also auf jemanden wütend sein wollte, dann auf mich selbst. Die steinerne Mauer, die Marco zum Einsturz gebracht hatte, begann sich von Neuem zu errichten und meine Emotionen dahinter zu verbergen.

»Mir geht es gut. Danke der Nachfrage.« Ich hörte den reservierten Klang in meiner Stimme und wünschte mir, ich wäre in der Lage, mich souveräner zu verhalten. Es war meine Entscheidung gewesen, mich auf ihn einzulassen. Und jetzt musste ich die Konsequenzen tragen, ob sie mir gefielen oder nicht.

»Das freut mich.« Er zögerte. Ich hing an seinen Lippen, flehte ihn stumm an, seine Maske fallen zu lassen und mir zu sagen, dass es ihm auch etwas bedeutet hatte. Dass ich nicht die Einzige war, die sich fühlte, als wäre ihre Welt aus den Angeln gehoben worden.

»Wegen vorletzter Nacht …« Sein Tonfall verriet, wie ungern er das Thema anschnitt. Obwohl ich ahnte, was mich erwartete, hoffte ein winziger Teil in mir trotz allem, dass er seine Meinung geändert hätte und bereit wäre, uns eine Chance zu geben. »Wir haben zwar darüber gesprochen, aber ich wollte sichergehen, dass es für dich okay ist, wenn wir von nun an nur Freunde sind.«

Ich schluckte und gab mein Möglichstes, nicht preiszugeben, dass seine Worte sich anfühlten wie scharfkantige Splitter eines zerplatzten Traums, die sich in mich bohrten und tiefe Wunden hinterließen. »Mir ist bewusst, dass es eine einmalige Sache war. Du musst dich mir gegenüber zu nichts verpflichtet fühlen.«

»Das Letzte, was ich möchte, ist, dich zu verletzen.«

»Keine Sorge«, entgegnete ich, obwohl ich am liebsten laut geschrien oder auf etwas eingeschlagen hätte, weil mich schon wieder ein Mensch, der mir viel bedeutete, ohne mit der Wimper zu zucken von sich stieß. »Ich bin erwachsen und weiß, was wir besprochen haben.«

»Das ist gut.« Erleichtert atmete er aus. »Ich bin froh, dass wir uns einig sind. Dann mach ich mich mal wieder an die Arbeit.« Er drehte sich um und ging auf die Tür zu. Ich streckte meinen Arm aus, um ihn aufzuhalten, doch ich griff ins Leere.

»Könntest du mir einen Gefallen tun?«, bat ich, ehe ich darüber nachdenken konnte. Marco hielt inne und wandte sich mir zu. »Ich bräuchte ein paar Dinge aus Brig, um die Hütte umzugestalten.«

»Du willst das wirklich durchziehen?«

Ich zuckte betont lässig mit den Schultern, als wäre das keine große Sache. Dabei hatte ich im Moment nur einen Gedanken: Ich musste möglichst viel Abstand zwischen Marco und mich bringen, wenn ich die Kontrolle über meine Gefühle zurückgewinnen wollte. Außerdem konnte ich darauf verzichten, dass jeder mir ansah, wie schwer es mir fiel, mit der veränderten Situation umzugehen.

»Es würde mir Spaß machen, eine eigene Aufgabe zu haben und dir zu beweisen, wie viel Potenzial die Hütte hat.« Sein verschmitztes Grinsen rüttelte an der Mauer um mein Herz, doch ich ließ nicht zu, dass sie erneut ins Wanken geriet.

»Schreib mir auf, was du brauchst. Dann schaue ich, was ich tun kann.«

Dank meiner impulsiven Entscheidung fand ich mich kurz darauf im Stall wieder. Ich gab mein Bestes, Hannes davon zu überzeugen, dass seine Jagdhütte das perfekte Liebesnest abgab und es geradezu ein Verbrechen wäre, sie den Winter über leer stehen zu lassen. Wie erwartet war er zunächst alles andere als begeistert. Er murmelte etwas von einem abgeschiedenen Rückzugsort, den er brauchte, wenn die Gäste kamen. Da ich aber nicht nachgab, lenkte er schließlich ein, woraufhin ich ins Château zurücklief, um mir einen Plan zurechtzulegen. Es tat gut, mich fürs Erste von meinen verletzten Gefühlen abzulenken und stattdessen auf ein konkretes Ziel zu konzentrieren.

Zwei Stunden später hatten Hannes und ich allerlei Werkzeug, Maler- und Putzutensilien in den Transportboxen des Schneemobils verstaut und befanden uns auf dem Weg den Berg hinauf. Minnie saß vor mir im Fußraum und lehnte sich entspannt an mich.

Als ich in der schummrigen Hütte stand, war ich mir mit einem Mal nicht mehr sicher, ob es so eine gute Idee gewesen war, hierher zurückzukehren. Denn die Erinnerungen an die leidenschaftliche Nacht mit Marco, die greifbar in der Luft hingen, verstärkten den Schmerz, von ihm zurückgewiesen worden zu sein.

Entschlossen straffte ich die Schultern. Ich war hier, um Rosie und Hannes zu unterstützen, und da die Zeit drängte, sollte ich besser anfangen, statt in Selbstmitleid zu versinken.

Nachdem Hannes seine privaten Gegenstände nach draußen geschafft hatte, machte ich mich mit Feuereifer ans Putzen. Ich steckte all meine Wut und Enttäuschung ins Schrubben und schimpfte dabei leise vor mich hin. Falls Hannes mein Verhalten irritierte, ließ er sich nichts anmerken. Er prüfte indessen die wenigen Möbel auf ihre Funktionalität, zog hier und da eine Schraube nach und platzierte sie auf meine Bitte hin um. Minnie beobachtete uns eine Weile interessiert, bevor sie hinauslief, um auf Entdeckungsjagd zu gehen. Da der Kamin regelmäßig gereinigt worden war, mussten wir ihn nur gründlich ausfegen und Feuerholz für die zukünftigen Gäste bereitstellen, worum Hannes sich kümmerte. Anschließend schmirgelte er die Fensterläden ab, bevor sie einen neuen Anstrich bekamen. Zum Glück war der Boden in einem guten Zustand, und mit einem flauschigen Teppich vor dem Bett würde der Raum noch gemütlicher werden.

Am frühen Nachmittag legten wir eine Pause ein und aßen die leckere Gemüsequiche, die Rosie uns mitgegeben hatte. Hannes betrachtete mit undurchdringlicher Miene die umgestaltete Hütte.

»Dafür, dass du es nicht so mit Romantik hast, legst du dich ganz schön ins Zeug.«

»Warum glauben alle, dass ich nicht romantisch bin?« Statt einer Antwort zog er lediglich eine Braue nach oben. Die kleine Geste genügte, um mich einknicken zu lassen. »Okay, du hast recht. Bevor ich hergekommen bin, war die Arbeit meine oberste Priorität. Erst hier bei euch habe ich gemerkt, wie dringend ich eine Auszeit nötig hatte.«

Er kaute in Ruhe, bevor er zu einer Erwiderung ansetzte. »Es ist wichtig, Ziele zu haben, die einen mit Stolz erfüllen, wenn man sie erreicht. Aber man sollte sein Privatleben dafür nicht aufgeben. Ohne Rosie hätte ich vermutlich noch im ersten Jahr das Handtuch geworfen und mir einen Job mit festen Arbeitszeiten und finanzieller Sicherheit gesucht. Nicht jeder hat das große Glück, jemanden zu finden, der nicht nur seine Werte, sondern auch seine Träume teilt.« Er schaute aus dem Fenster auf das Bergpanorama, das uns umgab. »Es war nicht immer leicht, ist es bis heute nicht, aber ich habe die Entscheidung, mein Leben mit Rosie zu verbringen und gemeinsam mit ihr das Hotel zu führen, an keinem einzigen Tag bereut.«

Für Hannes, der normalerweise kein Freund großer Worte war, stellte das eine beeindruckende Rede dar. Es bedeutete mir viel, dass er sich mir gegenüber öffnete und mich an seinen Gedanken und Erfahrungen teilhaben ließ.

Als die Dämmerung hereinbrach, verstauten wir Hannes' Sachen in den Transportboxen, ehe wir die Tür hinter uns schlossen. Für einen Tag hatten wir erstaunlich viel geschafft, und obwohl mir jeder einzelne Muskel im Körper wehtat, hatte sich die Arbeit gelohnt. Ich freute mich schon auf Marcos Gesichtsausdruck, wenn er die Hütte sah. Doch dann fiel mir wieder ein, wie angespannt die Situation zwischen uns war, und die Vorfreude verpuffte. Ich hatte die Gedanken an ihn während des Tages bewusst aus meinem Kopf verbannt, aber nun brachen sie mit aller Macht über mich herein. Es war hart, ihn nie wieder küssen zu dürfen. Nie wieder sein tiefes, dunkles Lachen, das ich so sehr liebte, dicht an meinem Ohr zu hören. Abgesehen davon hatte ich keine Ahnung, wie ich meinem Herzen klarmachen sollte, dass unser Mut umsonst gewesen war. Ich hätte auf meinen Verstand hören sollen, der wusste, dass ich nicht mit One-Night-Stands umgehen konnte, aber dann hätte ich niemals diese fantastische Nacht erlebt.

Vielleicht musste man manchmal riskieren, verletzt zu werden, wenn man das Leben voll auskosten wollte, und akzeptieren, dass sich manche Dinge anders entwickelten, als man es sich wünschte.

26

Marco

Da Hannes mit Rosie und Livia am frühen Morgen zur Hütte gefahren war, hatte ich das Château für mich und konnte ungestört meiner Arbeit nachgehen. Ich hatte am Vortag die Sachen besorgt, um die Livia mich gebeten hatte, und dabei bewusst die Erinnerungen an unseren gemeinsamen Shoppingtag verdrängt. Obwohl ich mir einredete, dass uns der Abstand guttat, merkte ich, wie sehr sie mir fehlte. Immer wieder erwischte ich mich dabei, wie ich auf den Bildschirm starrte und an sie dachte. An ihr Lächeln, den verhangenen Blick, mit dem sie mich angeschaut hatte, als sie in meinen Armen gelegen hatte. Das unglaubliche Gefühl, ihr alles von mir geben zu können, mich ihr so zeigen zu dürfen, wie ich wirklich war – mit all meinen Narben und Ängsten.

Am Nachmittag gab ich es auf und ging hinaus, um ein wenig frische Luft zu schnappen. Ich erblickte Hannes, der auf der verschneiten Wiese neben dem Stall stand und mit gleichmäßigen Schwüngen Holz hackte.

»Läuft alles gut auf dem Berg?«, fragte ich möglichst beiläufig, um nicht zugeben zu müssen, wie brennend es mich interessierte, was Livia mit der Hütte veranstaltete. Wenn ich an all die Decken, Kissen, Felle, Teppiche, Kerzen, Schalen und Lichterketten dachte, die ich gestern gekauft hatte, könnte man meinen, dass sie selbst ein Romantikhotel eröffnen wollte. Die Verkäuferin im Laden in Brig hatte sich direkt an mich erinnert und mir weitere Fragen über mein Vorhaben gestellt, denen ich, so gut ich konnte, ausgewichen war. Die Hotelbranche war hart umkämpft. Ich würde nicht den Fehler begehen und Informationen ausplaudern, die sich andere im schlimmsten Fall zunutze machen konnten. Die Welt würde früh genug von unseren Plänen erfahren, sollte ich es je schaffen, mich auf meine Arbeit zu konzentrieren und zeitnah die neue Webseite fertigzustellen.

»Es wird.«

Ich überlegte, wie ich ihm mehr Informationen entlocken konnte, ohne dass es allzu offensichtlich war, dass ich einen Vorwand suchte, um über Livia zu reden. Allein ihren Namen zu hören oder ihn selbst auszusprechen, rief dieses warme Gefühl in meiner Brust hervor.

»Du siehst aus, als hättest du was auf dem Herzen.«

Obwohl ich nicht vorgehabt hatte, mich Hannes oder irgendwem sonst anzuvertrauen, sprudelten die Worte nur so aus mir heraus. »Es ist wegen Livia. Es gab vor Jahren dieses Missverständnis zwischen uns, und seit wir es geklärt haben, hat sich alles verändert, und irgendwie auch wieder nicht, denn immerhin bin ich hier, und sie ist …«, ich deutete vage in Richtung des Gipfels, »dort oben. Wir haben zwar miteinander geredet, doch ich fürchte trotzdem, dass ich sie verletzt habe. Mir bedeutet meine Arbeit sehr viel, weshalb ich sie früher oder später enttäuschen würde. Und das könnte ich nicht ertragen.« Erregt fuhr ich mir mit einer Hand durchs Haar. »Mir ist klar, dass ich mich am besten von ihr fernhalten sollte. Aber ich muss dauernd an sie denken, und je mehr ich nach einer Lösung für diese vertrackte Situation suche, desto weniger weiß ich, was ich tun soll.« Atemlos hielt ich inne. »Ergibt das irgendeinen Sinn?«

Hannes, der meiner Rede unbeeindruckt gelauscht hatte, hob ein weiteres Scheit auf und stellte es auf den Klotz, bevor er mir die Axt in die Hand drückte. »Mir hilft körperliche Arbeit, um einen klaren Kopf zu bekommen.«

»Das ist dein Rat?« Ich musste ihn ziemlich perplex angesehen haben, denn er senkte den Blick und kratzte sich verlegen am Hals.

»Ich bin kein Philosoph und auch kein Psychologe, aber eins habe ich in meinem Leben gelernt: Wenn du glücklich sein willst, musst du bereit sein, Risiken einzugehen.«

Unzählige gespaltene Holzscheite später waren meine Gedanken tatsächlich ein wenig zur Ruhe gekommen. Auch wenn ich immer noch keine Ahnung hatte, wie ich mit Livia und meinen verwirrenden Gefühlen für sie umgehen sollte. Als Hannes mich am frühen Abend dazu aufforderte, ihn zur Hütte zu begleiten, war ich bereit, es darauf ankommen zu lassen.

Wir brausten den Berg hinauf, und ich genoss das Gefühl von Freiheit und Leichtigkeit, das sich immer dann einstellte, wenn ich mich in schneller Geschwindigkeit fortbewegte.

Wir sahen die Jagdhütte schon von Weitem, denn die Dachkante und die Eingangstür waren mit leuchtenden Lichterketten verziert. Hannes musste einen Generator hinaufgeschafft haben, um sie mit Strom zu versorgen. Ich spürte mein Herz gegen die Rippen schlagen, als ich die Tür öffnete und wir gespannt eintraten. Vor Staunen blieb mir die Luft weg.

Anstelle der spartanisch eingerichteten Hütte, in der wir vor Kurzem die Nacht verbracht hatten, fand ich mich nun in einem gemütlichen Raum wieder, einer exklusiven Zuflucht für alle, die Ruhe und Abgeschiedenheit suchten. Die Holzwände wurden vom Schein der Kerzen und dem munter flackernden Kaminfeuer in warmes Licht getaucht, das für eine romantische Stimmung sorgte. Rosie stand mit einem zufriedenen Lächeln neben dem Esstisch und schaute mich erwartungsvoll an. Doch bevor ich etwas sagen konnte, wanderte mein Blick von Minnie, die sich auf dem Teppich zu einer Kugel zusammengerollt hatte und selig vor sich hin schnarchte, zu Livia. Sie stand gegen das schmale Fensterbrett gelehnt und sah mir mit triumphierender Miene entgegen. Ihre Wangen waren zart gerötet, und ihre Augen strahlten mit den flackernden Kerzen um die Wette.

»Das habt ihr in nur zwei Tagen geschafft?«, brachte ich schließlich hervor, da die Verwandlung der rustikalen Jagdhütte mich umhaute.

»Es ist hauptsächlich Livias Verdienst! Hannes und ich haben nur ein wenig assistiert.«

Ich trat in die Mitte des Raums und sah mich neugierig um. Neben der Küchenzeile entdeckte ich einen zierlichen Waschtisch, auf dem eine weiße Emailleschüssel und ein Porzellankrug standen. An der Wand hing ein runder Spiegel, der in einen schlichten Messingrahmen eingefasst war, darunter ein schmales Regal mit den nötigsten Hygieneartikeln. Als mein Blick auf das mit Kissen überladene Bett fiel, verspürte ich ein Ziehen in der Leistengegend. Eine Welle knisternder Erregung packte mich. Am liebsten hätte ich Rosie und Hannes zurück ins Château geschickt, damit ich Livia an mich reißen und wir fortführen konnten, was wir vor drei Tagen begonnen hatten.

»Es ist fantastisch geworden!« Meine Stimme klang auffallend rau, sodass ich mich schnell räusperte und in sachlicherem Tonfall fortfuhr. »Ich bin überzeugt, dass die Gäste sich hier sehr wohlfühlen werden.« Ich konnte nicht anders, als erneut zu Livia hinüberzuschauen. »Gute Arbeit!«

Ihre Mundwinkel umspielte ein kleines Lächeln, als wüsste sie genau, was in mir vorging. Als ich in ihre Augen sah, erkannte ich die gleiche Sehnsucht, dasselbe Verlangen, das auch mich dazu drängte, alle Vernunft über Bord zu werfen. Wie sollte ich es schaffen, mich auf Dauer von einer Frau fernzuhalten, die eine derartig starke Anziehung auf mich ausübte? Nicht nur dass sie intelligent, wunderschön und humorvoll war, wir bildeten auch ein hervorragendes Team. Konnte es sein, dass wir uns nicht nur beruflich perfekt ergänzten, sondern auch privat gut harmonieren würden? Wenn man mal von der Tatsache absah, dass ich von früh bis spät arbeitete und noch dazu quasi permanent unterwegs war. Was war aus meinem Vorsatz geworden, ein glücklicher Single zu bleiben? Warum genügte ein Blick aus ihren wunderschönen goldbraunen Augen, um mein gesamtes Lebenskonzept infrage zu stellen?

27
Marco

Fassungslos starrte ich auf die aufgeschlagene Zeitung, die Rosie mir statt meines heiß ersehnten Kaffees vor die Nase hielt.

Exklusives Romantik-Special im Fünf-Sterne-Luxus-Resort – Erleben Sie bei uns Ihren unvergesslichen Traumurlaub!

»Wir sind erledigt!« Sie ließ sich erschöpft auf einen Stuhl sinken. Ihr Gesicht war blass geworden, und sie wirkte, als hätten sie auf einen Schlag jegliche Energie und aller Kampfgeist verlassen.

»Das Hotel ist in Zermatt, keine fünf Kilometer von hier. Sie werben mit einem ganz neuen Programm, das speziell auf verliebte Paare zugeschnitten ist«, ließ Livia mich wissen, die sich neben Rosie gesetzt hatte und ihr beruhigend über den Rücken strich.

»Als hätten sie es geahnt«, murmelte ich vor mich hin und wurde von einem unguten Gefühl ergriffen, das ich nicht einzuordnen vermochte.

»Kann es sich herumgesprochen haben, was wir planen?«, fragte Livia und schaute von mir zu Rosie, die ihr Gesicht in den Händen verborgen hatte und nun verzweifelt den Kopf schüttelte.

»Wir haben es keinem gesagt. Weder unsere Stammgäste noch unsere engsten Freunde wissen Bescheid. Sie gehen davon aus, dass wir lediglich modernisieren.«

Ich versuchte, unsere Lage logisch zu analysieren. Konnte es wirklich nur ein äußerst ungünstiger Zufall sein? Oder steckte Absicht dahinter? Plötzlich fielen mir die neugierigen Fragen der Verkäuferin in Brig wieder ein, die sich direkt erinnert hatte, wer ich war, und wissen wollte, wie wir vorankamen. Livia hatte ihr bei unserem ersten Besuch ganz stolz von unserem Vorhaben erzählt. Mit einem Mal rutschten die einzelnen Puzzleteile an die richtige Stelle und ergaben ein nachvollziehbares Bild.

»Ich fürchte, dass Livia und ich das zu verantworten haben.« Obwohl ich mich um einen neutralen Tonfall bemüht hatte, ging Livia sofort in den Verteidigungsmodus.

»Wem sollte ich bitte etwas erzählt haben? Die Einzigen, die wissen, dass ich in der Schweiz bin und dir helfe, sind Nane und Cleo, und sie werden wohl kaum in Zermatt herumposaunt haben, dass das *Hotel Stadler* statt auf Familien- nun auf Romantikurlaub setzt.«

»Ich dachte eher an die Verkäuferin in Brig, der du erzählt hast, wozu wir all die Kerzen, Kissen und Duftöle brauchen.«

Sie öffnete ihren Mund, um etwas zu erwidern, doch dann hielt sie verunsichert inne. »Siehst du da ernsthaft einen Zusammenhang?«

»Wenn sie Verbindungen zur Hotelbranche hat, wäre das durchaus denkbar.«

Wie ein Häufchen Elend sackte Livia in sich zusammen, woraufhin Rosie ein herzzerreißendes Seufzen ausstieß. Ich atmete tief durch und konzentrierte mich darauf, die Angelegenheit lösungsorientiert zu betrachten.

»Die Situation ist heikel, das gebe ich zu. Aber tatenlos rumzusitzen und Trübsal zu blasen, hilft uns nicht weiter. Es spielt auch keine Rolle, ob es ein willentlicher Schachzug von jemandem ist, der es darauf anlegt, uns zu schaden, oder einfach nur ein unglücklicher Zufall. Tatsache ist, dass wir damit nicht konkurrieren können.«

»Falls du uns aufmuntern willst, ist dein Versuch gescheitert«, ließ Rosie mich wissen.

»Ich bin nicht in die Schweiz gekommen, um mich von der Konkurrenz ausbooten zu lassen. Wir werden eine Lösung finden, und am Ende lachen wir darüber, dass wir uns überhaupt Sorgen gemacht haben.«

Entschlossen ging ich in mein Büro, rief die Website des Hotels auf und studierte deren Angebot, das breiter gefächert war als unseres und noch dazu um einiges günstiger. Außerdem lag es im Herzen von Zermatt, etwa fünf Gehminuten vom nächsten Skilift entfernt. Das war, vorsichtig ausgedrückt, suboptimal. Kurz war ich versucht, meinen Kopf gegen die Tischplatte zu hauen, aber ich riss mich gerade noch rechtzeitig zusammen, als ich Livia in der Tür stehen sah.

»Ich dachte, du kannst vielleicht eine Dosis Koffein gebrauchen.« Sie stellte den Becher mit heißem Kaffee vor mir ab und betrachtete mit gerunzelter Stirn das Zettelchaos auf meinem Schreibtisch. »Kann ich dir irgendwie helfen?«

Nun war ich es, der seufzte. »Du weißt, dass ich für jede Unterstützung dankbar bin, die ich kriegen kann.«

Sie setzte sich neben mich und warf einen kurzen Blick auf die Website der Konkurrenz, bevor sie sie schloss. Ich wollte protestieren, doch sie kam mir zuvor.

»Die Frage ist ganz einfach: Was hebt uns von den anderen Hotels ab?«

»Abgeschiedenheit und Ruhe, traumhafte Natur in unmittelbarer Nähe ...«

»Und eine ausgesprochen familiäre Atmosphäre, da Rosie und Hannes alles daransetzen, damit ihre Gäste sich bei ihnen wohlfühlen.«

Ich öffnete ein neues Dokument und tippte mit, hauptsächlich um meine Finger zu beschäftigen.

»Wir haben verschiedene Outdooraktivitäten, Schlittenfahrten, Shoppingmöglichkeiten ...«

»Das haben die anderen auch.« Ich wusste, dass mein Beitrag keine Hilfe war, aber wenn wir das Château retten wollten, brauchten wir einen überzeugenderen Ansatz.

»Bieten sie auch Lyrikabende und gemeinsames Plätzchenbacken an? Veranstalten sie wie wir an Heiligabend einen Ball?«

In meinem Nacken begann es, zu kribbeln, ein sicheres Zeichen, dass wir auf der richtigen Spur waren.

»Wir brauchen mehr Special Events, um aus der breiten Masse herauszustechen.«

»Genau darauf wollte ich hinaus.«

»Wie wäre es mit einer geführten Tour durch eine Eishöhle? Auf Wunsch in Kombination mit einem abendlichen Eisbad im See.« Ich rechnete halb damit, dass sie vehement ablehnte, aber sie schien ernsthaft darüber nachzudenken.

»Das wäre auf jeden Fall ein einprägsames Erlebnis. Wie steht es mit dem Weihnachtsball? Können wir diesbezüglich noch etwas Besonderes hinzufügen? Ein selbstverfasstes Gedicht, zum Beispiel, oder eine handgeschriebene Einladung auf edlem Papier, mit der man seine Partnerin oder seinen Partner explizit um die Ehre ihrer beziehungsweise seiner Gesellschaft bitten kann. Wie im 19. Jahrhundert, als man noch mit Briefen kommunizierte statt in Sekundenschnelle per Handy. Wäre das nicht romantisch?«

Auch wenn ich nicht überzeugt war und die Idee für etwas überzogen hielt, schrieb ich sie mit auf die Liste. Aussortieren konnten wir im Anschluss immer noch.

»Wie wäre es, wenn wir die Gäste aus verschiedenen Dinneroptionen auswählen lassen? Romantisch zu zweit, unter Freunden an einem Vierertisch oder vergnüglich in größerer Runde mit sechs bis acht Personen?«

»Das finde ich gut«, stimmte sie mir zu. »Und wir brauchen ein weihnachtliches Liebesmenü.« Sie überlegte, was mir die Gelegenheit gab, die entzückende Falte zwischen ihren Augenbrauen zu betrachten. »*Verliebte Caprese-Herzen mit einem Basilikumkuss*, *Zarte Liebesmuscheln*, *Leidenschaftliches Lachsfilet mit Kartoffelrösti in Salbeisoße* und als Dessert ein *Himmlischer Kirschzauber mit Spekulatius-Streuseln* oder eine *Ewige-Liebe-Crème-brûlée*.«

Ich bedachte Livia mit einem amüsierten Blick. »Sag nie wieder, dass du nicht romantisch bist. Wie sieht es mit Getränken aus?«

»Neben einem Champagnerbrunnen und einer Auswahl an erlesenen Weinen würde ich spezielle Cocktails auf die Karte setzen: den *Mondschein-Kuss* oder den *Glühenden Liebestrank*. Aber es soll ja nicht nur gegessen und getrunken, sondern vor allem getanzt werden. Wir könnten ab nächstem Jahr im Vorfeld einen Tanzkurs anbieten mit dem Weihnachtsball als großes Highlight. Neben den Standardtänzen vielleicht *Salsa* oder *Tango Argentino*, damit der leidenschaftliche Funke auch wirklich überspringt.«

Was die Leidenschaft anging, schien Livia förmlich zu brennen. Wenn mir vor zwei Wochen jemand erzählt hätte, dass wir ein gutes Team abgeben würden, hätte ich laut gelacht. Und nun saßen wir hier und überboten uns mit kreativen Ideen.

»Das Liebesmenü könnten wir auch für das Candle-Light-Dinner nutzen, das wir in der Bibliothek ausrichten: ein exklusives Abendessen, auf Wunsch mit Klaviermusik, einem Streichquartett oder sanften Harfenklängen.«

»Oder«, sie tippte ungeduldig mit dem Finger auf ihre Nasenspitze, als könnte sie so ihre Gedanken antreiben, »wir bieten verschiedene Locations an, versteckte Nischen und Erker oder eines der Turmzimmer im dritten Stock, vielleicht sogar ein rustikales Dinner im Pferdestall. Das stelle ich mir sehr gemütlich vor mit dem zufriedenen Malmen der Pferde als Hintergrundgeräusch.«

»Ich weiß nicht, ob Hannes davon begeistert wäre.«

»Wir könnten auch eine Nacht im Heu mit in unser Angebot aufnehmen. Obwohl man sich das vermutlich romantischer vorstellt, als es tatsächlich ist mit all den piksenden Halmen.« Sie kicherte vergnügt in sich hinein. »Wir müssen nur noch ein Dachfenster einbauen für den perfekten Blick in die Sterne.«

»Das wäre dann aber ein saisonales Angebot. Schließlich wollen wir nicht, dass unsere Gäste im Heu erfrieren.«

»Mir würden spontan ein paar Möglichkeiten einfallen, wie man sich warm halten kann.«

Überrascht nahm ich das provokante Funkeln in ihren Augen wahr und fragte mich einmal mehr, was mit der jungen Frau passiert war, die weder Weihnachten noch Romantik etwas abgewinnen konnte. Wenn das Château eine solche Wirkung auf seine Bewohner hatte, war vielleicht doch noch nicht alles verloren.

Den restlichen Tag verbrachte ich damit, die zusätzlichen Ideen auf der Website einzupflegen. Zum Glück hatte John reichlich Bilder geschossen, sodass ich nicht nur den Tanzkurs, sondern auch einen romantischen Abend im Pferdestall in Aussicht stellen konnte. Ich sortierte die unterschiedlichen Events zu einzelnen Angeboten zusammen mit der Option, sie individuell zu kombinieren. So sollte für jeden Geschmack etwas dabei sein. Livia studierte inzwischen den Businessplan und suchte nach einer Möglichkeit, Kosten einzusparen, damit wir konkurrenzfähig blieben.

Als wir Rosie und Hannes das Ergebnis präsentierten, waren sie einen Moment sprachlos, bevor Rosie mir stürmisch um den Hals fiel und Hannes mir bestätigend auf die Schulter klopfte.

»Das sind alles ganz wundervolle und vor allem außergewöhnliche Ideen! So werden wir uns in jedem Fall von den anderen Hotels, die sich hauptsächlich auf ein breit gefächertes Sport- und Spa-Angebot konzentrieren, abheben. Und preislich können wir auch mithalten.«

Obwohl mir ihr Lob guttat, war es doch Livias stolzer Blick, der meine Brust mit Wärme flutete.

»Wenn ihr einverstanden seid, werde ich die Website morgen online stellen und sowohl die Presse als auch die Reiseveranstalter über das neue Image des Châteaus informieren. Das Buchungssystem wird zeitgleich aktiviert, sodass ihr nur noch die einzelnen Anfragen bestätigen müsst.«

»Ich kann gar nicht glauben, dass es nun wirklich losgeht.« Rosie wischte sich verstohlen eine Träne aus dem Augenwinkel, woraufhin Hannes ihr einen Arm um die Schulter legte und sie liebevoll an sich zog.

»Es wird Zeit, dass sich das Haus wieder mit Leben füllt«, sagte er. »Sosehr ich die Ruhe in den letzten Monaten genossen habe, freue ich mich dennoch auf den Ansturm der Gäste.«

Sie bedachte ihren Mann mit einem innigen Blick, bevor sie gemeinsam das Büro verließen. In der Tür hielt Rosie noch einmal inne und wandte sich zu mir um.

»Wegen der Pärchenmassage … ich habe zwei der Kandidatinnen, die sich auf die Stelle beworben haben, für heute Abend einbestellt. Ich dachte, ein wenig Entspannung könnte uns allen guttun. Hoffentlich war das in eurem Sinn?«

Ich linste zu Livia, die ausnahmsweise ihr undurchdringliches Pokerface zur Schau trug und Rosie ein liebreizendes Lächeln schenkte. Falls ihr die Aussicht, gemeinsam mit mir massiert zu werden, nicht behagte, ließ sie sich nichts anmerken. Andererseits hatten wir in der Hütte weit mehr zusammen geteilt. Wieso sollte sie sich von einer einfachen Massage aus der Ruhe bringen lassen?

28

Livia

Da das Brainstorming mit Marco nur vorübergehend dafür gesorgt hatte, meine diffusen Gedanken und Gefühle in den Hintergrund zu drängen, hoffte ich, dass die Massage mir helfen würde, meine innere Mitte wiederzufinden.

Als ich den abgetrennten Bereich der Wellnesslandschaft betrat, der für die verschiedenen Behandlungen vorgesehen war, spürte ich, wie ein Teil der Anspannung von mir abfiel. Die dezente Beleuchtung, die leisen fernöstlichen Klänge und der zarte Duft nach Orangenblüten trugen dazu bei, dass ich mich direkt wohlfühlte. Ich folgte dem Korridor bis ans Ende, von wo fröhliche Stimmen zu mir drangen.

Schlichte Holzregale bedeckten die hinteren Wände der beiden quadratisch geschnittenen Räume, die für die Massagen vorgesehen waren. Grünpflanzen sorgten zusammen mit flackernden Kerzen für eine angenehme Atmosphäre, ebenso wie das beruhigende Plätschern des Zimmerbrunnens.

Hinter der Liege stand eine junge Frau Mitte zwanzig, die sich Marco und mir als Adele vorstellte, während Rosie und Hannes im Raum gegenüber von einer hageren Dame um die vierzig begrüßt wurden.

Nachdem unsere Masseurin die Tür hinter mir geschlossen hatte, bat sie mich, meinen Oberkörper frei zu machen und mich hinzulegen, ehe sie Marco dazu aufforderte, sich die Hände zu waschen.

Was zum Teufel sollte das werden? Ich war davon ausgegangen, dass Pärchenmassage bedeutete, dass man zeitgleich massiert wurde. Die Tatsache, dass es nur eine Liege gab und Adele allein war, hätte mich gleich misstrauisch werden lassen sollen. Während ich überlegte, wie ich mich unauffällig zurückziehen konnte, spürte ich bereits Adeles Hände auf meiner Haut und bekam nur noch halb mit, wie sie Marco verschiedene Techniken erklärte, bevor ich in einen angenehmen Dämmerzustand wegdriftete.

Als er wenig später ihren Platz einnahm, war ich von einer Sekunde auf die andere wieder hellwach. Mein Herz raste, die feinen Härchen auf meinen Armen richteten sich auf, und meine Kehle war mit einem Mal staubtrocken. Obwohl ich mich in den vergangenen Tagen so sehr nach Marcos Berührung gesehnt hatte, verunsicherte mich, dass ich nicht einschätzen konnte, wie er der Aufgabe, mich massieren zu müssen, gegenüberstand. Andererseits war er kein Mann, der sich zu etwas überreden ließ, das er nicht tun wollte. Ein wohliges Stöhnen entwich mir, als er eine verhärtete Muskelpartie aufspürte und mit besonderer Hingabe bearbeitete. Ob er es nun genoss oder nicht, ich konnte nicht leugnen, dass er sich ausgesprochen geschickt anstellte. Daher beschloss ich, mir nicht länger Gedanken über seine Motivation zu machen, sondern den Augenblick in vollen Zügen auszukosten.

Als Adele sich davon überzeugt hatte, dass wir zurechtkamen, verließ sie diskret den Raum. Am Rande meines Bewusstseins flackerte der Gedanke auf, dass ich die Situation nicht überinterpretieren durfte. Es war eine Massage, die sich zwar himmlisch anfühlte, aber nichts zu bedeuten hatte. Dennoch blitzten Bilder unserer gemeinsamen Nacht vor meinem inneren Auge auf. Das Echo der überwältigenden Gefühle, die Marco in mir hervorgerufen hatte, löste ein Kribbeln aus, sodass ich am liebsten aufgesprungen wäre und meinem Verlangen nachgegeben hätte.

Mir entrang sich ein sehnsüchtiger Laut, in dem die Frustration darüber mitschwang, nicht zu bekommen, was ich mir wünschte. Daraufhin stieß Marco ein leises Grollen aus, das meine Nervenenden in Entzücken versetzte. Es bewies, dass die Situation für ihn ebenfalls nicht einfach war. Als ich den Kopf drehte, um ihn anzuschauen, sah ich pure Lust in seinen Augen lodern. Ohne auf die innere Stimme zu achten, die mir einzureden versuchte, dass ich damit alles nur noch schlimmer machte, setzte ich mich auf, legte meine Hand in seinen Nacken und zog ihn zu mir. Noch bevor ich meine Lippen auf seine pressen konnte, hatte er mich an der Taille gepackt und küsste mich mit einer Intensität, die mir deutlich zeigte, wie sehr er sich die ganze Zeit zurückgehalten hatte. Seine Hände fuhren weiter meinen Rücken entlang, als hätten wir die Massage nie unterbrochen, und doch spürte ich seine Berührung in jeder Faser meines Körpers. Eine Hitzewelle schoss durch mich hindurch und setzte mein Innerstes in Flammen.

»Wir sollten das nicht tun«, brachte Marco zwischen zwei Küssen hervor. Ich lehnte mich ein wenig zurück, um ihn anzusehen. Die Zärtlichkeit, die in seinem Blick lag, ließ meine Knie weich werden.

»Was spricht dagegen?« Meine Stimme klang rau und kratzig, als wäre sie den heftigen Emotionen, die mich durchströmten, nicht gewachsen.

»Es wird nur unnötig kompliziert.«

Ich fuhr mit meinen Händen unter den Saum seines Longsleeves und strich über seine muskulöse Brust, was ihm ein gequältes Stöhnen entlockte.

»Du spielst nicht fair, Liv«, beschwerte er sich halbherzig, hielt mich aber nicht davon ab, als ich seinen Po umfasste.

»Ich dachte, Lösungen für komplizierte Situationen zu finden, ist dein Spezialgebiet.« Er legte eine Hand an meine Wange und strich sacht mit dem Daumen über meine Unterlippe, was ein mittelgroßes Beben in mir auslöste. Dieser Mann war eindeutig mein Untergang.

Als hätte Marco meine Gedanken gelesen, lachte er leise und küsste mich erneut, wobei er endgültig alle Zurückhaltung aufgab. Ich vergrub meine Finger in seinem Haar und zog leicht daran, woraufhin er seinen Griff verstärkte, um die letzte Distanz, die uns noch trennte, zu überbrücken. Sein offensichtliches Verlangen ließ mich alle Vorsicht vergessen. Ich zog ihn zwischen meine Beine und rutschte zugleich weiter nach vorne, um ihn zu spüren. Unser Atem ging stoßweise und erfüllte den Raum. Mein Körper pulsierte vor unterdrückter Lust, und alles, woran ich denken konnte, war, dass ich mehr wollte. Ich griff nach seinem Gürtel und machte mich daran, ihn zu öffnen, als ein Klopfen uns jäh unterbrach. Ich konnte mich gerade noch mit einem Handtuch bedecken, als Adele hereinkam und die Situation mit einem Blick zu erfassen schien. Jedenfalls zuckten ihre Mundwinkel verdächtig.

»Wenn Sie wollen, kann ich später wiederkommen.«

Ich spürte, wie mir das Blut in die Wangen stieg, und bewunderte Marco für seine Gelassenheit. Im Gegensatz zu mir sah er keineswegs ertappt aus, sondern fuhr sich lässig mit den Fingern durch seine zerwühlten Haare, während er mit der anderen Hand sein Oberteil gerade zog.

»Nein, es ist alles wunderbar.«

»Dann sind Sie bereit, die Positionen zu wechseln?«

»Mich persönlich haben Ihre Fähigkeiten als Masseurin und Anleiterin vollkommen überzeugt. Meinetwegen sind Sie eingestellt. Was meinst du, Livia?«

Ich schaffte es, zu nicken, obwohl ich weitaus größere Schwierigkeiten hatte, wieder in der Realität anzukommen, als Marco. Immer noch leicht benommen, beobachtete ich, wie er sein Tablet zückte und mit Adele hinausging, um die Einzelheiten ihres Vertrags zu besprechen.

Wie konnte er so schnell in den Arbeitsmodus umschalten, als wäre gerade nichts Bedeutsames zwischen uns vorgefallen? Konnte er seine Emotionen besser kontrollieren oder war es ihm weniger unter die Haut gegangen als mir? Bedeutete seine Weigerung, sich von mir massieren zu lassen, dass er froh war, dass Adele uns unterbrochen hatte, bevor wir endgültig die Kontrolle verlieren konnten? War seine Coolness in Wirklichkeit Angst?

Auch wenn mich das abrupte Ende mehr beschäftigte, als gut für mich war, klebte ich mir ein Lächeln ins Gesicht und streckte entschlossen meinen Rücken, als ich von der Liege glitt, um mich wieder anzuziehen. Es gab nichts, das ich hätte bereuen müssen, und ich würde mich weder weiterhin in wilden Spekulationen verrennen noch dafür schämen, dass ich meinen Gefühlen nachgegeben hatte.

Die Küche war dunkel und verlassen, als ich ins Erdgeschoss kam, um mir einen Tee zu kochen. Minnie schlich um mich herum, wahrscheinlich in der Hoffnung, einen Hundekeks abzustauben. Sie musste sich allerdings mit ein paar Streicheleinheiten begnügen. Während das Wasser kochte, ließ ich sie raus und wartete, bis sie ihr Geschäft verrichtet hatte. Die Sterne leuchteten strahlend am Himmel und erinnerten mich an den Abend im Whirlpool und die magische Schlittschuhfahrt auf dem See. Mein Herzschlag beschleunigte sich bei dem Gedanken an die vielen neuen Erfahrungen, die ich in den vergangenen Tagen gesammelt hatte. Ich konnte nicht länger so tun, als würde ich mich nicht zu Marco hingezogen fühlen. Es gefiel mir, wie er mich spielerisch herausforderte, ohne dabei meine Grenzen zu überschreiten, und dass ich mich bei ihm immer sicher und beschützt fühlte. Wie konnte ich in so kurzer Zeit mehr kostbare Momente geschaffen haben als in meinem bisherigen Leben? Tief in meinem Inneren wusste ich, dass mir eine Freundschaft mit Marco nicht genügte. Doch war ich bereit, ihm meine Gefühle zu gestehen und zu riskieren, ihn dadurch zu verlieren?

Leise seufzend schloss ich die Tür hinter Minnie. Sie roch nach Wald und feuchter Erde, dennoch protestierte ich nicht, als sie mich in mein Zimmer begleitete und sich neben meinem Bett zusammenrollte.

Mitten in der Nacht fuhr ich hoch und brauchte eine Weile, um zu begreifen, dass ich die leidenschaftliche Szene mit Marco nur geträumt hatte. Mein Atem ging stoßweise, und mein Herz raste derart, dass ich nicht direkt weiterschlafen konnte. Widerwillig schlug ich die kuschelig warme Bettdecke zurück und stand auf, wobei ich einen großen Bogen um Minnie machte, die sich der Länge nach ausgestreckt hatte und zufrieden vor sich hin schnarchte.

Als ich in den Gang zur Küche einbog, hörte ich leise Stimmen. Offenbar war ich nicht die Einzige, die keinen Schlaf fand. Ich wollte mich bemerkbar machen, doch Rosies gequältes Seufzen ließ mich innehalten.

»Wir haben uns dafür entschieden und sollten keine voreiligen Schlüsse ziehen«, sagte Hannes mit seiner ruhigen Stimme.

»Du weißt so gut wie ich, dass sich kaum jemand von unseren Stammgästen die neuen Preise wird leisten können. Was ist mit unserem Traum? Wir wollten immer einen Ort schaffen, der Menschen glücklich macht – unabhängig von ihrer Herkunft oder ihrem Einkommen.«

»Wenn wir die Kosten für den Umbau wieder reinbekommen wollen, müssen wir aufschlagen.«

Ich hörte das Klappern eines Teelöffels.

»Mir ist nach wie vor unverständlich, weshalb sie uns diesen Kredit bewilligt haben«, murmelte Rosie vor sich hin. »Es muss nur eine Sache schieflaufen, und wir verlieren alles.«

»Ohne Marco hätten wir vermutlich längst alles verloren.«

»Er hat gute Ideen, das steht außer Frage. Aber er wird nicht mehr da sein, wenn uns der Alltag einholt und wir die Gäste zufriedenstellen müssen, die den höchsten Standard erwarten. Was ist, wenn wir ihren Ansprüchen nicht gerecht werden können?«

Stoff raschelte, und ich konnte vor mir sehen, wie Hannes den Arm um seine Frau legte. »Wir werden das zusammen schaffen, so wie wir alles andere bisher auch geschafft haben.«

»Hast du dir Gedanken darüber gemacht, wie wir Marco bezahlen können? Ich habe mir die Website von *Visions and Dreams* angesehen. Allein das Honorar für eine einmalige Beratung ist astronomisch. Wie sollen wir all die Stunden, die er hier investiert hat, begleichen? Immerhin stellt er seine anderen Projekte uns zuliebe zurück.«

»Das überlegen wir uns, wenn es so weit ist. Zuerst müssen wir dafür sorgen, dass die Wiedereröffnung ein Erfolg wird.«

Auf Zehenspitzen trat ich den Rückweg an und versuchte, die Tatsache nicht an mich heranzulassen, dass trotz aller Vorfreude ein Schatten über dem Château lag. Marco mochte eine klare Vision für das Hotel haben, aber offenbar deckte sie sich nicht mit dem, was Rosie und Hannes sich für ihre Zukunft wünschten. Hatten sie in all den Wochen aneinander vorbeigeredet? Oder hatten die beiden schlichtweg nicht den Mut gehabt, Marco zu widersprechen? Ich konnte nur ahnen, wie dankbar sie waren, dass er sich so viel Zeit für das Projekt nahm. Davon abgesehen hatte ich am eigenen Leib erfahren, wie überzeugend er sein konnte, wenn er sich einer Sache sicher war.

Verwirrt und überwältigt von den Ereignissen des Tages verkroch ich mich in meinem Bett und hoffte, trotz des emotionalen Aufruhrs, der in meinem Inneren tobte, wieder einschlafen zu können.

29
Marco

Ich warf einen letzten Blick auf die fertige Website und atmete einmal tief durch, bevor ich den Mauszeiger über dem kleinen Wort »veröffentlichen« schweben ließ. Obwohl ich mich Rosie und Hannes gegenüber gelassen und optimistisch gegeben hatte, konnte ich das Feedback zum neu gestalteten Internetauftritt des Châteaus kaum erwarten. Es würde mir einen ersten Eindruck verschaffen, wie die potenziellen Gäste unser Angebot aufnahmen. Trotz aller Aufregung und Vorfreude spürte ich auch Erleichterung, diesen Teil des Projekts, der mehr Zeit als erwartet in Anspruch genommen hatte, nun endlich abschließen zu können. Es hatte Spaß gemacht, die Website zu erstellen, an all den Feinheiten zu feilen, die möglichst authentisch die herzliche Atmosphäre des Hotels widerspiegeln sollten. Aber es hatte mir auch deutlich vor Augen geführt, warum ich für derart sensible Arbeiten, die ein Höchstmaß an Konzentration und Know-how voraussetzten, normalerweise eine professionelle Webdesignagentur beauftragte.

Ich war so in meine Gedanken vertieft, dass ich Livia erst bemerkte, als sie direkt neben meinem Schreibtisch stand. Ihr Anblick raubte mir den Atem und erinnerte mich daran, wie verführerisch sich ihre nackte Haut unter meinen Händen angefühlt hatte. Das weinrote Wollkleid, das sie mit einem breiten Gürtel und halbhohen Stiefeln trug, schmiegte sich eng an ihren Körper. Ihr kastanienbraunes Haar fiel ihr offen über die Schultern, und obwohl ihre Wangen rosig waren, sah ich die dunklen Ringe unter ihren Augen, die darauf schließen ließen, dass sie eine unruhige Nacht gehabt hatte. Minnie, die wie so oft an Livias Seite war, drückte ihren Kopf gegen meinen Bauch und forderte mich damit auf, sie hinter den Ohren zu kraulen. Froh, eine unverfängliche Beschäftigung für meine Hände gefunden zu haben, kam ich ihrer Bitte nach.

»Dein Timing ist perfekt! Es fehlt nur noch ein Klick, und die Website geht online.«

Statt sich zu freuen, dass sie bei diesem wichtigen Schritt dabei war, verfinsterte sich ihre Miene, woraufhin prompt die kleine Falte zwischen ihren Augenbrauen auftauchte, die mich ahnen ließ, dass sie etwas auf dem Herzen hatte.

»Was es auch sein mag, spuck es aus!«

»Hast du dich jemals ernsthaft damit auseinandergesetzt, welche Zukunft Rosie und Hannes sich für das Hotel vorstellen?«

Die Absurdität ihrer Frage entlockte mir ein ungläubiges Schnauben. »Was genau willst du damit andeuten?«

»Mich würde interessieren, ob du dein großartiges Konzept im Vorfeld mit ihren Wünschen abgeglichen hast.«

Normalerweise hatte ich keine Probleme damit, Diskussionen mit Ruhe und Besonnenheit zu führen, sonst würde ich diesen Job schon längst nicht mehr machen. Aber Livias versteckte Anschuldigungen brachten mein Blut in Wallung und weckten in mir das Bedürfnis, mich zu verteidigen.

»Rosie und Hannes waren bei jedem Schritt des Prozesses dabei. Ich habe ihre Meinung selbstverständlich bei allen Entscheidungen miteinbezogen.«

»Hast du sie auch zu Wort kommen lassen? Oder hast du

ihnen nur erzählt, dass dein Weg der einzig mögliche ist, wenn sie ihr Hotel retten wollen?«

Aufgebracht stand ich auf und trat vor sie, was ich sofort bereute, denn ihre plötzliche Nähe erschwerte es mir, einen klaren Gedanken zu fassen.

»Ich verstehe nicht, worauf du hinauswillst. Wir sind rechtzeitig mit den Umbauten fertig geworden, was an ein Wunder grenzt, wenn man den eng gesteckten Zeitrahmen bedenkt, der uns zur Verfügung stand. Die Karten für den Weihnachtsball sind so gut wie ausverkauft, das Catering ist gebucht, die Band hat zugesagt, und sobald wir die Website veröffentlicht haben, werden sich hoffentlich weitere Gäste anmelden.« Ich hatte mich in Rage geredet und hätte wahrscheinlich noch eine Weile damit weitergemacht, Livia vor Augen zu halten, was ich alles erreicht hatte, wenn sie mich nicht mit unterkühlter Stimme unterbrochen hätte.

»Reiche Gäste.«

»Bitte?«

»Dein schickes und klug durchdachtes Romantikangebot richtet sich ausschließlich an *reiche* Gäste.«

Ich fuhr mir entnervt durch die Haare. »Das war Teil des Plans. Die Modernisierungsmaßnahmen haben jede Menge Kosten verursacht, und um die wieder reinzuholen, brauchen wir eine Klientel, die sich einen exklusiven Urlaub leisten kann.«

»Aus wirtschaftlicher Sicht mag das Sinn ergeben. Aber was ist mit Rosies und Hannes' Stammgästen, die immer gerne gekommen sind, für die das Wallis zu einer zweiten Heimat geworden ist?«

Ich zuckte mit den Schultern. »Die werden sich eine andere, preisgünstigere Unterkunft suchen müssen.«

»Und damit kannst du leben?«

So langsam riss mir der Geduldsfaden. »Meine Aufgabe besteht darin, das Hotel zu retten. Dir mag der Weg nicht gefallen, für den ich mich entschieden habe, aber Tatsache ist, dass er funktionieren wird.«

Sie schüttelte den Kopf, wobei sich in ihrem Blick verschiedene Emotionen spiegelten. Ich sah Wut, Unverständnis – und Mitleid?

»Dein Unternehmen heißt *Visions and Dreams*. Doch was nützt dir dein Erfolg, wenn das Ergebnis nichts mehr mit der ursprünglichen Vision deiner Klienten gemeinsam hat? Rosie und Hannes wollen einen Ort schaffen, an dem Menschen Zuflucht finden, der ihnen eine Auszeit von ihrem stressigen Leben bietet, der sich wie ein zweites Zuhause anfühlt, und keinen Schickimicki-Laden für die oberen Zehntausend.«

»Sie haben in der ganzen Zeit nicht durchblicken lassen, dass sie mit meiner Arbeit unzufrieden sind.«

Wieder trat dieser Ausdruck in ihr Gesicht, als würde sie mit einem naiven Kind sprechen. »Wie sollten sie auch? Schließlich konnten sie es sich nicht leisten, dich zu verärgern. Und als wäre es nicht schon schlimm genug, dass du hier reinpolterst und ihr Leben auf den Kopf stellst, müssen sie sich dazu noch Sorgen machen, wie sie dich bezahlen sollen. Ist dir Geld wirklich so wichtig, dass du ihnen ein Honorar berechnen musst, das die beiden nachts um ihren Schlaf bringt?« Ich wollte gerade zu einer weiteren Rechtfertigung ansetzen, doch Livia ließ mich nicht zu Wort kommen. »Weißt du, ich dachte, dass ich mich in dir geirrt habe. Gerade bin ich mir da nicht mehr so sicher.«

Sie machte auf dem Absatz kehrt und rauschte aus dem Raum. Minnie stieß ein leises Winseln aus und sah mich dabei mit ihrem treuherzigen Blick an, ehe sie den Kopf senkte und ihr nachlief.

30
Livia

Ich ging auf direktem Weg in mein Zimmer, weil ich nicht riskieren wollte, Rosie zu begegnen, die sich bestimmt erkundigen würde, was mich derart verärgert hatte. Denn dass ich sauer war, konnte ich vermutlich nicht verbergen. Eigentlich hatte ich ganz entspannt mit Marco sprechen und ihn fragen wollen, ob es nicht eine Möglichkeit gab, das Angebot um eine Low-Budget-Variante zu erweitern. Aber als er derart selbstzufrieden vor mir gestanden hatte, war auf einmal die ganze Wut in mir hochgekocht. Dabei war es nicht allein um das Hotel gegangen, das mir in der Zwischenzeit sehr ans Herz gewachsen war, sondern auch um sein Verhalten mir gegenüber.

Er hatte zwar keinen Hehl aus seinen nicht vorhandenen Absichten gemacht und mir nie etwas versprochen, das er nicht einzuhalten bereit war. Dennoch tat es weh, dass ich offensichtlich die Einzige war, die von tiefen Empfindungen geschüttelt wurde. Deren Herz sich vor Freude und Aufregung überschlug, wenn er in der Nähe war, und die sich danach verzehrte, von ihm berührt und geküsst zu werden. Ganz im Gegensatz zu dem kurzen Aufflackern von Lust, das er gelegentlich in meiner Gegenwart verspürte. Wie konnte ihm das alles nichts bedeuten?

Da ich nicht den Mut hatte, ihn direkt darauf anzusprechen, hatte ich Rosie und Hannes als Entschuldigung genutzt, um ihm gehörig die Meinung zu sagen, auch wenn ich nicht davon ausgehen konnte, dass sich ihm der Zusammenhang erschloss.

Seufzend ließ ich mich in einen Sessel fallen und vergrub meine Finger in Minnies weichem Fell.

»Das ist ein furchtbarer Schlamassel! Am liebsten würde ich wieder nach Hause fahren.«

Minnie rutschte ein wenig näher an mich heran, als wollte sie mich von meinem Vorhaben abbringen. Das leise Pling meines Handys unterbrach den tröstlichen Moment. Es war eine Nachricht von Nane.

Ich habe großartige Neuigkeiten, Livi! Wir haben mit Maya geredet, und sie ist einverstanden, Weihnachten in einem romantischen Schloss in der Schweiz zu verbringen. Ich freue mich so sehr auf euch alle und bin gespannt darauf, zu sehen, was ihr zusammen auf die Beine gestellt habt. Das wird wunderbar!

Ich antwortete, dass ich mich ebenfalls freute, bevor ich das Handy wieder weglegte und erneut ein tiefes Seufzen ausstieß. So viel zu meinem Plan, schnellstmöglich zu verschwinden. Jetzt, wo Nane ihr Kommen angekündigt hatte, konnte ich schlecht abreisen. Und wenn ich ehrlich zu mir selbst war, hätte ich das Rosie und Hannes auch niemals antun können. Ich wollte sie an ihrem großen Tag unterstützen und für sie da sein, falls unerwartete Komplikationen auftraten. Marco würde ich, so gut ich konnte, aus dem Weg gehen. Wobei sowieso nicht damit zu rechnen war, dass er großen Wert auf meine Gesellschaft legte, nachdem ich ihm so deutlich gesagt hatte, was ich von ihm und seiner Arbeit hielt.

Aber ich fand es nach wie vor wichtig, dass er wusste, wie Rosie und Hannes über sein Konzept dachten, auch wenn es vermutlich eine freundlichere Art gegeben hätte, ihm das mitzuteilen.

31

Marco

Den Nachmittag über war ich damit beschäftigt, mich mit tausend großen und kleinen Aufgaben abzulenken. Ich hatte mehrfach mit meiner Assistentin telefoniert und mich von ihr über den Status unserer anderen Aufträge informieren lassen. Als ich sie gefragt hatte, ob sie den Eindruck hätte, ich würde die Wünsche unserer Auftraggeber nicht ernst nehmen, reagierte sie mit sichtlicher Verwirrung. Doch dann konnte sie mich beruhigen, indem sie mir versicherte, dass die hohe Zufriedenheit unserer Klienten eindeutig das Gegenteil belegen würde. Sie bot sogar an, mir eine Übersicht über die Bewertungen in Zahlen und Fakten zu mailen, damit ich mir nicht länger unnötig Sorgen machte. Ich hatte abgelehnt, da ich wusste, dass sie aufgrund meiner Abwesenheit genug zu tun hatte.

Es lag also nicht an mir, sondern an Livia, die wieder einmal voreilige Schlüsse zog. Natürlich hatten Rosies und Hannes' Wünsche oberste Priorität, und jede Entscheidung, die ich in den vergangenen Wochen und Monaten getroffen hatte, war zu ihrem Besten gewesen. Ich hatte mir nichts, absolut gar nichts vorzuwerfen!

Das laute Knurren meines Magens riss mich aus meinen Gedanken. Ich wollte gerade schauen, was Rosie Leckeres für uns zu essen vorbereitet hatte, als mir einfiel, dass ich für heute Abend das Probedinner mit dem Catering-Service vereinbart hatte. Sie sollten eine Auswahl an Gerichten vorbereiten, die wir für das Weihnachtsmenü in Erwägung gezogen hatten. Das Ganze würde in romantischer Atmosphäre in der Bibliothek stattfinden, während eine Pianistin für die musikalische Umrahmung sorgte. Mir stand weder der Sinn nach *Zärtlichen Avocado-Törtchen* noch nach *Glühenden Feuerzangenspießen an extrascharfem Gemüse* oder *Verführerischer Kokoscreme mit exotischen Früchten*, und am allerwenigsten wollte ich den Abend in Livias Gesellschaft verbringen. Doch ich konnte ein Liebesmenü wohl kaum allein essen, zumal mir ihre Meinung trotz unserer Auseinandersetzung wichtig war. Warum mussten Rosie und Hannes ausgerechnet heute zu einer Geburtstagsfeier eingeladen sein?

Ich schickte Livia eine kurze Nachricht, in der ich sie über den Termin informierte und sie bat, mich bei der finalen Auswahl der Gerichte zu unterstützen.

Als ich kurz darauf in die Küche kam, waren die Vorbereitungen bereits in vollem Gange. Rosie stellte mich der Chefin des Catering-Service vor, einer souverän wirkenden Frau in meinem Alter, die munter herumwirbelte und ihre Angestellten sichtlich auf Trab hielt. Da es für mich nichts weiter zu tun gab, wünschte ich Rosie einen schönen Abend und ging mit einem mulmigen Gefühl im Bauch in den ersten Stock hinauf.

In der Bibliothek knisterte ein Feuer im Kamin und verbreitete eine behagliche Atmosphäre. Am Fenster war ein kleiner quadratischer Tisch für zwei Personen gedeckt. Die Gläser funkelten im Licht des Kronleuchters und passten perfekt zu dem schlichten weißen Geschirr und dem auf Hochglanz polierten Silberbesteck. Am Flügel saß eine hübsche junge Frau in einem schwarzen Jumpsuit, die mir freundlich zulächelte, während sie ein stimmungsvolles Jazzstück spielte. So weit, so gut.

Ich warf einen Blick auf mein Handy, um nachzusehen, ob Livia mir in der Zwischenzeit geantwortet hatte, doch das Display zeigte lediglich den Eingang diverser E-Mails an. Sollte ich sie anrufen?

Gerade als ich auf ihre Nummer tippen wollte, betrat sie zusammen mit einem in Schwarz gekleideten Mann Anfang zwanzig, der ein Tablett mit zwei Champagnerflöten in der Hand hielt, den Raum. Er begrüßte uns freundlich und reichte uns die Gläser, bevor er unauffällig wieder verschwand.

Ich fühlte mich eigenartig befangen und konnte nicht einschätzen, ob es an der romantischen Stimmung lag, die in krassem Gegensatz zu dem Aufruhr in mir stand, oder an Livias bloßer Gegenwart, die jedes Nervenende in meinem Körper zum Vibrieren brachte. Sie hatte das Wollkleid gegen eine schlichte weiße Bluse und eine dunkelblaue Samthose getauscht. Ihr Haar war zu einem lockeren Knoten geschlungen. Meine Hand zitterte leicht, als ich mit ihr anstieß und einen großzügigen Schluck Champagner trank. Ich würde jede Menge Alkohol brauchen, wenn ich diesen Abend heil überstehen wollte.

Wir arbeiteten uns schweigend durch die verschiedenen Gänge, die immer mit dem passenden Wein gereicht wurden. Ich brauchte eine gehörige Portion Selbstbeherrschung, um nicht auf die verzückten Laute zu reagieren, die Livia von sich gab, wenn ihr eines der Gerichte besonders schmeckte. Wusste sie, was sie in mir auslöste, wenn sie genießerisch die Augen schloss oder mit ihren Fingern gedankenverloren den

Stil ihres Weinglases entlangfuhr? Statt mich meinen Fantasien hinzugeben, konzentrierte ich mich auf das Essen und erstellte im Kopf ein Menü, das Rosies hohen Ansprüchen genügen würde.

Nach dem Hauptgang ging die Pianistin, der die angespannte Stimmung sicherlich nicht entgangen war, zu schwungvolleren Stücken über und warf mir einen auffordernden Blick zu. Wir hatten ausgemacht, dass zwischen den einzelnen Gängen getanzt werden sollte, aber bisher hatten Livia und ich uns nicht vom Fleck bewegt. Es war schon schwierig genug, sich gegenüberzusitzen und so zu tun, als würde man den anderen nicht wahrnehmen.

Mit einem leisen Seufzen stand ich auf und hielt ihr meine Hand hin.

»Möchtest du tanzen?« Meine Stimme klang rauer als sonst, was entweder an der unbehaglichen Situation oder am Alkohol lag. Der überraschte Blick, mit dem sie mich bedachte, regte in mir die Hoffnung, dass sie sich erweichen und mich nicht abblitzen lassen würde. Auch wenn es vermutlich nur an ihrer guten Erziehung lag, dass sie sich erhob, spürte ich doch eine freudige Erregung in mir aufwallen, als sie ihre Hand in meine legte und wir uns in trügerischer Eintracht zur Musik bewegten. Der Duft ihres Haars, das leicht nach Vanille und einer Spur Zimt roch, stieg mir in die Nase und benebelte meine Sinne. Jede einzelne Zelle meines Körpers reagierte auf sie. Es fühlte sich so verdammt gut an, sie zu halten und dabei über ihre Haut zu streichen, was meine Finger von ganz allein taten. An die Macht, die ihre Küsse auf mich ausübten, verbot ich mir zu denken.

Ich spürte, wie die Anspannung langsam aus ihrem Körper wich und sie sich enger an mich schmiegte. Ihre Hand lag locker auf meiner Schulter und setzte meine Haut in Brand. Am liebsten hätte ich mein Jackett ausgezogen, doch ich wollte keinen falschen Eindruck erwecken.

Ich versuchte, mir einzureden, dass uns lediglich eine außergewöhnlich starke körperliche Anziehung verband, aber wenn ich ehrlich zu mir war, wusste ich, dass es weit über sexuelles Verlangen hinausging. Das Ziehen, das meine Brust einschnürte, als Livia sich nach dem Dessert entschuldigte, bestätigte mir, dass ich deutlich tiefer in dieser Sache drinsteckte, als mir lieb war.

Nachdem die Pianistin mir versichert hatte, dass sie zwischen den Jahren zur Verfügung stand, und ich mit der Chefin des Catering-Service alles Nötige besprochen hatte, zog ich mich in mein Büro zurück. Obwohl ich in den letzten Nächten wenig geschlafen hatte, war ich zu aufgewühlt, um ins Bett zu gehen.

Im Laufe des Abends hatte sich meine Wut merklich abgekühlt und der Frage Platz gemacht, ob in Livias Worten nicht doch ein Funken Wahrheit steckte. Ich war durchaus in der Lage, nachzuvollziehen, dass Rosie und Hannes sich um ihre Stammgäste sorgten, aber wenn ich sicherstellen wollte, dass der Kredit im Zeitrahmen abbezahlt wurde, musste ich an meiner Strategie festhalten. Vielleicht könnte ich ein Modell erarbeiten, das günstigere Angebote berücksichtigte. Ich müsste nur darauf achten, dass das Verhältnis stimmte. Ich spielte mit dem Gedanken, eine solche Variante durchzurechnen, um herauszufinden, ob es rein theoretisch möglich wäre. Denn ich wollte Rosie und Hannes ins Gesicht schauen und ihnen glaubhaft versichern können, dass ich alle Optionen bedacht hatte.

Entschlossen stand ich auf und ging in die Küche, um mir eine Kanne starken Kaffee zu kochen. Die Nacht würde lang werden, aber wenn ich mir dadurch Gewissheit verschaffen konnte, dass ich nichts unversucht gelassen hatte, war es die Mühe wert.

32

Marco

»Ich habe die Buchungsoptionen überarbeitet und einen Weg gefunden, der es euren Stammgästen ermöglicht, weiterhin Urlaub im Château zu machen. Ihr müsst nur darauf achten, dass nicht mehr als fünfzehn Prozent der Buchungen das untere Preissegment betreffen. Und weil ich weiß, wie groß Rosies Herz ist und wie schlecht sie *Nein* sagen kann, habe ich direkt einen Kontrollmechanismus ins System eingebaut, der sicherstellt, dass eure monatlichen Ausgaben und die Kreditraten inklusive der Tilgung gedeckt sind.«

Ich schaute zu Rosie, um mich zu vergewissern, dass sie mit meinen Änderungen einverstanden war, und erschrak, als ich sah, dass sie nur mit Mühe die Tränen zurückhielt, während Hannes wie gebannt auf die überarbeitete Website starrte. Livia hingegen stand etwas abseits und verzog angesichts der Neuigkeit keine Miene. Bevor ich die Chance bekam, weitere Erklärungen hinzuzufügen, hatte Rosie sich mir an den Hals geworfen und drückte mich fest an sich.

»Danke, Marco, dass du das möglich gemacht hast! Jetzt ist wirklich alles perfekt, nicht wahr, Schatz?«

Hannes, der wesentlich weniger emotional auf das Ergebnis meines nächtlichen Arbeitseinsatzes reagierte als seine Frau, nickte. »Es wäre schlimm für uns gewesen, die Gäste zu verlieren, die seit Jahren zu uns kommen. Viele von ihnen sind über die Zeit zu wahren Freunden geworden.«

So froh ich auch war, dass Livia mir den entscheidenden Hinweis geliefert hatte, so verwunderte es mich andererseits, dass die beiden nicht früher interveniert hatten. »Wieso habt ihr denn nichts gesagt?«

Hannes und Rosie, die mich inzwischen wieder losgelassen hatte, tauschten einen stummen Blick, bevor Rosie zu einer Erklärung ansetzte.

»Wir waren so glücklich und dankbar, dass du uns hilfst, da wollten wir dir keine zusätzlichen Schwierigkeiten bereiten, zumal du dein Unternehmen wegen uns vernachlässigt hast.«

»Außerdem hast du immer wieder betont, dass ein exklusives Romantikhotel der einzige Weg aus der Krise wäre«, fügte Hannes hinzu.

Ich fuhr mir mit den Händen durch mein ohnehin schon zerwühltes Haar und versuchte, zu verdauen, dass die beiden allem Anschein nach nicht das Zutrauen gehabt hatten, offen mit mir über ihre Wünsche und Vorstellungen zu reden.

Darauf würde ich bei zukünftigen Projekten achten müssen. Mir war bewusst, dass ich andere mit meiner Begeisterung oft überforderte, weil ich Dinge sehen konnte, an die sie nicht einmal in ihren kühnsten Träumen zu denken wagten. Meistens war diese Fähigkeit ein Segen, aber offenbar nicht immer.

Ich trat vor meinen Laptop und griff nach der Maus.

»Wenn ihr keine Einwände habt, klicke ich jetzt auf *veröffentlichen*.«

Rosie und Hannes nahmen sich an den Händen und nickten. Wie gebannt starrten wir alle vier auf den Bildschirm, bis die fünf magischen Worte auftauchten:

Die Website ist jetzt online.

Jubel brach über mich herein. Rosie umarmte mich ein weiteres Mal, während Hannes mir enthusiastisch auf die Schulter klopfte.

»Das sollten wir feiern!« Rosie sah aus wie ein junges Mädchen, das gerade von seinem Liebsten zum Ball eingeladen worden war. »Ich wollte sowieso noch ein neues Rezept für das Silvesterdinner ausprobieren. Wenn ihr mich sucht, findet ihr mich in der Küche.«

»Und ich kümmere mich um die Kutsche.« Er wandte sich an Livia. »Vielleicht hast du später Lust, bei Don Juan und Zorro vorbeizuschauen. Du scheinst ein gutes Händchen für Tiere zu haben. Auch Minnie hat einen Narren an dir gefressen.«

Livia errötete leicht und blickte auf die Hündin herab, die mit wachem Blick neben ihr saß und das Geschehen um sich herum interessiert beobachtete. Als sie sich anschickte, ebenfalls den Raum zu verlassen, griff ich instinktiv nach ihrem Handgelenk. Sie blieb stehen, woraufhin ich sie sofort wieder losließ, obwohl ein Teil von mir sie für immer festhalten wollte.

»Ich möchte mich bei dir bedanken. Dafür, dass du mir die Augen geöffnet hast. Du hattest recht. Ich war wohl wirklich zu sehr von mir und meiner Vision überzeugt, sodass ich nicht in Erwägung gezogen habe, Rosie und Hannes könnten andere Prioritäten haben.«

»Du hast getan, was du für das Beste gehalten hast.«

»Ja, aber das Beste für wen?«

»Für das Hotel.«

»Trotzdem sollten die Menschen immer an erster Stelle stehen. Du hast das erkannt. Ohne deine Intervention hätten die beiden sich von vielen ihrer liebgewonnenen Freunde verabschieden müssen.«

Sie trat einen Schritt auf mich zu, und als unsere Blicke sich trafen, spürte ich, wie Verlangen mich erfasste. Am liebsten hätte ich Livia in meine Arme gezogen und ihr gezeigt, wie unendlich viel sie mir bedeutete. Aber ich wusste, dass ich mir zuerst über meine Gefühle und vor allem meine Absichten im Klaren sein musste, bevor ich unbedacht meinen Impulsen nachgeben konnte. Sie durfte nicht die Leidtragende sein, wenn ich am Ende feststellte, dass meine Arbeit mir doch wichtiger war und eine feste Beziehung in meinem Jetsetter-Leben keinen Platz hatte. Daher beschränkte ich mich darauf, meine Hand an ihre Wange zu legen und ihr einen Kuss auf die Stirn zu geben. Doch offenbar hatte ich damit genau das Falsche getan, denn als ich zurücktrat, sah ich den Schmerz und die Enttäuschung in ihren Augen schimmern. Ich öffnete den Mund, um ihr mein Verhalten zu erklären, ihr zu sagen, dass ich mich überfordert fühlte und erst ein wenig Zeit zum Nachdenken brauchte. Aber dann sah ich, wie Livia nickte, als hätte sie etwas verstanden, was ich nicht in der Lage war, zu erkennen, und musste ohnmächtig mitansehen, wie sie ohne ein weiteres Wort den Raum verließ.

Die nächsten Tage rauschten geradezu an mir vorbei. Hannes hatte sich im Stall verkrochen, während Rosie damit beschäftigt war, das Servicepersonal für das Restaurant und die Bar einzuarbeiten und nebenbei das Team, das für das Housekeeping zuständig sein würde, mit den Räumlichkeiten vertraut zu machen. Indessen koordinierte ich zahlreiche Interviewtermine, führte Journalisten und Reiseveranstalter durch das Château und brachte verschiedene Marketingkampagnen ins Rollen, die die Aufmerksamkeit potenzieller Gäste erregen sollten. Ich wollte allen zeigen, dass wir uns im Hinblick auf Komfort und Individualität deutlich von der Konkurrenz abhoben.

Glücklicherweise war Rosie ein Naturtalent vor der Kamera. Sie erzählte auf authentische und zugleich herzerwärmende Weise von ihrem Traum, einen Ort zu erschaffen, an dem man eine ganz besondere und damit unvergessliche Zeit verbringen konnte.

Livia hatte die Aufgabe übernommen, auf allen Stockwerken romantische Nischen einzurichten, in denen wir Candle-Light-Dinner oder intime Teestunden anbieten würden. Nebenbei schaffte sie es, die Lieferung der Tische und Stühle für den Ballsaal zu organisieren, die endlich angekündigt worden war, sodass wir alle aufatmen konnten. Es erstaunte mich stets aufs Neue, wie endlos der Strom ihrer Ideen war und wie reibungslos wir Hand in Hand arbeiteten, auch wenn sie dabei nur das Nötigste mit mir sprach.

Ich wusste, dass es feige war, nicht darüber nachzudenken, was sie mir bedeutete. Zum einen war es einfach, sich mit Arbeit abzulenken, und zum anderen hatte ich, wenn ich ganz ehrlich war, Angst vor der Antwort. Denn was würde passieren, sollte ich zu der Erkenntnis kommen, dass ich mir ein Leben ohne sie nicht mehr vorstellen konnte? Ich müsste mein Lebenskonzept komplett über den Haufen werfen oder – schlimmer noch – von ihr verlangen, dass sie ihren Job für mich aufgab oder ihr Arbeitspensum reduzierte, damit wir uns zumindest vorübergehend in der gleichen Zeitzone aufhielten. Auch wenn sich die Zentrale meines Unternehmens in München befand, arbeitete ich seit einiger Zeit darauf hin, eine Niederlassung in London zu gründen, wofür ich all meine Energie und zeitlichen Ressourcen benötigte.

Von welcher Seite ich die Lage auch betrachtete, es schien keine praktikable Lösung zu geben. Denn wie zum Teufel sollten wir eine Beziehung führen, wenn wir uns nie sahen?

33

Livia

Seit das Personal eingetroffen war, herrschte reger Trubel im Haus, der mich von meinem Herzschmerz ablenkte. Ich versuchte, nicht so viel darauf zu geben, dass Marco auf mich gehört und sein Konzept überarbeitet hatte und seitdem auch jeder meiner Ideen aufgeschlossen gegenüberstand. Als ich ihm gestern im Spaß vorgeschlagen hatte, eine Geisterbeschwörung im Rahmen unseres Halloweenangebots anzubieten, hatte er sofort zugestimmt und für eine schaurige Kutschfahrt zur mitternächtlichen Stunde plädiert.

Sosehr es mich erfüllte, mit ihm zusammenzuarbeiten, sosehr forderte es mich heraus, mich in seiner Nähe aufzuhalten, ohne der Anziehung, die zwischen uns schwelte, nachzugeben. Minnie schien meine Anspannung zu spüren. Sie wich mir nicht von der Seite und brachte mich dazu, trotz meiner endlosen To-do-Liste mindestens einmal am Tag mit ihr rauszugehen, um durch die herrliche Natur zu toben. Auch die täglichen Kuschel- und Putzeinheiten mit Don Juan und Zorro taten mir gut, ebenso wie Hannes' beruhigende Gegenwart. Obwohl ich davon ausging, dass er mehr wusste, als er zugab, rechnete ich es ihm hoch an, dass er mir keine ungebetenen Ratschläge erteilte, sondern mir den nötigen Raum gab, um in Ruhe meine Gedanken zu sortieren.

Als ich mich am Nachmittag in der Küche einfand, um

Rosie und der neu eingestellten Souschefin bei den Vorbereitungen für das Abendessen zu helfen, konnte sie nicht aufhören, Marco in den höchsten Tönen zu loben. Es erweckte beinahe den Anschein, als wollte sie mich davon überzeugen, wie großartig er war. Dabei wusste ich das selbst am besten.

»Wer hätte gedacht, dass ein Mann mit seinem Renommee sein Unternehmen monatelang in die Hände seines Teams gibt, um ein Hotel zu retten. Und als wäre das nicht schon bemerkenswert genug, weigert er sich auch noch, Geld dafür zu nehmen!« Sie ließ den Teig auf die Arbeitsplatte fallen und griff beherzt nach einem Nudelholz. »Du hast ihn doch in den letzten Wochen besser kennengelernt, Livia. Hast du nicht eine Idee, wie wir uns bei ihm erkenntlich zeigen können? Vielleicht ein Gutschein für ein ausgefallenes Event oder eine schicke Uhr?«

Ich musste Rosie völlig perplex angestarrt haben, denn sie hielt inne und betrachtete mich mit besorgtem Gesichtsausdruck.

»Ist alles in Ordnung, Liebes? Du wirkst etwas blass um die Nase.«

»Was meinst du damit, dass Marco kein Geld nimmt? Ich dachte, er bekommt ein Honorar?«

Rosie lachte tief aus dem Bauch heraus. »Wir könnten uns seinen Stundensatz niemals leisten, was mit ein Grund dafür war, warum wir ihn größtenteils haben machen lassen, ohne uns einzumischen. Obwohl er stets beteuert, dass Nane uns als Teil der Familie betrachtet und seine Unterstützung deswegen umsonst wäre, wissen wir die Großzügigkeit seiner Geste sehr zu schätzen.«

Mir wurde mit jedem ihrer Worte flauer im Magen, sodass ich mich schließlich an dem kleinen Tisch niederließ, wo

Rosie ihre Rezeptsammlung in zahlreichen Notizbüchern aufbewahrte, und mit zitternden Händen nach einem Glas Wasser griff. Am liebsten wäre ich vor Scham im Boden versunken oder hätte zumindest meinen Kopf gegen die Tischplatte geschlagen, aber damit hätte ich Rosie vermutlich noch mehr beunruhigt.

»Und das ist längst nicht alles. Hannes war gestern bei der Bank, um ein weiteres Geschäftskonto für das neue Restaurant einzurichten, und hat bei der Gelegenheit in Erfahrung gebracht, dass wir den Kredit nur bekommen haben, weil Marco für uns gebürgt hat. Kannst du dir das vorstellen? Er hat nicht nur all sein Herzblut in das Projekt gesteckt, sondern darüber hinaus das Risiko in Kauf genommen, mehrere Millionen zu verlieren, sollten wir scheitern. Seine einzige Bedingung war, dass wir nichts davon erfahren. Nur hat er dabei nicht bedacht, dass Hannes ein Mal in der Woche mit dem Geschäftsführer der Bank Karten spielt. Der Mann hat laut Hannes noch nie ein gutes Pokerface gehabt.«

Meine Gedanken fuhren Achterbahn, während sich mein Inneres immer mehr zuschnürte. Was musste Marco nur von mir gedacht haben, als ich ihm vorgeworfen hatte, dafür verantwortlich zu sein, dass Rosie und Hannes schlaflose Nächte hatten, wo er doch alles tat, um die Existenz der beiden zu retten? Mit butterweichen Knien stand ich auf.

»Ich muss kurz an die frische Luft.«

»Geh ruhig, Liebes. Den Rest schaffen wir auch allein.«

Draußen sog ich die kalte Winterluft in meine Lunge und betrachtete nachdenklich die Silhouette der gegenüberliegenden Bergkette, hinter der gerade die Sonne versank. Normalerweise half mir der Anblick der mächtigen Viertausender dabei, zu erkennen, wie klein und unbedeutend meine Sorgen und Probleme waren. Nur heute funktionierte es leider nicht. Seufzend zog ich den Reißverschluss meiner Jacke zu und setzte die Mütze auf, bevor ich in die Schneeschuhe schlüpfte und schnellen Schrittes auf die verschneiten Tannen zulief, die das Hotel an beiden Seiten einrahmten. Während ich Minnie dabei zusah, wie sie ausgelassen über die Wiese tobte, versuchte ich, mich in Marco hineinzuversetzen.

Zuerst war ich ihm gegenüber jahrelang kühl und schnippisch gewesen, weil ich davon ausgegangen war, dass er mir die Schuld daran gab, dass mein damaliger Freund mich betrogen hatte. Dabei hatte er sich auf seine misslungene Beziehung mit Helen bezogen, für deren unglückliches Ende er sich verantwortlich fühlte. Dann tauchte ich in der Schweiz auf, um ihm zu helfen, obwohl ich fest davon überzeugt war, dass weder Romantik noch Weihnachten einen Anlass zur Freude boten. Und als wäre das nicht schon grotesk genug, ließ ich mich nach wenigen Tagen auf eine leidenschaftliche Nacht in einer einsamen Hütte mit ihm ein. Ich konnte nicht leugnen, dass ich diejenige gewesen war, die Marco dazu gedrängt hatte, seinem Verlangen nachzugeben und nicht über das Morgen nachzudenken. Dann stellte sich heraus, dass ich doch nicht so gut mit der Situation umgehen konnte wie gedacht und es Marco insgeheim übel nahm, dass er nicht genauso empfand wie ich. Von den reellen Vorwürfen, die ich ihm wegen seiner Strategie hinsichtlich des Châteaus und seiner profitorientierten Arbeitsweise gemacht hatte, ganz zu schweigen.

Ehrlicherweise musste ich mir eingestehen, dass nicht er derjenige war, der Menschen vorschnell verurteilte, ohne die Fakten zu kennen, sondern ich. War es da verwunderlich, dass er emotional auf Abstand ging?

Ich ließ die Erlebnisse der letzten Wochen Revue passieren und erinnerte mich daran, wie viel Spaß wir zusammen gehabt hatten, bevor ich die Sache mit meinen Erwartungen und falschen Schlüssen verkompliziert hatte.

Abrupt blieb ich stehen. So verfahren die Situation auch sein mochte, es war noch nicht zu spät, sie zu retten. Ich musste mit Marco reden, ihm endlich sagen, wie viel er mir bedeutete, und mich zugleich für mein ungerechtfertigtes Verhalten ihm gegenüber entschuldigen. Vermutlich hatte er seine Entscheidung in Bezug auf uns längst getroffen, wenn man überhaupt davon ausgehen konnte, dass er je über ein *uns* nachgedacht hatte. Trotzdem war es mir wichtig, dass er wusste, was ich für ihn empfand.

Minnie rannte fröhlich voraus, als ich den Rückweg einschlug. Auf dem Vorplatz rief ich sie zu mir, da gerade eine schwarze Limousine vor dem Eingang hielt, der eine zierliche Frau mit modischer Kurzhaarfrisur entstieg. Während der Fahrer ihr Gepäck auslud, schaute sie sich mit verträumtem Blick um.

Ich überredete meine eingefrorenen Gesichtszüge zu einem freundlichen Lächeln und ging auf sie zu, wobei ich darauf achtete, dass Minnie bei Fuß blieb. Mir war noch gut in Erinnerung, wie Furcht einflößend ihr Anblick bei unserer ersten Begegnung auf mich gewirkt hatte. Doch die Frau schien keine derartigen Berührungsängste zu haben. Sie hielt Minnie ihre Hand zum Beschnüffeln hin, während die Hündin sie schwanzwedelnd begrüßte.

»Du bist ja ein hübscher Hund! Und so groß!« Sie streichelte Minnie über den Rücken und lachte, als diese ihn ihr genüsslich entgegenstreckte. »Ich sehe schon, du gehörst auch zu den lieblos gehaltenen Fellnasen, die nie gestreichelt werden.« Amüsiert schaute sie zu mir, bevor sie leicht den Kopf schüttelte. »Oh, tut mir leid! Wie unhöflich von mir. Ich hätte Sie zuerst begrüßen sollen.«

»Das macht doch nichts«, entgegnete ich und musste mir ein Grinsen verkneifen. Mittlerweile konnte ich nur zu gut nachvollziehen, wie schwer es war, Minnies Charme zu widerstehen.

Sie deutete mit der freien Hand auf das Château, wobei sie den Wald und das dahinter liegende Bergpanorama mit einschloss. »Es ist noch viel wundervoller als auf den Fotos. Die Türme, Erker und großzügigen Balkons mit den verschnörkelten Geländern sind wie gemacht für ein Romantikhotel. Dazu diese beeindruckende Landschaft. Laut der Website soll es in der Nähe sogar einen See geben, auf dem man Schlittschuh laufen kann.«

Ich nickte und wollte gerade nachfragen, ob sie erwartet wurde, als Marco aus der Eingangstür trat und wie vom Donner gerührt stehen blieb.

»Helen?«, fragte er, wobei eine Mischung aus Unsicherheit und Hoffnung in den beiden Silben mitschwang.

Die junge Frau warf die Arme in die Luft und strahlte ihn an. »Überraschung!«

34

Marco

»Was machst du denn hier?«, fragte ich, nachdem ich gemeinsam mit dem Chauffeur Helens Gepäck ins Foyer getragen hatte. Nach der beachtlichen Anzahl ihrer Koffer zu schließen, plante sie, länger zu bleiben.

Im ersten Augenblick hatte ich Angst gehabt, unter Halluzinationen zu leiden, als ich meine Ex-Freundin zusammen mit Livia vor dem Hotel hatte stehen sehen.

»Ich habe von deiner Assistentin erfahren, dass du zurzeit ein Hotelprojekt betreust. Als ich mir die Website angesehen habe, war ich so begeistert, dass ich mir selbst ein Bild machen wollte. Und hier bin ich.«

Es war unmöglich, sich nicht von ihrer offenen und direkten Art einnehmen zu lassen. Das war eine der Eigenschaften, die mich von Anfang an in ihren Bann gezogen hatte. Helen sagte stets ehrlich ihre Meinung, aber auf eine konstruktive und empathische Art, sodass man ihr niemals böse sein konnte. Im Gespräch hörte sie aufmerksam zu, anstatt bereits über eine passende Antwort nachzudenken. Sie war immer mit ganzem Herzen bei ihrem Gegenüber, unabhängig davon, ob es ihre Arbeit, ihre Freunde oder ihre Beziehung betraf.

»Jeanette sagt, du hast das alles auf eigene Faust geplant und umgesetzt.«

Ich würde ein ernstes Wort mit meiner Assistentin reden müssen, die offenbar keine Hemmungen hatte, sich mit einer außenstehenden Person über eines unserer Projekte zu unterhalten. Andererseits hatte Helen in der Zeit, als wir noch zusammen waren, vermutlich häufiger mit ihr telefoniert als mit mir. Kein Wunder, dass die beiden sich so gut verstanden.

»Ich muss sagen, dass ich mehr als überrascht war«, gab sie zu. »Ausgerechnet ein Romantikhotel?«

»Die Idee stammt von mir, das stimmt, aber bei der Verwirklichung hatte ich tatkräftige Hilfe.«

Dabei schaute ich zu Livia, die am Treppenabsatz stand und offenbar unschlüssig war, ob sie bleiben oder uns lieber allein lassen sollte. Minnie nahm ihr die Entscheidung ab, indem sie die Treppe hochschoss und sie mit einem kurzen Bellen aufforderte, ihr zu folgen.

»Dennoch bin ich beeindruckt von der Vielfalt des Angebots. Ich meine, ein Lyrikabend untermalt von klassischer Musik? Ein Tangokurs und eine Nacht im Heu? Der Marco, den ich kenne, hätte sich lieber für ein paar Wochen mit seinem Laptop in einer Zelle einschließen lassen, als auch nur eine dieser Aktivitäten in Erwägung zu ziehen.«

Ich ging einen Schritt zurück und nahm mir Zeit, sie näher zu betrachten. Sie trug ihr Haar kürzer und sah wie immer umwerfend aus. Das lag nicht nur an ihrer schlanken Gestalt und der eleganten Kleidung, sondern vor allem an dem lebhaften Funkeln in ihren blauen Augen und der starken Ausstrahlung, der man nicht entkam. Helen besaß eine natürliche Schönheit und grazile Anmut, die alle Blicke auf sie zog, sobald sie einen Raum betrat.

»Warum bist du wirklich hier?«

Für einen Moment zögerte sie. Dann richtete sie sich zu ihrer vollen Größe auf und sah mir in die Augen.

»Wegen dir.« Sie senkte kurz den Blick, bevor sie erneut unter ihren langen Wimpern zu mir aufschaute. »Die zauberhafte Seite vom *Château Romantique* hat mich hoffen lassen, dass du deine Einstellung in Bezug auf deine Arbeit und eine mögliche Beziehung geändert haben könntest.«

»Und wenn es so wäre?«, fragte ich und spürte, wie mein Herz hart gegen meine Rippen schlug.

»Dann wäre ich bereit, uns noch eine Chance zu geben. Vorausgesetzt, du willst es auch.«

Wie immer kam Helen direkt zum Punkt. Ihre Ehrlichkeit und ihr Mut, offen über ihre Gefühle zu reden, rührten mich und machten mich zugleich sprachlos. Ich räusperte mich, unsicher, wie ich reagieren sollte. »Das … kommt überraschend.«

Sie lachte und schaffte es, der Situation damit jede Peinlichkeit oder Anspannung zu nehmen. »Ich erwarte nicht sofort eine Antwort von dir. Lass uns einfach ein wenig Zeit zusammen verbringen und schauen, wohin uns das führt. Es sei denn …«, sie blickte zur Treppe, »du bist inzwischen wieder liiert. Ihr habt auf den Fotos sehr vertraut miteinander gewirkt.«

Ich brauchte einen Moment, bis ich begriff, worauf sie hinauswollte. »Nein, wir sind nicht zusammen. Livia ist Nanes beste Freundin und hilft mir bei den Vorbereitungen für die Wiedereröffnung.« Noch bevor ich den Satz beendet hatte, spürte ich, wie sich mein Brustkorb verengte, als würde ein schweres Gewicht darauf lasten. Wem wollte ich hier etwas vormachen?

»Dann ist ja alles wunderbar. Habt ihr noch ein freies Zimmer für mich?«

Nachdem ich Helen mit Rosie und Hannes bekannt gemacht und sie in eine der Suiten im ersten Stock gebracht hatte, ging ich zurück in mein Büro und begann, unruhig auf und ab zu laufen. In meinem Kopf herrschte ein heilloses Chaos, weshalb es mir schwerfiel, einen klaren Gedanken zu fassen. Wie oft hatte ich mir gewünscht, von Helen eine zweite Chance zu bekommen, auch wenn das Timing nicht ungünstiger hätte sein können. Wollte das Schicksal mich herausfordern, indem es mir gleich zwei starke Frauen schickte, die mein Herz berührten?

Sosehr ich Livia in den letzten Wochen liebgewonnen hatte, fühlte ich mich Helen auf eine ganz besondere Art verbunden. Wir hatten uns zu Beginn des Studiums kennengelernt und waren einige Semester lang nur befreundet gewesen, bevor wir erkannt hatten, dass wir mehr füreinander empfanden. Nach der Trennung hatte ich mir bittere Vorwürfe gemacht, nicht genug auf sie eingegangen zu sein, sodass ihr nichts anderes übrig geblieben war, als mich zu verlassen. Sie hatte mich unzählige Male darum gebeten, mir mehr Zeit für uns zu nehmen. Dabei gehörte sie nicht zu den Frauen, die sich nicht zu beschäftigen wussten – im Gegenteil. Neben ihrer Arbeit als Drehbuchautorin für eine Münchner Filmproduktionsgesellschaft, die auf Dokumentationen zum Thema Klimaschutz spezialisiert war, engagierte sie sich für wohltätige Zwecke, hatte vielfältige Hobbys und einen großen Freundeskreis.

Es kam für mich einem Wunder gleich, dass sie nach all den Fehlern, die ich in der Vergangenheit begangen hatte, wie aus dem Nichts auftauchte und bereit war, mit mir einen Neuanfang zu wagen. Ich müsste komplett verrückt sein, wenn ich uns nicht wenigstens eine Chance geben würde.

35

Livia

Mein Herz hatte für einen Schlag ausgesetzt, als ich begriffen hatte, wer vor mir stand. Das war also Helen, die Frau, der Marco monatelang hinterhergetrauert hatte und von der er nach wie vor mit großer Zuneigung sprach. Ich war hin- und hergerissen gewesen, ob ich die beiden allein lassen sollte. Zum Glück hatte Minnie mir die Entscheidung abgenommen. Aber sie hatte mich nicht davon abhalten können, nach der ersten Treppenbiegung stehen zu bleiben und zu lauschen. Mir war bewusst, dass sich das nicht gehörte und ich Helens und Marcos Privatsphäre verletzte, doch ich musste wissen, woran ich war. Die Antwort hatte nicht lange auf sich warten lassen. Marco hatte ihr überzeugend versichert, dass ich nur *Nanes beste Freundin* war. Offenbar hatte er nicht vor, ihr von unserer gemeinsamen Nacht zu erzählen, sei es, weil sie ihm nichts bedeutete, oder weil die Sache zwischen uns für ihn bereits wieder vorbei war, bevor sie überhaupt begonnen hatte.

Ein kindischer Anteil in mir nahm sich vor, Helen nicht zu mögen, als ich mich in mein Zimmer zurückzog und meinen Tränen freien Lauf ließ. Ich hätte von Anfang an wissen müssen, dass es keine gute Idee war, sich auf Marco einzulassen. Es wurde wirklich Zeit, dass ich wieder nach Hause fuhr. Ich würde noch den Weihnachtsball hinter mich bringen und anschließend nach München zurückkehren. Meine restlichen Urlaubstage könnte ich dazu nutzen, mich zu sortieren und herauszufinden, wie ich mein Leben in Zukunft gestalten wollte.

Beim Abendessen stellte sich heraus, dass es unmöglich war, Helen nicht sympathisch zu finden. Sie war nicht nur intelligent und witzig, sondern vor allem offen und mitfühlend. Sie fragte nach unseren Unternehmungen, und wir lachten herzlich über Marcos ursprünglichen Plan, den Paaren ausschließlich Extremsportabenteuer anzubieten.

»Nicht jeder möchte in seiner Freizeit ständig dem Tod ins Auge blicken«, erklärte Helen ihm, woraufhin Marco skeptisch eine Braue hob.

»Und wer wollte in Südafrika mit Haien tauchen?«

»Du weißt genau, dass es mir darum ging, herauszufinden, inwiefern die Tiere dabei in ihrem natürlichen Lebensraum gestört werden.«

»Helen engagiert sich sowohl im Tier- als auch im Umweltschutz«, wandte sich Marco an Rosie und Hannes, die ebenso gebannt an ihren Lippen hingen wie ich.

»Mir ist es wichtig, mein Leben sinnvoll zu nutzen und mich für die Menschen und Tiere einzusetzen, die nicht für sich selbst kämpfen können.«

»Eine tolle Einstellung!«, lobte Rosie.

Auch Hannes nickte zustimmend, während ich gedankenverloren über das Tattoo auf meinem Unterarm strich und mir wünschte, ich würde meine Ideale ebenfalls leben, anstatt sie mir nur in die Haut stechen zu lassen.

»Habt ihr beide etwas Schönes geplant für die nächsten Tage?«, wollte Rosie wissen.

»Ich dachte, wir könnten ein paar der nahe gelegenen Pisten ausprobieren«, schlug Helen vor. »Falls es deine Zeit erlaubt.«

»Das wird schwierig. Ich habe noch einige Pressetermine.«

»Die übernehmen Hannes und ich. Dann könnt ihr in Ruhe Ski fahren«, bot Rosie an.

»Solange ich mich nicht vor eine Kamera stellen muss, bin ich dabei«, brummte Hannes, der wenig begeistert schien, den Journalisten Rede und Antwort zu stehen.

»Was ist mit dir, Livia? Fährst du auch Ski?«, wandte sich Helen an mich.

»Sie ist kein Fan von Wintersport«, antwortete Marco, bevor ich mich selbst dazu äußern konnte. Obwohl es die Wahrheit war, ärgerte es mich, dass er mich bevormundete.

»Das war ich früher auch nicht. Und dann habe ich Marco kennengelernt. Er ist ein sehr guter Lehrer. Seitdem kann ich nicht genug davon kriegen. Du solltest es unbedingt ausprobieren. Es hat etwas Urtümliches an sich, die Macht der Berge zu erleben, die einem jedes Mal aufs Neue zeigt, wie klein und unbedeutend man ist.«

Ich nickte, auch wenn ich nach wie vor wenig Lust verspürte, mich auf zwei dünnen Brettern einer unkalkulierbaren Gefahr auszusetzen.

Nach dem Dessert, das aus einer köstlichen Schokoladentorte bestand, von der ich kaum einen Bissen herunterbrachte, bat Helen Marco, ihr das Château zu zeigen, während ich Rosie und Hannes in der Küche half und danach auf mein Zimmer ging. Zu meinem Bedauern blieb Minnie unten. Vielleicht hoffte sie, noch ein paar Leckerli abstauben zu können, bevor die beiden sich ebenfalls zurückzogen.

Mein Versuch, mich mit dem Krimi abzulenken, scheiterte kläglich. Schließlich griff ich zu meinem Handy und öffnete meine favorisierten Kontakte. Ganz oben stand Nane. Bevor ich es mir anders überlegen konnte, tippte ich auf ihre Nummer.

»Hey, Fremde! Wie geht es euch im Winterwonderland?«

Es tat so gut, ihre Stimme zu hören, dass ich für einen Moment nichts erwidern konnte, weil ich damit beschäftigt war, gegen den dicken Kloß in meinem Hals anzukämpfen. »Nicht schlecht. Seit die neue Seite online ist, überschlagen sich die Buchungen. Rosie und Hannes sind sehr erleichtert.« Ich hörte selbst, wie hölzern meine Stimme klang. Auch Nane schien das nicht entgangen zu sein.

»Ist alles okay? Macht dir die Weihnachtszeit zu schaffen?«

Es wäre einfach gewesen, so zu tun, als würde die Trennung von Daniel mich immer noch runterziehen. Aber ich hatte Nane noch nie angelogen und würde auch jetzt nicht damit anfangen, schon gar nicht, wenn es um ihren Bruder ging.

»Helen ist heute überraschend angereist.«

Ich hörte, wie sie nach Luft schnappte. »Doch nicht etwa Marcos Helen? Hat sie gesagt, was sie will?«

»Sie hat die Website gesehen und daraus geschlussfolgert, dass Marco sich eventuell geändert hat und nun offen für eine ernsthafte Beziehung sein könnte.«

Ihr Lachen löste ein warmes Gefühl in meinem Bauch aus. »Ich habe sie schon immer für ihren Optimismus bewundert. Aber nur weil mein Bruder sich ein paar Programmpunkte für ein Hotel überlegt hat, ist er deshalb noch lange kein anderer Mensch. Weiß sie, dass du ihm dabei geholfen hast?«

»Marco hat es erwähnt.« Ich biss mir auf die Lippe. Dann nahm ich all meinen Mut zusammen, um die Frage zu stellen, die mir seit Helens Ankunft auf der Seele brannte. »Glaubst du, dass er noch etwas für sie empfindet?«

Nane überlegte eine Weile, ehe sie antwortete. »Sie haben sich immer gut verstanden, was nicht besonders schwer ist, wenn man sich nur selten sieht. Ich weiß, dass Marco sein Verhalten während ihrer Beziehung lange bereut hat. Daher könnte es schon sein, dass er sich über eine zweite Chance freuen würde.«

Ich nickte, auch wenn sie es nicht sehen konnte, und kämpfte zugleich gegen die Tränen an.

»Warum fragst du? Hast du Angst, dass Marco in den letzten Tagen vor der Wiedereröffnung seinen Fokus verliert? Meintest du neulich nicht, dass so weit alles nach Plan verläuft?«

»Ja, wir kommen gut voran«, schluchzte ich und wischte mir unwirsch die Tränen von den Wangen.

»Weinst du? Warum macht dir die Situation denn so zu schaffen?«

»Weil … weil …«, ich holte tief Luft, »weil ich mich in deinen Bruder verliebt habe.«

»Oh«, war alles, was Nane entgegnete. Wahrscheinlich musste sie die Neuigkeit erst einmal verdauen.

»Bitte sag, dass du mir nicht böse bist.«

»Wieso um alles in der Welt sollte ich dir böse sein? Ich mache mir höchstens Vorwürfe, dass ich dich überredet habe, zu ihm in die Schweiz zu fahren. Es ist schließlich kein Geheimnis, dass er durchaus charmant sein kann. Dann noch das abgelegene Hotel, die verschneiten Berge, das Romantikprogramm – das musste ja so kommen.«

»Hältst du mich für derart leicht manipulierbar?«

»Nein, aber ich kenne meinen Bruder. Versteh mich nicht falsch, ich liebe ihn über alles, nur hat er genau wie du eine hohe Mauer um sein Herz errichtet. Und du gehörst nicht zu den Frauen, die sich mit einer kurzweiligen Nacht zufriedengeben und danach fröhlich weiterziehen.«

»Warum geht eigentlich jeder davon aus, dass ich mich nicht amüsieren kann?« Ich bemühte mich, nicht beleidigt zu sein.

»Man könnte den Eindruck gewinnen, wenn man deinen Lebenswandel ein bisschen besser kennt. Weißt du, wie schwer es ist, dich zu einem gemütlichen Nachmittag bei Kaffee und Kuchen zu überreden?«

»Bin ich eine so schlechte Freundin?«

»Du bist die beste Freundin, die man sich nur wünschen kann. Aber Tatsache ist, dass es dir schwerfällt, spontan zu sein, die Arbeit einfach mal ruhen zu lassen und das Leben zu genießen. Wobei du diesbezüglich in den letzten Wochen einiges dazugelernt zu haben scheinst.« Ich konnte ihr Lächeln förmlich vor mir sehen und musste ebenfalls grinsen.

»Wir hatten eine tolle Zeit!«

»Und was hast du jetzt vor?«

»Am liebsten würde ich nach Hause fahren, aber das kann ich Rosie und Hannes nicht antun. Sie zählen auf mich. Außerdem möchte ich den Weihnachtsball nicht verpassen. Ich war noch nie auf einem Ball, und obwohl ich nicht erpicht darauf bin, Marco und Helen als glückliches Paar zu erleben, werde ich das Beste daraus machen.«

»Cleo und ich werden dir beistehen.«

»Das ist lieb! Ich freue mich so sehr darauf, Maya endlich kennenzulernen. Wie läuft es bei euch?«

Nane berichtete ausführlich von Mayas Entwicklung und ihren gemeinsamen Erlebnissen. Sie überschlug sich beinahe vor Begeisterung, und die Freude über ihren in Erfüllung gegangenen Traum lenkte mich von meinem eigenen Kummer ab. Wenigstens für Nane und Cleo schien es ein Happy End zu geben.

Ich ignorierte das Stechen in meiner Brust, als ich Helen und Marco am nächsten Morgen in trauter Zweisamkeit im Frühstücksraum antraf. Er bot mir an, mich zu ihnen zu setzen, was ich dankend ablehnte. Lieber zog ich mich mit einem Becher Tee in die Bibliothek zurück.

Dort griff ich nach einem Block und Stift und schrieb mir alles von der Seele, was mich beschäftigte.

Wollte ich Weihnachten weiterhin hassen, weil ich Daniel nachtrauerte? Oder war ich mutig genug, der Liebe noch eine Chance zu geben, auch wenn es mit Marco nicht geklappt hatte? War es erstrebenswert, die nächsten Jahrzehnte sechzig bis achtzig Stunden die Woche zu arbeiten, oder sollte ich versuchen, mir ein Leben aufzubauen, das mich morgens voller Vorfreude aus dem Bett springen ließ?

Was machte mich glücklich? Wann fühlte ich mich zufrieden? Wer waren die Menschen, mit denen ich mich umgeben wollte? Worauf würde ich in Zukunft meinen Fokus richten?

Drei Stunden später qualmte mir der Kopf, während mein Magen sich lautstark darüber beschwerte, dass ich das Frühstück ausgelassen hatte. Ich holte mir einen Rest Rührei mit zwei Scheiben Toast in der Küche und setzte mich auf die bequeme Eckbank. Anschließend schlenderte ich ins Foyer, wo Rosie an der Rezeption stand und mit einem glücklichen Lächeln auf den Bildschirm schaute.

»Wir sind bis Ende Februar ausgebucht. Kannst du dir das vorstellen?«

»Das ist wundervoll, Rosie!«

Sie bedachte mich mit einem liebevollen Blick. »Das verdanken wir nur euren kreativen Ideen. Besonders der Lyrikabend und das Schlittschuhlaufen bei Mondschein kommen gut an. Aber auch die Ballonfahrt steht hoch im Kurs, worüber Anja sich sehr freut. Jetzt muss nur noch das Wetter mitspielen.«

»Hoffen wir das Beste!«, antwortete ich, da es keinen Sinn ergab, sich wegen etwas zu sorgen, was wir nicht beeinflussen konnten.

Ich hörte lautes Lachen und drehte mich um, als Marco die Tür des SUVs schloss und hinter Helen das Foyer betrat. Sie sahen aus, als hätten sie jede Menge Spaß gehabt. Rosie erkundigte sich, welche Pisten sie gefahren waren, woraufhin Helen ihr begeistert von den verschiedenen Abfahrten berichtete. Marco entschuldigte sich indessen, da er noch ein paar Anrufe erledigen wollte. Helen lehnte sich an den Empfangstresen und sah ihm mit leuchtenden Augen nach. Ich konnte die Glückshormone geradezu spüren, die ihren Körper durchströmten.

»Scheint, als hättet ihr euch gut amüsiert«, bemerkte ich, weil ich das Gefühl hatte, irgendetwas sagen zu müssen.

»O ja! Es war fantastisch!« Sie seufzte verträumt, ehe sie sich mir zuwandte. »Marco ist den ganzen Vormittag über an meiner Seite geblieben, obwohl er bestimmt lieber in seinem Tempo gefahren wäre. Das ist eine seiner Eigenschaften, die ich schon immer an ihm geliebt habe. Wenn er mit jemandem Zeit verbringt, ist er stets sehr aufmerksam und gibt einem das Gefühl, der wichtigste Mensch für ihn zu sein.«

Ich verkniff mir die Bemerkung, dass ich nur zu gut wusste, wovon sie sprach.

»Es fühlt sich an, als wären wir nie getrennt gewesen.« Erneut stieß sie ein glückliches Seufzen aus, während sich mein

Magen immer mehr verkrampfte. »Ich gehe kurz duschen und werde mich dann in den Whirlpool legen, um meinen Muskeln ein wenig Erholung zu gönnen. Wir sehen uns später.« Sie schenkte uns ein breites Lächeln, bevor sie die Treppe in den ersten Stock nahm.

Rosie sah ihr nach, ehe sie ihren Blick auf mich richtete. »Weißt du, Livia, es gibt Situationen im Leben, die uns herausfordern. Meiner Meinung nach hat man immer zwei Möglichkeiten, wie man darauf reagieren kann: Entweder man wartet ab und sieht tatenlos dabei zu, wie jemand anderes bekommt, was man sich selbst so sehr wünscht, oder man ergreift die Initiative und kämpft für das, was man liebt.«

Ich zuckte erschrocken zusammen und fragte mich, ob mir meine Gefühle so deutlich ins Gesicht geschrieben standen. Rosie schien meine Gedanken erraten zu haben.

»Es war nicht zu übersehen, dass ihr euch in der Nacht des Schneesturms nähergekommen seid. Umso trauriger, dass ihr offenbar beide nicht den Mut habt, zu euren Gefühlen zu stehen.«

»Es ist nicht so einfach«, murmelte ich und fühlte mich zu einer Erklärung genötigt, da sie mich mit hochgezogener Augenbraue ansah. »Ich lebe in München, und Marco ist viel unterwegs. Außerdem bin ich mir nicht sicher, ob er überhaupt an einer Beziehung mit mir interessiert ist.«

»Habt ihr denn darüber geredet? Hast du ihm gesagt, was du für ihn empfindest, und ihn gefragt, ob er sich eine gemeinsame Zukunft vorstellen kann?«

Ich schüttelte stumm den Kopf und kam mir plötzlich unfassbar dumm vor. Da passierte mir ein Mal im Leben etwas unglaublich Wundervolles, und ich tat – nichts. Verständlich, dass Rosie sich fragte, was mit uns los war.

»Was mache ich, wenn Marco nicht dasselbe empfindet wie ich?«

Sie ignorierte die Benachrichtigungstöne des Computers, die den Eingang weiterer Buchungsanfragen ankündigten, und kam um die Theke herum zu mir.

»Dann wirst du damit umgehen. Abgesehen davon steht es für mich außer Frage, dass du ihm keineswegs gleichgültig bist, so wie er dich anschaut. Und das geht weit über bloßes Verlangen hinaus, falls das deine Sorge sein sollte.«

Mein Herzschlag beschleunigte sich kurz bei ihren Worten, aber dann ließ ich entmutigt den Kopf hängen. »Ich glaube nicht, dass ich gegen Helen eine Chance habe.«

Rosie legte ihre Hand auf meine und drückte sie sanft. »Womit wir wieder am Anfang unseres Gesprächs angekommen wären: Manchmal muss man für das kämpfen, was man liebt.«

Ermutigt nickte ich und verwahrte die vorsichtige Zuversicht und feste Entschlossenheit wie einen kostbaren Schatz tief in meinem Inneren. Denn ich würde beides brauchen, wenn ich Marco gegenübertreten wollte, um ihm offen und ehrlich zu sagen, was ich für ihn empfand.

36
Marco

Meine Wange prickelte immer noch von dem Kuss, den Helen mir nach unserer letzten Abfahrt gegeben hatte. Der gemeinsame Vormittag kam mir vor wie ein wahr gewordener Traum. Und doch hatte ich mich hin und wieder dabei ertappt, an Livia zu denken. Die Vorstellung, wie sie mich zur Schnecke gemacht hätte, anstatt sich zu freuen, wenn ich sie auf den Berg geschleppt hätte, brachte mich zum Schmunzeln. Natürlich war das reines Wunschdenken. Vermutlich würde eher die Hölle einfrieren, als dass ich sie dazu bewegen konnte, mit mir Ski zu fahren. Ich vermisste unsere kleinen Neckereien, ihre spitze Zunge, mit der sie mir unerbittlich den Spiegel vorhielt, und ihre Zielstrebigkeit, wenn es darum ging, Projekte in die Tat umzusetzen. Allein, was sie mit Hannes' Jagdhütte veranstaltet hatte, zeigte deutlich, wozu sie fähig war, wenn sie sich für etwas begeisterte.

Ich legte mein Handy aus der Hand und schaute mir die Buchungen an. Trotz des mangelnden Komforts war die Hütte bis Ende Januar durchgehend belegt. Offenbar hatte Livia mit ihrer Idee einen Nerv getroffen. Es gab auch bereits zahlreiche Anfragen, ab wann es möglich wäre, im Heu zu übernachten. Ich machte mir eine Notiz, mit dem Schreiner vor Ort über eine kleine Empore für das Heulager und den Einbau eines Dachfensters zu sprechen.

Ein Klopfen riss mich aus meinen Gedanken. Als ich hochsah, entdeckte ich Livia, die einen beigen Pullover zu hellen Jeans trug und einfach bezaubernd aussah. Mein Herz begann mit einem Mal, schneller zu schlagen, und ich beschloss, dass ich dringend meinen Kaffeekonsum reduzieren musste.

»Ich wollte fragen, ob du Hilfe gebrauchen kannst.« Ihr Lächeln schickte einen Hitzeschauer durch meinen Körper.

»Nein, es läuft alles wie geplant. Wir haben gute Arbeit geleistet.«

Ihre Wangen röteten sich eine Spur, woraufhin sich die Hitze in eine angenehme Wärme umwandelte, die meinen Brustkorb erfüllte. Sie hatte rein gar nichts mehr mit der nüchternen Anwältin gemein, die vor ein paar Wochen hier angereist war.

»Das stimmt. Wir sind ein gutes Team.« Sie räusperte sich. »Nicht nur was die Arbeit angeht, sondern auch ...«

»Wusste ich doch, dass ich dich im Büro finde. Ich hatte die Hoffnung, dass du mir im Whirlpool Gesellschaft leistest.« Helen lehnte in einem flauschigen Bademantel im Türrahmen und schenkte mir ihr verführerisches Lächeln. Trotzdem interessierte es mich gerade mehr, was Livia hatte sagen wollen. Doch als ich sie ansah, erkannte ich, dass der Moment vorbei war.

»Dann lass ich euch beide mal allein. Wir sehen uns später.«

Ich blickte ihr nach und überlegte fieberhaft, wie ich sie aufhalten könnte, als ich Helens Hand auf meiner Schulter spürte.

»Ach, Darling, es ist so wundervoll hier. Nicht nur das Château und das sympathische Ehepaar, sondern auch die vielen Möglichkeiten, eine tolle Zeit zusammen zu verbringen. Wir könnten morgen Fallschirmspringen. Der Wetterbericht sieht gut aus. Das sollten wir uns nicht entgehen lassen.«

Sie schob meine Notizen zur Seite und setzte sich auf den Schreibtisch. Mein Blick fiel auf ihre nackten Beine, die sie anmutig übereinanderschlug.

»Überhaupt sollten wir uns von nun an nichts mehr entgehen lassen. Wir haben schon genug Zeit verloren, findest du nicht auch?« Sie nahm meine Hand und verschränkte unsere Finger miteinander.

Ich schluckte und versuchte, Ordnung in meine Gedanken zu bringen. Vor mir saß die Frau, nach der ich mich monatelang verzehrt hatte, die meine Familie sehr mochte, die viele meiner Interessen teilte und meinen Hang zu extremen Aktivitäten tolerierte. Und noch dazu war sie bereit, mir zu verzeihen, dass ich sie während unserer Beziehung so schmählich im Stich gelassen hatte.

»Fallschirmspringen klingt gut«, erwiderte ich und gab mein Bestes, das Bild von Livia zu verdrängen, die sich im Heißluftballon vertrauensvoll an mich lehnte und sich trotz ihrer anfänglichen Bedenken für den fantastischen Ausblick begeistern konnte. Wann war mein Leben bloß so kompliziert geworden?

37

Livia

Ich war Rosie dankbar, als sie mir eine Liste mit Aufgaben in die Hand drückte, die dringend erledigt werden mussten. So hatte ich nicht viel Zeit, Helen und Marco dabei zu beobachten, wie sie zusammen lachten, glücklich Händchen hielten und der Inbegriff eines perfekten Paares waren.

Am Abend des 23. Dezembers reisten nicht nur die ersten Gäste an, sondern auch Nane, Cleo und Maya. Es gab ein großes Hallo, und ich schöpfte die leise Hoffnung, dass ich dieses Weihnachten vielleicht doch noch irgendwie überstehen würde, ohne vor Liebeskummer zu vergehen. Rosie und Hannes freuten sich sichtlich, die beiden wiederzusehen. Maya stand im Zentrum der Aufmerksamkeit, was dazu führte, dass sie sich schüchtern an Cleos Bein klammerte. Helen begrüßte Nane und Cleo herzlich und winkte Maya freundlich zu. Es fiel mir schwer, mitanzusehen, wie harmonisch sich alles fügte, als hätte es die Nacht zwischen Marco und mir nie gegeben.

Beim Abendessen saßen wir zusammen an einem Tisch, wobei Rosie erst nach dem Dessert zu uns stieß, da sie in der Küche beschäftigt gewesen war. Nane und Cleo hatten den Großteil der Unterhaltung bestritten und abwechselnd von ihren ersten Wochen mit Maya erzählt. Die Kleine war nach dem Hauptgang auf Nanes Schoß geklettert und mit einem glücklichen Gesichtsausdruck eingeschlafen. Ich konnte sehen, wie eng die Bindung zwischen ihnen bereits war, und freute mich sehr für die drei, denn ich war überzeugt, dass Maya kein besseres Zuhause hätte finden können.

Marco erbot sich, sie ins Bett zu tragen, wobei ihm Helen verzückt nachsah. Nane begleitete ihn, während ich die Gelegenheit nutzte, um ein wenig frische Luft zu schnappen.

Die Sterne leuchteten hoch am Himmel und tauchten die winterliche Szenerie in weiches Licht. Minnie, die mit mir nach draußen gekommen war, verschwand im nahen Wäldchen. Ich folgte ihr, stellte dann aber fest, dass ich für einen längeren Spaziergang nicht warm genug angezogen war, und steuerte stattdessen den Stall an, um Zorro und Don Juan einen Besuch abzustatten. Die beiden standen Seite an Seite in der großen Box, die sie sich teilten, und fraßen zufrieden ihre abendliche Heuration. Die gleichmäßigen Kaugeräusche übten eine beruhigende Wirkung auf mich aus.

Morgen war Heiligabend, der Tag, an dem der festliche Ball stattfand, mit dem das Château wiedereröffnet werden würde. Danach konnte ich alles hinter mir lassen und endlich nach Hause fahren. Doch statt Erleichterung spürte ich einen scharfen Schmerz in der Brust. Denn das hieß auch, dass ich Marco nicht mehr sehen würde, der offensichtlich überglücklich war, dass seine Ex-Freundin ihm verziehen hatte. Ich gehörte nicht zu den Menschen, die anderen ihr Glück nicht gönnten, doch ein Teil von mir wünschte sich die Tage zurück, an denen wir uns romantische Erlebnisse ausgedacht und sie im Anschluss getestet hatten. Hätte ich geahnt, dass unsere gemeinsame Zeit so abrupt enden würde, hätte ich mich früher mit meinen Gefühlen auseinandergesetzt. Jetzt war es dafür zu spät.

Seufzend ging ich wieder nach draußen und vergrub die Hände in meinen Jackentaschen. Als ich auf das Château zulief, dessen hell erleuchtete Fenster sich gegen den dunklen Nachthimmel abhoben, sah ich eine Gestalt am Rande des Waldes stehen. Beim Näherkommen erkannte ich Marco, dem Minnie verzückt ihr Hinterteil zugekehrt hatte, damit er sie kraulen konnte. Minnie bemerkte mich zuerst und schoss mit einem freudigen Bellen auf mich zu. Ich strich ihr über den Kopf, ehe ich zu Marco sah, der lächelnd auf mich zulief.

»Hi.« Der raue Klang seiner Stimme jagte ein Prickeln über meine Haut. »Wie fühlst du dich?«

Die Frage war simpel und gleichzeitig so komplex, dass ich nicht wusste, was ich antworten sollte. O nein! Hatte er mir etwa angemerkt, wie weh es mir tat, ihn mit Helen zu sehen? Wurde das eines dieser Gespräche, in denen er mir sagte, dass sie die Liebe seines Lebens war und er mit mir nur befreundet bleiben wollte? Ich schluckte und überlegte, ob es sehr merkwürdig wirken würde, wenn ich die Beine in die Hand nahm und in mein Zimmer flüchtete. Aber das würde das Übel vermutlich nur hinauszögern, da ich nicht davon ausgehen konnte, dass Marco die Sache auf sich beruhen lassen würde. Er würde mir folgen und wissen wollen, warum ich mich so eigenartig aufführte.

Ich schüttelte unmerklich den Kopf. Wir würden uns nach wie vor regelmäßig sehen, und egal, wie schwierig es werden würde, ich wollte auf keinen Fall, dass meine Freundschaft mit Nane und Cleo darunter litt. Auch wenn das bedeutete, dass ich Helen und Marco für den Rest meines Lebens zusammen sehen müsste. Vielleicht machte er ihr einen Antrag. Musste ich etwa zur Hochzeit kommen und so tun, als ob es mir nichts ausmachte, dass der Mann, in den ich mich gegen meinen Willen Hals über Kopf verliebt hatte, eine andere heiratete?

»Liv.« Er legte seine Hand auf meinen Arm, woraufhin mein Herz einen freudigen Hüpfer machte. Ich wollte mich von ihm losreißen, und zugleich hätte ich mich am liebsten in seine Arme geworfen. »Ist alles okay? Du bist ganz blass um die Nasenspitze.«

Tränen brannten hinter meinen Lidern. Es wäre so viel einfacher, wenn ich ihn weiterhin für arrogant und überheblich halten könnte, aber das war unmöglich. Wie sollte ich ihn nicht dafür bewundern, dass er nicht nur seine Arbeit Rosie und Hannes zuliebe vernachlässigte, sondern darüber hinaus auch noch sein privates Vermögen aufs Spiel setzte, um ihnen zu helfen? Ich konnte es drehen und wenden, wie ich wollte. Selbst wenn ich den finanziellen Aspekt außen vor ließ, merkte ich an den unzähligen liebevollen Details bei der Gestaltung des Hotels, wie viel Mühe er sich gegeben hatte.

»Ist es wegen Weihnachten?«

Als ich zögerlich nickte, weil mir die Worte im Hals feststeckten, zog er mich in seine Arme. Ich roch den warmen Duft seiner Haut und spürte die Kraft seines Körpers, der mir Halt und Sicherheit gab. Für einen Augenblick erlaubte ich mir, die Realität zu verdrängen und mich der trügerischen Illusion hinzugeben, was hätte sein können, wenn ich mutiger gewesen wäre.

»Du wirst sehen, dass alles gut wird. Morgen Abend wirst du im Licht des Weihnachtsbaums zu stimmungsvoller Musik tanzen, ein köstliches Essen genießen und dich dabei fragen, wie du jemals ein Problem mit Weihnachten haben konntest.«

Ich unterdrückte ein bitteres Lachen. Das bevorstehende Fest war nun wirklich das kleinste meiner Probleme. Das konnte Marco aufgrund meiner Unehrlichkeit allerdings nicht wissen. Unter Aufbietung all meiner Willensstärke löste ich mich von ihm, um in seine wunderschönen mitternachtsblauen Augen schauen zu können, aus denen er mich mit einer Mischung aus Wehmut und Zärtlichkeit ansah.

»Ich wollte mich bei dir dafür bedanken, dass du dir freigenommen hast, um mich zu unterstützen.«

Dieses Mal kämpfte ich nicht gegen das leise Lachen an, das in mir aufstieg. »Ohne mich wärst du aufgeschmissen gewesen.«

Ich war davon ausgegangen, dass Marco protestieren und sich die vertraute Stimmung zwischen uns auflösen würde, aber er nickte nur und schob mir sanft eine Haarsträhne hinters Ohr.

»Das stimmt. Ich muss gestehen, dass ich niemals damit gerechnet hätte, dass ausgerechnet du dich als Expertin für Romantik entpuppst.«

Ich trat einen Schritt zurück und versuchte, das Kribbeln zu ignorieren, das die Spur seiner Finger auf meiner Haut hinterlassen hatte.

»Wir hatten gute Lehrmeister.« Ich sah zu den erleuchteten Fenstern im Dachgeschoss hinauf, hinter denen sich Rosies und Hannes' Wohnung befand.

»Die besten. Wenn ich irgendetwas für dich tun kann in den nächsten Tagen ...« Er sprach den Satz nicht zu Ende, aber ich wusste auch so, was er meinte.

Du könntest mir sagen, dass dir unsere gemeinsame Nacht genauso viel bedeutet hat wie mir. Du könntest dich für mich entscheiden. Wir könnten den Rest unseres Lebens zusammen verbringen.

Obwohl alles in mir danach drängte, Marco zu gestehen, dass ich mich in ihn verliebt hatte, schluckte ich die Worte hinunter und nahm mir vor, sein Angebot dankend abzulehnen. Stattdessen schien meine Intuition die Führung zu übernehmen und meinen Verstand locker an die Wand zu spielen.

»Ich würde mich über einen Tanz mit dir freuen.« Ertappt zuckte ich zusammen. Hatte ich das gerade wirklich gesagt? War ich denn vollkommen verrückt geworden? Obwohl, eigentlich war nichts dabei, Marco um einen harmlosen Tanz zu bitten. Aber ich würde all meine Kraft brauchen, wenn ich in seinen Armen über das edle Parkett schwebte, um mir meine Gefühle nicht anmerken zu lassen. Offensichtlich hatte ich ebenso wie Marco den Hang, mich in lebensgefährliche Situationen zu bringen. Denn ob mein Herz, das wie wild gegen meine Rippen schlug, das überlebte, schien mir im Moment mehr als fragwürdig.

»Wie Mylady wünschen.« Er deutete eine Verbeugung an und löste damit einen Teil meiner Anspannung. Wir hatten wochenlang auf diesen Tag hingearbeitet und alles gegeben, um das Hotel zu retten. Ich hatte es mir verdient, einen kurzen Augenblick des Glücks zu erleben, auch wenn ich danach in die bittere Wirklichkeit zurückkehren musste, in der Marco mit Helen zusammen war.

»Wollen wir wieder reingehen?«, fragte er. »Du zitterst.«

Erst jetzt nahm ich wahr, dass nicht nur mein Gesicht, sondern auch meine Hände und Füße eiskalt waren. Seite an Seite liefen wir auf das Château zu, während Minnie uns unermüdlich umkreiste, als wollte sie sicherstellen, dass wir auf dem Weg nicht verloren gingen.

38

Marco

»Hier bist du! Ich habe dich schon überall gesucht.« Nane legte ihre Handtasche auf den Tresen und ließ sich auf dem Barhocker neben mir nieder. »Verrätst du mir, warum du allein im Dunkeln sitzt und deine Sorgen in Alkohol ertränkst?«

»Wie kommst du denn darauf, dass ich Sorgen habe?« Ich bemühte mich um einen unbeschwerten Tonfall, was mir nicht so recht gelingen wollte. »Heute war der offiziell letzte Tag dieses Projekts, das trotz aller Hindernisse und des knappen Zeitrahmens zu einem erfolgreichen Abschluss gekommen ist. Meinst du nicht, dass ich mir einen Drink verdient habe?«

»Wenn das so ist, möchte ich auch einen.«

Ich stand auf und ging hinter die Bar. »Martini?«

»Gern.«

Während ich nach einem zweiten Glas griff und mich dem deckenhohen Regal mit den Spirituosen zuwandte, sah sie sich interessiert um.

»Die Bar ist sehr stilvoll mit den halb getäfelten, halb verspiegelten Wänden, den dunklen Tischen und schwarzen Samtsesseln. Überhaupt hast du großartige Arbeit geleistet. Das Hotel ist kaum wiederzuerkennen. Es ist elegant, ohne protzig zu wirken, und hat dennoch nichts von seinem früheren Charme eingebüßt. Eine wahre Meisterleistung! Nicht, dass ich etwas anderes von dir erwartet hätte.«

Statt einer Entgegnung verdrehte ich die Augen, reichte ihr das Glas und nahm wieder Platz.

»Wie geht es jetzt für dich weiter?«, erkundigte sie sich, nachdem wir eine Weile in einträchtigem Schweigen nebeneinandergesessen hatten.

»Nach Weihnachten fahre ich zurück nach München, und ab Januar werde ich voraussichtlich die meiste Zeit in London sein.«

Nane stellte ihr Glas ab und wandte sich mir zu. »Und was ist mit deinem Liebesleben? Wenn die Frage erlaubt ist ...«

Ich lachte trocken. »Als ob du je Rücksicht auf meine Privatsphäre genommen hättest.«

»Du musst nicht darüber reden. Aber lass dir gesagt sein, dass es durchaus hilfreich sein kann, sich jemandem anzuvertrauen.«

Nane konnte manchmal eine echte Nervensäge sein, doch irgendwie hatte ihre Anwesenheit auch etwas Tröstliches.

»Ich weiß ehrlich gesagt nicht, was ich machen soll. Helen war die Liebe meines Lebens. Aber ich bekomme Livia einfach nicht aus dem Kopf. Wenn ich sie sehe, fängt mein Herz an, zu rasen. Wenn sie nicht bei mir ist, vermisse ich sie. Und wenn sie mir einen ihrer frechen Sprüche an den Kopf wirft, weiß ich nicht, ob ich mich mit ihr streiten oder sie küssen soll.« Frustriert fuhr ich mir mit den Fingern durchs Haar. »Helen ist wie ein friedlicher See, an dessen Ufer man ein Haus bauen und ein glückliches Leben führen kann. Mit Livia zusammen zu sein, fühlt sich an, als würde man den Atlantik überqueren. Mal ist das Meer spiegelglatt, und alles ist ruhig, dann sind die Wellen wieder so hoch, dass man nicht weiß, wie man sie überwinden soll. Verstehst du, was ich meine?«

»Besser als du denkst.« Ein Lächeln umspielte ihre Lippen. Ich erinnerte mich, dass die ersten Wochen mit Cleo ebenfalls sehr turbulent gewesen waren. »Wenn du mich fragst, hast du dich längst entschieden.«

Verwirrt sah ich sie an. »Ach ja?«

»Du hast gerade gesagt, Helen *war* die Liebe deines Lebens. Und eines ist sicher: So wie du Livia ansiehst, hast du Helen in all den Jahren nicht angeschaut, und wir wissen beide, wie verliebt du in sie warst.«

Ich stützte meinen Kopf in die Hände und stöhnte. »Ich kann ihr nicht noch mal so wehtun.«

»Du verletzt sie mehr, wenn du zu ihr zurückgehst, obwohl du eine andere liebst.«

Auch wenn es mir schwerfiel, die Wahrheit zu akzeptieren, wusste ich, dass sie recht hatte. Ich richtete mich wieder auf und drehte mich zu ihr. »Seit wann bist du so weise?«

Nane lachte. »Das war ich schon immer. Du hast es bisher nur nicht bemerkt.«

»Glaubst du, Livia wäre bereit, sich auf eine Beziehung mit mir einzulassen?« Falls sie ähnlich empfinden sollte wie ich, hatte sie bestimmt mit ihrer besten Freundin darüber geredet.

Grinsend trank Nane ihr Glas aus, bevor sie sich erhob und nach ihrer Handtasche griff. »Das, mein geliebter Bruder, wirst du selbst herausfinden müssen.«

»Was hältst du davon, wenn wir nach Weihnachten zu meinen Eltern fahren?«, fragte mich Helen am nächsten Morgen beim Frühstück. »Sie waren überrascht, als ich ihnen erzählt habe, dass ich die Feiertage zusammen mit dir verbringen möchte.

Aber ich weiß, dass sie sich freuen werden, dich wiederzusehen.«

Mit einem leisen Klirren stellte ich meine Kaffeetasse ab und suchte verzweifelt nach den richtigen Worten. Wie sollte ich ihr sagen, dass ich mich in Livia verliebt hatte, ohne ihr das Herz zu brechen? Offenbar standen mir meine Gefühle ins Gesicht geschrieben, denn als ich meinen Blick hob, bemerkte ich die Veränderung in ihrer Miene und musste mitansehen, wie das fröhliche Leuchten aus ihren Augen verschwand.

»Es ist Livia, oder? Du liebst sie«, kam sie mir zuvor.

»Ja.« Sosehr ich mich auch bemühte, herauszufinden, wie schwer sie mein Eingeständnis traf, konnte ich doch nicht erkennen, was in ihr vorging.

»Wenn ich ehrlich bin, habe ich es bereits geahnt, als ich mir die Fotos auf der Website angeschaut habe. Vermutlich war das auch der Grund, weshalb ich gekommen bin. Dich mit einer anderen Frau zu sehen, hat mir bewusst gemacht, dass ich dich immer noch liebe. Dass ich nie damit aufgehört habe.« Ihre Stimme war mit jedem Satz leiser geworden. Ergriffen nahm ich ihre Hand.

»Du weißt, wie viel du mir bedeutest. Und ich möchte nicht, dass du den Eindruck gewinnst, ich hätte leichtfertig mit deinen Gefühlen gespielt. Mir ist erst gestern in einem Gespräch mit Nane richtig bewusst geworden, was ich für Livia empfinde und dass ich mir eine gemeinsame Zukunft mit ihr wünsche.«

Eine vereinzelte Träne lief über Helens Wange. »Ich freue mich, dass du glücklich bist.« Obwohl sie die Worte nur geflüstert hatte, konnte ich die Aufrichtigkeit darin deutlich hören.

»Ich habe dich gar nicht verdient. Umso dankbarer bin ich, dass wir die letzten wunderbaren Tage miteinander hatten, auch wenn …«

»Unsere gemeinsame Zeit vorbei ist.« Sie entzog mir ihre Hand und blickte nach draußen, wo der Wind vereinzelte Schneeflocken herumwirbelte. »Unter diesen Umständen ist es wohl besser, wenn ich abreise.«

»Es tut mir so leid. Ich wollte dir nie wehtun.«

Helen schüttelte entschieden den Kopf. »Du hast dich verliebt. Und für die Liebe sollte man sich niemals entschuldigen.«

Ich schaute ihr nach, als sie den Frühstücksraum verließ, und bewunderte sie für ihre Großmut und Stärke.

39
Livia

Am nächsten Tag lag eine erwartungsvolle Spannung in der Luft, und das nicht nur weil Weihnachten war, sondern auch weil alle dem festlichen Ball entgegenfieberten, der am Abend stattfinden würde. Während die Gäste tagsüber den Wellnessbereich nutzten, es sich in der Bibliothek gemütlich machten oder sich von Hannes im Schlitten durch die zauberhafte Winterlandschaft fahren ließen, versuchte ich, nicht die Nerven zu verlieren. Doch die Liste der Dinge, die dringend erledigt werden mussten, schien immer länger statt kürzer zu werden. Ich bewunderte Rosie, die sich trotz der zunehmenden Hektik nicht aus der Ruhe bringen ließ. Es war unübersehbar, dass sie ihren Job nicht nur liebte, sondern vielmehr ihre Berufung gefunden hatte. Hannes tat sein Bestes, um uns zwischen den einzelnen Schlittenfahrten zu unterstützen. Wenn ich die glücklichen Blicke sah, die die beiden miteinander tauschten, wusste ich wieder, wofür wir uns in den letzten Wochen so ins Zeug gelegt hatten.

Gegen Mittag gönnte ich mir eine kurze Pause, um mit Minnie rauszugehen. Aufgrund der vielen Gäste, die fröhlich plaudernd im Haus herumliefen, war sie völlig überdreht. Im Foyer trafen wir auf Helen und Marco. Mein Brustkorb verengte sich beim Anblick der beiden, doch dann sah ich den Gepäckwagen, den Marco vor sich herschob, und folgte ihnen nach draußen. Auf dem Vorplatz überließ er es dem Chauffeur, die Koffer im Wagen zu verstauen, während Helen sich von Rosie, Hannes und Nane verabschiedete, die sie bereits erwartet hatten.

Wie gebannt beobachtete ich die Szene, die sich vor mir abspielte, und gab mir Mühe, den Funken Hoffnung, der leise in mir glomm, zu ersticken. Ihre Abreise hatte rein gar nichts zu bedeuten. Vielleicht gab es einen Notfall, der ihre Anwesenheit erforderte, oder sie hatte in letzter Sekunde beschlossen, lieber mit ihrer Familie zu feiern. Sie blieb vor Marco stehen, legte ihm die Hände auf die Brust und küsste ihn auf die Wange. Bevor sie einstieg, drehte sie sich zu mir um und nickte mir zu. Ich hob meine Hand, um ihren Gruß zu erwidern, doch da hatte sie sich schon abgewandt und war im Wagen verschwunden.

Während die anderen der schwarzen Limousine hinterherschauten, sah ich zu Marco. Unsere Blicke trafen sich, und ich spürte die starke Anziehung, die von ihm ausging. Doch ich konnte mich nicht rühren. Zu groß war meine Angst, dass ich die Szene falsch gedeutet hatte. Also blieb ich stehen und wartete, bis er zu mir kam. Noch nie hatten sich wenige Sekunden so unendlich lang angefühlt.

Tausend Fragen brannten mir auf der Zunge, als er endlich vor mir stand, und doch brachte ich kein einziges Wort heraus. In diesem Moment würde mir wohl niemand abnehmen, dass ich eine rhetorisch versierte Anwältin war.

Der Gedanke ließ mich beinahe in hysterisches Gelächter ausbrechen. Marco, dem meine Stimmungsschwankung nicht entgangen war, runzelte die Stirn. Dann schaute er über seine Schulter zurück zu der kleinen Gruppe, die uns neugierig beobachtete.

»Wollen wir ein Stück gehen?«, fragte er und reichte mir seinen Arm.

Zitternd schob ich meine Hand durch seine Armbeuge und folgte ihm hinunter zum See, auf dem einige Paare auf Schlittschuhen ausgelassen ihre Bahnen zogen. Wir schlugen einen Pfad ein, der von dort in den Wald führte, und blieben erst stehen, als die fröhlichen Stimmen hinter uns verstummt waren. Minnie sprang auf einen schneebedeckten Baumstumpf und blickte uns auffordernd an.

»Warum ist Helen abgereist?«, stellte ich endlich die Frage, die mich den ganzen Weg über beschäftigt hatte.

»Weil mir bewusst geworden ist, dass ich sie nicht mehr liebe.«

Ich versuchte, den dicken Kloß in meinem Hals hinunterzuschlucken. »Aber ich dachte …«, begann ich, hielt dann jedoch inne, da ich plötzlich keine Ahnung mehr hatte, was ich denken sollte.

Zärtlich nahm Marco meine Hand in seine. Wir standen uns nun so nah gegenüber, dass ich seinen warmen Atem auf meinen eiskalten Wangen spüren konnte.

»Sie ist zurückgekommen, weil sie geglaubt hat, dass ich mich verändert habe, dass ich bereit bin, der Liebe einen Platz in meinem Leben einzuräumen und die Arbeit hintanzustellen.«

Mein Magen zog sich vor Aufregung zusammen, denn das wünschte ich mir ebenfalls. Dass Marco seine Einstellung überdenken und erkennen würde, dass man beides haben konnte: einen Job, der einen erfüllte, und eine glückliche Beziehung. Auch wenn das bedeutete, dass man den einen oder anderen Kompromiss eingehen musste.

»Das stimmt aber nicht.«

Seine Worte bohrten sich wie Dolche in mein Herz und zerstörten jede Hoffnung auf eine gemeinsame Zukunft. Offenbar gehörte er zu den Männern, die ihre Arbeit über alles stellten. Das musste ich respektieren. Obwohl ich ihn am liebsten angeschrien hätte, dass er sich das Beste im Leben entgehen ließ, war ich dankbar, dass er offen und ehrlich mit mir darüber sprach.

»Nicht ich habe mich verändert.« Er wartete, bis er meine volle Aufmerksamkeit hatte. »Du warst es, die mich dazu gebracht hat, einige meiner Überzeugungen zu hinterfragen. Deinetwegen bin ich nach Brig gefahren, obwohl ich niemals freiwillig shoppen gehe. Durch dich habe ich gelernt, dass zielloses Herumbummeln durchaus Spaß machen kann. Du warst diejenige, die mich dazu inspiriert hat, dir Gedichte vorzutragen. Mit der ich bei Kerzenschein und Klaviermusik zu Abend essen wollte. Dabei sein zu dürfen, wie du deine Ängste überwunden und mir immer mehr vertraut hast, hat mich mit Stolz und gleichzeitig Demut erfüllt. Demut vor diesem unglaublichen Leben, das uns geschenkt worden ist und das wir verdammt noch mal bis zur letzten Sekunde auskosten sollten.« Sein Griff um meine Finger verstärkte sich. »Mir ist klar geworden, dass ich derjenige bin, der die ganze Zeit am Ufer bleibt, weil er Angst vor dem Sturm hat, der in ferner Zukunft aufziehen könnte. Während du mit jedem Tag mutiger wurdest, habe ich mich mit dem letzten bisschen Widerstand am Pier festgeklammert, um nur ja nicht aufs Meer hinausgeweht zu werden. Ich mag noch so viele Flüsse hinabfahren oder von hohen Klippen springen, es wird mich nicht vor den Gefahren der Liebe schützen. Denn zu lieben, bedeutet, Risiken einzugehen und in Kauf zu nehmen, dass man verletzt wird.« Die Intensität seiner

Worte hatte etwas Hypnotisches an sich. »Erinnerst du dich daran, wie du mir erzählt hast, dass du als Kind kein Blut sehen konntest?«

Ich nickte und fragte mich, was das mit seinen Gefühlen für mich zu tun hatte.

»Du hast es geschafft, deine Abneigung zu überwinden, und ich kann nur ahnen, wie viel Kraft dich das gekostet hat. Wenn es dir gelungen ist, dich deiner Angst zu stellen, dann kann ich das auch. Das mit uns ist unendlich kostbar für mich.« Als er meine zweifelnde Miene sah, verzogen sich seine Lippen zu einem provokanten Grinsen. »Und damit meine ich nicht nur den fantastischen Sex, sondern vor allem die Art, wie wir zusammen harmonieren. Wie wir uns dabei unterstützen, über uns selbst hinauszuwachsen. Wir haben beide in der Vergangenheit bewiesen, dass wir wunderbar allein zurechtkommen. Doch stell dir vor, wie stark, geradezu unbesiegbar wir erst wären, wenn wir von nun an gemeinsam durchs Leben gehen würden.« Überwältigt zog ich die Luft ein. »Ich liebe dich, Liv, und ich werde alles tun, was nötig ist, damit das mit uns funktioniert und wir zusammen sein können.«

Das Blut rauschte laut in meinen Ohren, und ich fühlte mich ohnmächtig. Hatte Marco mir gerade eben gesagt, dass er mich liebte und uns eine Chance geben wollte? Damit wäre ich am Ziel all meiner Wünsche angekommen. Aber warum fühlte ich mich dann so unendlich verloren?

»Bitte sag etwas.« Sein sanfter Blick ruhte auf mir.

»Ich muss darüber nachdenken«, stieß ich überfordert hervor und löste meine Hand aus seiner. Bevor er mich aufhalten konnte, drehte ich mich um und lief mit schnellen Schritten zurück zum Château.

Als ich mich am späten Nachmittag für den Ball zurechtmachte, waren meine Gefühle immer noch in Aufruhr, während in meinem Kopf das pure Chaos herrschte. War ich unfähig, das Glück zu erkennen, auch wenn es mir direkt vor die Füße fiel? Lag es an meiner verkorksten Familie, dass ich in Schockstarre verfiel, sobald mir etwas unbeschreiblich Wunderbares passierte, weil ich insgeheim glaubte, es nicht verdient zu haben? Oder gehörte ich zu den Menschen, die das Vertrauen in die Liebe verloren hatten, weil die schlechten Erfahrungen der Vergangenheit wie dunkle Wolken über ihrem Leben hingen?

Ich seufzte schwer und betrachtete mich im Badspiegel. Durch das Make-up wirkten meine Augen größer und strahlender als sonst. Meine Wangen waren leicht gerötet, sodass ich mir das Rouge gespart hatte. Doch auf den Bronze-Puder, der einen weihnachtlichen Glanz auf meine Haut zauberte, hatte ich nicht verzichten wollen. Gedankenverloren strich ich über die filigrane Kette, an der ein tropfenförmiger Diamant hing. Ich hatte mir das Schmuckstück nach meinem ersten gewonnenen Fall als Beweis gekauft, dass ich alles schaffen konnte, was ich mir vornahm, dass ich niemanden brauchte, um mich ganz zu fühlen. Ich dachte an Nane, wie glücklich sie mit Cleo und Maya war, und fragte mich, wie viel schwerer die letzten Jahre für meine Freundin ohne ihre Partnerin gewesen wären.

Gerade als ich aus dem Bad trat, klopfte es an der Tür. Im Gang stand ein junger Mann, der zum Housekeeping gehörte und mir einen Briefumschlag und eine kleine weiße Schmuckschachtel überreichte. Mit wild pochendem Herzen schloss ich die Tür. Der Umschlag war aus handgeschöpftem Papier, auf dem in geschwungenen Lettern mein Name stand. Neugierig drehte ich ihn um und nahm die Karte heraus.

Liebste Liv,

obgleich Du Dir Zeit zum Nachsinnen erbeten hast, wage ich, die Frage an Dich heranzutragen, ob Du mich zum Ball begleiten möchtest.
Ich werde mich um sieben Uhr im Foyer einfinden und in erwartungsvoller Freude hoffen, dass Du meine Einladung annimmst und wir einen unvergesslichen Abend zusammen verleben.

In Liebe
Marco

Ein glückseliges Prickeln breitete sich in mir aus. Ich lachte leise in mich hinein, als ich daran denken musste, wie skeptisch er mich angesehen hatte, als ich ihm den Vorschlag mit den handgeschriebenen Einladungen unterbreitet hatte. Gerührt drückte ich die Karte an mich, bevor ich mich der Schachtel zuwandte. Darin lagen auf schwarzem Samt gebettet die weißgoldenen Ohrringe, die ich mir beim Juwelier in Brig hatte zeigen lassen. Marco musste sie für mich besorgt haben, als er die Einkäufe für die Hütte erledigt hatte. Ich legte sie an und betrachtete mich im Spiegel. Sie waren wunderschön. Nur mit Mühe gelang es mir, die Tränen wegzublinzeln, so sehr berührte mich seine aufmerksame Geste.

So müssen sich die Damen der gehobenen Gesellschaft im 19. Jahrhundert gefühlt haben, dachte ich, als ich in meinem silbernen Abendkleid und den gleichfarbigen Stilettos die breite Treppe ins Foyer hinunterging. Vereinzelt schritten Paare auf die weit geöffneten Türen des Saals zu, aus dem fröhliches Stimmengewirr zu mir heraufdrang. Doch mein

Interesse galt einzig und allein dem Mann, der am Treppenabsatz auf mich wartete und mit leuchtenden Augen zu mir emporblickte. Seine Lippen umspielte ein zaghaftes Lächeln. Als ich das Fußende der Treppe erreichte, nahm er meine Hand und küsste sie.

»Du siehst umwerfend aus.« Der raue Klang seiner Stimme verstärkte das aufgeregte Kribbeln in mir. »Ich war mir nicht sicher, ob du kommst.«

»Wie hätte ich solch schönen Worten widerstehen können? Ich wusste gar nicht, dass du dich so vornehm auszudrücken verstehst«, neckte ich ihn. Täuschte ich mich, oder überzog tatsächlich eine leichte Röte seine Wangen?

»Ich hatte ein wenig Hilfe.« Sein Blick fiel auf die Ohrringe, und das Strahlen, das sich daraufhin auf seinem Gesicht ausbreitete, wärmte mein Herz. »Du trägst die Schneeflocken.«

»Sie passen perfekt zum heutigen Abend.«

»Sie passen perfekt zu *dir*.« Bevor ich mir darüber Gedanken machen konnte, warum es mir plötzlich so leichtfiel, Komplimente anzunehmen, bot er mir seinen Arm an. »Bereit für das schönste Weihnachten aller Zeiten?«

Ich nickte und hätte mich am liebsten unauffällig gezwickt, um mich davon zu überzeugen, dass ich nicht träumte.

Der Saal war festlich geschmückt. Die stilvoll eingedeckten Tische bildeten einen weiträumigen Kreis, in dessen Mitte genug Platz zum Tanzen blieb. Auf der Bühne spielte ein Pianist international bekannte Weihnachtslieder für die Gäste, die aus den unterschiedlichsten Ländern der Welt angereist waren. Grenzenlose Freude erfüllte mich, als ich all die Menschen sah, die sich in verschiedenen Sprachen unterhielten und die eines vereinte: die Vorfreude auf einen außergewöhnlichen Abend.

Der Weihnachtsbaum sah im warmen Licht der Kronleuchter und brennenden Kerzen besonders prachtvoll aus. Ich wollte auf Nane, Maya und Cleo zugehen, die an der Fensterseite Platz genommen hatten, doch Marco führte mich zu einem kleineren Tisch im hinteren Teil des Saals, der für zwei Personen gedeckt war. Fragend schaute ich von ihm zu Nane und Cleo, die mir fröhlich zuwinkten.

»Wenn du lieber bei ihnen sitzen möchtest …«

»Nein«, unterbrach ich ihn, »ich freue mich darauf, den Abend mit dir zu verbringen. Du hast dir so viel Mühe gegeben. Zuerst die formvollendete Einladung und die wunderschönen Ohrringe, und jetzt das hier.« Schmunzelnd deutete ich auf die dunkelroten Rosenblätter, die über die Tischdecke gestreut waren.

»Zu kitschig?« Die Unsicherheit in seiner Stimme rührte mich.

»Ich kann selbst kaum glauben, mich das sagen zu hören, aber es gefällt mir.«

Sichtlich erleichtert zog Marco den Stuhl zurück und wartete, bis ich mich gesetzt hatte, bevor er mir gegenüber Platz nahm. Sofort eilte ein Kellner in der schicken neuen Uniform des Châteaus heran und goss uns Champagner ein.

»Auf dich! Ohne deine Unterstützung hätte ich es niemals geschafft, dieses Hotel zu retten.«

»Auf uns!«, korrigierte ich, woraufhin seine Augen noch heller strahlten.

Während ich meinen Blick durch den Saal schweifen ließ und die feierliche Atmosphäre in mich aufnahm, verstummte die Musik. Rosie, die ein dunkelgrünes Samtkleid mit spitzenbesetzten Ärmeln trug, trat ans Mikrofon.

»Liebe Gäste, es ist mir eine große Ehre, Sie zu unserem Weihnachtsball begrüßen zu dürfen.«

Applaus erklang, und eine Dame von der Presse nutzte die Gelegenheit, diskret einige Fotos zu schießen.

»Dass wir heute nicht nur das Fest der Liebe, sondern auch die Eröffnung des *Château Romantique* zusammen in diesem wundervollen Saal feiern können, verdanken wir zwei ganz besonderen Menschen.«

Mein Puls schnellte in die Höhe, als Rosie zu uns sah und sich daraufhin zahlreiche Köpfe in unsere Richtung drehten. Ich blickte zu Marco, dem es jedoch nichts auszumachen schien, im Mittelpunkt der Aufmerksamkeit zu stehen.

»Wo unsere Träume enden, fängt seine Fantasie erst an. Er hatte die Vision von einem Romantikhotel, das unsere Gäste noch näher zusammenbringt. Gemeinsam mit Livia hat Marco ein einzigartiges Programm entwickelt, damit Sie einen unvergesslichen Urlaub erleben. Ich kann nicht in Worte fassen, wie dankbar wir sind. Darum bitte ich Sie, Ihr Glas zu erheben und mit uns auf einen erfolgreichen Neuanfang anzustoßen.«

»Auf einen erfolgreichen Neuanfang!«, ertönte es von allen Seiten. Marco und ich sahen uns tief in die Augen, während wir an unserem Champagner nippten.

Kurz darauf wurde der erste Gang serviert. Ich war so nervös, dass ich mir nicht vorstellen konnte, etwas zu essen, doch der köstliche Duft überzeugte mich, es zumindest zu versuchen. Erwartungsvolle Stille senkte sich über den Saal, als alle sich der Suppe zuwandten. Gelegentlich ertönte zufriedenes Gemurmel, das Rosie, die angespannt ihre Gäste beobachtete, aufatmen ließ.

»Es war eine gute Idee von dir, einen Catering-Service zu engagieren«, sagte ich, weil mir der Mut fehlte, über das zu sprechen, was mir wirklich auf der Seele brannte.

Marco sah zu dem Tisch, an dem seine Schwester und ihre Familie zusammen mit Rosie und Hannes saßen. »Die beiden haben so hart gearbeitet im letzten halben Jahr. Es war mir wichtig, dass sie zumindest kurz innehalten, um den Erfolg zu genießen.«

»Und was steht bei dir als Nächstes an?« Obwohl ich mich bemüht hatte, die Frage möglichst beiläufig klingen zu lassen, verriet mich das leichte Zittern in meiner Stimme.

»Das hängt von dir ab.«

Die Aufrichtigkeit in seinem Blick und das unterdrückte Verlangen, das sich darin spiegelte, jagten mir einen wohligen Schauer über den Rücken.

»Ich arbeite seit einiger Zeit daran, nach London zu expandieren, um neue Märkte zu erschließen. Solltest du jedoch bereit sein, dir beweisen zu lassen, wie ernst es mir mit uns ist, könnte ich die Niederlassung von München aus leiten und jemanden einstellen, der mich in England vertritt.«

»Das würdest du tun?« Ich hätte nicht im Traum damit gerechnet, dass Marco mir anbot, sein Leben für mich umzukrempeln und seine Karriere hintanzustellen.

»Da du nicht ohne zusätzliche Qualifikationen in Großbritannien praktizieren kannst, ist das für mich die naheliegendste Lösung.«

Kopfschüttelnd fragte ich mich, wie ich jemals hatte glauben können, Marco wäre selbstsüchtig und oberflächlich. Er griff über den Tisch nach meiner Hand und verschränkte unsere Finger miteinander. Der Salat, der uns serviert wurde, blieb unbeachtet.

»Ich will ehrlich sein. Es wird Zeiten geben, in denen ich beruflich viel unterwegs sein werde, aber ich habe schon mit meinem Team gesprochen und angekündigt, dass ich im neuen Jahr einige Veränderungen vornehmen möchte. Ich werde mich in Zukunft mehr darauf konzentrieren, die strategischen Unternehmensziele und die dazu benötigten Projekte zu planen, die einzelnen Konzepte zu erstellen, und die operative Umsetzung anderen überlassen.«

»Es gäbe noch eine Alternative«, warf ich ein und wunderte mich über die Klarheit, mit der ich plötzlich erkannte, wonach ich mich die ganze Zeit gesehnt hatte, ohne es in Worte fassen zu können. »Was hältst du davon, wenn wir in Zukunft zusammenarbeiten? Als Anwältin für Wirtschaftsrecht könnte ich mich um die juristischen Belange deiner Projekte kümmern. Nebenbei möchte ich gern Menschen meine Hilfe anbieten, die sich keine Rechtsberatung leisten können. Darüber denke ich schon lange nach und wusste nur nicht, wie ich es mit meinem bisherigen Job vereinbaren soll.«

»Du möchtest, dass ich dich einstelle?« Er hörte sich an, als würde er seinen Ohren nicht trauen.

»Wir sind ein gutes Team, oder nicht?«, fragte ich und gab mein Bestes, meine Angst, Marco könnte meinen Vorschlag ablehnen, zurückzudrängen.

»Du willst deine finanzielle Sicherheit und die Chance, Juniorpartnerin zu werden, auf die du so lange hingearbeitet hast, aufgeben?«

»Als Juniorpartnerin müsste ich langfristig gesehen noch mehr arbeiten. Und ich fürchte, Nane hat recht mit ihrer Einschätzung, dass ich kurz vor einem Burn-out stand. Was das Finanzielle angeht, so habe ich in den letzten Jahren genug Geld verdient, um einige Zeit herumexperimentieren zu können. Sollten wir feststellen, dass es keine gute Idee ist, Privates und Berufliches zu vermischen, kann ich wieder in die

Kanzlei einsteigen oder direkt in deren Londoner Filiale arbeiten, damit wir zusammen sein können.«

Ein ungläubiges Lächeln trat auf sein Gesicht. »Du scheinst ausgiebig darüber nachgedacht zu haben.«

Ich nickte und nahm eine Gabel von dem liebevoll angerichteten Pilzrisotto, das in der Zwischenzeit serviert worden war. Der halbtrockene Weißwein passte perfekt und sorgte dafür, dass ich mich trotz des ernsten Gesprächs, das über unsere Zukunft entscheiden würde, ein wenig entspannte.

»Unsere gemeinsame Zeit war für mich auch etwas ganz Besonderes«, gestand ich und suchte seinen Blick, der so intensiv war, dass ich alles um mich herum ausblendete. »Ich mag im ersten Moment Panik bekommen haben, als du mir gesagt hast, du hättest deine Meinung geändert und wärst nun bereit für eine feste Beziehung. Aber mir ist bewusst, dass ich verrückt oder vielmehr unverzeihlich feige wäre, wenn ich nicht meiner Intuition folgen würde.« Mit jedem Wort gewann ich an Selbstvertrauen, sodass ich endlich aussprechen konnte, was ich für ihn empfand. »Du bist der Mann, den ich liebe und mit dem ich mein Leben verbringen möchte. Bei dir kann ich ganz ich selbst sein, ohne befürchten zu müssen, dass du auf mich herabblickst. Deine Art, mir zu beweisen, dass ich zu so viel mehr fähig bin, als ich mir zutraue, ist zwar manchmal herausfordernd, zeigt mir jedoch, was ich alles schaffen kann, wenn ich an mich glaube.« Ich schaute auf unsere ineinander verschränkten Finger und spürte, wie mich eine Welle der Zuversicht durchströmte. »Und in einem gebe ich dir recht«, fuhr ich fort und sah wieder auf. »Wir mögen allein gut zurechtkommen und erfolgreich sein in dem, was wir tun, aber zusammen könnten wir die Welt verändern. Wir werden Menschen helfen, ihre Träume zu verwirklichen, und sie dabei unterstützen, ihre rechtlichen Möglichkeiten voll auszuschöpfen. Ich möchte uns eine Chance geben und schauen, wo unsere Reise hinführt – vorausgesetzt, du willst es auch.«

Er lehnte sich näher zu mir, sodass mich sein unvergleichlicher Duft umfing. »Ich habe noch nie in meinem Leben etwas so sehr gewollt!«

Seine Worte löschten die letzten Zweifel in mir aus und stürzten mich in einen unbeschreiblichen Freudentaumel. Mein Herz überschlug sich beinahe vor Glück, während Tränen in mir aufstiegen und ich gleichzeitig gegen das Verlangen ankämpfen musste, ihm hier und jetzt zu zeigen, wie stark meine Gefühle für ihn waren.

Marcos glühendem Blick nach zu schließen, ging es ihm ähnlich. Er löste unsere Finger voneinander, um meine Hand in seine zu nehmen, und stand auf. »Du hast dir einen Tanz gewünscht.«

Mit zitternden Knien erhob ich mich ebenfalls und folgte ihm auf die Tanzfläche. Erst jetzt registrierte ich, dass der Pianist in der Zwischenzeit von einer Band ersetzt worden war. Am Mikrofon stand eine Sängerin in einem goldenen Paillettenkleid, deren warme und klangvolle Stimme sich perfekt in das stilvolle Ambiente einfügte. In der Mitte des Saals drehten sich bereits einige Paare, darunter auch Hannes, der Rosie in seinen Armen hielt, und Nane mit Cleo, die Maya in ihre Mitte genommen hatten.

Marco deutete eine Verbeugung an, woraufhin ich mich einmal mehr in die Welt meiner geliebten historischen Romane versetzt fühlte. Als ich meine Hand auf seine Schulter legte, erklang das Intro zu *Crazy Little Thing Called Love*, das Lied, das wir auf der Fahrt nach Brig gesungen hatten.

Marcos verschmitztes Grinsen verriet mir, dass es sich dabei nicht um einen Zufall handelte.

»Möchtest du mir etwas sagen?«, erkundigte ich mich und war gespannt, was er sich dieses Mal ausgedacht hatte.

»Da wir nun endlich alle Hindernisse überwunden haben, dachte ich, es wäre schön, wenn wir auch ein gemeinsames Lied hätten. Und da du mir überdeutlich klargemacht hast, dass es weder schnulzige Liebeserklärungen noch unrealistische Versprechungen enthalten darf, erschien mir Freddie eine sichere Wahl.«

Ich blinzelte erneut gegen die Tränen an, so gerührt war ich von der Geste. »Der Song passt perfekt. Unsere Geschichte ist schließlich auch ein kleines bisschen verrückt.«

Da wir beide nur mit den Standardtänzen vertraut waren, tanzten wir unsere eigene Version von Rock 'n' Roll. Ich lachte laut auf, als Marco mich an der Taille packte und durch die Luft wirbelte. O ja, das war definitiv unser Lied, denn es machte mich atemlos und ehrfürchtig zugleich, genauso wie unsere Liebe, die mein Leben derart auf den Kopf stellte, dass ich Mühe hatte, mitzuhalten.

Ich war froh, dass die nächste Nummer eine gefühlvolle Ballade war, die mir die perfekte Gelegenheit bot, mich eng an Marco zu schmiegen. Im Gegensatz zu meinem schlug sein Herz ruhig und gleichmäßig. Während wir uns langsam zur Musik von Leona Lewis bewegten, die davon sang, was es bedeutete, den anderen wirklich zu sehen, spürte ich in mich hinein. Fühlte die Freude, dass wir es trotz aller Schwierigkeiten geschafft hatten, Rosies und Hannes' Existenz zu retten. Und mit einem Mal verstand ich, warum Marco die Idee gehabt hatte, das Hotel in ein romantisches Château umzuwandeln. Denn unabhängig davon, welche Herausforderungen das Leben für uns bereithalten mochte, würden wir immer einen Ort haben, an den wir zurückkommen könnten. Einen Ort, der Herzlichkeit und Wärme ausstrahlte, an dem wir uns nicht verstellen mussten und dessen atemberaubende Natur uns daran erinnern würde, wie unwichtig unsere Probleme waren und worauf es in Wirklichkeit ankam.

Ich hob den Blick, nur um in Marcos tiefblauen Augen zu versinken, die im Licht der Kerzen sanft schimmerten. Meine Beine zitterten leicht, als ich mich auf die Zehenspitzen stellte und meine Lippen auf seine legte. Der Kuss war zart, doch die darunter brodelnde Leidenschaft brachte mein Innerstes zum Beben.

»Das wurde aber auch Zeit!«, unterbrach Nanes Stimme unsere Zweisamkeit und rettete mich davor, die Kontrolle zu verlieren. Als ich mich widerstrebend von Marco löste, sah ich strahlende Gesichter, die uns anlächelten. Nane, Rosie, Hannes und Cleo, die Maya auf dem Arm trug, standen im Halbkreis um uns herum.

»Ich habe dir von Anfang an gesagt, dass die beiden dem Zauber dieses Ortes nicht widerstehen werden können, aber du wolltest mir ja nicht glauben.« Triumphierend stupste Nane Cleo in die Seite, die uns mit großen Augen ansah.

»Du weißt selbst, wie angespannt die Stimmung jedes Mal war, wenn sie bei Geburtstagsfeiern oder anderen Gelegenheiten aufeinandergetroffen sind. Wie hätte ich da ahnen sollen, dass es nur ein paar Berge und etwas Schnee braucht, um sie zusammenzubringen?«

»Du darfst die vielen Events nicht vergessen, die sie sich für die Gäste ausgedacht haben«, erinnerte sie Rosie.

»Du meinst das Angebot, das ohne Livias Eingreifen aus Fallschirmspringen und Abfahrtski bestanden hätte«, neckte

Nane ihren Bruder, der den liebevollen Spott gutmütig über sich ergehen ließ.

»Ob ihr es glaubt oder nicht, Adrenalin kann wahre Wunder wirken«, warf er ein und strich dabei zärtlich über die nackte Haut meiner Schulter.

»Vorausgesetzt, man überlebt«, konterte ich und hielt die Luft an, da Marco keine Anstalten machte, seine süße Folter zu beenden.

»Ich hätte niemals zugelassen, dass dir etwas passiert.« Der dunkle Klang seiner Stimme hallte tief in mir nach. Ich konnte mich nur schwer beherrschen und hätte ihn am liebsten erneut an mich gezogen, um ihn mit all der Leidenschaft, die in mir brannte, zu küssen, doch das musste warten.

Nach dem Dessert setzten wir uns zu Nane, Cleo und Maya, während Rosie und Hannes eine Runde durch den Saal drehten, um sich mit ihren Gästen zu unterhalten. Abwechselnd berichteten wir von unseren Abenteuern. Maya hörte staunend zu, als ich erzählte, wie wir in bunten Sitzkissen verschiedene Schneerutschen hinuntergesaust waren. Ihrer begeisterten Miene nach zu urteilen, konnte sie es kaum erwarten, das ebenfalls auszuprobieren.

Obwohl mein ganzer Körper vor Sehnsucht kribbelte, feierten wir bis weit nach Mitternacht, bevor wir uns als eine der Letzten von Rosie und Hannes verabschiedeten. Die beiden waren erschöpft, aber glücklich, dass der Abend so gut gelungen war. Vermutlich hätten sie sich bis zum Morgengrauen bei Marco und mir für unser Engagement bedankt, wenn wir ihnen nicht versichert hätten, dass wir ihnen zu Dank verpflichtet waren. Denn ohne das romantische Ambiente des Châteaus wären wir vielleicht nie zusammengekommen.

Ich schlug den Weg zu meinem Zimmer ein, doch Marco führte mich nach oben in den dritten Stock. Über eine schmale Wendeltreppe betraten wir einen gemütlich eingerichteten Raum, an dessen Tür in geschwungener Schrift *Turmzimmer* stand. Vor der gebogenen Fensterfront, die einen fantastischen Blick auf den mit Sternen übersäten Himmel bot, blieben wir stehen. Im offenen Kamin brannte ein knisterndes Feuer, das die dunklen Möbel und das breite Doppelbett in warmes Licht tauchte.

»Und? Wie gefällt dir dein Weihnachtsfest bis jetzt?«

»Ganz okay.«

»*Ganz okay*?«

»Das Beste haben wir uns bis zum Schluss aufgehoben.« Meine Mundwinkel hoben sich von selbst zu einem verführerischen Lächeln.

»Du bist die unglaublichste Frau, der ich je begegnet bin.« Er strich mit seinen Lippen hauchzart über meinen Hals. »Selbstbewusst, zielstrebig, humorvoll, dickköpfig und ab und an ein wenig voreingenommen.«

Ich schnappte nach Luft, um zu widersprechen, aber er schlang seine Arme um meine Taille, woraufhin mein verräterischer Körper sich sehnsüchtig an ihn drückte.

»Es tut mir leid, dass ich dich falsch eingeschätzt habe. Wenn ich nachgefragt hätte, anstatt mir vorschnell ein Urteil zu bilden, ohne überhaupt die Fakten zu kennen …«

»Was ich sagen wollte«, unterbrach er mich sanft, »ist, dass ich dich genau so, wie du bist, mit all deinen Stärken und den kleinen Unsicherheiten von ganzem Herzen liebe. Ich will, dass das mit uns funktioniert, aber dafür müssen wir miteinander reden. Wenn du also das nächste Mal annimmst, dass ich eine Klientin oder einen Klienten übers Ohr haue, dann lass mich bitte zu Wort kommen, bevor du mir niedere Absichten unterstellst.«

»Das werde ich, versprochen. Und fürs Protokoll: Ich liebe dich auch.«

Ein Ausdruck reiner Glückseligkeit trat in seine Augen, und als wir uns dieses Mal küssten, hielten wir uns nicht zurück.

Epilog

Livia

Ein Jahr später

Prustend und vor Kälte schlotternd stieg ich aus dem See und ließ mich von Marco in ein flauschiges Handtuch wickeln, während Minnie und Pepper uns laut bellend umkreisten.

»Ich kann nicht glauben, dass ich mich ein zweites Mal von dir dazu habe überreden lassen, Eisbaden zu gehen.«

»Und diesmal sogar ohne Neoprenanzug!« Er zog mich in eine Umarmung und trocknete mich sanft ab. Obwohl wir seit dem letzten Weihnachtsfest so gut wie jede freie Minute zusammen verbracht hatten, löste seine bloße Nähe immer noch dieses unglaubliche Prickeln in mir aus, das meine Nervenenden vibrieren ließ und meinen Verstand vorübergehend außer Kraft setzte.

Nachdem ich mich angezogen hatte, liefen wir den Weg zum Château zurück, der zu beiden Seiten von brennenden Fackeln erhellt wurde.

»Ich könnte schwören, dass mein Herz jedes Mal aufgrund des Kälteschocks stehen bleibt.«

»Dafür fühlst du dich jetzt umso lebendiger.« Auch wenn er recht hatte, würde ich den Teufel tun und zugeben, dass es mein Selbstbewusstsein tatsächlich enorm stärkte, die eisigen Fluten bezwungen zu haben.

»Es war eine gute Idee von dir, zwei Tage vor dem Ball anzureisen. So können wir mehr Zeit mit Nane, Cleo und Maya verbringen, und nebenbei Rosie und Hannes ein wenig unter die Arme greifen«, wechselte ich das Thema und versuchte, trotz meines rasenden Pulses ruhig und gleichmäßig zu atmen.

»Wenn man davon absieht, dass sie unsere Hilfe nicht brauchen, weil das Hotel wie am Schnürchen läuft. Rosie hat mir die Buchungen gezeigt. Sie sind bis in den Herbst hinein komplett belegt.«

»Das alles war nur möglich, weil du dir dieses einzigartige Konzept ausgedacht hast und so großzügig warst, für sie zu bürgen«, redete ich weiter, um mich davon abzulenken, dass mein Körper noch nicht ganz realisiert hatte, dass die lebensbedrohliche Gefahr gebannt war. »Hannes hat mir erzählt, dass Paare aller Altersgruppen zu ihnen kommen und die Zeit im Château sehr genießen.«

Marco rief Pepper, unsere einjährige Mischlingshündin, zu sich, damit sie sich nicht zu weit von uns entfernte. Wir hatten sie vor zwei Monaten von einer Münchner Tierschutzorganisation adoptiert. Minnie, die einen Narren an ihr gefressen hatte, sauste ebenfalls heran, woraufhin die beiden ausgelassen zu spielen begannen.

Als das Château in Sichtweite kam, blieb ich trotz der Kälte einen Augenblick stehen, um den Anblick der hell erleuchteten Fenster und des weihnachtlich geschmückten Vorplatzes in mich aufzunehmen.

»Hast du es je bereut, dass du deinen Job aufgegeben hast?«, fragte Marco und sah mich ernst an.

Die ersten Monate waren nicht einfach gewesen, weil wir zuerst herausfinden mussten, wie wir am effektivsten zusammenarbeiteten. Glücklicherweise hatten wir keine Schwierigkeiten gehabt, Berufliches und Privates zu trennen. Auch wenn wir im Büro heftig diskutierten, konnten wir es uns am Abend auf der Couch gemütlich machen oder, was weitaus häufiger vorkam, uns die Kleider vom Leib reißen und den Tag im Schlafzimmer oder vor dem Kamin ausklingen lassen.

»Es gibt kaum ein besseres Gefühl, als wenn Menschen dir mit Tränen in den Augen dafür danken, dass du ihnen geholfen hast, ihren Traum zu realisieren.«

Marco fuhr mit einer Hand in mein Haar und küsste mich auf eine Art, die meine Knie weich werden ließ und eine willkommene Hitzewelle durch meinen Körper schickte.

»Ich bin immer noch fasziniert davon, wie du es schaffst, mir den Großteil der Arbeit abzunehmen und nebenbei dein neu gegründetes Zentrum für Rechtsberatung am Laufen zu halten.«

»Das wäre auch nicht möglich, wenn ich nicht so ein fantastisches Team hätte. Jeanette ist ein Juwel, und meine Kolleginnen und Kollegen, die mich bei der Beratung unterstützen, sind ebenfalls eine große Hilfe. Wer hätte gedacht, wie viele engagierte Anwältinnen und Anwälte sich über ihren Job hinaus unentgeltlich für andere einsetzen wollen.«

»Was ihnen vermutlich nicht bewusst geworden wäre, wenn du sie nicht darauf angesprochen hättest.«

Nachdenklich schaute ich zu den Tannen, von deren Ästen feiner Schnee rieselte. »Auf jeden Fall habe ich genug zu tun, wenn du bei unseren Projekten vor Ort bist oder dich mal wieder die Abenteuerlust packt.«

»Du musst zugeben, dass meine Vorliebe, mich in gefährliche Situationen zu bringen, dramatisch gesunken ist, seit ich dich kenne«, erwiderte Marco grinsend, während wir auf die Eingangstür zuliefen.

»Du kletterst zumindest nicht länger ungesichert auf gefürchtete Todesfelsen hinauf.«

»Irgendwie verspüre ich nicht mehr das Bedürfnis, mich zu beweisen. Was daran liegen könnte, dass ich dich als die größte Herausforderung in meinem Leben betrachte.«

Ein Page hielt uns die Tür zum Foyer auf, wo Rosie hinter dem Tresen stand und mit einem breiten Lächeln die Hunde in Empfang nahm. Im Eilschritt liefen wir am Restaurant vorbei, aus dem fröhliches Stimmengewirr drang, und betraten durch eine Seitentür die Panoramaterrasse.

Abrupt blieb ich stehen, als ich das Meer von Kerzen erblickte, die im sanften Wind flackerten. Leise Musik wehte zu uns herüber, während die Sterne die Szenerie in goldenes Licht tauchten. Überwältigt wandte ich mich zu Marco um, aber er zeigte nur zum Whirlpool, der einladend vor sich hin blubberte. Ich entledigte mich meiner Kleidung und stieg mit einem glücklichen Seufzen ins Wasser. Für einen Moment schloss ich die Augen und spürte dem angenehmen Kribbeln nach, während mein Körper sich langsam entspannte.

Als ich die Lider wieder hob, blieb mir erneut beinahe das Herz stehen. Statt sich zu mir zu setzen, war Marco neben dem Pool auf die Knie gegangen. In der Hand hielt er eine kleine quadratische Schmuckschatulle.

»Es ist schwer, in Worte zu fassen, was ich für dich empfinde, da meine Gefühle für dich so stark sind, dass es mich jeden Tag aufs Neue umhaut. Du bringst mich dazu, die beste Version von mir selbst sein zu wollen, und achtest darauf, dass ich das Wesentliche nicht aus den Augen verliere. Ich bin so unendlich dankbar, dich gefunden zu haben. Mein Herz gehört dir, und ich wünsche mir nichts sehnlicher, als den Rest meines Lebens mit dir zu verbringen.« Er öffnete die Schatulle, in der ein atemberaubend schöner Brillantring im sanften Schein der Kerzen funkelte. »Würdest du mir die Ehre erweisen, meine Frau zu werden?«

Sprachlos schaute ich in Marcos blaue Augen, die voller Liebe auf mich gerichtet waren. Er schaffte es immer wieder, mich zu überraschen. Wir hatten bisher nicht übers Heiraten gesprochen, und ich war mir nicht sicher, ob eine Ehe für mich überhaupt infrage kam. Schließlich waren meine Eltern nicht das beste Vorbild gewesen. Leicht überfordert lauschte ich auf die Stimme in meinem Inneren, die vollkommen frei von Zweifel war und mir riet, meinem Herzen zu folgen.

»Ja!«, hauchte ich überwältigt und brach dabei unpassenderweise in lautes Lachen aus, während mir heiße Tränen über die Wangen liefen. So musste sich vollkommenes Glück anfühlen. »Du bist verrückt!«

»Noch verrückter wäre ich, wenn ich dir nicht zeigen würde, wie sehr ich dich liebe.«

»Nicht so sehr wie ich dich.« Ich hielt ihm meine Hand hin und sah zu, wie er den Ring aus dem Samtbett zog und ihn mir über den Finger streifte. Verzückt betrachtete ich den glitzernden Stein.

Als Marco zu mir in den Pool stieg, schlang ich meine Beine um seine Mitte und senkte meine Lippen auf seine. Aus dem Augenwinkel sah ich eine Sternschnuppe über den nachtschwarzen Himmel ziehen. Marco musste sie ebenfalls bemerkt haben, denn er unterbrach unseren Kuss und richtete seinen Blick nach oben. Ob er sich auch gewünscht hatte, dass dieses unbeschreibliche Glücksgefühl niemals endete? Wie gern hätte ich ihn danach gefragt, aber dann wurde mir bewusst, dass es nicht wichtig war. Sollten wir tatsächlich einmal schwierige Zeiten durchleben, würden wir immer einen Ort haben, an den wir zurückkehren könnten und der uns daran erinnern würde, wie stark unsere Liebe war und wie viel wir einander bedeuteten. Und das war alles, was wir brauchten.

Danksagung

Wenn du der Adventszeit aufgrund eines persönlichen Schicksalsschlags mit Sorgen entgegensiehst und dann der Verlag anfragt, ob du Lust hast, eine Weihnachtsromance zu schreiben – und dich damit rettest!

Vielen Dank an all die wundervollen Menschen bei HarperCollins, die an mich glauben und mich unterstützen, allen voran meine Lektorin Sarah. Du hast mir geholfen, die beste Version von Livias und Marcos Geschichte zu erzählen. Vielen Dank für deinen Zuspruch und deine Begeisterung. Ich hoffe, dass noch viele weitere tolle Projekte folgen werden.

Lieber Klaus, Micha und du habt mich so herzlich aufgenommen und seid immer für mich da. Ich freue mich sehr auf alles, was uns in Zukunft erwartet, und bin dankbar, euch an meiner Seite zu haben. Klaus, deine Meinung ist mir unendlich wichtig und deine Unterstützung so wertvoll. Danke, dass du für meine Ideen ein Zuhause findest. ♥

Ein riesengroßes Dankeschön an meine Testleserinnen: Luise, Tine, Christin, Kathi, Clara, Lena, Sylvia, Ulrike und Anette. Euer liebevoll kritischer Blick hat meine Geschichte sehr bereichert.

Ein weiteres großes Dankeschön geht an mein Expert*innenteam: Livia und Bianca haben meine juristischen Fragen beantwortet, Laura hat ihr betriebswirtschaftliches Wissen eingebracht, Elli mich in pädagogischen Belangen beraten und Kristina ihre Erfahrungen rund ums Eisbaden mit mir geteilt.

Besonders dankbar bin ich Ralf Hanschke (Ralfs Ballonabenteuer in Bestwig) und seiner Frau Anja, Ingo Schick (Schwabenplan Heißluftballonfahrten in Albstadt) und Thomas Oeding (Thomas Ballonreisen in Kiel), die mit spürbarem Elan die technischen Details des Ballonfahrtkapitels korrigiert haben. Ich fühle mich sehr geehrt, dass ihr als erfahrene und passionierte Ballonpiloten euch die Zeit für meine Geschichte genommen habt. Vielen lieben Dank und *Glück ab, gut Land*!

Sollten sich dennoch Fehler eingeschlichen haben, liegt das allein in meiner Verantwortung.

Ebenso dankbar bin ich allen Buchhändler*innen, die meine Geschichte einkaufen und sie an ihre Kund*innen weiterempfehlen. Ganz besonders Christina Müllender, Martha Stauch und Marit Marscholl, danke, dass ihr mir den Raum gebt, meine Romane vorzustellen. Ich freue mich auf die Lesungen mit Plätzchen und Glühwein! ☺

Herzlichen Dank an meine Familie, meine Freund*innen und Schüler*innen. Danke für euer Verständnis, wenn ich wochenlang abtauche, weil mich meine Figuren nicht loslassen, wenn ich über nichts anderes reden kann als meine Geschichten oder mitten im Unterricht ein Sprachmemo aufnehmen muss, weil mir gerade eine spannende Idee gekommen ist. Ihr seid mein Fels in der Brandung.

Und last but not least möchte ich euch danken, liebe Leser*innen, denn ohne euch könnte ich nicht tun, was ich am meisten liebe: mir Figuren ausdenken und sie zum Leben erwecken, nur um es ihnen anschließend möglichst schwer zu machen. Danke für eure Unterstützung! Ich freue mich über jedes Bild, jedes Video, jede Nachricht und jede vergossene (Freuden-)Träne, die euch meine Geschichten entlocken. Danke, dass ich für euch schreiben darf. ♥♥♥